DER NEBELSTEINFLUCH

W0226989

Das Buch

Alle hundert Jahre gewinnt der Nebelstein an Kraft. Der Fluch muss sich endlich erfüllen. Doch davon ahnt Daria nichts, als sie den Ring mit dem ungewöhnlichen Stein an ihren Finger steckt. Sie erkennt nur, dass ihre Wünsche plötzlich Realität werden und die Welt sich um sie herum verändert.

Als Cedric vor ihr steht, spürt sie, dass zwischen ihnen etwas ganz Besonderes ist, eine unerklärliche Anziehungskraft, die Daria immer mehr in seinen Bann zieht. Doch warum ist dieses Gefühl so stark? Daria ahnt nicht, welchen Preis sie für jeden ihrer Wünsche bezahlen muss, und als sie es herausfindet, ist es beinahe zu spät.

Die Autorin

Karola Löwenstein wurde 1979 in Deutschland geboren, wo sie auch heute noch mit ihrer Familie lebt. Bevor sie mit dem Schreiben von Romanen begann, veröffentlichte sie erfolgreich Kurzgeschichten und Gedichte.
Mehr über Karola Löwenstein und ihre Bücher erfahrt ihr auf ihrer Facebook-Seite:
www.facebook.com/KarolaLoewenstein

DER

NEBELSTEINFLUCH

BAND 1 DER NEBELSTEIN-CHRONIKEN

FANTASY-ROMAN

KAROLA LÖWENSTEIN

.

Die Handlung und die handelnden Personen dieses Romans sind frei erfunden. Jede Ähnlichkeit mit toten oder lebenden Personen ist nicht beabsichtigt und wäre rein zufällig.

Copyright © 2020 Karola Löwenstein
Lektorat: TextCare (www.textcare.de)
Umschlaggestaltung: www.katharina-netolitzky.com unter
Verwendung von Grafiken von Shutterstock
Alle Rechte vorbehalten.
ISBN: 9798605135227
Imprint: Independently published

INHALT

PROLOG

Aileen sah sich um. Der Wald aus Eichen und Buchen bildete eine dichte grüne Wand hinter der jungen Frau. Man konnte nur noch das Zwitschern der Vögel hören und die weit entfernten Gesänge, die die Beerdigung ihres Vaters, des Druiden Ewan, begleiteten. Keenan war ihr nicht gefolgt.

Aileen war erleichtert. Es war schwer zu gehen, ohne sich von ihm zu verabschieden und ihn noch ein letztes Mal zu sehen. Doch es war besser so. Er würde sie nur von ihrem Entschluss abhalten. Aileen liebte Keenan von ganzem Herzen. Doch er verstand nicht, was der Tod ihres Vaters für die Welt bedeuten würde. Er war das letzte Bollwerk gegen den Machthunger seines Nachfolgers gewesen.

Ihr Vater war keines natürlichen Todes gestorben, auch wenn das jeder glauben sollte. Aileen war sich absolut sicher, dass das Fieber, das ihn so plötzlich überfallen und dahingerafft hatte, von Glen kam, dem Mann, der der nächste Druide an der Seite des Fürsten werden wollte. Er hatte nie den offenen Kampf gesucht, sondern Intrigen gesponnen und einen Hinterhalt nach dem anderen geplant. Bisher hatte ihr Vater alle rechtzeitig aufgedeckt, doch dieser letzte war ihm entgangen.

Viele Männer unterstützten Glen, denn sie fürchteten die Veränderungen, die sich schon lange ankündigten. Die Dinge waren im Wandel. Die Römer im Westen gierten nach Land und nach Macht. Glen wollte sie mit allen Kräften, die ihm zur Verfügung standen, zurückschlagen.

Doch dass er sich dunkler Kräfte bedienen wollte, die unzählige Blutopfer fordern würden, ging zu weit. Ihr Vater hatte Aileen immer davor gewarnt, die Magie ihres Volkes zu missbrauchen. Es war eine mächtige Kraft, mit der man Gutes tun musste und die nur in der Hand von Menschen liegen durfte, die sich der Verantwortung bewusst waren, die sie trugen.

Aileen schloss die Hand fester um den durchsichtigen Stein. Sie hatte lange gebraucht, bis sie einen Nebelstein gefunden hatte. Er war mächtig genug, um dem Zauber standzuhalten, den sie geplant hatte, und er war gleichzeitig so unauffällig, dass Glen ihn nicht bemerkt hatte. Er hatte nicht auf sie geachtet, und das war gut so. Er war viel zu sehr damit beschäftigt gewesen, den Betroffenen zu spielen und die Beerdigung ihres Vaters vorzubereiten, seine erste offizielle Handlung als neuer Druide.

Aileen rannte wieder los und ließ die Siedlung hinter sich. Sie hatte nicht mehr viel Zeit. Die Gesänge wurden immer leiser und bald klang ihr nur noch das schnelle Schlagen ihres eigenen Herzens in den Ohren. Die alten Wälder waren dicht und wurden immer wieder von Sümpfen unterbrochen.

Doch ihre Füße fanden den Weg zwischen den Wasserlöchern wie von selbst. Sie kannte alle Gefahren, die sie umgaben, und wusste sich gegen sie zu wehren. Nicht einmal ein Wolf oder ein Bär konnten ihr Angst einflößen. Sie waren nichts im Vergleich zu der Dunkelheit, die Glen über ihr Volk bringen würde.

Ein lautes Knacken ertönte und Aileen blieb erschrocken stehen. Ihre langen, dunklen Haare legten sich wie ein Mantel über ihren Rücken. Sie hob die Hände, jederzeit bereit, sich zu verteidigen.

„Aileen?" Keenans Stimme ließ sie erstarren und da polterte er schon aus einem Gebüsch hervor. Er musste auf sie gewartet haben. In seinen hellen Locken hingen Zweige. Aileen widerstand dem Drang, sie ihm aus dem Haar zu ziehen.

„Was machst du hier?" Sie versuchte barsch zu klingen. Es gab keinen Weg zurück und auch er würde sie nicht von ihrem Entschluss abbringen. Wie hatte er nur so schnell bemerken können, dass sie sich davongeschlichen hatte? Im Gegensatz zu Glen war er weitaus aufmerksamer.

„Ich weiß, was du vorhast." Er baute sich vor ihr auf und wirkte dabei bedrohlich. Er war noch jung und trotzdem schon ein Mann. Sein Bart hatte zu sprießen begonnen und er begleitete die Älteren auf der Jagd, als hätte er nie etwas anderes getan. Er war ein guter Mann und sie hätten glücklich werden können. Doch das Schicksal hatte andere Pläne mit Aileen.

„Du kannst mich nicht davon abhalten." Aileen blieb ganz ruhig. Alle Nervosität war von ihr gewichen. Sie hatte ihre Wahl schon vor einer Weile getroffen.

„Wir werden Glen umstimmen. Er muss das Erbe deines Vaters respektieren." In Keenans Augen lag ein stummes Flehen.

Aileen schüttelte den Kopf. „Dafür ist es zu spät. Glen hat seine Entscheidung gefällt. Er hat genug Männer um sich versammelt, die seinen Weg mit ihm gehen wollen. Sie werden seine Anordnungen mit Gewalt durchsetzen. Mein Vater war der Einzige, der stark genug war, um sich ihm zu widersetzen. Er hat mich zu seiner Nachfolgerin bestimmt, und trotzdem ist es Glen geworden." Aileen zögerte kurz. Der Schmerz über den Verlust ihres Vaters schnürte ihr die Kehle zu. Es kam ihr immer noch so vor, als ob er nur kurz auf die Jagd gegangen wäre und jeden Moment zurückkommen würde. Doch das war nur ein Trugbild. Der Wunsch des kleinen Mädchens in ihr, das seinen Vater verloren hatte und es einfach nicht wahrhaben wollte. Doch dieses Mädchen war mit Ewan gegangen und würde nie wieder zurückkommen.

„Du bist stark." Keenan klang bestimmt und erinnerte sie schmerzlich daran, dass es eine Zukunft für sie beide geben könnte, nicht hier, aber vielleicht an einem anderen Ort.

„Ja, ich bin stark, aber nicht stark genug, um Glen aufzuhalten." Aileen schüttelte entschlossen den Kopf. Sie hatte am Sterbebett ihres Vaters gesessen und alles genau mit ihm besprochen. Sie wusste, was sie sich zumuten konnte und was außerhalb ihrer Möglichkeiten lag.

„Und was ist so schlimm daran, wenn alle die Magie erlernen und wir uns besser gegen die Männer in den Kettenhemden verteidigen können?" Keenan sah sie fragend an. „Vielleicht ist es wirklich eine Chance, wenn nicht nur ein paar ausgewählte Priester Magie verwenden können."

„Unsere Magie ist gut, aber sie ist stark und darf nicht von jedem nach Lust und Laune verwendet werden. Stell dir vor, sie gerät in falsche Hände. Du kennst die Worte meines Vaters." Aileen hob die Hand und auf ihren Befehl begannen sich die Äste über ihr zu bewegen. Sie beugte die Finger und die Blätter rieselten zu Boden, als wären sie Schnee. Mit lautem Krächzen stiegen unzählige Raben aus den Baumkronen empor und ihr Flügelrauschen füllte die Luft.

Keenan sah voller Angst und Staunen hinauf. Aileen musste seinem Blick nicht folgen, um zu wissen, dass an den kahlen Ästen längst neue Blätter wuchsen und die Raben über ihr kreisten, als ob sie der Mittelpunkt der Welt wäre. Sie hatte viele Jahre von ihrem Vater gelernt und konnte die Pflanzen und Tiere lenken. Sie konnte auch Gegenstände beschwören und ihnen Kräfte verleihen, und nicht nur das. Ihr Vater hatte sie noch einiges mehr gelehrt, doch längst nicht alles, um gegen Glen bestehen zu können. Dafür war ihm keine Zeit mehr geblieben.

„Ich will dich nicht verlieren, Aileen." Keenans Blick wurde weich. In seinen Augen lag eine tiefe Traurigkeit und es war das erste Mal, dass er sie so direkt bat, ihre Pläne aufzugeben. „Es muss einen anderen Weg geben."

„Den gibt es nicht." Aileens Stimme verklang zu einem Flüstern. Ihr Herz wurde schwer und sie zweifelte mit einem Mal an ihrem Entschluss. Sie musste alles aufgeben. Ihre Liebe, ihr Leben, ihre Zukunft, so gefährlich und ungewiss sie sein mochte. „Glen wird seine Drohungen wahr machen."

„Wir können ihn noch davon abbringen."

Aileen sah zu Boden und wusste, dass Keenans Hoffnung vergebens war. „Mein Vater hat es in so vielen Jahren nicht geschafft, ihn von seinen Ideen abzubringen." Sie streckte die Arme zum Himmel empor.

„Aileen, nein." Keenan trat auf sie zu. „Tu das nicht. Verlasse uns nicht. Denk doch an unseren Sohn. Was soll aus Jarno werden?"

Aileen schluckte. Ja, sie dachte an ihn, und zwar die ganze Zeit, an seine dunklen Locken, an die Grübchen in seinen Wangen und an sein unschuldiges Lächeln. Der Schmerz zerriss sie beinahe. Sie seufzte gequält. Sie musste es tun, seinetwegen. Sie wusste, dass Glen ihren Sohn längst als Blutopfer ausgewählt hatte. Wenn die Männer in den Kettenhemden das nächste Mal kommen würden, würde er seinen Tod fordern, um sie endgültig zu vertreiben. Aileen hatte nie eine Wahl gehabt. Es gab nur einen Weg, um ihn zu beschützen. Sie sah Keenan fest in die Augen. „Du wirst ihn aufziehen. Erzähle ihm von mir." Sie lächelte sanft. „Wenn die Magie aus der Welt verschwindet, dann kann Glen ihm keinen Schaden mehr zufügen. Geht nach Norden, wie wir es besprochen haben. Dort seid ihr sicher."

„Nein." Keenan war beinahe bei ihr angelangt.

Aileen lächelte. Schon als Kinder hatten sie sich so nahgestanden, dass der eine die Gedanken des anderen vollenden konnte. Er hatte gewusst, was sie vorhatte und dass dieser Zauber ihr Leben kosten würde. Aber sie würde es für ihren Sohn geben und für ihr Volk und was gab diesem Opfer mehr Sinn als das?

„Lebt das Leben, das ich euch schenke, mit aller Kraft. Versprich mir das." Aileen schloss die Augen. Der Gedanke, dass sie Keenan und Jarno nie wiedersehen würde, bohrte sich tief und schmerzhaft in ihr Herz. Doch sie würden irgendwann glücklich werden, und vor allem würden sie leben. Sie ließ die Arme fallen und verschwand.

Nur ein leichtes Flirren in der Luft deutete darauf hin, dass hier Magie geschehen war. Keenan starrte die Stelle an, an der die Frau, die er liebte, gerade noch gestanden hatte. Er wusste, dass sie nie wieder zu ihm zurückkehren würde. Sie war zu dem Eichenhain gegangen und würde das Versprechen wahr machen, das sie ihrem Vater am Sterbebett gegeben hatte.

„Ich verspreche dir, unser Leben mit einem Sinn zu füllen." Seine Knie versagten ihren Dienst und er sank zu Boden. Noch nie hatten ihn seine Kräfte verlassen. Doch die Gewissheit, dass Aileen sterben würde, um ihn und ihren Sohn zu beschützen, nahm ihm alles. Sie würde die verdammte Magie von der Welt verbannen, und damit hatte sie nicht nur ihr Schicksal besiegelt, sondern auch das seine.

KAPITEL 1

„Ich habe keine Ahnung, was ich meiner Mutter zum Geburtstag schenken soll." Daria stand mitten auf dem winzigen Marktplatz von Fresienstein und ließ ihren Blick von einem Geschäft zum anderen schweifen. Die hübschen Häuser drängten sich aneinander wie Perlen an einer Kette. Lebensgroße Sandsteinfiguren zierten die Fassaden und selbst auf dem Marktplatz säumten sie den Stadtbrunnen.

„Du hast die Wahl zwischen einem Blumenstrauß, einer Schachtel Pralinen, einem Kuchen, einem Buch oder einer Tüte Schinkenknacker." Esra zeigte auf den Floristen, den kleinen Schokoladenladen, die Bäckerei, die Buchhandlung und den Fleischer.

Mehr Geschäfte gab es hier nicht. Für alle anderen Einkäufe mussten die Einwohner von Fresienstein in die nächstgrößere Stadt fahren. Sogar die Bank hatte letztes Jahr ihre Niederlassung geschlossen, und die Postfiliale existierte schon seit zwei Jahren nicht mehr. Nur einer Elterninitiative war es zu verdanken, dass es überhaupt noch eine Schule in der Stadt gab.

„Ich wünschte, ich hätte ein Auto, dann könnte ich wenigstens ins nächste Einkaufszentrum fahren. Dort gibt es garantiert mehr Auswahl." Daria seufzte und ließ ihren Blick über die wenigen Geschäfte schweifen, die noch geöffnet waren. „Was nutzt mir der Führerschein, wenn meine Mutter mich nicht fahren lässt?"

„Du hast deinen Führerschein erst seit zwei Wochen.

Ich würde dich auch nicht mit meinem Auto fahren lassen, wenn ich eins hätte." Esra wandte sich der Buchhandlung zu. Sie war ein zierliches Mädchen mit langen, schwarzen Haaren und mandelförmigen Augen, die sie hinter einer schwarz umrandeten Brille verbarg. „Komm, wir schauen mal bei der Reiseliteratur vorbei. Deine Mutter würde doch so gerne mal nach Mexico fliegen. Vielleicht finden wir dort etwas Interessantes."

„Schon wieder ein Buch." Daria seufzte. Esra war ein Bücherwurm. Für sie gab es kein besseres Geschenk als ein Buch. „Ich habe ihr doch letztes Jahr schon so einen dicken Wälzer geschenkt."

„Und sie hat sich sehr über den Roman gefreut, den wir ihr ausgesucht haben." Esra nickte entschlossen und warf der Buchhandlung einen sehnsüchtigen Blick zu. Sie war bestimmt schon seit drei Tagen nicht mehr dort gewesen und hatte Entzugserscheinungen.

Daria verschwieg ihrer Freundin lieber, dass ihre Mutter sich zwar sehr über den Rosamunde-Pilcher-Roman gefreut hatte, dass er aber immer noch ungelesen in ihrem Bücherregal stand. Weder Daria noch ihre Mutter lasen gern. Auch wenn sie sonst ganz unterschiedliche Interessen hatten, waren sie sich darin einig.

„Oder wie wäre es mal mit etwas mehr Spannung?" Esra hatte schon einen Schritt auf die Buchhandlung zu gemacht, als ob sie wie von einem Magneten von ihr angezogen wurde. „Die haben vor zwei Wochen ein paar wirklich gute Krimis reinbekommen. Meine Oma liebt die."

„Aha." Daria versuchte sich zu konzentrieren und sah immer wieder zwischen der Buchhandlung und dem Schokoladenladen hin und her. Beides war eine Notlösung, denn Daria wusste, dass ihre Mutter weder Schokolade noch Bücher von Herzen liebte. Natürlich würde sie sich über das Geschenk freuen, aber wirklich glücklich würde es sie nicht machen. Aber genau das wollte Daria. Seitdem ihre Mutter ihren Job verloren hatte, war nichts mehr gut. Das Geld war knapp und ihre Laune oft schlecht. Daria seufzte, was Esra wohl als Zustimmung verstand, nun endlich zur Buchhandlung zu gehen.

Daria wollte ihrer Freundin schon folgen, als sie einen Windhauch spürte, der ihr kalt in den Rücken fuhr. Überrascht drehte sich Daria um. Irgendetwas war seltsam an dieser Kälte. Sie passte eher zu einem Januartag. Doch es war ein durchschnittlicher Samstagvormittag im Juni. Das Wetter war zwar noch unbeständig, aber es hatte schon lange keinen Frost mehr gegeben.

Heute Morgen hatte es lediglich geregnet. Die Pflastersteine auf dem Marktplatz glänzten nass. Daria wusste, dass sie glatt wie Schmierseife waren, wenn es feucht war. Ein schmerzhafter Sturz mit dem Fahrrad hatte ihr diese Erkenntnis schon vor etlichen Jahren regelrecht ins Fleisch gebrannt.

Windböen rissen die Wolkendecke immer wieder auseinander und ab und an konnte man die warmen Strahlen der Sonne spüren.

Daria sah in die Friedhofsgasse hinter sich. Sie war schon lange nicht mehr dort hindurchgegangen. Die Gasse führte vorbei an düsteren Häusern zu einem alten Friedhof, dessen schauerliche Grabsteine ihr als Kind etliche Male Albträume beschert hatten.

In der Friedhofsgasse hing eine kleine Laterne und in diesem Moment fiel Daria wieder ein, dass dort im Dunkeln zwischen den eng nebeneinanderstehenden Häusern ein Antiquitätenladen war. Obwohl die Bezeichnung Antiquitätenladen vielleicht etwas hoch gegriffen war. Im Schaufenster hatten allerlei altmodische Küchengeräte neben vergilbten Büchern und steifen Puppen gestanden, deren Augen leblos in die Ferne starrten.

Als ihre Urgroßmutter Helga noch gelebt hatte, war sie regelmäßig mit ihr dort entlanggegangen, um die Gräber der Familie zu pflegen. Doch seit ihrem Tod vor zehn Jahren hatte Daria keinen Fuß mehr in diese Gasse gesetzt.

Was ihr als Kind schon gruselig vorgekommen war, hatte seinen Schrecken noch immer nicht ganz verloren. Ein Gedanke ging Daria durch den Kopf. Vielleicht gab es dort ein Geschenk für ihre Mutter, das aus dem Einheitsbrei des lokalen Einzelhandels herausstechen würde und trotzdem bezahlbar war.

„Geh schon mal vor." Daria murmelte die Worte in Esras Richtung, ohne sich ihr zuzuwenden.

„Was?" Esras erstaunte Antwort kam prompt.

Daria drehte sich um. „Geh schon mal vor. Ich schau mich mal kurz im Antiquitätenladen um."

Esra zuckte mit den Schultern. „Wenn du meinst. Ich glaube zwar kaum, dass du in diesem Ramschladen etwas finden wirst, was mit dem Rosenkranzmörder mithalten kann, aber bitte schön, versuch dein Glück." Dann lief Esra zügig zur Buchhandlung hinüber. Daria hörte, wie sich ihre Schritte auf dem Kopfsteinpflaster entfernten.

Daria wusste nicht, warum sie noch zögerte. Vermutlich war es die dumme kindliche Angst vor dem Friedhof, die immer noch in ihr steckte. Normalerweise war sie alles andere als ängstlich. Sie war eher viel zu stürmisch und hatte ihre Gefühle oft nicht im Griff, was ihr regelmäßig Probleme einbrachte.

Sie betrat die dunkle Gasse, ohne länger über ihre Gefühle nachzugrübeln. Das tat sie selten, was vermutlich auch Teil ihres Problems war. Daria fröstelte in ihren Shorts und dem geblümten Hoody, während sie auf den Antiquitätenladen zulief, und das lag nicht nur an der frischen Brise, wie sie überrascht bemerkte.

Ihre Neugier war sofort geweckt. In Fresienstein ge-

16

schah selten etwas Neues. Jede Abwechslung war ihr recht, obwohl es ein schlechtes Zeichen für das Leben einer Achtzehnjährigen war, wenn sie der Besuch eines Antiquitätenladens schon in Aufregung versetzte. Ob alles noch so war wie vor zehn Jahren?

Als Daria vor dem Antiquitätenladen stand, erwartete sie ein freundliches Bild. In der blank geputzten Scheibe erkannte sie sich selbst. Ihre langen, schwarzen Haare fielen ihr in weichen Locken über die schmalen Schultern. Ihre azurblauen Augen schimmerten dunkel und verliehen ihrem Gesicht etwas Exotisches.

Sie trat näher. Hinter der Schaufensterscheibe waren wertvoll erscheinende Bücher neben auf Hochglanz polierten Küchengeräten in Szene gesetzt worden. Ein Geöffnet-Schild hing an der Tür und war nicht zu übersehen. Na, wenn das kein eindeutiges Zeichen war, dass sie hier richtig war.

Daria griff entschlossen nach der Türklinke. Dabei bemerkte sie erneut die ungewohnte Unruhe in sich. Was war nur mit ihr los? Schnell drückte sie die Türklinke hinab und betrat den Laden, bevor sie es sich anders überlegen konnte.

Das Erste, was ihr auffiel, war der süßliche Geruch, der in der Luft hing. Er war Daria auf eine Weise bekannt, die tief etwas in ihr rührte. Ganz automatisch schloss sie die Augen und atmete tief ein. Das war nicht der Geruch eines muffigen Ladens, der schon seit Jahren nicht mehr gelüftet worden war. Es roch nach altem Holz, edlem Leder, einer nach Zitrone duftenden Möbelpolitur und Pfefferminze.

Erstaunt öffnete Daria die Augen. Warmes Licht füllte den großen Laden, der sich so weit nach hinten erstreckte, dass Daria das Ende nicht sehen konnte. Bücherregale säumten die Wände. Auf der rechten Seite standen dunkelbraune Ledersessel und dahinter erkannte Daria einen offenen Kamin, in dem ein kleines Feuer flackerte, als ob es tiefster Winter wäre.

Sie hatte mit vielem gerechnet, doch nicht mit einem derart gemütlichen Laden. Hier lag kein Körnchen Staub herum. Wenn Esra das sehen könnte.

Daria sah erstaunt zu den hohen Bücherregalen empor und entdeckte dabei die filigran bemalte Decke des Antiquitätenladens. Diese Malereien konnten locker mit der Sixtinischen Kapelle mithalten. Ein hellblauer Himmel spannte sich über Darias Kopf auf und knapp bekleidete, erstaunlich hübsche Menschen räkelten sich vor dem Firmament. Die Malereien gingen in die Wände über. Daria erkannte die Spitzen von Waffen und schwarze Flügel. Mehr konnte sie nicht erkennen, da der Rest des Bildes von einem riesigen Bücherregal verdeckt wurde.

„Kann ich Ihnen helfen?" Eine tiefe Stimme riss Daria aus ihren Betrachtungen.

„Ähm, ja." Darias Herz raste, als sie herumfuhr. Sie stand einem schlanken älteren Mann gegenüber, dessen akkurates Auftreten sie noch weiter erstaunte. Er trug einen dunklen Anzug mit einer glänzenden Weste und wirkte wie ein englischer Gentleman aus dem vergangenen Jahrhundert. Dieser Eindruck wurde vermutlich auch durch die Tatsache bestärkt, dass er ein Monokel vor seinem rechten Auge trug, durch das er Daria neugierig musterte.

„Haben Sie einen Wunsch, junge Dame?" Der Mann mit dem Monokel hatte eine angenehme weiche Stimme und ein kleines Lächeln umspielte seine Lippen.

Daria entspannte sich. „Ja, den habe ich tatsächlich", erwiderte sie mit fester Stimme. „Ich suche ein Geburtstagsgeschenk für meine Mutter." Daria ließ ihren Blick durch den Antiquitätenladen schweifen und entdeckte im hinteren Teil des Ladens eine weitere Sitzgruppe, die umgeben von Regalen und Schränken war, auf denen sich allerlei obskure Gegenstände drängten. Waren das Skalpelle und Knochenscheren?

„Für Ihre Mutter also." Der Mann betrachtete Daria mit konzentrierter Miene, als ob er allein mit seinem Blick erkennen konnte, wer Darias Mutter war und welche Interessen sie hatte.

Daria wollte schon den Mund aufmachen und ihm erklären, was ihre Mutter gern mochte und was nicht. Doch der nette Herr war schon mit ein paar Schritten im hinteren Teil seines Ladens verschwunden. Daria hörte ein Rascheln und ein Kramen. Dann kam er aus einer Regalreihe links von ihr heraus und steuerte auf das Ledersofa mit den gemütlichen Sesseln zu.

„Kommen Sie, Daria", sagte er mit weicher, einladender Stimme. „Ich habe ein paar Dinge ausgesucht, die Ihrer Mutter bestimmt gefallen werden."

Daria zögerte kurz, während sich der freundliche Herr auf dem Sofa niederließ und mit leisem Klappern einige Dinge vor sich ausbreitete. Woher kannte er ihren Namen? Sie hatte nicht erwähnt, wer sie war. Nun ja, Fresienstein war ein kleiner Ort. Da kannte man sich eben.

Daria schob den Gedanken fort, dass etwas seltsam sein könnte, und versuchte zu erkennen, was er für ihre Mutter herausgesucht hatte. Hoffentlich waren es keine teuren Sachen. Sie hatte nicht mehr als fünfzehn Euro dabei, um ihrer Mutter ein Geschenk zu kaufen, und sie wollte ungern in die Verlegenheit kommen, erklären zu müssen, dass sie sich die Dinge in diesem Laden nicht leisten konnte.

Doch Daria hatte noch kein einziges Preisschild gesehen. Langsam kam sie näher. Die Neugier trieb sie vorwärts, wie sie es so oft tat.

„Nur zu", ermunterte sie der Herr. „Es sind nur ein paar Kleinigkeiten."

„Das klingt gut." Und vor allem klang es bezahlbar. Daria kam näher und der Geruch nach Pfefferminze wurde stärker. Daria entdeckte eine dampfende Kanne auf dem Tisch. Daneben standen Tassen, Unterteller und ein hübsch bemaltes Schälchen voller Zuckerwürfel.

Daria setzte sich in den Sessel, der rechts neben dem Sofa stand. Sie fand es komisch, dass der Mann ihren Namen kannte, während sie überhaupt keine Idee hatte, wer er war. Doch sie fand es seltsam, ihn nach seinem Namen zu fragen.

Stattdessen musterte sie die Dinge, die auf dem Tisch lagen. Eine Brosche in Form eines Käfers, eine Kette mit einem Anhänger, in dem ein blauer Stein eingelassen war, und ein Ring mit einem milchig weißen Stein.

„Schmuck." Daria murmelte das Wort erstaunt. Natürlich. Warum war sie nicht selbst darauf gekommen? Ihre Mutter mochte Schmuck, besonders wenn er ungewöhnlich war. Sie trug jeden Tag gern ein anderes Stück, immer passend zu ihrer Kleidung.

„Ja, genau, Schmuck", bestätigte der nette Herr. „Ich bin übrigens Herr Droste." Er reichte Daria seine Hand. „Wie unhöflich von mir, mich nicht vorzustellen. Ich hoffe, Sie verzeihen mir."

„Kein Problem." Daria schüttelte seine Hand und wandte sich dann wieder den Schmuckstücken vor ihr zu. Sie waren alle drei aus Silber gearbeitet mit kleinen Schnörkeln und hübschen Details. Bestimmt waren sie unfassbar teuer.

„Möchten Sie eine Tasse Tee, Daria?" Bevor Daria antworten konnte, hatte Herr Droste schon die Kanne in der Hand und goss eine Tasse ein.

„Warum nicht." Daria zuckte mit den Schultern, als die Tasse schon vor ihr stand. Sie nahm zwei Stück Würfelzucker und warf sie in den Tee.

„Diese Schmuckstücke kann ich Ihnen günstig überlassen." Herr Droste lehnte sich in seinem Sofa zurück. „Mit

Schmuck handele ich schon lange nicht mehr und ich bin froh, wenn ich die letzten Stücke in gute Hände geben kann."

„Das klingt gut." Daria lächelte ganz automatisch, griff zu ihrer Tasse Tee und nahm einen Schluck. Sie riss die Augen auf. Dieser Tee hatte ein erstaunliches Aroma.

„Marokkanische Minze", sagte Herr Droste, der Darias erstaunten Gesichtsausdruck richtig gedeutet hatte. „Meiner Meinung nach der einzige Pfefferminztee, den man trinken kann."

„Er schmeckt wirklich gut." Daria stellte die Tasse wieder ab und räusperte sich. „Was würde denn eines dieser Schmuckstücke kosten?" Daria sah Herrn Droste fragend an.

„Ich überlasse Ihnen eines für fünf Euro, aber nur, weil ich genau weiß, dass sie bei Ihnen in guten Händen sind. Ich habe übrigens Ihre Urgroßmutter gekannt. Sie war oft hier bei mir im Laden. Ach, wie lange ist das her." Herr Droste seufzte. „Damals hat mein Großvater noch gelebt und den Laden geführt."

Daria nickte verständnisvoll. Sie kannte das schon von ihrer Urgroßmutter, die immer mehr in der Vergangenheit gelebt hatte, je älter sie geworden war. Sie hatte Daria oft Märchen erzählt, als sie an langen, kalten Winterabenden vor dem großen Kamin im Salon ihres Hauses gesessen hatten. Es waren zwar schon zehn Jahre seit ihrem Tod vergangen, doch Daria vermisste sie immer noch.

„Möchten Sie alle haben?" Herr Droste nahm die Kette mit dem blauen Anhänger in die Hand. „Das hier ist ein Aquamarinstein." Er legte die Kette wieder auf den Tisch und nahm die Brosche in die Hand. „Eine Brosche in der Form eines Skarabäus. Dieser Käfer galt den Ägyptern als Glücksbringer. Ich habe diese Brosche vor über fünfzig Jahren auf einem Markt in der Nähe von Kairo gekauft."

„Wirklich?" Daria riss erstaunt die Augen auf.

Herr Droste schmunzelte. „Ja, als ich jünger war, war ich viel unterwegs. Eigentlich bin ich Archäologe und habe viele Jahre an den unwirtlichsten Orten verbracht, um in Erde und Sand nach Schätzen und Geschichten zu suchen." Herr Droste legte die Brosche wieder auf den Tisch. „Doch dann hatte ich genug davon, immer unterwegs zu sein. Als mein Großvater in Rente gegangen ist, habe ich seinen Antiquitätenladen übernommen."

„Das ist wirklich spannend." Daria konnte kaum glauben, dass sie in diesem verschlafenen Ort einen interessanten Menschen gefunden hatte. „Wo haben Sie diesen Ring her?" Daria griff nach dem Ring mit dem milchig weißen Stein. „Da gibt es doch bestimmt auch eine Geschichte dazu."

„Die gibt es allerdings." Herr Droste schmunzelte. „Diesen Ring habe ich auch auf dieser Reise bekommen, und zwar in einer ägyptischen Küstenstadt. Er war eine Gegenleistung dafür, dass ich ein Kind aus dem Meer gerettet habe."

„Was ist geschehen?" Daria nahm ihre Teetasse und lehnte sich zurück. Sie mochte gute Geschichten, und das versprach eine zu werden.

„Es war reiner Zufall. Ich bin wegen einer Ausgrabung in der Gegend gewesen und wollte meine Vorräte auf dem Wochenmarkt auffüllen. Ich laufe also gemütlich die Küstenstraße entlang, da sehe ich nicht weit vom Ufer entfernt einen winzigen Kahn. Er war umgekippt und ein kleiner Junge strampelte um sein Leben und schrie aus Leibeskräften. Vermutlich war er heimlich mit dem Boot hinausgefahren und dann war die Nussschale gekentert. Jedenfalls habe ich nicht lange nachgedacht und bin ins Wasser gesprungen, um ihn an Land zu holen. Der kleine Kerl war schon ganz außer Kräften und hätte nicht mehr lange durchgehalten.

Dann bin ich mit ihm ans Ufer geschwommen und da kam schon seine Mutter. Sie war völlig außer sich vor Angst und als sie ihren kleinen Jungen wieder in ihre Arme schließen konnte, kannte ihre Dankbarkeit keine Grenzen. Mir war das schrecklich unangenehm, denn das hätte doch jeder in meiner Situation getan. Aber sie wollte mir unbedingt etwas schenken und ich wollte sie nicht beleidigen, indem ich das ablehne. Also hat sie mir diesen Ring geschenkt."

„Sind Sie sicher, dass Sie ihn verkaufen wollen?" Daria sah den Ring an. Er war wunderschön und schimmerte geheimnisvoll.

„Doch, das will ich." Herr Droste reichte Daria den Ring. „Ich trage solchen Schmuck nicht." Er schmunzelte. „Es wäre mir eine Freude, wenn er wieder an der Hand einer jungen Dame glänzt, und vielleicht erinnert er Sie ja daran, wie wichtig es ist, im richtigen Moment das Richtige zu tun. Sie müssen sich keine Sorgen wegen des Preises machen. Das ist ein Nebelstein. Ein schöner, aber kein wertvoller Stein. Man nennt ihn auch Girasol, wenn Ihnen das etwas sagt."

„Nein, das sagt mir nichts." Daria bewunderte das Schimmern des Nebelsteins. Sie kannte sich mit Edelsteinen nicht aus und wusste auch nicht, was sie normalerweise kosteten. Sie wusste nur, dass ihr der Ring gefiel. Er hatte ein paar altmodische Schnörkel und fühlte sich schwer und warm zugleich an. Langsam steckte Daria ihn an den Ringfinger ihrer rechten Hand. Er passte perfekt, als wäre er für sie gemacht.

„Und welches Schmuckstück wollen Sie für Ihre Mutter mitnehmen?" Herr Drostes Stimme ermahnte Daria, dass es an der Zeit war, eine Entscheidung zu treffen.

„Ich nehme alle drei", hörte Daria sich sagen, und plötzlich wusste sie, wie Esra sich fühlte, wenn sie ihr ganzes Monatsbudget mit einem Mal in der Buchhandlung ausgab.

Glücklich, denn genauso fühlte sie sich in diesem Moment. Noch nie war sie beim Einkaufen mit einem solchen Gefühl belohnt worden. Bis jetzt war es nur eine lästige Pflicht gewesen. Doch dieses Mal war es anders. Mit der linken Hand zog Daria zwei Scheine aus ihrer Hosentasche und legte sie auf den Tisch vor sich.

Es fühlte sich perfekt an. Sie hatte ein wunderschönes Geschenk für ihre Mutter gefunden und auch auf Esras Geburtstag im Herbst war sie vorbereitet. Und außerdem hatte sie noch eine Kleinigkeit für sich gefunden. Daria konnte sich nicht erinnern, wann sie sich das letzte Mal etwas gekauft hatte, weil es ihr gefiel.

Jeden Cent, den sie in den letzten Jahren bekommen oder verdient hatte, hatte sie für den Führerschein gespart. Daria blickte in das geheimnisvolle Schimmern des Nebelsteins und ein warmes, zufriedenes Gefühl breitete sich in ihr aus. Ja, er gehörte ihr, und das fühlte sich verdammt gut an.

KAPITEL 2

„Und? Welches Buch willst du nehmen?" Esra hielt Daria eine Ausgabe des Rosenkranzmörders und einen Roman von Rosamunde Pilcher entgegen, als sie die Buchhandlung betrat. Natürlich hatte Daria sie abholen müssen. Freiwillig verließ Esra die Buchhandlung erst wieder, wenn sie um 18 Uhr schloss und Herr Leutenstein, der Inhaber, sie vor die Tür setzte.

„Keins von beiden." Daria lächelte Esra an und zeigte auf die Kette mit dem Aquamarinstein, die sie sich um den Hals gebunden hatte. Sicher war sicher. Sie durfte das gute Stück auf keinen Fall wieder verlieren. Nur die Brosche mit dem Skarabäus hatte sie in ihrer Hosentasche festgeklemmt, damit Esra sie nicht jetzt schon zu sehen bekam.

„Oh, nett." Esra betrachtete die Kette ganz genau, aber ihre Stimme verriet, dass sie fand, ein Buch wäre die bessere Wahl gewesen.

„Nicht nur nett. Der Antiquitätenladen wird dir gefallen."

„Warum?" Esra runzelte die Stirn.

„Herr Droste hat ganze Regale voller alter Bücher. Das ist ein richtiges Antiquariat." Daria grinste, als sie sah, wie ihre Worte dafür sorgten, dass Esra ihre Augen aufriss und sich ein überraschter Ausdruck auf ihrem Gesicht breitmachte.

„Das wusste ich nicht. Verflucht." Esra verzog das Gesicht, als ob sie in eine Zitrone gebissen hätte.

25

„Ein wenig mehr Begeisterung hätte ich schon erwartet", gab Daria zu.

„Ich bin ja auch begeistert, aber jetzt habe ich mein Geld für diesen Monat schon ausgegeben." Esra zeigte auf die volle Tasche, die zwischen ihren Beinen stand. „Der zweite Teil von Drachenzahnkrieg ist herausgekommen und den musste ich doch unbedingt haben. Der Cliffhanger von Teil 1 war wirklich fies und ich halte es keine Sekunde länger aus, nicht zu erfahren, wie die Geschichte weitergeht. Und na ja, da waren auch noch ein paar Empfehlungen von ein paar wirklich guten Bloggern. Die Bücher muss ich einfach lesen, damit ich mitreden kann."

„Ich verstehe." Daria grinste. Nicht einmal das Lernen für die Abi-Prüfungen hatte Esra in den letzten Wochen davon abgehalten, ihr Pensum von zehn Büchern im Monat zu lesen. Daria hatte keine Ahnung, wie sie das hinbekam.

„Ich kann mich jetzt keinem Bücherladen mehr nähern, wenn ich kein Geld in der Tasche habe, um die Schätze zu mir nach Hause zu holen." Ein wehmütiger Ausdruck machte sich auf Esras Gesicht breit. „Und du sagst, er hat wirklich viele alte Bücher?"

Daria nickte. „Mindestens so viele wie die Buchhandlung."

Esra hielt sich mit gespieltem Ernst die Hand an die Brust. „Kein Wort mehr, das ertrage ich nicht. Vielleicht kann ich meine Mutter um einen Vorschuss anflehen."

„Das wäre eine Möglichkeit. Komm, wir gehen besser."

Esra nickte und stellte die beiden Bücher wieder zurück ins Regal. Dann nahm sie ihre volle Tüte und folgte Daria auf den Marktplatz hinaus. Die Sonne war durch die Wolken gebrochen und Daria fühlte die warmen Strahlen angenehm auf ihrer Haut. Für einen Moment schloss sie die Augen.

Doch der friedliche Moment währte nicht lange. Das tiefe Grollen eines Autos erklang und Daria riss die Augen wieder auf.

„Was soll denn das?" In Esras Stimme klang Verachtung mit und Daria fuhr herum, um zu erkennen, was diese Reaktion bei ihr ausgelöst hatte.

Daria starrte auf die Friedhofsgasse, aus der sie gerade gekommen war. Eine glänzende Limousine schoss heraus und fuhr auf den Marktplatz. Am Steuer saß eine Frau, die Daria noch nie in Fresienstein gesehen hatte.

Sie hatte blonde Haare und trug eine Sonnenbrille. Mehr konnte man nicht erkennen.

„Na, die traut sich ja was." Esra schnappte hörbar nach Luft. Das hier war ein verkehrsberuhigter Bereich und man durfte nur Schrittgeschwindigkeit fahren. Doch die Dame war eindeutig mit mehr unterwegs.

Sie schoss auf den Brunnen mitten auf dem Markplatz zu. Er war genauso wie die Fassaden mit Sandsteinfiguren geschmückt, die Fabelgestalten und Tiere darstellten, von buckligen Gnomen über spitzohrige Elfen bis hin zu unzähligen Raben.

Daria starrte den Wagen fassungslos an. Sie kannte die Liebe der Einwohner von Fresienstein zu ihren teils skurrilen Sandsteinfiguren, deren Entstehung man einem mittelalterlichen Künstler zuschrieb, der eine besondere Hingabe an die Märchen seiner Zeit hatte. Wenn die Frau nicht bald ihren Kurs änderte, würde sie mit ganzem Schwung in den Brunnen krachen und die Figuren zerstören. Das wäre eine absolute Katastrophe.

Dass sie ausweichen musste, schien die Frau jetzt auch zu bemerken und riss das Steuer herum. Daria wollte noch schreien, dass diese ruckartige Bewegung bei dem nassen Pflaster keine gute Idee war, doch sie kam nicht mehr dazu, denn plötzlich ging alles ganz schnell.

Die schwerfällige Limousine wechselte ihre Richtung.

Wie Daria es schon befürchtet hatte, rutschten die Reifen über das nasse Pflaster und verloren ihren Halt. Das Heck des Autos brach aus und schleuderte herum.

„Nein." Esras Schrei hallte laut in Darias Ohren. Die Frau am Steuer kurbelte hektisch am Lenkrad. Doch das brachte nichts. Sie hatte den Wagen nicht mehr unter Kontrolle. Er schoss knapp an einem Gnom vorbei und dann auf Esra und Daria zu.

Daria dachte nicht lange nach. Sie handelte intuitiv. Sie fuhr herum. Esra war vor Schreck erstarrt und bewegte sich keinen Zentimeter mehr. Es gab nur einen Weg. Daria versetzte ihrer Freundin einen heftigen Stoß, um sie aus dem Gefahrenbereich zu bringen. Esra flog regelrecht nach vorn und landete auf dem Boden.

Das Auto kam näher. Daria lief los. Doch sie erkannte schon, dass sie es nicht mehr schaffen konnte. Sie sah den harten Stahl, der sie bald treffen würde. Das würde ein paar gebrochene Knochen geben oder riesige blaue Flecken. Auf jeden Fall würde es verdammt wehtun. Ganz plötzlich wurde Daria mit einem Ruck zur Seite gerissen. Kräftige Hände schlangen sich um ihre Oberarme und zogen sie fort.

Das Auto verfehlte sie knapp. Daria spürte den Windhauch an ihrem Rücken. Die Reifen quietschten. Der Wagen rutschte noch ein Stück. Dann schoss er geradeaus. Die Frau hatte ihn wieder im Griff. Sie fuhr auf die Kreuzung zu und bog nach links ab.

Fassungslos starrte Daria dem Auto hinterher. Warum hielt sie nicht an? Hatte sie nicht bemerkt, dass sie gerade beinahe zwei Leute umgefahren hatte? Oder war ihr das egal? Das war es offenbar.

Der Griff um Darias Oberarme löste sich. Jemand anderem war es nicht egal gewesen. Daria fuhr herum und sah sich einem jungen Mann gegenüber.

Er hatte halblanges, kastanienbraunes Haar und ungewöhnliche, hellgraue Augen. Etwas Verwegenes haftete ihm an, wie er sie mit einem entspannten Lächeln ansah, als ob nichts Bedeutsames geschehen wäre. Dabei hatte er sie gerade vor schlimmen Verletzungen bewahrt.

„Geht es dir gut?" Seine Stimme klang angenehm unaufgeregt, was Daria automatisch beruhigte. Er musterte sie skeptisch, als ob er den Verdacht hegte, dass sie getroffen worden war.

„Es ist alles okay." Darias Stimme klang ein Stück zu hoch. „Danke, dass du mir geholfen hast. Das wäre sonst übel ausgegangen."

„Kein Problem." Er nickte ihr zu. Dann schlenderte er davon.

Daria sah ihm hinterher. Das war alles? Sie wollte ihn aufhalten und noch irgendetwas sagen. Das Gespräch kam ihr abgebrochen vor. Doch was tat man in so einem Moment? Alles war gesagt. Es war niemandem etwas passiert. Sie hatte sich bedankt und dennoch hatte Daria das Gefühl, dass das nicht genug war.

Esra gab ein seltsames Glucksen von sich. Daria fuhr erschrocken herum. Esra! Sie hockte immer noch am Boden und hielt ihre Tüte voller Bücher umklammert.

„Geht es dir gut?" Daria kniete sich neben Esra. Sie schien unverletzt zu sein.

„Ja, den Büchern ist nichts passiert." Esra keuchte.

„Na, dann ist ja alles in Ordnung." Daria seufzte. „Komm, ich helfe dir hoch." Sie nahm Esra vorsichtig am Arm. Ihre beste Freundin kannte sich zwar gut mit jedem Abenteuer aus, das man zwischen zwei Buchdeckeln erleben konnte, aber die Aufregungen im echten Leben überforderten sie regelmäßig.

Daria zog Esra auf die Beine. Ihr war nichts geschehen außer ein paar Kratzern an ihrem Knie.

„Das ging alles gerade ziemlich schnell." Esra sah sich

auf dem Marktplatz um. Ein paar Leute standen vor der Bäckerei und sahen sie an, als ob sie nicht sicher waren, ob noch Hilfe gebraucht wurde oder nicht.

„Es ist alles in Ordnung", rief Daria ihnen zu, und sie gingen weiter.

„Es ist gar nichts in Ordnung", protestierte Esra. Ihr Gesicht hatte wieder Farbe bekommen. „Diese Frau hat uns beinahe umgebracht."

„Sie war zu schnell und die Straße war nass. Sie ist nicht von hier und weiß bestimmt nicht, wie tückisch das alte Pflaster ist." Daria hatte sich wieder beruhigt. „Es ist ja alles noch einmal gut gegangen."

„Aber nur, weil du mich zur Seite gestoßen hast und dieser Typ dich gerettet hat. Sonst wären wir jetzt beide zwei matschige Flecken."

„Ach, Esra, so schlimm war es nicht." Daria winkte ab. Es brachte nicht viel, darüber nachzugrübeln, was alles hätte passieren können. Es war nichts passiert und nur das zählte. Sie hatten noch einmal Glück gehabt.

„Du immer mit deiner abgeklärten Art." Esra seufzte. „Komm, wir gehen besser." Sie sah zur Bäckerei hinüber, wo schon wieder ein paar Leute stehen geblieben waren.

Daria nickte und lief los. Sie schlenderten über den Marktplatz und aus dem Augenwinkel sah Daria, wie sich die Leute zerstreuten und sich wieder ihren eigenen Problemen widmeten.

„Wer dieser gut aussehende Typ wohl war?" Esra sah zur Friedhofsgasse hinüber, worin er verschwunden war. „Von so jemandem lasse ich mich gern noch einmal retten."

„Keine Ahnung, wer er ist." Daria wich der Antwort aus. Natürlich hatte er gut ausgesehen, aber das hatte doch rein gar nichts zu bedeuten. Schönheit machte noch lange keinen guten Menschen aus. Dass er sie gerettet hatte, allerdings schon.

„Ich kriege schon noch raus, wie er heißt." Esra ließ die Sache keine Ruhe.

„Das ist doch nicht wichtig." Daria schüttelte angesichts Esras Schwärmerei den Kopf. „Wenn er etwas mit uns hätte zu tun haben wollen, dann wäre er nicht gleich wieder davongerannt."

„Vielleicht ist er schüchtern." Esra kicherte erneut. Sie war total nervös. Ob sie einen Schock hatte? Daria musterte sie besorgt. Oder benahm sie sich so, weil der Kerl aussah wie einer der Helden, die Daria neulich auf einem der Cover von Esras Bucheinkäufen gesehen hatte?

„Ich werde es schon rauskriegen." Esra nickte entschlossen. „Und wer uns da beinahe umgebracht hat, finde ich auch noch raus."

„Tu das." Daria seufzte. Esra würde bestimmt nicht lange brauchen, um das herauszufinden. In Fresienstein kannte schließlich jeder jeden. Aber wohin sollte das führen? Es würde nichts ändern. Es war besser, die Sache abzuhaken.

Gemeinsam schlugen sie den Weg nach Hause ein. Die buchenbestandene Juulstraße führte sie vom Marktplatz an der Bibliothek und einer Apotheke vorbei bis zu einem Wohngebiet, das am Rande von Fresienstein auf einem lang gestreckten Hügel lag, von dem aus man einen hübschen Blick auf die Altstadt hatte. Mondäne Villen verschwanden im frischen Grün riesiger Gärten und man bekam eine Ahnung davon, dass Fresienstein einmal ein wohlhabender Ort gewesen war, damals, als die alte Weberei, die Färberei und die große Näherei am anderen Stadtrand noch in Betrieb gewesen waren und unzähligen Menschen Arbeit und damit ein gutes Einkommen gegeben hatten.

Auch Darias und Esras Urgroßeltern hatten einmal von diesem Wirtschaftszweig gelebt. Doch dann waren der Weberei die Aufträge ausgegangen und seitdem ging es mit Fresienstein bergab. Auch die Färberei und die Näherei hatten immer weniger zu tun gehabt und hatten schließen müssen.

Man sah den Villen an, dass die Nachfahren ihrer einst reichen Besitzer nicht mehr genug Geld verdienten, um die Häuser so in Schuss zu halten, wie sie es verdient hätten. Überall blätterte Farbe ab, manche Dächer waren nicht mehr dicht und wer konnte, verkaufte sein Haus, bevor es gänzlich auseinanderfiel.

Doch viel Geld gab es nicht mehr für die alten Gebäude, das hatte auch Darias Mutter feststellen müssen, als die Post geschlossen wurde und sie damit ihren Job verlor. Eigentlich hatten sie weggehen wollen, aber Daria hatte sich gewehrt. Sie wollte ihre Heimat und ihre Freunde nicht verlassen, nicht so kurz vor dem Abitur.

Nach langem Hin und Her hatte ihre Mutter nachgegeben und angeboten, dass sie bis zu den Prüfungen hierblieben und sie von ihrem Aushilfsjob und von ihren Ersparnissen lebten.

Allein schon wegen Esra hätte Daria nicht einfach gehen können. Sie kannten sich schon, seitdem sie Babys waren, und waren immer unzertrennlich gewesen. Und sie hatte noch mehr Freunde, ohne die sie sich ihr Leben kaum vorstellen konnte, Lea und Caspar zum Beispiel oder auch Henning und Rosie.

„Die Kette wird deiner Mutter bestimmt gefallen." Esra betrachtete den Anhänger, während sie in die Uferstraße einbogen. Sie schien die Ereignisse auf dem Marktplatz endlich hinter sich zu lassen und zu akzeptieren, dass Daria nicht mehr darüber reden wollte. Das war das Gute an Esra. Sie konnte akzeptieren, dass jemand anderer Meinung war als sie, und sie nahm sich selbst nicht so wichtig. Außerdem akzeptierte sie Daria, wie sie war, dickköpfig und eigensinnig, wie ihre Mutter es gern beschrieb.

„Ja, da bin ich mir sicher." Daria griff an den Stein, tastete seine glatte Oberfläche ab.

„Was ist denn das?" Esra riss die Augen auf und starrte Darias Hand an.

„Ach so, ich habe mir auch eine Kleinigkeit gegönnt." Daria grinste. „Der Ring hat nur fünf Euro gekostet. Ich konnte einfach nicht widerstehen."

„Das solltest du auch nicht. Erst recht nicht bei dem Preis. Er ist wunderschön. Was ist das für ein Stein?" Esra blieb vor dem Gartentor stehen, das zum Haus ihrer Eltern führte. Sie stellte den schweren Beutel mit den Büchern ab und musterte den Ring mit neugierigem Blick.

„Das ist ein Nebelstein, hat Herr Droste gesagt." Daria hob die Hand, damit Esra den Stein besser ansehen konnte.

„Genauso einen Stein hat Gelomir gehabt", murmelte sie entzückt.

„Wer ist Gelomir?" Daria sah Esra fragend an. Sie kannte niemanden, der so hieß.

„Der böse Magier aus Drachenzahnkrieg. Sein Ring hatte die Macht, die tausend Welten zu zerstören." Esra senkte ihre Stimme und sah Daria mit düsterem Blick an.

Daria konnte nicht verhindern, dass sie laut loslachte. „Manchmal tauchst du ein bisschen zu tief in deine Bücher ab. Ich glaube nicht, dass wir uns Sorgen machen müssen, dass dieser Ring tausend Welten zerstören wird."

„Wenn du meinst." Esra zuckte mit den Schultern und grinste. „Sage nicht, dass ich dich nicht gewarnt hätte."

„Du immer mit deinen Vorhersagen." Daria grinste. „Ich wünsche mir, dass du das wirklich könntest."

„Das wäre der Hammer." Esra seufzte sehnsüchtig und schloss kurz die Augen, um in ihre Traumwelten zwischen Drachen, Elfen, Prophezeiungen und bösen Dämonen abzutauchen. „Ich könnte die Welt retten und würde mich unsterblich in einen Elfenprinz verlieben. So etwas wie heute wäre mir dann nicht passiert."

„Vielleicht." Daria winkte ab.

„Oder ich könnte dir sagen, was in den Prüfungen nächste Woche drankommt."

Daria seufzte. „Dann hätte ich wenigstens eine kleine Chance zu bestehen."

„Du schaffst das schon." Esra nickte ihr aufmunternd zu.

„Ich darf auf keinen Fall durchfallen." Daria seufzte. Egal wie viel Mühe sie sich gab und wie viel sie lernte. Sie schaffte es selten, eine bessere Note als eine Drei zu schreiben. Wenn sie jetzt in den Prüfungen Mist baute und sitzen blieb, dann musste ihre Mutter ein weiteres Jahr mit ihr hierbleiben, und das konnte sie ihr einfach nicht antun.

Esra griff nach ihrem Beutel. „Kommst du morgen zum Lernen vorbei? Wir könnten noch mal die Mathesachen durchgehen."

Daria nickte. Esra war einfach die beste Freundin, die man sich wünschen konnte. Sie war die Musterschülerin, von der alle Lehrer träumten. Daria war froh, dass sie sich die Mühe machte, ihr immer wieder auf die Sprünge zu helfen. Ohne Esras Hilfe hätte Daria die letzten zwei Jahre nicht so gut überstanden.

„Danke, Esra. Ich bin gegen zehn bei dir." Daria umarmte Esra. Dann machte sie sich auf den Weg in die Rosenstraße. Daria wohnte nicht weit von Esra entfernt in der übernächsten Querstraße.

Kurz bevor sie an der Einfahrt ankam, versteckte sie die Kette unter ihrem Hoody, damit ihre Mutter sie nicht zu Gesicht bekam. Sie konnte es kaum erwarten, ihr Gesicht zu sehen, wenn sie ihr dieses Geschenk überreichen würde. Als Daria in die Einfahrt einbog, stand neben dem rostigen Kleinwagen ihrer Mutter eine glänzende Luxuslimousine.

Daria erstarrte. Das war doch nicht etwa? Sie blinzelte. Es gab keinen Zweifel. Daria erkannte den Wagen auf den ersten Blick. Das war das Auto der Frau, die sie eben gerade umgefahren hätte, wenn der gut aussehende Typ nicht so schnell gewesen wäre und sie zur Seite gerissen hätte.

Jetzt spürte Daria doch, wie die Wut über das rücksichtslose Verhalten der Frau in ihr aufstieg. Daria steuerte auf die Haustür zu, während sie versuchte, einigermaßen ruhig zu bleiben. Sie schloss auf und schob die alte Holztür auf, die dem Druck mit einem lauten Quietschen nachgab. Egal wie oft Daria schon Öl auf die Türangeln geschmiert hatte, das Quietschen verschwand einfach nicht. Weder das noch die Wurmlöcher, die Jahr für Jahr mehr wurden. Irgendwann würde die Tür einfach zu Staub zerfallen, wenn ein Einbrecher dagegentrat.

Daria trat in den Flur mit den hübschen bunten Fliesen und zog ihre Schuhe aus. Sie hörte Stimmen aus dem Salon und schlich sich leise näher, um herauszufinden, was diese Frau hier wollte.

Eine fremde Frauenstimme redete in hartem Ton auf ihre Mutter ein. Daria trat näher auf die Salontür zu, um zu verstehen, was die Frau sagte. Genau in diesem Moment erklang ein lautes Knarren.

Mist. Die verdammten alten Dielen. Jede zweite knarrte und Daria wusste eigentlich ganz genau, welche das waren. Die Neugier hatte sie unvorsichtig werden lassen. Die Stimmen im Wohnzimmer verstummten.

„Daria, bist du das?" Ihre Mutter klang nicht so, als ob sie sich freute, dass Daria schon zu Hause war.

„Ja, ich bin es." Daria betrat das Wohnzimmer. Jetzt war es ohnehin zu spät, um sich länger zu verstecken. Sie musterte die gertenschlanke Frau in dem hochgeknöpften, marineblauen Kostüm, die vor dem großen Kamin stand. Ihre hellblonden Haare waren zu einem festen Zopf zusammengebunden und sie wirkte mit ihrer dunklen Brille streng und viel älter, als sie es vermutlich war. Daria erkannte sie sofort wieder. Ja, das war sie. Auch wenn es nur ein kurzer Moment gewesen war, in dem sie sich angesehen hatten, so war sich Daria absolut sicher.

„Sie? Hier?" Daria hatte eigentlich Scheu vor fremden Menschen und begegnete ihnen zurückhaltend, aber jetzt konnte sie sich nicht mehr zusammenreißen. „Ich fasse es nicht, dass Sie es wagen, herzukommen."

„Ich weiß nicht, wovon du redest, Kleine." Die Frau verzog keine Miene und musterte Daria mit herablassendem Blick. „Ich bin Gloria Gremmer." Die blonde Frau nickte Daria zu, ohne den Mund zu einem Lächeln zu verziehen. „Vielleicht stellst du dich erst einmal vor."

„Was wollen Sie hier?", platzte Daria heraus, anstatt ihren Namen zu nennen.

„Wir sind gleich fertig", sagte Darias Mutter gepresst. Darias Verhalten war ihr sichtlich unangenehm. Sie strich sich mit einer nervösen Geste die schwarzen Locken aus dem Gesicht. Ihre Haare ähnelten Darias auf verblüffende Weise. Es waren dieselben schwarzen Wellen, die sich kaum bändigen ließen. Wenn man die beiden aus der Ferne sah, konnte man sie beinahe für Schwestern halten.

„Warte in der Küche auf mich, Daria." In dem Gesicht ihrer Mutter las Daria, dass der Besuch dieser Frau wichtig war. Doch sie hatte keine Ahnung, was sie hier wollte.

Daria holte tief Luft. Sie hatte das Bedürfnis, gleich hier reinen Tisch zu machen und Frau Gremmer damit zu konfrontieren, was sie getan hatte. Dann würde ihre Mutter ihre Meinung über Frau Gremmer bestimmt schnell ändern. Doch irgendetwas in dem Blick ihrer Mutter ließ Daria zögern.

„Wie du willst", erwiderte sie schließlich und trat den Rückweg an, auch wenn es sie einiges an Überwindung kostete.

Daria verließ das Wohnzimmer ohne ein weiteres Wort

und zog sich in die Küche zurück. Dort sog sie tief Luft ein. Ihre Mutter hatte eine Gemüsesuppe gekocht. Ein feines Aroma lag in der Luft und Daria lief das Wasser im Mund zusammen. Der Tisch, der vor den großen Fenstern stand, war schon gedeckt. Ihre Mutter hatte auf sie gewartet. Also hatte sie nicht mit Besuch gerechnet.

Daria betrachtete den altertümlichen Gasherd, auf dem schon ihre Urgroßmutter gekocht hatte, und ein wehmütiges Gefühl überkam sie. Beinahe alles in dieser Küche war alt und funktionierte immer noch hervorragend. Nur ein Kühlschrank war irgendwann hinzugekommen. Darauf hatte ihre Großmutter bestanden, als sie das Regiment in dieser Küche übernommen hatte. Auch ihre Mutter hatte keinen Grund darin gesehen, irgendetwas zu verändern. Alle in ihrer Familie liebten den nostalgischen Charme dieses Hauses, der in jedem Detail zu finden war, egal ob hier drinnen oder draußen.

Daria sah eine Weile hinaus in den Garten, um sich wieder zu beruhigen und sich ihre Worte zurechtzulegen. Der alte Park erstreckte sich in einem weiten Kreis um das Haus herum. Im Winter konnte man die Nachbarhäuser hinter den Gartenmauern gut erkennen. Doch jetzt im Juni hatten die Bäume und Büsche längst ausgeschlagen und man ahnte durch das dichte Blätterwerk hindurch nicht einmal mehr, dass man sich mitten in einer Stadt befand.

Daria trommelte unruhig mit den Fingern auf dem Tisch, während sie die Ohren spitzte und die Küchentür nicht aus den Augen ließ. Es dauerte eine halbe Ewigkeit, bis das Gemurmel der Stimmen verstummte und sie Türen klappern hörte. Endlich erklang das unverwechselbare Quietschen der Eingangstür. Durch das geöffnete Küchenfenster hörte Daria einen Motor aufheulen und das Knirschen von Reifen auf dem Kies in der Einfahrt.

Daria sprang auf und eilte in den Flur. Ihre Mutter kam

ihr schon entgegen. In ihren Augen lag ein überraschend ernster Ausdruck.

„Was sollte denn das, Daria?" Sie ging an Daria vorbei in die Küche und drehte den Herd auf die höchste Stufe, um die Suppe noch einmal aufzukochen. „Du bist doch sonst nicht so unhöflich?"

„Frau Gremmer hat Esra und mich beinahe umgefahren." Daria sah ihrer Mutter ernst in die Augen. „Was wollte sie hier?"

„Umgefahren?" Ihre Mutter sah in den Topf hinab und rührte in der Suppe, als ob es eine Aufgabe von allerhöchster Wichtigkeit wäre. „Was ist passiert?"

Daria schilderte kurz die Ereignisse. Dann sah sie ihre Mutter fragend an. „Warum war sie hier?" Darias Stimme wurde sanfter, als sie sah, wie angespannt ihre Mutter war.

„Sie hat mir ein Angebot für das Haus gemacht." Die Stimme von Darias Mutter war kaum zu hören.

„Oh." Daria stutzte. Das ließ die Sache in einem ganz anderen Licht erscheinen. Frau Gremmer war eine ignorante, reiche Frau, für die ein Menschenleben offensichtlich nicht viel zählte. Aber ihr Geld konnten sie wirklich gut gebrauchen. „Was hast du ihr gesagt?"

Darias Mutter rührte weiter in der Suppe. Dann drehte sie den Herd ab, nahm den Topf und stellte ihn auf den Untersetzer, der in der Mitte des Tisches lag. Sie setzte sich Daria gegenüber und sah sie aus ihren sanften braunen Augen besorgt an.

„Noch gar nichts." Darias Mutter seufzte.

„Warum?" Daria zog eine Augenbraue hoch. Dann ermahnte sie sich, ruhig zu bleiben. Sie nahm die Suppenkelle und füllte zuerst den Teller ihrer Mutter und dann ihren. Langsam griff sie zu ihrem Löffel und sah ihre Mutter fragend an.

„Sie hat mir für das Haus doppelt so viel Geld geboten,

wie es eigentlich wert ist." Darias Mutter nahm langsam ihren Löffel in die Hand. „Und sie will, dass wir schon nächste Woche ausziehen."

„Was?" Daria sah ihre Mutter ungläubig an. „Ich habe nächste Woche ein paar wichtige Prüfungen."

„Ich weiß und allein schon weil sie so einen Druck macht, kommt mir die Sache komisch vor. Dass sie dich auch noch umfahren wollte, geht gar nicht."

„Aber die Chance, mit dem Haus so viel Geld zu verdienen, kannst du dir nicht entgehen lassen." Daria war völlig aufgeregt. „Mir ist nichts passiert. Das war nur ein dummer Unfall."

„Ich kann das Haus nicht an jemanden verkaufen, der meine Tochter umbringen wollte." Darias Mutter starrte in ihre Suppe. „Außerdem kommt sie mir komisch vor. Irgendetwas stimmt nicht mit ihr."

„Ach was." Daria winkte ab. „Denk nur an das viele Geld, das du bekommen kannst. Du hättest für die nächste Zeit ausgesorgt und bleiben können wir doch eh nicht. Unsere Ersparnisse sind aufgebraucht."

„Nein." Darias Mutter schüttelte den Kopf. „Ich kann das nicht tun. Du weißt selbst, wie sehr meine Großmutter diesen Ort geliebt hat, und mir geht es nicht anders. Ich muss wissen, dass er in gute Hände kommt. Deswegen werde ich das Angebot von Frau Gremmer auch nicht annehmen. Irgendwann wird jemand kommen, der gut auf dieses Haus aufpasst und es nicht auf meine Tochter abgesehen hat." Darias Mutter legte den Kopf schief.

„Irgendwann?" Daria verstand die Welt nicht mehr. Seitdem ihre Mutter ihren Job verloren hatte, war das Geld so knapp, dass sie weder in den Urlaub fahren konnten noch irgendeine Reparatur am Haus hatten vornehmen können. „Nimm das Angebot doch an, und zwar jetzt. Wer weiß, ob du noch einmal jemanden findest, der bereit ist, dir so viel Geld zu bezahlen. Ich kann bestimmt für eine Weile bei Esra wohnen. Du könntest schon in dein neues Leben starten und bräuchtest keine Rücksicht mehr auf mich zu nehmen."

Darias Mutter runzelte die Stirn. „Ich bin deine Mutter. Ich werde immer alles für dich tun. Aber darum geht es doch gar nicht. Sie ist nicht die Richtige, und fertig. Sie hat mir ein Ultimatum gestellt. Bis morgen früh um neun soll ich mich entscheiden."

„Na und? Vielleicht hat sie es ja eilig." Daria sah ihre Mutter flehend an. Da hatte sie endlich die Chance, richtig viel Geld zu verdienen, und dann wollte sie sie einfach ausschlagen, wegen ein paar Kleinigkeiten. Daria bereute zutiefst, dass sie ihrer Mutter von dem Beinahe-Unfall erzählt hatte.

„Nein." Darias Mutter sah ihre Tochter fest an. „Und jetzt will ich auch nichts mehr davon hören."

„Aber ..."

„Es reicht, Daria." Die Miene von Darias Mutter wurde streng.

Daria presste die Lippen fest aufeinander. Am liebsten hätte sie ihre Mutter geschüttelt, damit sie begriff, dass sie sich diese Chance doch nicht einfach so entgehen lassen konnte. Doch Daria wusste, dass ihre Mutter genauso dickköpfig war wie sie selbst und dass sie sich nicht umstimmen lassen würde, wenn sie einmal ihre Entscheidung getroffen hatte, zumindest nicht, ohne dass Daria ein paar hieb- und stichfeste Argumente gefunden hatte.

Schweigend löffelte Daria ihre Suppe aus und spülte dann freiwillig das Geschirr, während sich Darias Mutter auf den Weg zum Seniorenheim machte, wo sie stundenweise den Pflegerinnen zur Hand ging.

Daria ging hinauf in ihr Zimmer. Der helle Raum sorgte normalerweise dafür, dass sich ihre Laune schlagartig besserte. Das Himmelbett mit dem weißen Baldachin war ihr liebster Rückzugsort. Wenn sie die Vorhänge zuzog, kam sie sich vor wie auf einer einsamen Insel, weit weg von ihren tagtäglichen Sorgen und Problemen. Doch heute war der Gedanke nicht tröstend, sich in ihrem Bett zu verkriechen und alles um sich herum zu vergessen.

Warum schlug ihre Mutter so eine Gelegenheit aus? Daria konnte es einfach nicht begreifen. Ja, natürlich war es schade, dieses Haus zu verlassen. Aber sie hatten doch keine Wahl und es brachte auch nichts, sich länger darüber zu ärgern.

Es gab hier keine Uni. Die hatte es nie gegeben. Lediglich eine winzige Berufsakademie hatte einmal existiert, aber das war schon lange her. Urgroßmutter Helga hatte dort einst studiert, aber mit dem Niedergang der wirtschaftlichen Blütezeit war auch die Berufsakademie geschlossen worden.

Daria ging zum Schreibtisch und setzte sich auf ihren Drehstuhl. Sie fuhr ein paar Runden im Kreis und starrte dann ihr Handy an. Sie drückte vorsichtig auf den Anschaltknopf.

Nichts geschah und Daria ließ es unsanft fallen. Letzte Woche war ihr das Handy in die Badewanne gefallen und seitdem trocknete sie es mit allen Tricks, die ihr das Internet verraten hatte.

Daria verfluchte sich immer noch für den Moment, in dem sie gedacht hatte, dass es eine gute Idee wäre, Musik beim Baden zu hören. Das war gründlich schiefgegangen.

Daria starrte in den Garten hinaus. Ein warmer Wind fuhr durch das Blumenbeet. Die Pfingstrosen mit ihren riesigen Blüten wiegten sich sanft im Takt neben den Lilien. Nicht nur ihrer Mutter würde es schwerfallen, von hier wegzugehen. Sie sprang auf und warf sich mit Anlauf auf ihr Bett. Dann vergrub sie den Kopf unter ihren Kissen.

„Ich wünsche mir, dass meine Mutter keine Sorgen

mehr hat." Sie murmelte die Worte frustriert in ihr Kissen.

Warum mussten sie nur solche Geldprobleme haben und überhaupt darüber nachdenken, ob sie wegziehen mussten? Ach, es waren so viele Probleme, die sich vor Daria zu einem riesigen Haufen auftürmten.

Sie musste nur an die verdammte Matheprüfung denken, da wurde ihr schon speiübel. In Deutsch würde sie sich schon irgendwie durchmogeln und für Geschichte hatte sie mehr als genug gelernt. Nur Mathe bekam sie einfach nicht auf die Reihe. Im Moment sah es nicht danach aus, dass sie die Prüfung schaffen würde, und wenn sie jetzt im Bett liegen blieb, würde sich das auch nicht ändern.

Daria seufzte und kam unter den Kissen hervor. Dann zwang sie sich, aufzustehen und sich wieder an den Schreibtisch zu setzen. Es half doch nichts, sich seinem Elend hinzugeben. Das hatte sie von ihrer Mutter gelernt.

Man musste die Probleme anpacken, egal wie aussichtslos es war, dass Daria sie alle lösen konnte. Immer eins nach dem anderen. Sie kramte ihr Mathebuch und einen Block aus ihrer Schultasche. Dann holte sie tief Luft und setzte sich an die nächste Kurvendiskussion. Dieses Mal würde sie es schaffen, alle Aufgaben zu lösen. Daria presste die Zähne fest aufeinander und vertiefte sich in die erste Aufgabe.

KAPITEL 3

Gleißender Sonnenschein fiel auf Darias Kopfkissen und die Helligkeit verwob sich mit ihrem wirren Traum. Sie fuhr erschrocken hoch. Doch es war nicht die Sonne, die sie so früh am Morgen geweckt hatte. Es war der schrille Schrei ihrer Mutter, der sie aus dem Schlaf gerissen hatte.

Irgendetwas Schlimmes war passiert. Darias Herz raste, als sie hastig aufstand und erst einmal über die Schulsachen stolperte, die sie gestern Abend achtlos neben das Bett hatte fallen lassen. Bis tief in die Nacht hinein hatte sie versucht, die Kurvendiskussion zu lösen. Aber es war bei dem Versuch geblieben. Mehr als ein Drittel der Aufgaben hatte sie wieder einmal nicht geschafft.

Doch nichts interessierte sie jetzt weniger als Mathe. Daria hastete weiter zur Tür. Was war nur los? Sie riss ihre Zimmertür auf und hörte, wie ihre Mutter schluchzte. Das Geräusch ließ etwas tief in ihr erbeben. Oh nein! Darias Körper fühlte sich eiskalt an. Seit Daria denken konnte, hatte sie ihre Mutter noch nie weinen gesehen.

Nicht, als Urgroßmutter Helga gestorben war, und auch nicht, als ihre eigenen Eltern mit dem von Oma Helga geerbten Geld zwei Wochen später ein neues Haus in Südspanien gekauft hatten und ihre Tochter mitsamt dem alten Haus und all den Problemen in Fresienstein alleingelassen hatten.

Ihre Mutter hatte alles mit stoischer Ruhe hingenommen. Sie hatte immer gesagt, dass sie schon einen Weg finden würden, und sie hatte recht behalten.

Daria stolperte und wäre beinahe die breite Wendeltreppe hinabgestürzt. In letzter Sekunde konnte sie sich am Geländer festhalten. Das Holz fühlte sich glatt und kühl an. Das vertraute Gefühl bremste Darias Eile. Etwas langsamer lief sie weiter. Sie würde ihrer Mutter keine große Hilfe sein, wenn sie mit gebrochenen Knochen unten im Flur landete.

Das Schluchzen kam aus der Küche. Daria bog nach rechts ab und drückte die Küchentür auf. Sie hatte Angst, was sie jetzt zu sehen bekam. Hatte ihre Mutter erfahren, dass sie schwer krank war? Waren ihre Eltern gestorben, ohne dass sie sich noch von ihnen hätte verabschieden können, oder hatte sich Darias Vater gemeldet und wollte plötzlich das alleinige Sorgerecht für seine Tochter beantragen?

Die Tür schwang auf und mit schweren Schritten betrat Daria die Küche. Vorsichtig sah sie sich um. Ihre Mutter stand neben dem Küchentisch. Ihre Tasse Kaffee stand unberührt auf ihrem Platz. Neben dem Fresiensteiner Wochenblatt lag ein geöffneter Briefumschlag. Ein Brief am Sonntag? Das war seltsam. Aber noch viel schlimmer war der Anblick ihrer Mutter.

Sie stand von Weinkrämpfen geschüttelt neben dem Tisch. In den Händen hielt sie einen Brief. Sie starrte ihn ungläubig an und schluchzte so heftig, dass Daria von einer unerträglichen Angst ergriffen wurde. Langsam ging sie zu ihrer Mutter. Sie musste jetzt stark sein, ihre Mutter war schließlich immer für sie stark gewesen.

„Was ist passiert?" Darias Stimme war leise. Trotz ihrer Angst war es ihr gelungen, ruhig zu sprechen.

Dennoch zuckte ihre Mutter zusammen. Sie hatte gar nicht gemerkt, dass Daria hereingekommen war. Daria versuchte, auf dem Brief zu erkennen, welche Hiobsbotschaft angekommen war. Doch genau in diesem Moment ließ ihre

Mutter den Brief sinken und wandte sich um.

Daria erschrak und die Angst vor dem, was geschehen war, wuchs ins Unermessliche. Ihre Hände fingen an zu zittern. Die Augen ihrer Mutter waren rot gerändert. Sie schluchzte immer noch so heftig, dass sogar ihre dunklen Locken zitterten. Doch gleichzeitig lachte sie.

Moment mal! Daria stutzte. Irgendetwas stimmte hier nicht.

„Was ist los?" Darias Stimme klang, als wäre sie eingerostet und müsste dringend geölt werden.

Ihre Mutter sprang auf Daria zu und fiel ihr um den Hals. Daria keuchte erschrocken, während ihre Mutter sie fest an sich drückte, laut lachte, dann wieder weinte, schluchzte und ihr zum Schluss einen Kuss auf die Wange gab.

„Ich mache mir ernsthaft Sorgen", sagte Daria etwas lauter. „Sag mir bitte endlich, was los ist. Was stand in dem Brief?"

Ihre Mutter strahlte sie an und holte tief Luft. Das Schluchzen war verebbt. Sie trat einen Schritt zurück und hielt den Brief hoch, den sie immer noch fest umklammert hielt. Sie strich sich die dunklen Locken hinters Ohr und holte tief Luft.

„Ja?" Daria sah sie erwartungsvoll an.

„Ich habe im Lotto gewonnen." Das Grinsen von Darias Mutter wurde breiter.

„Du spielst Lotto?" Daria sah ihre Mutter ungläubig an. „Hattest du einen Dreier oder einen Vierer?"

„Nein, du verstehst mich nicht." Darias Mutter schüttelte heftig den Kopf. „Ich habe im Lotto gewonnen."

„Wie meinst du das?" Daria runzelte die Stirn. Nein, sie verstand wirklich überhaupt nicht, was gerade los war.

„Ich habe den Jackpot geknackt." Darias Mutter zog sich einen Stuhl heran und ließ sich darauf sinken, als ob sie am Ende ihrer Kräfte angelangt war.

„Den Jackpot?"

„Ja, genau. Ich habe mich vor zwei Wochen für das Dauerspiel angemeldet."

„Du?" War das wirklich ihre sparsame Mutter, die da vor ihr saß und die normalerweise jeden Euro dreimal umdrehte, bevor sie ihn ausgab? Lotto? Und dann auch noch ein Dauerspiel?

Ihre Mutter sah sie entschuldigend an. „Es war so eine spontane Idee, weil meine Kollegin das auch gemacht hat und schon einmal etwas gewonnen hat. Ich wollte das Dauerspiel am Montag eigentlich schon wieder kündigen, aber jetzt kriege ich so einen Brief." Darias Mutter hatte hastig gesprochen, jetzt holte sie tief Luft.

„Wie viel?" Daria krächzte die Worte. Mehr brachte sie gerade nicht zustande.

„Sechs Millionen." Die Stimme von Darias Mutter klang heiser und so als ob sie Mühe hatte, die Worte auszusprechen. Dann ging ein Leuchten über ihr Gesicht. Sie sprang auf und zog Daria lachend in ihre Arme. „Ich kann es nicht glauben, aber wenn das wirklich stimmt, dann bin ich endlich alle meine Sorgen los. Ich kann das Haus renovieren lassen und ich muss nicht wegziehen. Ich kann hierbleiben und du auch, wenn du willst. Wir müssen nicht weg. Wir können uns ein ganz neues Leben aufbauen. Du hast ja keine Ahnung, welche Last das von mir nimmt. Das hier ist meine Heimat und ich wollte hier nie weg. Und jetzt muss ich auch nicht." Darias Mutter lachte erneut. „Ich muss gleich auf meinem Konto nachsehen. Sie haben geschrieben, dass sie das Geld schon überwiesen haben." Darias Mutter hielt den Brief hoch. „Und dann rufe ich diese fürchterliche Frau Gremmer an und sage ihr, dass sie dieses Haus niemals bekommen wird. Oh, wie ich mich darauf freue. Wir können endlich das Dach reparieren lassen und

46

dann die Außenfassade und die Tür. Es gibt so viel zu tun."
Darias Mutter faltete den Brief ordentlich zusammen und
lief dann in den Flur hinaus und ins Arbeitszimmer hinüber,
wo ihr Laptop stand. „Ich bin gleich zurück, Schatz."

„Ja, na klar." Daria murmelte die Worte und setzte sich
dann auf den Stuhl ihrer Mutter. Sie brauchte noch einen
Moment, um wirklich begreifen zu können, was gerade geschehen war. Sechs Millionen? Das war unfassbar viel Geld.
Jetzt würde sich alles ändern. Ein lockerleichtes Gefühl begann sich in Darias Bauch auszubreiten. Es war ein glückliches Kitzeln, das mit jedem Moment stärker wurde. Daria
begann zu grinsen.

Kein Wunder, dass ihre Mutter so heftig reagiert hatte.

Hoffentlich stimmte das auch mit dem Lottogewinn.
Der Gedanke kam Daria in den Sinn, dass sich jemand einen Scherz mit ihnen erlaubt haben könnte. Schließlich war
der Brief an einem Sonntag gekommen. Aber es war auch
gut möglich, dass ihre Mutter gestern den Briefkasten nicht
geleert hatte. Das vergaß sie regelmäßig. Daria sprang auf
und lief in den Flur. Sie musste mit eigenen Augen sehen,
wie der Kontostand ihrer Mutter war.

Sie war schon im Flur und lief auf das Arbeitszimmer
zu, als sie ein leises Klingeln vernahm. Daria kam es seltsam
vertraut vor. Mit etwas Verspätung begriff sie, dass es der
Klingelton von ihrem Handy war. Doch das konnte eigentlich gar nicht sein.

Daria wechselte die Richtung und rannte die Treppe
hinauf. Je näher sie ihrem Zimmer kam, umso lauter konnte
sie ihr Handy hören. Sie hatte sich nicht verhört. Seit knapp
einer Woche trocknete sie es nach allen Regeln der Kunst.
Sie hatte es auseinandergebaut, in Reis gelegt, in Salz und
auf die Heizung. Nun hatten ihre vielen Bemühungen doch
noch Erfolg gezeigt. Daria legte einen letzten Sprint zu ihrem Schreibtisch ein. Auf dem Display erschien Esras Na-

me. Sie nahm ab.

„Du glaubst nicht, was gerade passiert ist", rief Daria ins Telefon.

„Deine Mutter hat im Lotto gewonnen und außerdem funktioniert dein Handy wieder, obwohl es eigentlich total im Arsch war." Esra klang kühl und distanziert.

Daria stockte der Atem.

„Und? Habe ich recht?" Das Zittern in Esras Stimme machte Daria Angst.

„Ja, das stimmt", hauchte sie. „Woher weißt du das?" Erst jetzt fiel Daria ein, dass Esra ganz genau wusste, dass ihr Handy seit einer Woche kaputt war, und es eigentlich unmöglich war, dass es wieder funktionierte. Dennoch hatte sie heute Morgen angerufen.

„Keine Ahnung." Esras Stimme war ein kalter Hauch. „Ich weiß plötzlich so viele Sachen und das macht mir Angst. Zum Beispiel der Typ gestern, der dich gerettet hat, das ist Cedric Carter. Ich weiß zwar nicht, wo er herkommt, aber er lebt jetzt in Fresienstein und er wird noch für eine ganze Menge Ärger sorgen. Komm bitte her! Irgendetwas ist passiert und ich weiß nicht, mit wem ich sonst darüber reden soll."

„Ich komme sofort." Daria legte auf, griff hastig nach ihrer Jeans und zog sie sich auf dem Weg zur Tür an. Dann rannte sie erneut mit einem kalten Gefühl im Bauch die Wendeltreppe hinab. Cedric Carter? Diesen Namen hatte sie noch nie gehört. Wo kam er her? Aus England? Aus Amerika? Was wollte er hier und warum würde er für eine ganze Menge Ärger sorgen?

„Das Geld ist da." Die Worte ihrer Mutter bremsten Darias Eile. Sie bog nach links in das Arbeitszimmer ihrer Mutter ein. Der große Raum war von Bücherregalen gesäumt, in denen sich die Bücher ihrer Urgroßeltern befanden. Sie hatten eine regelrechte Bibliothek angelegt. Esra

48

war schon oft hier gewesen und hatte eine Menge der Bücher gelesen.

Ihre Mutter saß an dem großen Eichenholzschreibtisch vor dem Fenster. Eine weitflügelige Glastür führte von hier aus zu einer Terrasse. Ihre Urgroßmutter hatte gern dort draußen auf einer Liege gelegen und gelesen. Daria konnte sich noch gut daran erinnern, wie sie oft bei ihr gesessen und ihren Geschichten gelauscht oder ihr dabei zugesehen hatte, wie sie Tagebuch schrieb. Die endlos vielen Bände standen noch immer im obersten Regal und Daria hatte sich nicht nur einmal vorgenommen, sie zu lesen. Doch es war bei dem guten Vorsatz geblieben. Für das Lesen hatte Daria einfach nichts übrig.

Der blasse Gesichtsausdruck ihrer Mutter erinnerte Daria ein wenig an Urgroßmutter Helga. Sie hatte dieselben braunen Augen besessen, an denen man jede Gefühlsregung ablesen konnte.

„Das Geld ist da", wiederholte ihre Mutter mit monotoner Stimme und so als ob sie sich selbst davon überzeugen musste, dass das alles wirklich geschah.

Daria konnte nicht anders. Sie ging um den Schreibtisch herum. Dabei hörte sie jeden ihrer Schritte laut auf dem Parkett. Endlich stand sie hinter ihrer Mutter und blickte auf den Bildschirm des Computers. Die Zahlen verschwammen kurz vor ihren Augen und es dauerte einen Moment, bis sich Daria konzentrieren konnte.

Doch dann sah sie alles mit absoluter Klarheit. Dort stand der Name ihrer Mutter, Penelope Hellersheim, und neben dem Wort Guthaben befand sich eine sehr, sehr große Zahl. Die Lottogesellschaft hatte auf das Konto ihrer Mutter tatsächlich sechs Millionen Euro überwiesen. Daria zählte mehrmals die vielen Nullen.

Ganz langsam legte Daria eine Hand auf die Schulter ihrer Mutter, die unablässig murmelte, dass das Geld da wäre.

„Beruhige dich, Mama."

„Es ging mir nie besser." Mit einer schnellen Bewegung klappte Darias Mutter den alten Laptop zu. Plötzlich schien sie absolut klar und konzentriert zu sein. Dann griff sie zum Telefon. „Ich rufe jetzt Frau Gremmer an und dann gehe ich zu Helena. Wir haben eine Menge zu besprechen."

„Das ist eine gute Idee." Daria war froh, dass ihre Mutter zu ihrer besten Freundin ging. Helena war die Geschäftsführerin des einzigen Bauunternehmens in Fresienstein und schon seit einer Ewigkeit mit Darias Mutter befreundet. Die beiden hatten oft darüber gesprochen, was man aus diesem Haus alles machen konnte, wenn man genügend Geld hatte.

Ihre Mutter hatte eine Visitenkarte aus dem obersten Schubfach des Schreibtisches genommen und gab eine Nummer ein.

„Ich gehe mal zu Esra rüber. Sie hat irgendein Problem, bei dem sie meine Hilfe braucht." Daria steuerte auf den Flur zu.

„Mach das, Schatz." Darias Mutter drehte die Visitenkarte zwischen den Fingern, während das Freizeichen ertönte. „Wir können ja dann zusammen mittagessen."

„Bis dahin bin ich auf jeden Fall zurück." Daria lächelte ihrer Mutter zu und verließ dann das Arbeitszimmer, während ihre Mutter mit einer ihr ganz fremden Überlegenheit Frau Gremmer erklärte, dass sie sich nie im Leben von ihrem Haus trennen würde und dass sie es ja nicht noch einmal wagen sollte, ihre Tochter über den Haufen zu fahren.

Daria hielt kurz vor dem Spiegel im Flur an und kämmte sich schnell die Haare, dann schlang sie einen Haargummi um ihre wilden Locken, um sie wenigstens halbwegs zu bändigen. Sie griff nach ihrem Hoody und verließ das Haus.

Eine dünne Wolkendecke bedeckte den Himmel, als Daria die Auffahrt hinabschlenderte. Die Vögel zwitscherten laut und es versprach wieder ein schöner, warmer Tag zu werden.

In Darias Kopf herrschte immer noch ein völliges Durcheinander. Wieder und wieder ging sie die Ereignisse dieses Morgens durch und ganz langsam begriff sie, was dieser Lottogewinn bedeutete. Alles würde sich jetzt ändern, einfach alles, und zwar auf eine gute Weise. Daria lächelte. Sie konnte nichts dagegen tun, dass sich die Freude auf ihrem Gesicht ausbreitete. Grinsend erreichte sie die Rosenstraße und bog nach links ab.

Gemütlich schlenderte sie den Gehweg entlang. Ihre Gedanken beruhigten sich allmählich wieder, doch sie spürte deutlich, dass sie noch eine Weile brauchen würde, bis sie diese neue Normalität begriffen hatte.

Sicherlich würde sich nicht jeder darüber freuen, dass sie so ein Glück gehabt hatten. Auch in Fresienstein gab es viel Neid. Daria musste nur daran denken, wie Esra von manchen ihrer Mitschüler und Mitschülerinnen behandelt wurde. Die Bezeichnung als Streberin war da noch das Netteste, was Esra zu hören bekam. Besonders Elania und ihr Freund Marcello waren ein teuflisches Gespann, wenn es darum ging, andere zu quälen.

Doch es gab auch nette Menschen. Daria beruhigte sich mit dem Gedanken, dass diese hoffentlich in der Überzahl waren. Ein kühler Wind strich durch die leere Straße. So früh am Sonntagmorgen waren kaum Menschen unterwegs. Am anderen Ende der Straße erkannte Daria Herrn Grauland, der so wie jeden Morgen seine beiden Dackel ausführte, die auf die respekteinflößenden Namen Ares und Hades hörten. Herr Grauland war pensionierter Geschichtslehrer und hatte eine große Vorliebe für griechische Mythologie.

Daria bog zügig in die Uferstraße ein und legte einen Zahn zu. Herr Grauland war kein freundlicher Zeitgenosse und nutzte jede Gelegenheit, um auf die verdorbene Jugend zu schimpfen oder seinen Mitmenschen Episoden vom Olymp zu erzählen, und da geschah selten etwas Neues.

Endlich erreichte Daria das Gartentor, ohne dass Herr Grauland sie bemerkt hatte. Sie wollte schon nach der Klinke greifen, als die Tür aufschwang. Einen Moment erstarrte Daria und blickte das Gartentor ungläubig an. Das war jetzt einfach zu viel für den Moment. Erst der Lottogewinn und dann auch noch Esras seltsamer Anruf. Wenn die Gesetze der Physik jetzt auch noch außer Kraft gesetzt waren, dann hatte Daria wohl oder übel den Verstand verloren.

„Lass uns eine Runde gehen." Esra stand plötzlich vor Daria und in diesem Moment begriff Daria voller Erleichterung, dass ihre Freundin schon hinter der Gartentür auf sie gewartet hatte.

„Gern." Daria atmete aus. Dann musterte sie Esra und erschrak. Ihre Freundin hatte dunkle Ringe unter den Augen. Sie sah aus, als ob sie die ganze Nacht nicht geschlafen hatte, und nicht nur das. Esra war total nervös. Sie knetete ihre Hände, schob sich die Brille immer wieder ein Stück höher auf die Nase und kaute auf ihrer Unterlippe.

„Was ist los?" Daria lief langsam neben Esra, die die Juulstraße eingeschlagen hatte.

Esra seufzte. „Mein Kopf ist voller Bilder."

„Was für Bilder?" Daria runzelte die Stirn, während sie versuchte zu begreifen, was mit Esra los war. „Wie meinst du das?"

„Ich sehe lauter Dinge, also Dinge, die noch geschehen werden." Esras Stimme war heiser.

Daria schwieg und presste die Lippen fest aufeinander. Das konnte Esra doch nicht ernst meinen?

„Ich habe gesehen, wie deine Mutter einen Brief von der Lottogesellschaft bekommt, und ich habe gesehen, dass dein Handy wieder funktioniert. Sonst hätte ich dich doch heute gar nicht angerufen."

„Okay." Daria zog das Wort weit auseinander, um sich selbst Zeit zu geben, das alles auf sich wirken zu lassen. Sie beschloss, erst einmal nicht darauf zu beharren, dass das eigentlich alles nicht sein konnte. Das wusste Esra auch selbst. Doch es gab bestimmt eine logische Erklärung für das, was geschehen war. „War das alles?"

Esra schüttelte den Kopf. „Nein." Sie klang, als ob es sie eine Menge Kraft kostete, mit Daria zu sprechen.

„Was hast du denn noch gesehen?"

„Eine Menge Bildfetzen, die keinen Sinn ergeben haben." Esra seufzte. „Ich weiß, wie albern das klingt. Ich komme mir ja selbst total durchgedreht vor. Aber ich habe schon einen Verdacht, wie das alles zusammenhängen könnte."

„Bist du sicher, dass es kein Traum war?" Daria konnte sich nicht verkneifen, diese Möglichkeit zumindest zu erwähnen. Esra hatte eine lebhafte Fantasie und nach dem Beinahe-Unfall gestern war sie bestimmt immer noch total durcheinander.

„Ich habe heute Nacht kein Auge zugetan", fauchte Esra. „Es kann kein Traum sein."

„Schon gut." Daria hob abwehrend die Hände. „Was hast du für einen Verdacht?"

„Das verrate ich dir gleich." Esra hakte sich bei Daria ein. „Ich brauche erst noch einen letzten Beweis, damit ich weiß, dass ich nicht spinne."

„Und der wäre?"

„Ich habe eine Sache ziemlich klar gesehen." Esra sah sich um, als ob sie befürchtete, dass ihnen jemand zuhörte. Doch zwischen der Apotheke und der Bibliothek war niemand unterwegs. „Es wird einen Unfall geben, und zwar genau um acht Uhr auf dem Marktplatz. Lea und Caspar werden in dem Auto sitzen. Und dieser Cedric Carter wird auch daran beteiligt sein."

„Ernsthaft?" Daria stutzte. Lea und Caspar gingen in Darias Klasse. Die beiden waren schon ein Paar, seitdem sie vierzehn Jahre alt waren, und außerdem gehörten sie zu Esras und Darias besten Freunden. Aber was wollte dieser Cedric hier?

„Henning und Rosie sind auch da." Esras Stimme wurde fester, als ob sie sich ihrer Sache absolut sicher war.

„Aber die vier wollten doch am Wochenende wegfahren, damit sie im Wochenendhaus von Leas Eltern ungestört lernen können." Daria war nicht mitgefahren, weil ihre Mutter Geburtstag hatte und sie außerdem mehr davon profitierte, wenn sie mit Esra lernte. Irgendwie kapierte sie Mathe dann schneller und besser, als wenn sie mit so vielen Leuten zusammensaß.

„Verdammt, ich habe den Geburtstag von meiner Mutter ganz vergessen." Daria fluchte und tastete an ihren Hals. Die Kette hing nicht mehr dort. Daria hatte sie gestern Abend noch schön verpackt und in einer Schreibtischschublade versteckt. Doch heute Morgen hatte sie völlig vergessen, ihrer Mutter zu gratulieren und ihr ihr Geschenk zu überreichen.

„Das kannst du doch später machen." Esra winkte ab, als ob der Geburtstag von Darias Mutter jetzt wirklich nicht wichtig war. „Jedenfalls habe ich gesehen, dass etwas geschieht, und wenn das wirklich passiert, dann ist das der endgültige Beweis für meine Theorie."

„Ein Unfall?" Daria kam das wirklich unwahrscheinlich vor. Lea, Rosie und Henning hatten noch keinen Führerschein. Sie wollten die Fahrprüfung erst nach dem Abi machen. Und Caspar war ein absolut vorbildlicher Fahrer. „Bist du sicher?"

„Nein, aber wir werden es ja sehen."

„Du machst es ja wirklich spannend." Daria sah nach

vorn, wo die Juulstraße in den Marktplatz mündete. Sie waren gleich da. Daria zog ihr Handy aus der Hosentasche. „Wir haben noch zehn Minuten Zeit."

Esra nickte. „Genug Zeit, um sich einen guten Platz zu suchen. Ich brauche jetzt erst einmal einen Kaffee, um richtig wach zu werden. Komm, ich lade dich ein, auch wenn du es jetzt vermutlich gar nicht mehr nötig hast." Esra grinste ganz leicht und Daria nahm es erleichtert zur Kenntnis. Vielleicht war das alles nur ein riesiger Irrtum. Das musste so sein. Es waren alles nur ein paar Zufälle, die glücklich oder unglücklich zusammengekommen waren. Esra war vielleicht doch für ein paar Minuten eingenickt, ohne es zu merken, und dabei hatte sie von ihrem Handy und dem Lottogewinn geträumt, weil Geld und ihr Pech im Umgang mit elektronischen Geräten nun einmal Themen waren, über die sie in der letzten Zeit viel gesprochen hatten.

Der Eindruck, dass Esra auf dem Holzweg sein musste, wurde noch verstärkt, als sie den Marktplatz betraten und weder von ihren Freunden noch von diesem Cedric etwas zu sehen war. Sie schlenderten am Brunnen vorbei zu dem kleinen Café hinüber, das draußen auf dem Marktplatz Schirme und Tische aufgestellt hatte, um die ersten Frühstücksgäste zu begrüßen.

Esra und Daria suchten sich einen Platz, von dem aus sie den Marktplatz gut im Blick hatten. Dann bestellten sie sich zwei Tassen Milchkaffee. Als die Kellnerin gegangen war, räusperte sich Daria.

„Erzählst du mir von deiner Theorie?" Sie sah ihre Freundin fragend an.

Esra schüttelte den Kopf. „Noch nicht." Sie warf einen Blick auf ihr Handy. Es war fünf Minuten vor acht Uhr. „Vielleicht ist das alles auch absoluter Blödsinn und ich will nicht, dass du mich für völlig durchgeknallt hältst." Esra seufzte.

„Das würde ich nie tun." Daria lächelte Esra aufmunternd zu. In diesem Moment brachte ihnen die Kellnerin ihren Kaffee. „Dann erzähle mir, was du von Cedric Carter weißt." Daria konnte nicht verhindern, dass sie Esra neugierig ansah.

„Nicht viel." Esra seufzte und trank einen Schluck Kaffee. „Außer, dass du besser einen Bogen um ihn machst. Er ist ein übler Typ."

„Das glaube ich nicht. Er hat mir gestern geholfen. Warum soll ich einen Bogen um ihn machen?" Daria hob ihre Tasse und sah Esra fragend über den Rand hinweg an. Ihre Einschätzung kam ziemlich unerwartet.

„Das erzähle ich dir vielleicht später." Esra sah unruhig über den Marktplatz hinweg und Daria wurde das ungute Gefühl nicht los, dass Esra vielleicht doch recht haben könnte. Ihre Sicherheit, dass Esra sich das alles eingebildet haben könnte, schwand und Daria wusste nicht einmal genau, warum.

Vielleicht lag es daran, wie überzeugt Esra war. Doch vielleicht war da noch etwas anderes. Ein übler Verdacht stieg in Daria auf. Es war mehr ein Gefühl, das sie schon seit dem Moment begleitete, in dem der Schrei ihrer Mutter sie geweckt hatte, und es wurde immer stärker. Doch das konnte nicht sein. Das war einfach unmöglich.

Daria nahm ihre Tasse und trank einen großen Schluck Kaffee. Bitter und heiß rann er ihre Kehle hinab und lenkte sie von dem Unbehagen ab. Daria wollte gerade einen weiteren Schluck Kaffee trinken, als sie plötzlich laute Motorengeräusche vernahm, die sich schnell näherten. Hastig stellte sie die Tasse ab.

Ein kalter Schauer lief ihren Rücken hinab, denn sie kannte das Geräusch, das gerade näher kam. Es war das Auto von Caspars Vater, ein uralter Geländewagen, in dem viel Platz war und der einen fürchterlichen Krach machte. Es gab keinen Zweifel.

Auch Esra hatte es gehört und wurde noch blasser. Doch sie zwinkerte nicht einmal, sondern stellte in aller Ruhe ihre Tasse Kaffee ab. Daria starrte auf den Marktplatz und in diesem Moment hörte sie ein weiteres Motorengeräusch. Es war ein tiefes Grollen und kam aus der anderen Richtung.

Es dauerte kaum fünf Sekunden und zwei Autos fuhren aus entgegengesetzter Richtung zügig auf den Marktplatz.

Der eine Wagen war tatsächlich der olivgrüne Geländewagen von Caspars Vater, der andere ein schwarzer Sportwagen, dessen tiefes Grollen über den ganzen Marktplatz dröhnte. Daria erstarrte. Sie kannte den Mann, der am Steuer saß. Es war Cedric Carter, der hübsche Kerl, der ihr gestern den schmerzhaften Zusammenprall mit dem Heck der Nobellimousine von Frau Gremmer erspart hatte. Es schien, als ob der Unfall, den er gestern verhindert hatte, nun doch noch stattfinden musste.

Die Autos waren beide zu schnell und das alte Kopfsteinpflaster schimmerte noch nass von der Nacht. Wusste Cedric nicht, was das zu bedeuten hatte? Er hatte doch gestern miterlebt, wie schnell man die Kontrolle über seinen Wagen verlieren konnte. Daria wollte am liebsten wegschauen, doch stattdessen starrte sie mit weit aufgerissenen Augen auf den Markt.

Plötzlich geschah alles in Zeitlupe. Daria hörte, wie die Bremsen der Autos blockierten, als sie den drohenden Zusammenstoß noch verhindern wollten. Sie sah Esras bleichen Gesichtsausdruck, die dem Geschehen mit einer geisterhaften Ruhe folgte. Sie erkannte Caspar, der am Steuer des Geländewagens saß und mit weit aufgerissenen Augen auf den schwarzen Sportwagen starrte, der für ihn aus dem Nichts aufgetaucht zu sein schien.

Und da wusste Daria, dass sie irgendetwas tun musste. Die beiden Autos würden mit so viel Schwung aufeinanderkrachen, dass es garantiert Verletzte geben würde, und dieses Mal würde keiner von ihnen schnell genug sein, um die Tragödie zu verhindern. Daria war es Cedric schuldig, etwas zu tun.

Sie erkannte sein Gesicht und sah den Schreck in seinen Augen. Durch den ganzen Irrsinn hindurch hörte Daria Lea schreien und dieser Laut bohrte sich tief in ihr Herz. Leas hohe Stimme war unverwechselbar. Es war die pure Angst, die in diesem verzweifelten Laut lag. Sie wusste, dass sie der Kollision nicht mehr ausweichen konnten.

Mit einem Ruck sprang Daria auf und schrie: „Ich wünsche mir, dass niemand verletzt wird."

Dann gab es einen lauten Knall und Daria wusste, dass sich ab heute einfach alles ändern würde.

KAPITEL 4

Daria machte einen Schritt nach vorn und wollte Caspar und ihren Freunden zu Hilfe eilen. Es hatte verdammt laut gekracht. Die beiden Autos waren frontal aufeinander zugefahren. Doch sie waren nicht ineinander verkeilt. Die Autos mussten in letzter Sekunde aneinander vorbeigerutscht sein. Der Jeep von Caspars Vater war gegen den Laternenmast vor der Fleischerei geknallt. Cedrics Auto war mitten auf dem Marktplatz direkt neben dem Brunnen zum Stehen gekommen. Es hatte keinen Kratzer abbekommen. Esras Hand lag plötzlich auf der von Daria.

„Setz dich wieder", sagte sie mit einer Strenge in der Stimme, die Daria nicht von ihr kannte. „Es ist keiner von ihnen verletzt. Der Jeep hat nur einen Blechschaden. Gut gemacht. Warte ab, was jetzt passiert."

Daria starrte auf den Marktplatz und traute ihren Augen kaum. Was redete Esra da? Gut gemacht? Was sollte das heißen? Sie hatte doch gar nichts gemacht, oder? Und warum sollte sie warten? Worauf denn?

In diesem Moment flog auch schon die Tür des Geländewagens auf. Caspar sprang aus dem Auto und fuhr sich durch die wirren blonden Haare, die ihm in alle Richtungen vom Kopf abstanden. Er fluchte lautstark und lief um das Auto herum, um sich den Schaden anzusehen.

Esra hatte recht. Er war unverletzt. Genauso wie Lea, die gerade mit erschrockener Miene aus dem Auto stieg. Ihre kurzen, schwarzen Haare ließen ihr Gesicht noch blasser wirken. Dann stieg Rosie aus, deren karottenrote Mähne hell im Schein der Morgensonne leuchtete.

Sie warf Henning einen besorgten Blick zu, der seine Tür aufgerissen hatte und gähnte, als ob er gerade noch geschlafen hätte und von dem unsanften Aufprall wach geworden wäre. Mit etwas Verspätung schien Henning jetzt zu bemerken, dass sie einen Unfall gehabt hatten. Er stieg hastig aus und sah ungläubig zwischen Cedrics Auto und dem Jeep hin und her.

Caspar stand plötzlich neben Henning und erklärte ihm, was geschehen war. Er gestikulierte reichlich und zeigte hektisch auf die Friedhofsgasse, aus der Cedric gekommen war. Daraufhin färbte sich Hennings Gesicht unter den drahtigen, schwarzen Locken knallrot. Henning geriet schnell aus der Ruhe und obwohl er sich Mühe gab, sein Temperament zu zügeln, gelang ihm das nur selten. Er funkelte Cedric wütend an, der immer noch in seinem Auto saß und das Geschehen mit kühler Miene musterte. Daria hatte beinahe den Eindruck, als ob er auf etwas zu warten schien.

Dann machte Henning ein paar wütende Schritte auf Cedric zu. Er hatte die Hände in seine Seiten gestemmt. Rosie redete auf ihn ein und versuchte sich vor ihn zu stellen. Eigentlich schaffte sie es ziemlich oft, sein Temperament zu zügeln. Doch der Anblick des Jeeps, der mit der Straßenlaterne zusammengeknallt war, war wohl einfach zu viel für Henning. Keiner von ihnen hatte Geld und die Reparatur des Jeeps würde sicher teuer werden.

Henning schob Rosie und auch Caspar zur Seite. Lea stand immer noch stocksteif neben dem Auto und sah erschrocken dabei zu, wie Henning auf Cedric zulief. Er sah aus, als ob er ihn aus dem Auto zerren und verprügeln wollte.

Daria hielt die Luft an. Sie konnte nicht anders, als Cedric anzustarren. Was würde er jetzt tun? Würde er aussteigen und sich dem Kampf stellen? Oder würde er sich lieber in Sicherheit bringen? Henning war zwei Köpfe größer als Daria. Schon seit Jahren trainierte er mit seinen Hanteln und unterhielt sich gern und ausführlich mit jedem, der es hören wollte, über seine Trainingsfortschritte.

Doch Cedric schien Henning und die nahende Gefahr gar nicht zu bemerken. Er erwiderte Darias Blick. Das ungewöhnlich helle Grau seiner Augen schien regelrecht zu strahlen. Er sah sie durchdringend an, so als ob er sie das erste Mal wirklich wahrzunehmen schien. Gestern hatte er es eilig gehabt, zu verschwinden, doch jetzt fixierte er sie mit einer Ruhe, die Daria fast schon bedrohlich vorkam.

Erst jetzt fiel Daria auf, wie ungewöhnlich schön sein Gesicht war. Er war einer jener Menschen, die einen aus einem Katalog ansahen und die man niemals im Leben treffen würde, erst recht nicht in einem winzigen Ort wie Fresienstein. Der Schwung seiner Augenbrauen betonte die hohen Wangenknochen und selbst sein Kinn und seine Nase schienen wie aus Stein gemeißelt zu sein.

Sein ernster Blick unterstrich die markanten Linien in seinem Gesicht. Darias Herz machte einen Sprung und gleichzeitig spürte sie den Impuls, vor Cedric davonzulaufen. Henning kam immer näher. Warum sah Cedric sie immer noch an? Ahnte er etwas? Aber er konnte nicht wissen, was sie getan hatte. Das war einfach unmöglich.

Henning klopfte an die Scheibe von Cedrics Auto. Er drehte den Kopf zu ihm um und der Blickkontakt brach endlich ab. Daria holte tief Luft, während Cedric seine Fensterscheibe nach unten fahren ließ. Sie hatte gar nicht gemerkt, dass sie die ganze Zeit die Luft angehalten hatte.

Mit rotem Gesicht und lauter Stimme redete Henning auf Cedric ein. Der verzog keine Miene. Stattdessen griff er in die Innentasche seiner Jacke und zog ein Bündel Geldscheine hervor. Er drückte es Henning in die Hand. Der verdutzte Ausdruck auf seinem Gesicht sprach Bände. Henning starrte abwechselnd das Geld und dann Cedric an. Die Röte war aus seinem Gesicht verschwunden. Er öffnete den Mund, als ob er etwas sagen wollte. Dann schloss er ihn wieder und sah das Geld wieder an.

Cedric nickte Henning mit gelassener Miene zu, als ob alles gesagt war, was es zu diesem Thema zu besprechen gab. Dann ließ er seine Scheibe nach oben fahren, startete den Motor seines Sportwagens, der mit einem lauten Grollen wieder zum Leben erwachte. Er drückte aufs Gas und der Wagen schoss viel zu schnell über den Marktplatz davon. Dann war Cedric verschwunden und die Stille auf dem Marktplatz war beinahe unheimlich.

Daria ließ sich zurück auf ihren Stuhl sinken. Sie fühlte sich völlig erschöpft und spürte, wie Esra nach ihrer Hand tastete und sie beruhigend drückte. Das war auch bitter nötig. Daria verstand die Welt nicht mehr.

„Was ist da gerade passiert?", fragte sie mit zitternder Stimme. Die Ereignisse waren kaum zu begreifen und unendlich viele Fragen schossen Daria in den Kopf. Was war mit Cedric los? Warum war er hier? Warum hatte er sie so angesehen? Sie kannte ihn doch gar nicht. Woher hatte Esra gewusst, dass das alles passieren würde?

Esra holte tief Luft. Daria wandte den Kopf und sah ihre Freundin an. Ihr Gesichtsausdruck sagte eigentlich schon alles. Daria wollte gar nicht wissen, was Esra ihr gleich erklären würde. Ein wenig hatte sie es schon geahnt. Schon seit heute Morgen. Doch wenn Esra es jetzt aussprach, dann wurde es zur Gewissheit, und Daria wusste nicht, ob sie das aushalten würde.

Schnell wandte sie ihren Blick ab, um den Moment hinauszuzögern. Sie sah über den Marktplatz hinweg. Caspar und Henning versuchten gerade, den Jeep wieder zu starten. Er sprang ohne Probleme an. Lea war wieder eingestiegen und es wirkte alles ziemlich normal. Nicht einmal die Straßenlaterne stand schief. Bis auf eine Delle an der Stoßstange des Jeeps war nichts geschehen. Daria konnte es immer noch nicht glauben. Sie ging in ihren Erinnerungen den Moment noch einmal durch, als die beiden Autos auf den Marktplatz geschossen waren. Und wieder kam sie zu dem Schluss, dass es unmöglich gewesen war, den Zusammenprall noch zu vermeiden.

„Du hast Caspar gerettet." Esras Stimme zerschnitt die Stille zwischen ihnen und lieferte Daria die Antwort, die sie nicht hatte hören wollen.

Daria nickte, obwohl ihr eher danach war, heftig den Kopf zu schütteln. Ihre Finger wurden kalt und eine nervöse Unruhe grub sich in ihren Magen. Doch es half nichts, wenn sie sich länger einredete, dass das alles nur ein Zufall war. Dafür waren seit gestern zu viele Zufälle geschehen.

Mit zitternden Fingern griff Daria nach ihrer Kaffeetasse. Sie musste irgendetwas Normales tun, damit sie nicht vor Angst schreiend davonlief. Sie nahm einen Schluck Kaffee und schluckte ihn, obwohl sie eigentlich nichts schmeckte. Mit zitternden Fingern stellte sie die Tasse wieder ab und holte tief Luft. So absurd diese Situation jetzt war, sie musste da jetzt durch.

Daria sah zu ihrer Hand hinab. „Es ist der Ring, nicht wahr?" Der Nebelstein an dem Ring glänzte milchig hell. Aber etwas war anders. Sie runzelte die Stirn. Der Stein hatte sich verändert. Es war nur ein wenig, aber es fiel deutlich auf. Dunkle Striche zeichneten sich wie Adern auf der Oberfläche des Steines ab.

„Ja, es ist der Ring." Esra drückte Darias Hand, als ob sie sich an ihr festhalten wollte. Ihre Stimme war rau und zitterte. Sie schien sich bis zu diesem Moment zusammengerissen zu haben. Doch plötzlich wich die Kraft aus ihr. „Ich glaube, dass er dir deine Wünsche erfüllt."

Daria presste die Lippen aufeinander, während sie Esras kalte Finger an ihrer Hand spürte. Esra ging es nicht gut und Daria fiel es schwer, ihr jetzt die Hilfe zu sein, die sie brauchte. Doch sie musste sich zusammenreißen, allein schon wegen Esra. Sie konnten jetzt nicht beide die Nerven verlieren.

„Du denkst also, dass dieser Ring wirklich meine Wünsche erfüllen kann?" Daria versuchte ernst zu bleiben. Doch das war gar nicht so einfach. Ihre eigenen Worte klangen einfach nur absurd.

„Ja." Esra nickte und presste die Lippen fest aufeinander.

„Ganz ehrlich." Daria sah Esra fest in die Augen. „Glaubst du wirklich, dass dieser Ring Wünsche erfüllen kann? Das klingt doch alles wie aus einem Märchen. Können das nicht doch nur ein paar dumme Zufälle gewesen sein?"

Esra erwiderte Darias Blick, während ihr Griff um Darias Hand fester wurde. Eine ernste Miene schlich sich in ihr Gesicht. „Ich wünschte, ich könnte dir sagen, dass das alles nur ein Zufall ist. Aber es wäre dumm, weiter so zu tun, als ob alles normal wäre, wenn es das nicht ist." Esras Stimme klang weich und Daria merkte, wie ihre Freundin langsam wieder ihre Fassung zurückgewann.

„Aber es ist so …" Daria versuchte ein passendes Wort zu finden.

„Unmöglich? Unbegreiflich? Unerträglich?" Esra sah Daria fragend an.

„Ja, von allem ein bisschen." Daria sah wieder auf und ließ ihren Blick über den Marktplatz schweifen. Ein paar Leute standen neben Caspars Auto und betrachteten den Schaden. Der Krach hatte wohl Zuschauer angelockt.

Daria schloss einen Moment die Augen und zog eine ihrer schwarzen Locken aus ihrem Zopf. Dann drehte sie die

Haarsträhne unruhig um ihren Finger. Das tat sie immer, wenn sie nervös war. Sie wäre gern zu Lea und Rosie hinübergegangen und hätte mit ihnen gesprochen. Wäre alles normal, dann hätte sie sich erkundigt, wie es ihnen ging und ob sie Hilfe brauchten. Doch im Moment war sie sich nicht sicher, ob sie einen vernünftigen Satz herausbringen würde. Sie starrte den Ring an und versuchte den Gedanken zuzulassen, dass er magische Kräfte besaß.

Daria ließ die Locke wieder fallen. Sie musste jetzt irgendwie damit klarkommen. Sie konnte ja nicht ewig hier sitzen. Das Leben musste weitergehen. Die mahnende Worte ihrer Mutter klangen ihr in den Ohren, dass Aufgeben keine Option war und dass sie besser nach vorn als zurück schauen sollte. In diesem Moment ließ Daria den Gedanken das erste Mal wirklich an sich heran, dass da an ihrer Hand ein Ring steckte, der ihre Wünsche erfüllen konnte.

Seitdem sie erfahren hatte, dass ihre Mutter im Lotto gewonnen hatte, war dieser Gedanke unbewusst in ihrer Nähe gewesen. Er war wie eine Vorahnung, derer sie sich gewahr war, die sie aber nicht zugelassen hatte, damit sie nicht zur Gewissheit werden konnte.

Daria starrte den Ring an. In ihrem Kopf drehten sich die Gedanken im Kreis. Sie hatte Angst, und zwar so sehr wie noch nie. Doch gleichzeitig war da noch etwas anderes. Inmitten des Chaos in ihrem Kopf wurde sie sich einer Empfindung bewusst, die aus alldem herausstach.

Sie sah mit einem Mal zu Esra auf und ein breites Lächeln schlich sich auf ihre Lippen. „Das ist doch eigentlich eine gute Sache, oder?"

Esra zuckte mit den Schultern, als ob ihr der Gedanke bis jetzt gar nicht gekommen wäre. Dann holte sie tief Luft.

Jetzt war es Daria, die Esras Hand drückte. „Ich erinnere mich daran, dass ich mir gestern gewünscht habe, dass du in die Zukunft sehen kannst. Ich meine, ich habe das nur so dahergesagt, aber ist es etwa passiert?"

Esra schluckte und sah zu Boden, dann nickte sie. „Ja, genau das muss passiert sein. Es gibt keine andere Erklärung für das, was mit mir seit gestern geschehen ist."

„Gibt es keins deiner Bücher, in denen so etwas schon einmal passiert ist?"

„Doch, die gibt es, aber das waren doch nur Bücher." Esra schüttelte den Kopf, als ob Daria etwas wirklich Absurdes gesagt hätte.

„Bist das wirklich du, Esra?" Daria sah ihre Freundin ungläubig an. Diese Worte konnten doch nicht ernsthaft aus ihrem Mund gekommen sein. Wer hatte Daria denn jahrelang von den vielen Abenteuern vorgeschwärmt, die man zwischen zwei Buchdeckeln erleben konnte. „Hast du dir nicht immer gewünscht, dass dir so etwas wie in deinen Büchern mal im wirklichen Leben passiert?"

„Ja, schon", gab Esra zu und wirkte mit einem Mal unentschlossen.

„Dass es die Helden in deinen Büchern nicht leicht haben, wenn sie eine neue Fähigkeit bekommen, das weißt du doch. Du musst jetzt herausfinden, was du kannst und wie du deine neuen Fähigkeiten am besten benutzt. So geht das doch, oder?"

„Ähm, na ja, da hast du schon recht." Esra drehte ihre Kaffeetasse unruhig im Kreis, als ob sie die Sache bisher noch nicht von dieser Seite betrachtet hatte. „Da kenne ich schon einige Geschichten, in denen das so ähnlich gelaufen ist. Ach, Daria, so einfach ist das nicht. Es ist das eine, davon zu lesen, wenn man gemütlich in seinem Bett liegt, aber es ist etwas ganz anderes, wenn einem das wirklich passiert."

„Ja, das ist mir klar, aber wenn sich jemand sein Leben lang perfekt auf diese Situation vorbereitet hat, dann bist das du." Daria lächelte Esra zu. Sie spürte, wie ihre aufmunternden Worte bei ihrer Freundin ankamen und sie beruhigten. Es war immer gut, wenn man versuchte, die positive Seite an einer Sache zu sehen. Auch wenn es Daria schwerfiel, jetzt zu lächeln, tat sie es. „Also, was machen wir jetzt mit unseren neuen Begabungen? Du kannst in die Zukunft sehen und ich kann mir wünschen, was ich will. Das wird der Sommer unseres Lebens." Darias Grinsen wurde breiter.

Esra runzelte die Stirn, doch dann ließ sie sich auf die Worte ein und lächelte zögernd. „Das klingt nicht schlecht. Aber so einfach ist das bestimmt nicht. Wenn ich eine Sache in meinen Büchern gelernt habe, dann ist das die, dass Magie immer einen Preis hat. Es gibt ein Gleichgewicht zwischen Gut und Böse. Wenn du dir etwas wünschst, dann wird es vielleicht jemand anderem weggenommen oder es geschieht etwas anderes. Meist gibt es irgendwann ein böses Erwachen."

„Okay." Daria zog das Wort in die Länge. „Das ist ein berechtigter Einwurf. Was schlägst du vor?"

„Da wir wissen, dass der Ring an allem Schuld hat, sollten wir etwas über ihn herausfinden und über das, was er kann." Esra sah hinüber zu der schmalen Gasse, wo sich der Antiquitätenladen befand.

Daria folgte Esras Blick. „Denkst du, dass Herr Droste etwas über die Kraft dieses Ringes wusste?"

Esras mandelförmige Augen verengten sich. „Ich kenne Herrn Droste nicht, aber ehrlich gesagt kann ich mir das nicht vorstellen. Wer würde denn so einen Ring aus der Hand geben? Er könnte sich damit alle seine Wünsche erfüllen. Ob er auch bei mir funktioniert?" Esra betrachtete den Ring mit nachdenklicher Miene.

„Probiere es doch einfach aus." Daria griff kurzerhand nach dem Ring. „Zieh ihn an und wünsche dir etwas. Du hast ja gesehen, dass sich manche Wünsche sofort erfüllen.

Für andere scheint es etwas mehr zu brauchen. Alles, was ich mir gestern noch gewünscht habe, war, dass meine Mutter glücklich sein soll. So wie es aussieht, hat sie sich Geld gewünscht." Daria zog fester an dem Ring. „Der klemmt irgendwie."

Esra beugte sich mit Kennermiene über Darias Hand. „Nein, der klemmt nicht. Der steckt fest. Es ist dein Ring und du bist die Einzige, der er Wünsche erfüllt."

„Bist du sicher?" Daria verharrte mitten in ihrer Bewegung. Dann hörte sie auf, an dem Ring zu ziehen. Stattdessen sah sie ihn mit einem unguten Gefühl im Bauch an. „Das ist irgendwie unheimlich. Was das wohl zu bedeuten hat? Kann ich mir jetzt den Rest meines Lebens etwas wünschen?" Daria sah Esra fragend an.

„Vielleicht." Esra zuckte mit den Schultern und trank ihren Kaffee aus. „Ich sehe zumindest nichts darüber, falls du das meinst. Aber darauf gebe ich keine Gewähr. Bei dem Durcheinander in meinem Kopf kann ich das wirklich nicht zuverlässig sagen. Komm, lass uns zu dem Antiquitätenladen gehen. Vielleicht haben wir Glück und Herr Droste ist da."

„An einem Sonntagmorgen?" Daria runzelte die Stirn.

„Hast du eine bessere Idee?" Esra sah Daria fragend an.

Daria schüttelte den Kopf. Nein, eine bessere Idee hatte sie wirklich gerade nicht und eigentlich war sie froh, dass es etwas zu tun gab, und sei es nur loszugehen und nach Herrn Droste zu sehen. Das war allemal leichter, als weiter hier zu sitzen und wie gelähmt über das nachzugrübeln, was geschehen war. Sie nickte und leerte ebenfalls ihre Tasse, während Esra die Kellnerin herbeiwinkte und bezahlte. Daria wollte schon aufstehen, da fiel ihr etwas ein.

„Warte einen Moment." Sie ließ sich wieder auf ihren Stuhl fallen, von dem sie schon halb aufgestanden war. „Was ist mit diesem Cedric? Er ist genauso unheimlich wie dieser Ring."

„Cedric." Esra setzte sich ebenfalls wieder hin, als ob es etwas länger dauern würde, um dieses Thema zu besprechen.

„Warum hat er mich vorhin so angesehen, als ob er wüsste, was passiert ist?"

„Hat er das?"

„Ich bin mir absolut sicher." Daria nickte entschlossen. „Wenn du etwas über ihn weißt, dann sag es mir bitte."

Esra holte tief Luft, als ob es sie einige Kraft kostete, die nächsten Worte auszusprechen.

„Ist es etwas Schlimmes?" Daria sah Esra mit großen Augen an.

„Ja und nein." Esra sah zu ihren Schuhen hinab.

„Jetzt sag mir schon, was du siehst. Es muss ja nicht wirklich wahr werden. Den Unfall habe ich ja auch noch in letzter Sekunde verhindert. So ist es doch, oder?"

„Nicht ganz, ich habe gesehen, dass du dir wünschen wirst, dass niemand verletzt wird, und dass die Autos dann nicht zusammenstoßen. Ich habe dir nur nichts davon gesagt, damit ich wirklich sicher sein konnte, dass du das tatsächlich tun würdest. Bis zur letzten Sekunde hatte ich da Zweifel."

„Du meinst also, alles, was du siehst, wird auch genauso passieren?" Daria holte tief Luft. Das musste sie erst einmal verkraften.

„Ich denke schon. Zumindest ist es bis jetzt so gewesen." Esra sah Daria entschuldigend an. „Ich habe das noch keine vierundzwanzig Stunden. Ich weiß noch nicht viel darüber."

„Dann müssen wir das eben herausfinden. Also, was siehst du über Cedric?" Daria beugte sich ein wenig über den Tisch.

Esra erwiderte ihren Blick für eine ganze Weile. Daria

69

sah, dass sie zögerte. Doch schließlich holte sie tief Luft.

„Er wird dich küssen." Esra hatte schnell gesprochen, als ob sie die Worte endlich loswerden wollte.

„Küssen?" Daria schnappte laut nach Luft, so sehr überraschte sie diese Enthüllung. Der Gedanke, dass Cedric ihr nahkommen und sie küssen könnte, löste eine Menge verwirrender Gefühle in ihr aus. Sie war neugierig, wie das passieren sollte. Sie war aufgeregt, weil der Gedanke, dass sie dieser gut aussehende Mann küssen könnte, einfach völlig absurd war. Warum sollte er das wollen? Außerdem spürte sie diese unerklärliche Angst, die sie vorhin schon gespürt hatte, als er sie angesehen hatte. Fürchtete sie sich etwa vor Cedric? „Ist der Kuss die gute oder die schlechte Sache?", fragte sie mit belegter Stimme.

Esras Gesichtsausdruck wurde ernst. Viel zu ernst für Darias Geschmack. Das Gefühl der Angst schwoll in ihr an.

„Du musst dich vor ihm in Acht nehmen." Esras mandelförmige Augen weiteten sich. Hinter ihrer Brille wirkten sie plötzlich riesig. „Er ist nicht einfach nur ein harmloser Junge aus der Parallelklasse. Er taucht da auf, wo es Ärger gibt."

„Du meinst, er ist so eine Art düsterer James Dean?"

„Wer?" Esra sah Daria fragend an.

„So ein Typ aus alten Filmen." Daria winkte ab. Mit ihrer Urgroßmutter Helga hatte sie immer diese uralten Filme gesehen, aber Esra hatte davon mit Sicherheit noch nichts gehört. „Was meinst du damit? Ist er gewalttätig? Ein Krimineller vielleicht?"

„Nein, das ist es nicht." Esra sah angestrengt auf den Boden hinab und kaute dabei auf ihrer Unterlippe, als ob sie nicht die richtigen Worte fand.

Das war ja kaum zum Aushalten. „Was ist es denn dann?" Daria musterte ihre Freundin mit unruhiger Miene.

Esra hob den Kopf und sah Daria ernst an. Sie holte

noch einmal Luft. „Cedric wird sterben, und zwar in deinen Armen." Esra hatte so schnell gesprochen, dass Daria sie kaum verstanden hatte. Es dauerte einen Moment, bis die Worte in ihrem Kopf Gestalt annahmen.

„Was?" Daria krächzte das Wort.

„Es ist nur eine kurze Szene, die ich sehen kann, aber sie ist sehr klar." Esra räusperte sich. „Es wirkt alles sehr dramatisch. Es gab einen Schuss und er wurde in die Brust getroffen. Dann liegt er leblos in deinen Armen. Du scheinst außer dir vor Trauer zu sein. Ich sehe, wie du weinst, und das würdest du nicht tun, wenn er dir nichts bedeuten würde."

Daria schwieg und blickte eine Weile einfach nur zu Boden, während sie versuchte zu begreifen, was Esra ihr da gerade gesagt hatte. Cedric sollte ihr etwas bedeuten? Aber wie war das möglich?

„Ich weiß nicht, was ich davon halten soll." Daria schüttelte den Kopf.

„Das kann ich dir leider auch nicht sagen."

„Denkst du, dass man das verhindern kann?" Daria richtete sich auf. Der Gedanke, der Zukunft nicht hilflos ausgeliefert zu sein, gab ihr Kraft. „Wenn du siehst, was passiert, dann kann ich immer noch entscheiden, in die Situation einzugreifen."

„Ich weiß, was du meinst, aber ich bin mir nicht sicher, ob es funktioniert."

„Warum nicht? Wenn ich Cedric das nächste Mal treffe und er versucht, mich kennenzulernen, was an sich schon völlig absurd ist, dann werde ich ihn einfach abblitzen lassen. Das ist doch nicht schwer. Wenn wir uns niemals näher kennenlernen, dann werden wir uns auch nicht küssen. Und dann wird das alles auch nicht geschehen. So einfach ist das." Daria erhob sich hastig. Dabei stieß sie gegen den Tisch und der Zuckerstreuer fiel um. Schnell hob ihn Daria auf und wischte die Zuckerkrümel vom Tisch, die danebengegangen waren.

„Einen Versuch ist es wert, aber ich habe gesehen, wie er dich angestarrt hat. So als ob er alles wüsste."

„Das habe ich auch gedacht." Daria hatte gar nicht gemerkt, dass Esra das auch aufgefallen war.

„Vielleicht weiß er ja wirklich etwas über den Ring." Esra riss die Augen auf.

„Das kann schon sein. Warum sonst sollte er mich anstarren? Vielleicht kennt er die Macht des Rings und will ihn haben."

„Ja, genau, das wäre möglich." Esra fuhr sich aufgeregt durch die langen, dunklen Haare.

„Ob er auch weiß, dass er an meinem Finger festklebt?" Daria sah besorgt zu dem Ring hinab.

„Wir müssen mit ihm reden und es herausfinden." Esra war ernst geworden.

„Das müsstest du dann aber übernehmen."

„Ja, das geht klar." Esra nickte. Sie schien erleichtert zu sein, dass sie alle ihre Sorgen und Gedanken los geworden war und dass es nun einen Plan gab, auch wenn er nicht sehr umfangreich war. Doch da war noch etwas, was ihr auf der Seele lag. Daria sah, wie sie zögerte.

„Was ist noch?" Das nervöse Kribbeln in Darias Bauch flammte schon wieder auf.

„Du solltest mit deinen Wünschen vorsichtig sein, bis wir Genaueres wissen." Esra sah sich um, als ob sie schon die nächste Gefahr witterte.

„Du denkst, dass die Wünsche Auswirkungen haben, die wir nicht kennen." Daria musterte Esra ganz genau. „Siehst du noch etwas?"

Esra schüttelte den Kopf. „Es sind nur Bildfetzen ohne Sinn. Aber mir kommt das alles ziemlich gefährlich vor."

„Ich werde mich zurückhalten, bis wir mehr wissen",

versprach Daria, auch wenn es ihr schwerfiel, das zu tun. Der Gedanke, was mit einem Mal alles möglich war, war wirklich verlockend. Konnte sie die Menschheit von allen Problemen heilen? Konnte sie die Welt zu einem besseren Ort machen?

„Wir fangen mal mit dem Antiquitätenladen an", sagte Esra, als ob sie spürte, was Daria dachte, und sie zurück auf den Boden der Tatsachen holen wollte.

„Einverstanden." Daria schob den Gedanken an die vielen Möglichkeiten erst einmal zur Seite. Sie drehte sich um und sie verließen die Sitzecke vor dem Café. Caspars Jeep war weg und auch die Menschen hatten sich zerstreut. Daria war so mit Esra in ihr Gespräch vertieft gewesen, dass sie es nicht einmal gemerkt hatte. Je näher sie der Stelle kamen, an der der Beinahe-Unfall geschehen war, umso heftiger schlug Darias Herz. Wo war Cedric nur hergekommen?

Vermutlich wohnte er in einem der Häuser in der Nähe des Friedhofs. Viele schöne Häuser befanden sich dort nicht mehr, aber Daria erinnerte sich an eine opulente Villa, in der einst einer der Webereibesitzer mit seiner Familie gewohnt hatte. Sie war eine der wenigen, die instandgehalten worden war. Sie passte zu Cedric und der Art, wie er auftrat. Daria würde einiges darauf wetten, dass er genau dort wohnte. Doch wann war er dorthin gezogen? In einer kleinen Stadt wie Fresienstein geschah doch selten etwas, ohne dass es nicht ziemlich schnell zum Stadtgespräch wurde und jeder über jeden Bescheid wusste.

„Was ist denn da los?" Esra war vor dem Brunnen stehen geblieben.

„Ist Caspar dagegengefahren?" Daria betrachtete die Figuren des Brunnens. Wenn hier ein Schaden entstanden war, dann würden Caspar und Cedric richtig Ärger bekommen. Eine verbeulte Stoßstange war nichts im Vergleich zu dem historischen Erbe der Stadt, das seit Jahrhunderten gepflegt wurde.

„Siehst du es nicht?" Esra klang verwundert.

Doch Daria sah tatsächlich keine kaputte Stelle. Weder an den Gnomen war eine der schiefen Nasen abgeplatzt, noch fehlte der Schnabel eines Raben.

„Eine Elfe fehlt und zwei Raben." Esra zeigte auf eine leere Stelle.

„Oh." Jetzt war es Daria auch aufgefallen. Tatsächlich. Die Stelle war leer. Aber sie sah aus, als ob dort nie eine Figur gestanden hätte. Die anderen Elfen und Raben waren alle noch da. Daria musterte sie nachdenklich. Im Gegensatz zu den hübschen, feenähnlichen Wesen aus den Filmen waren diese Elfen spitzohrige, gebeugte Gestalten mit einem grimmigen Blick und düsteren Gesichtern. Niemand stellte sich so eine Figur freiwillig in den Garten.

„Es gibt keine Bruchstelle." Daria kniete sich nieder und fuhr mit den Fingern über den glatten Stein. Wo sollte die Elfe hingekommen sein? Daria erhob sich langsam und ließ ihren Blick über den Marktplatz schweifen. Es war immer noch recht früh am Morgen, doch langsam kamen die Leute aus ihren Häusern.

„Wir sollten besser gehen", sagte Esra besorgt.

„Warum? Wir haben doch nichts getan?"

„Glaub mir, das ist besser so."

Daria überlegte kurz, dann steuerte sie hastig auf die Friedhofsgasse zu. Wollte sie wissen, was Esra gesehen hatte? Würden sich die Fresiensteiner Bürger in einen wütenden Mob verwandeln und Unschuldige einer Tat bezichtigen, die sie nicht verübt hatten? Daria wusste nicht mehr, was sie glauben sollte oder nicht.

„Da hängt ein Geschlossen-Schild." Esras Worte unterbrachen Darias Gedanken. Sie standen am Eingang der Gasse und schon von dort konnte man das Schild sehen.

„Verdammt." Daria betrachtete die verschlossene Eingangstür. In diesem Moment erinnerte sie sich an die Geschichte, die ihr Herr Droste erzählt hatte. „Der Ring soll mich daran erinnern, im richtigen Moment das Richtige zu tun." Daria starrte den Ring an. Jetzt war ihr wieder eingefallen, was ihr Herr Droste zum Abschied mit auf den Weg gegeben hatte. Wenn man sie in Verbindung zu den Ereignissen der letzten Stunden brachte, dann erschienen sie Daria in einem ganz anderen Licht.

„Das hat Herr Droste gesagt?" Esra war zu Daria getreten und betrachtete den Ring.

Daria nickte. „Ja, das hat er gesagt."

„Also wusste er etwas", schlussfolgerte Esra.

„Das glaube ich auch." Daria schluckte. Sie würden den Besuch bei Herrn Droste wohl oder übel auf Montag verschieben müssen. Das würde ein langes Wochenende werden.

KAPITEL 5

Aus der Küche roch es lecker, als Daria den Flur betrat. Sie hörte ihre Mutter singen, begleitet von brutzelnden und blubbernden Geräuschen. Daria erkannte den Geruch und das Wasser lief ihr im Mund zusammen. Erst jetzt fiel ihr auf, dass sie das Frühstück ausgelassen hatte. Gab es wirklich Rouladen? Ihr Lieblingsessen? Darias Magen begann hörbar zu knurren und gleichzeitig beruhigte sie der vertraute Geruch und die alltäglichen Geräusche. Sie war nach Hause gekommen, so wie immer, und zumindest einen Moment lang wollte sich Daria der Illusion hingeben, dass beinahe alles war wie immer.

Schnell zog sie ihre Schuhe aus und hängte ihren Pullover an die Garderobe. Sie hatte Esra nach Hause begleitet, damit sie sich erst einmal ausschlafen konnte. Morgen war auch noch ein Tag und vielleicht war es auch ganz gut, die ganzen Ereignisse erst einmal sacken zu lassen. Vielleicht sah Esra ihre Visionen dann klarer und war bereit, Daria mehr davon zu erzählen. Über die verlorene Elfe hatte sie nicht mehr sprechen wollen und Daria hatte bis jetzt keine Ahnung, warum.

Bei all dem Durcheinander durften sie auch nicht vergessen, dass sie nächste Woche die Abiturprüfungen schreiben mussten, und weder neue magische Eigenschaften noch geheimnisvolle Gegenstände würden eine akzeptable Entschuldigung für ihr schlechtes Abschneiden sein. Außerdem hatte ihre Mutter Geburtstag. Daria eilte schnell in ihr

Zimmer hinauf und holte das kleine Paket mit der Kette aus dem Schreibtisch. Einen Moment lang betrachtete sie es nachdenklich. Hatte nur der Ring irgendwelche Kräfte oder war auch die Kette davon betroffen? Einen Moment lang zögerte Daria. Das war zu absurd. Sie schüttelte sich, als ob sie den Gedanken abwerfen wollte. Dann ging sie schnell in die Küche, bevor sie es sich anders überlegen konnte.

„Das riecht ja lecker", begrüßte sie ihre Mutter und schaute neugierig in den Topf.

„Zur Feier des Tages habe ich Rouladen gemacht. Ich hatte noch welche in der Tiefkühltruhe für einen besonderen Moment und wann sollte das sein, wenn nicht heute?" Ihre Mutter rührte mit einem Lächeln in der Pfanne.

Daria reichte ihrer Mutter das kleine Päckchen. „Alles Gute zum Geburtstag."

„Ach, Daria, das wäre doch nicht nötig gewesen." Ihre Mutter war sichtlich überrascht und gerührt zugleich. Sie legte den Kochlöffel zur Seite und zog Daria in ihre Arme. „Danke, Schatz. Der Tag kann wohl kaum noch besser werden."

„Ja", murmelte Daria. „Bis jetzt war er wirklich ein Knaller."

„Jetzt bin ich aber gespannt." Darias Mutter begann das kleine Päckchen auszuwickeln. „Ich hoffe, du hast nicht zu viel Geld ausgegeben für mich. Oh!" Ihre Mutter hielt inne. „Das muss ich ja jetzt gar nicht mehr denken."

„Nein, das musst du nicht." Daria lächelte, nahm sich ein Glas Wasser und setzte sich an den Küchentisch.

„Das ist aber hübsch." Darias Mutter hatte die Kette aus dem Päckchen befreit und musterte sie mit echter Begeisterung. Es war genau die Begeisterung, die Daria sich gewünscht hatte, als sie auf der Suche nach einem Geschenk gewesen war. Doch nun fragte sie sich, was wohl geschehen wäre, wenn sie am gestrigen Tag einfach mit Esra in die

Buchhandlung gegangen wäre und nicht dem kalten Windzug in die Friedhofsgasse gefolgt wäre.

„Danke." Ihre Mutter lächelte ihr mit einer Dankbarkeit zu, die Daria beinahe zu Tränen rührte. „Damit habe ich wirklich nicht gerechnet." Sie legte sich die Kette an. „Sie ist so wunderschön."

„Ich freu mich, wenn sie dir gefällt." Daria wollte eigentlich nicht darüber nachdenken, was hätte sein können, wenn ihre Mutter jetzt ein Buch ausgepackt hätte. Dennoch drängte sich ihr der Gedanke auf. Ihre Mutter wäre vielleicht nicht so begeistert gewesen, aber stattdessen wäre alles normal.

„Wie war es bei Helena?" Daria zwang sich, das Thema zu wechseln. Es brachte nichts, darüber nachzudenken, was hätte sein können. Sie konnte ihre Entscheidung ohnehin nicht mehr rückgängig machen.

„Fantastisch." Das Gesicht ihrer Mutter strahlte noch mehr. „Du weißt ja, dass Helena immer für eine Überraschung gut ist."

„Und ob." Daria nickte. Helena brachte aus ihren Urlauben immer die ulkigsten Geschenke mit und ihre Geburtstagspartys waren legendär. Jedes Jahr gab es ein anderes Thema und man musste sich verkleiden. Seitdem sie ein Kind gewesen war, hatte Daria das geliebt und das tat sie auch heute noch. „Was hat Helena vorgeschlagen? Sollst du aus dem Haus eine Geisterbahn machen?"

„Nein, so was doch nicht." Darias Mutter winkte ab. Dann schüttete sie das Kartoffelwasser ab und sah noch einmal nach den Rouladen. „Wir werden ganz behutsam unser Haus wieder in Ordnung bringen lassen. Ich möchte, dass es wieder in seinem alten Glanz erstrahlt. Das Wirtschaftswunder von Fresienstein hat dieses Gebäude möglich gemacht und ich möchte, dass es wieder genauso gut aussieht wie im Jahr 1909, als es gebaut wurde."

Daria lächelte. „Das würde Oma Helga wirklich glücklich machen."

Ein weicher Gesichtsausdruck huschte über das Gesicht ihrer Mutter. „Ja, das denke ich auch."

„Was hat Helena dann für eine Idee?" Daria holte Teller aus dem Schrank und deckte den Tisch. „Will sie den Garten umgestalten lassen?"

„Nein, es geht gar nicht um unser Haus. Sie hatte eine ganz andere Idee. Ich habe ihr von dem Lottogewinn erzählt und dass es jetzt keinen Grund mehr für mich gibt, aus Fresienstein fortzugehen. Wir haben überlegt, was ich noch alles Gutes mit dem Geld anstellen könnte, weil es doch in Fresienstein so viele Leute gibt, denen es nicht so gut geht."

„Das ist wirklich ein guter Gedanke." Überrascht sah Daria ihre Mutter an. „An was hast du gedacht?"

„Na ja, ich wollte das Geld nutzen, um Fresienstein wieder etwas attraktiver zu machen, und zwar für alle, die hier wohnen. Dann kommt auch kein Neid auf, wenn die Leute erfahren, dass ich im Lotto gewonnen habe. Dann können sich alle mit uns freuen. Was sollen wir denn alleine mit so viel Geld? Ich will einfach nur mein Zuhause behalten und die Arbeit im Seniorenheim macht mir so viel Spaß, dass ich sie ungern aufgeben möchte."

„Das stimmt." Daria schluckte. Ihre Mutter war so ein herzensguter Mensch. Das Geld zu teilen, war genau der richtige Gedanke und plötzlich dachte Daria, dass sie mit ihrer Entscheidung, in die Friedhofsgasse zu gehen, vielleicht doch alles richtig gemacht hatte.

Darias Mutter stellte die Pfanne mit den Rouladen und den Topf mit den Kartoffeln auf den Tisch. Dann setzte sie sich Daria gegenüber und strahlte ihre Tochter an. „Ich werde die alte Akademie wiedereröffnen."

„Was?" Damit hatte Daria nicht gerechnet. „Meinst du

die Akademie, auf der Oma Helga studiert hat?" Daria erinnerte sich genau an das riesige, villenartige Gebäude, das am anderen Ende der Stadt lag, dort, wo die alte Weberei und die anderen Fabrikgebäude leer standen und an die besseren Tage vor knapp einhundert Jahren erinnerten.

„Ja, genau die meine ich. Es waren doch goldene Zeiten damals in Fresienstein. Es gab hier alles, was man brauchte. Alle hatten Arbeit und genug Geld. Man konnte hier geboren werden, lernen, studieren, arbeiten, leben und sterben, wenn man das wollte."

„Nicht jeder will das." Daria legte den Kopf schief.

„Aber die, die es wollen, denen will ich es ermöglichen, verstehst du?"

Daria nickte und wusste genau, dass ihre Mutter sie meinte. Sie hatte immer gewusst, was Darias Wunsch war.

„Vielleicht könnte ich sogar etwas dafür tun, dass die alte Weberei wieder in Gang kommt und mit ihr die Färberei und die Näherei. Heutzutage kommt es doch immer mehr in Mode, dass man wieder regionale Dinge kauft. Man könnte die alte Webkunst wiederbeleben."

„Meinst du, dafür reicht das Geld?" Daria sah ihre Mutter fragend an. Das waren ja wirklich große Pläne, die sie da mit Helena ausgeheckt hatte.

„Nein, das reicht nicht, aber es reicht, um einen Anfang zu machen, und vielleicht finde ich ja jemanden, der Lust hat, hier zu investieren und etwas auf die Beine zu stellen. Ich habe lange mit Helena darüber geredet. Sie sagt, dass sie eine Menge Leute kennt, die auf der Suche nach interessanten Investments sind, seitdem es auf dem Zinsmarkt nichts mehr zu verdienen gibt. Wenn ich ein gutes Konzept hätte, dann könnte ich die Leute damit begeistern. Sie wird ein paar Kontakte für mich herstellen. Ich brauche jetzt nur noch ein paar meiner Gedanken zu Papier bringen."

Daria schluckte und sah ihre Mutter erstaunt an. Da lebten sie seit Jahren in bescheidenen Verhältnissen und schränkten sich mit allem Möglichen ein und erst jetzt merkte Daria, wie sehr das ihre Mutter darin behindert hatte, sie selbst zu sein. Innerhalb von Stunden war sie aufgeblüht und sprühte vor Ideen und Unternehmungslust.

„Es tut gut, dich so zu sehen." Daria lächelte ihre Mutter an. „Ich will, dass du das alles machst und ausprobierst."

„Das werde ich." Darias Mutter grinste. „Aber jetzt essen wir erst einmal und dann brauche ich einen langen Mittagsschlaf nach der ganzen Aufregung. Am Montag treffe ich mich noch einmal mit Helena in ihrem Büro und dann besprechen wir die Sanierung unseres Hauses und der Akademie genauer. Diese beiden Dinge haben erst einmal Vorrang. Alles andere hat noch Zeit und wird sich ergeben." Ihre Mutter nickte entschlossen und nahm sich ein paar Kartoffeln.

Daria lächelte, während sie aßen, und sie lächelte immer noch, als sie nach dem Essen hoch in ihr Zimmer ging und die Mathesachen vom Fußboden aufsammelte. Sie warf dem Ring an ihrer Hand einen nachdenklichen Blick zu. Wie so ein kleiner Gegenstand ihr ganzes Leben verändern konnte, war wirklich erstaunlich.

Daria setzte sich an ihren Schreibtisch. Sie hörte, wie ihre Mutter nebenan in ihrem Schlafzimmer die schweren Gardinen zuzog. Dann wurde alles ganz ruhig und Daria breitete die Mathesachen vor sich aus. Sie nahm sich die Kurvendiskussion vom gestrigen Abend noch einmal vor. Die positiven Wendungen in ihrem Leben beflügelten sie so sehr, dass sie es endlich schaffte, die Aufgaben zu lösen, die ihr am gestrigen Abend noch so schwergefallen waren.

Zufrieden zog Daria ein neues Arbeitsblatt aus ihrem Mathehefter. Mal sehen, ob ihr die Aufgaben mit der Geometrie genauso leicht von der Hand gehen würden wie die Kurvendiskussion. Daria hatte sich gerade in die erste Aufgabe eingelesen, als sie plötzlich ein Geräusch hörte.

Es war ein düsteres Grollen, als ob jemand einen Bagger oder einen Rasentraktor angeworfen hatte. Doch es war Sonntag und das konnte nicht sein. In Fresienstein wurde genau darauf geachtet, dass die Regeln der öffentlichen Ordnung eingehalten wurden.

Daria stand auf und trat ans Fenster. Sie schob die Gardine zur Seite und sah in die Einfahrt hinab. Sie glaubte ihren Augen kaum. Da war jemand. Ein schwarzes Auto stand dort und Daria kannte es ganz genau. Cedric Carter stand neben dem Auto und sah mit einem überraschend tiefsinnigen Blick zu Daria hinauf. Er hatte sich die Sonnenbrille in seine dunkelbraunen Haare hinaufgeschoben und wirkte wie ein verwegener Held aus längst vergangenen Zeiten.

Daria erstarrte. Sie konnte nicht einfach so tun, als ob sie ihn nicht gesehen hätte, und wieder hinter der Gardine verschwinden. Er hatte sie bemerkt und erwiderte ihren Blick. Darias Herz raste vor Aufregung. Esras Worte gingen ihr durch den Kopf. Sie konnte einfach nicht glauben, dass sie Cedric küssen würde und dass er in ihren Armen sterben sollte.

Das war doch völliger Unsinn. Daria würde das nicht zulassen. So viel Beherrschung brachte sie auf jeden Fall auf. Sie sah Cedric an und konnte sich beim besten Willen nicht vorstellen, wie ihr die Kontrolle entgleiten sollte. Ja, er sah gut aus, aber das reichte vielleicht für ein aufregendes Kribbeln im Bauch, aber mehr war da beim besten Willen nicht drin.

Sie nickte Cedric zu und zwang sich, ihn nicht anzulächeln, auch wenn es kurz in ihren Mundwinkeln zuckte. Na bitte, das klappte doch perfekt. Sie hatte sich absolut im Griff. Eigentlich war es gar nicht so schlecht, dass er hergekommen war. Esra brauchte Ruhe und Daria brauchte Informationen. Vielleicht konnte sie das Gespräch mit ihm auch gleich selbst führen und dabei beweisen, dass Esras Visionen vielleicht eine mögliche Zukunft zeigten, aber längst nicht in Stein gemeißelt waren.

Je eher sie etwas über den Ring herausbekam, umso besser war es. Und es war doch offensichtlich, dass Cedric irgendetwas mit dieser verrückten Situation zu tun hatte. Warum sonst sollte er sich so benehmen? Warum sonst war er hier? Bestimmt nicht, um sich eine Packung Mehl auszuborgen.

In diesem Moment winkte Cedric ihr zu. Daria schluckte, dann nickte sie und trat einen Schritt zurück. Die Gardine fiel mit einem leichten Rascheln an ihren Platz zurück und jetzt überkamen sie doch wieder heftige Zweifel. Mit klopfendem Herzen ging Daria auf ihre Zimmertür zu. Sie konnte jetzt auch einfach hierbleiben und Cedric ignorieren. Ihre Mutter benutzte Ohrenstöpsel und er konnte den ganzen Nachmittag an der Tür klingeln, ohne sie aufzuwecken.

Irgendwann würde er sicher aufgeben und wieder gehen. Einen Moment lang ließ Daria den Gedanken zu, doch sie fühlte sich nicht gut dabei. Es kam ihr vor, als ob sie sich vor etwas drücken würde, und das würde sie niemals tun.

Mit schnellen Schritten verließ Daria ihr Zimmer. Ihre Hand glitt über das glatte Holzgeländer, als sie die Treppen hinablief. Erst als sie vor der Haustür stand, wurde sie langsamer und holte noch einmal tief Luft. Dann öffnete sie die Tür, bevor sie sich die Sache noch einmal anders überlegen konnte.

„Hallo." Cedrics Stimme war angenehm weich und tief.

„Hallo, Cedric." Ihre Stimme klang glücklicherweise fest und ließ ihre Anspannung nicht erahnen.

Cedric sah Daria aus seinen hellgrauen Augen durchdringend an, als ob er in sie hineinsehen wollte. Daria fühlte sich unangenehm durchleuchtet.

„Warum starrst du mich so an?" Daria war die Frage herausgerutscht, bevor sie sie hatte höflicher formulieren können.

Cedric lächelte immer noch. Er schien durch Darias direkte Worte nicht getroffen zu sein. „Deine Augen sind wirklich ungewöhnlich. Diese Farbe habe ich noch nie gesehen." Er legte den Kopf schief. „Wie ein Bergsee, kalt und geheimnisvoll."

„Ähm, danke." Daria spürte, wie ihr die Röte in die Wangen stieg. Das fing ja gut an. Sie musste abweisend bleiben. „Aber du bist sicher nicht gekommen, um mir Komplimente zu machen. Was willst du?"

Cedric stieß sich von seinem Auto ab und kam die wenigen Schritte auf Daria zu. Daria verspürte den Impuls, davonzulaufen. Cedric war einen Kopf größer als sie und Daria musste zu ihm aufsehen, als er vor ihr stand. Mit ihren 1,68 m war sie zwar nicht die Allerkleinste, aber neben Cedric wirkte sie vermutlich winzig.

Er blieb direkt vor ihr stehen und sah ihr tief in die Augen. Sein Blick war hypnotisierend. Daria wollte wegschauen, aber sie konnte sich einfach nicht von dem durchscheinenden Grau lösen. Es war, als ob man in einen Nebel sah und darauf wartete, dass er sich jeden Moment lichten musste.

„Ich bin deeinetwegen gekommen. Entschuldige, wenn ich so direkt bin. So etwas ist mir auch noch nicht passiert." Cedric sah ihr tief in die Augen, als ob er sich noch einmal vergewissern wollte, dass er sich mit seiner Einschätzung nicht geirrt hatte.

Daria wollte irgendetwas sagen, aber Cedrics Worte hatten ihren Kopf total blockiert. Sie hatte mit vielem gerechnet, aber nicht damit, Komplimente von ihm zu bekommen.

„Du bist mir seit gestern nicht mehr aus dem Kopf gegangen", fuhr er mit nachdenklicher Miene fort und legte den Kopf schief. „Seit ich dich von diesem Auto weggezogen habe, bist du in meinem Kopf. Und das liegt nicht nur an deinen Augen. Dir hat es vielleicht noch niemand gesagt, aber du bist wunderschön, Daria."

Daria konnte nur mit Mühe verhindern, dass ihr die Kinnlade herunterklappte. „Woher kennst du meinen Namen?" Darias Stimme klang heiser, als sie endlich ihre Sprache wiedergefunden hatte. „Und woher weißt du, wo ich wohne?"

„Fresienstein ist kein großer Ort", sagte Cedric entschuldigend. „Du kennst meinen Namen ja auch schon und dabei bin ich erst vor drei Tagen hierhergezogen. Ich habe in ein paar Geschäften nachgefragt und es hat nicht lange gedauert, bis mir jemand sagen konnte, wer das hübsche Mädchen mit den azurblauen Augen ist, das mir einfach nicht mehr aus dem Kopf geht."

„Ähm." Daria wusste einfach nicht, was sie sagen sollte. Vermutlich sollte sie einfach Danke sagen. Das tat man doch in so einem Moment?

Cedric schien ihre Verwirrung jetzt zu bemerken. „Ich weiß, dass ich dich gerade überfalle, aber ich bin der Meinung, dass man nicht zögern sollte, wenn man das Gefühl hat, dass man einen Menschen getroffen hat, der einen interessiert." Cedric trat noch einen winzigen Schritt näher auf Daria zu. „Ich habe schon viel zu oft bereut, Dinge nicht gesagt oder getan zu haben. Seitdem habe ich mir geschworen, nie wieder auf einen perfekten Moment zu warten."

Daria roch einen betörenden Mix aus frischer Baumwolle, Leder und einem herben, männlichen Duft, den man vermutlich nur in teuren Parfümerien kaufen konnte.

„Nur den Mutigen gehört die Welt. Vielleicht siehst du das ja auch so?" Er sah sie mit einem spitzbübischen Grinsen an.

„Eigentlich schon", gab Daria zu. Einen Moment lang starrte sie einfach nur fasziniert in Cedrics hellgraue Augen, die so leicht und unbeschwert funkelten, als ob das Leben nur eine einzige Freude wäre. Noch vor wenigen Minuten hatte sie es für unmöglich gehalten, dass sie Cedric küssen würde, doch jetzt, wo sie ihn auch nur für wenige Momente erlebt hatte, war ihr klar, dass diese Gefahr wirklich verdammt groß war.

Daria trat einen Schritt zurück. „Ich kann das nicht", beeilte sie sich zu sagen.

Cedric lächelte und schien keineswegs enttäuscht zu sein, dass Daria seine Avancen nicht sofort erwiderte. „Ich würde dich gern auf eine Tasse Kaffee einladen oder vielleicht heute Abend auf ein Glas Wein. Wir könnten einfach nur reden."

Daria schluckte. Sie sollte sich von ihm fernhalten, und zwar mit einem Kilometer Sicherheitsabstand. Aber das war die Gelegenheit, etwas aus ihm herauszubekommen, vorausgesetzt, er wusste etwas.

Darias Blick fiel auf den Ring an ihrem Finger.

„Das ist ein schöner Ring. Er steht dir wirklich gut." Sein Blick war dem ihren gefolgt. Das war die Gelegenheit. Wenn Cedric etwas wusste, dann würde sie es merken. Vielleicht erzählte er ihr auch einfach alles, was sie wissen wollte, und sie brauchte ihn nie wiederzusehen. Einen Versuch war es wert.

„Ja, ich habe ihn gestern bei Herrn Droste gekauft." Sie sah Cedric ganz genau an. Er nickte verständnisvoll.

„Seitdem sind eine Menge seltsamer Dinge geschehen", fuhr sie unbeirrt fort und ohne Cedric aus den Augen zu lassen.

„Ich verstehe." Cedrics Blick suchte den ihren. Doch noch immer ließ er sich nichts anmerken. Wusste er nichts von den Kräften des Rings oder verbarg er seine Gedanken einfach nur gut?

Daria warf alle Vorsicht zur Seite und sah Cedric fragend an. „Weißt du etwas über diesen Ring?"

„Ich weiß, dass er in den richtigen Händen ist."

„Woher?" Daria trat wieder einen Schritt auf Cedric zu. Sie hatte das Gefühl, dass da ein Funkeln in seinen Augen gewesen war.

„Ich bin der Neffe von Herrn Droste." Cedric grinste. „Ich kenne die Geschichten zu allen Gegenständen in seinem Antiquitätenladen. Als Kind habe ich viel zu viel Zeit dort verbracht. Meine Urgroßeltern sind in den Dreißigerjahren von hier weggezogen, aber ein Teil meiner Familie lebt bis heute hier. Ich habe oft die Sommerferien bei meinem Onkel verbracht. An diesen Ring erinnere ich mich noch ganz genau. Er soll dich daran erinnern, zur richtigen Zeit das Richtige zu tun."

Das konnte doch nicht wahr sein. Daria vertraute auf ihr Gefühl.

„Du weißt mehr als das." Sie ließ Cedrics Gesicht nicht aus den Augen. Sie nahm jedes Zittern seiner Lippen, jede kleinste Bewegung seiner Augen wahr.

„Und wenn es so wäre?" Sein überlegener Gesichtsausdruck war der Beweis, den Daria brauchte.

„Was weißt du denn?" Sie bemühte sich, sanfter zu klingen.

„Geh mit mir heute Abend ein Glas Wein trinken, dann verrate ich es dir." Cedrics Stimme war die pure Versuchung, auch wenn er gerade nichts anderes tat, als Daria zu erpressen.

Daria sah Cedric eine Weile nachdenklich an. Esras Worte klangen ihr warnend in den Ohren und sie spürte die Neugier und das Durcheinander in ihrem Kopf. Ein Glas Wein war doch noch kein Kuss. Was war schon dabei? Sie wollte nur ein paar Informationen und dann würde sie Cedric nicht wiedersehen.

Das war das Beste, denn nachdem sie ihn jetzt kennengelernt hatte, wusste sie, dass er unberechenbar war. Er hatte eine ungewöhnlich direkte Art und das war etwas, was Daria an einem Mann wirklich interessierte. Das Rätsel um den Ring an ihrem Finger würde sie nur lösen können, wenn sie ein paar Risiken einging.

„Also gut", hörte sich Daria sagen. „Hol mich heute Abend um 8 Uhr ab, dann trinken wir ein Glas Wein und reden, aber nicht mehr."

Cedric lächelte zufrieden. „Ich nehme alles, was ich von dir bekommen kann, meine Schöne. Bis heute Abend." Dann drehte er sich um und setzte sich wieder in sein Auto. Der Motor sprang mit einem lauten Brüllen an. Darias Herz klopfte ihr bis zum Hals, als Cedric ihr noch einmal zuwinkte, als ob sie seit Ewigkeiten die besten Freunde wären, und dann davonfuhr.

Eine ganze Weile starrte Daria die leere Einfahrt an. Was hatte sie da gerade getan? Hatte sie sich nicht von Cedric fernhalten wollen? Und jetzt ging sie mit ihm aus? Daria lief ins Haus zurück. Cedrics lockende Worte klangen ihr in den Ohren, während sie die Tür hinter sich schloss, und sie spürte, wie etwas tief in ihr drin jede Silbe begehrlich aufgesaugt hatte. Cedric brachte etwas in ihr zum Klingen, das sie noch nie wahrgenommen hatte, und sie musste höllisch aufpassen, dass es nicht an Stärke gewann.

KAPITEL 6

„Du hast was getan?" Esra starrte Daria fassungslos an.

„Ich habe mich mit Cedric verabredet", wiederholte Daria geduldig zum dritten Mal, während sie von ihrem Zimmerfenster aus in den abendlichen Garten hinabsah. Die Sonne stand schon tief und das Licht tauchte das frische Grün der Bäume in ein warmes Farbspiel. Daria konzentrierte sich auf den beruhigenden Anblick, während Esra empört nach Luft schnappte.

„Wenn er mich gefragt hätte, hätte ich auch nicht Nein gesagt." Rosie kicherte. Sie hatte es sich auf Darias Bett bequem gemacht. Sie war eine kräftige, energische Person, die eine Vorliebe für Kleider in auffallenden Farben und Mustern hatte. Heute trug sie ein froschgrünes Plisseekleid, das gut zu ihren Augen passte.

„Ich habe dir doch erklärt, dass Cedric in dem ganzen Durcheinander eine wichtige Rolle spielt. Er wird für eine Menge Ärger sorgen." Esra schloss die Augen, als ob sie in das Durcheinander in ihrem Kopf etwas Ordnung bringen wollte, um Daria ein paar handfestere Beweise liefern zu können. Doch schnell riss sie die Augen wieder auf und funkelte Daria vorwurfsvoll an. „Wir hatten doch ausgemacht, dass ich mit ihm rede."

Daria sah zwischen Esra und Rosie hin und her. Es hatte sie ziemlich überrascht, als Esra mit Rosie plötzlich vor ihrer Tür gestanden hatte. Sie hatte heute Abend nicht mehr damit gerechnet, dass Esra überhaupt noch einmal bei ihr vorbeischauen würde. Dass sie dann sogar mit Rosie gekommen war und Rosie auch noch in alles eingeweiht war, war eine ziemliche Überraschung gewesen.

Esra wandte sich Rosie zu. „Und was dich angeht, du bist doch mit Henning zusammen, oder habe ich da etwas falsch verstanden?"

„Also, wenn du mich fragst, dann sind wir noch mitten in der Kennenlernphase und ich fühle mich zu nichts verpflichtet." Rosie strich sich eine karottenrote Strähne hinters Ohr und machte dann eine ausweichende Geste mit der Hand. „Henning ist ein netter Kerl, aber es geht einfach nicht vorwärts. Ich habe ihm schon ein paarmal die Gelegenheit gegeben, mich zu küssen. Aber er hat es einfach nicht getan. Was soll ich denn von so etwas halten?"

„Wie gibt man jemandem die Gelegenheit, ihn zu küssen?" Esra runzelte die Stirn.

„Na, man bereitet halt alles vor. Man teert die Einflugschneise, wenn du verstehst, was ich meine." Rosie sah Daria hilfesuchend an.

„Keine Ahnung, was du meinst." Daria zuckte nur ahnungslos mit den Schultern. Rosie versuchte immer ungewöhnliche Wortbilder zu finden, um ihre Situation zu beschreiben. Doch meistens verstand man sie dann noch weniger, als wenn sie direkt gesagt hätte, was mit ihr los war.

Rosie seufzte. „Na, stellt euch das mal so vor. Wir sitzen da gemütlich bei Kerzenschein in meinem Zimmer. Romantische Musik läuft im Hintergrund und anstatt mich endlich zu küssen, redet er davon, welche Muskelgruppen er diese Woche noch trainieren muss." Rosie atmete lautstark ein.

„Vielleicht ist er aufgeregt und traut sich nicht." Daria drehte eine Runde auf ihrem Bürostuhl und sah Rosie fragend an, als sie ihr wieder gegenübersaß.

„Kann sein. Aber wenn mir ein derart attraktiver Kerl wie dieser Cedric solche Komplimente machen und mich dann auch noch auf ein Glas Wein einladen würde, also beim besten Willen, da würde ich keine Sekunde darüber nachdenken, sondern sofort zugreifen. So eine Gelegenheit bekommt man nicht oft."

„Das ist keine gute Idee." Esra schüttelte den Kopf. „Hast du mir nicht zugehört? Ich habe dir doch von meiner Vision erzählt."

„Ich bin skeptisch, was deine Zukunftsvorhersagen angeht." Rosie sah Esra stirnrunzelnd an. „Ich habe da letztens ein Buch gelesen, wo jemand auch in die Zukunft sehen konnte, und da war es so, dass sich die Zukunft verändert hat und nicht festgeschrieben war."

„Aber das hier ist mein Leben und kein verdammtes Buch." Esra war vom Boden aufgesprungen und funkelte Rosie wütend an.

Daria stand auf und strich Esra beruhigend über den Rücken. Es ging ihr nicht gut. Sie war angespannt. „Ich weiß, dass das alles total verwirrend ist."

„Das ist es." Esra nickte. Sie schloss einen Moment die Augen und sah Rosie dann entschuldigend an. „Tut mir leid."

„Kein Problem." Rosie nickte Esra aufmunternd zu. „Ich kann verstehen, wie es dir geht. Lass den Frust ruhig raus."

„Das würde ich gern." Esra seufzte gequält und ließ sich wieder auf den Boden sinken. „Aber das hilft uns auch nicht weiter. Tut mir leid, dass ich dich da mit reingezogen habe."

„Das muss es nicht. Es ist nun einmal passiert."

„Passiert?" Daria sah Esra fragend an, dann ließ sie sich wieder auf ihren Schreibtischstuhl sinken. „Wie kann so etwas einfach so passieren? Du hast doch gesagt, du hast Rosie eingeweiht, weil du die Meinung eines Außenstehenden brauchtest?"

Rosie schüttelte den Kopf. „Ich habe lediglich angerufen, um Esra etwas wegen Mathe zu fragen. Sie hat mich plötzlich mit dieser Zukunftsvisionen-Sache bombardiert." Rosie zuckte entschuldigend mit den Schultern.

Daria runzelte die Stirn und sah Esra fragend an. „Wie bitte?

„Das war ein Missverständnis." Esra sah zerknirscht zu Boden. „Ich war total verpennt und habe den Namen auf dem Display nicht richtig gelesen. Ich dachte, du bist es, und habe einfach drauflosgequatscht."

„Ach, so ist das gewesen." Daria seufzte.

„Egal warum ich es weiß, ich weiß es jetzt eben und meiner Meinung nach solltest du zu Cedric gehen." Rosie nickte entschlossen.

„Sollte ich das wirklich?" Daria sah Rosie fragend an.

„Auf jeden Fall." Rosie nickte eifrig. „So wie es klingt, steht er auf dich und er weiß etwas über den Ring. Er hat dir quasi einen Handel vorgeschlagen. Wenn du ihm nur Gesellschaft leisten musst, damit er dich anschmachten kann, dann hast du doch ein gutes Geschäft gemacht. Behalte Esras Vision im Hinterkopf, aber lass dich von ihr nicht total blockieren. Zumindest nicht, solange du nicht absolut sicher weißt, dass sie tatsächlich geschehen wird."

„Ich könnte ja mitkommen", schlug Esra vor. „Sozusagen als Anstandswauwau."

„Häh?" Rosie sah Esra entgeistert an. „Das lässt du mal schön bleiben. Sonst funktioniert das doch nicht. Daria wird sich schon zusammenreißen."

„Keine Küsse", sagte Esra mahnend. „Außerdem habe ich keine Zweifel, dass Daria sich im Griff hat. Aber Cedric führt bestimmt nichts Gutes im Schilde."

„Ach was." Rosie winkte ab. „Das klingt doch alles ganz eindeutig nach Liebe auf den ersten Blick oder so etwas. Sag bloß, davon hast du noch nie etwas gelesen?" Rosie sah

Esra fragend an.

„Liebe auf den ersten Blick? Moment mal. Das führt jetzt wirklich zu weit", unterbrach Daria die Diskussion. „Davon kann nun wirklich keine Rede sein."

„Schon gut." Esra schob sich die Brille wieder auf die Nase. „Ich wollte euch nur warnen."

„Ich werde vorsichtig sein", versprach Daria.

„Dann sollten wir jetzt besprechen, wie du vorgehen musst." Esra setzte eine geschäftige Miene auf.

„Na, sie wird sich etwas mit einem tiefen Ausschnitt anziehen, sich schminken und dann wird Cedric derart im Liebestaumel sein, dass er ihr freiwillig alle Fragen beantwortet." Rosie kicherte, während sich das Entsetzen auf Esras Gesicht ausbreitete.

„Das ist doch kein Spaß." Esra funkelte Rosie wütend an. „Ihr solltet Cedric wirklich nicht unterschätzen."

„Du erinnerst mich gerade voll an Henning." Rosie seufzte. „Beruhige dich, Esra. Das war doch nur ein Spaß, um diese gruselige Atmosphäre zwischen euch etwas aufzulockern. Ich möchte, dass ihr das alles etwas entspannter angeht. Ich weiß, dass Daria vorsichtig sein wird. Zweifelst du etwa an ihr?"

„Nein, natürlich nicht." Esra schüttelte den Kopf. „Ich mache mir nur Sorgen. Das ist alles."

„Es ist besser, wenn sie sich ein bisschen locker macht, denn sonst wird sie nicht viel aus Cedric herausbekommen, sondern nur irgendwelchen Unsinn zusammenstammeln. So sehr ich ihr wünsche, dass ein Ausschnitt ausreicht, um ihn zum Reden zu bringen, so sehr befürchte ich, dass es nicht so einfach werden wird."

„Das Gefühl habe ich auch." Daria nickte. „Cedric ist schwer einzuschätzen. Ich weiß, dass ich aufpassen muss."

„Du wirst das schon schaffen." Esra seufzte und hielt sich die Schläfen.

„Alles okay?" Daria sah sie besorgt an.

„Nein. Ich bin immer noch nicht ganz fit wegen letzter Nacht und dieses Durcheinander in meinem Kopf bringt mich noch um den Verstand. Ich kriege von den ganzen Bildern Kopfschmerzen."

Rosie beugte sich vor und betrachtete Esra skeptisch. „Hast du es schon mal mit Musik oder Sport probiert?"

„Warum?" Esra sah Rosie ungläubig an. „Wird das jetzt so ein Life-Balance-Ding? Ich bitte dich, das kannst du doch nicht ernst meinen? Ich habe Zukunftsvisionen und keine Sinnkrise."

„Doch, das meine ich ernst. Vielleicht hilft dir das, die Bilder auszublenden oder zu sortieren. Wie wäre es mit Meditation?" Rosie legte den Kopf schief und runzelte die Stirn.

Esra sah sie eine Weile nachdenklich an. Daria rechnete jeden Moment damit, dass Esra Rosie anfahren würde. Doch zu ihrer Überraschung protestierte sie nicht, sondern nickte schließlich bedächtig.

„Ich weiß, was du meinst", sagte sie in versöhnlichem Ton. „Nein, das habe ich noch nicht probiert."

„Dann versuche es doch mal. Schaden kann es bestimmt nicht." Rosie lächelte aufmunternd. Dann wurde sie wieder ernst. Ein Schatten huschte über ihr Gesicht. „Da wäre noch etwas, was ich loswerden wollte."

„Ja?" Esra sah besorgt aus.

Rosie fixierte Esra mit einem Ernst, der Daria Sorgen machte. „Wenn du das nächste Mal vorhersiehst, dass ich in einen Unfall verwickelt werde, dann warne mich bitte rechtzeitig. Das hätte auch schiefgehen können. Ich habe mich zu Tode erschreckt. Lea und Caspar übrigens auch."

„Ich verstehe." Esra schluckte. „Versprochen."

„Und wenn du etwas anderes über mich siehst, dann sage es mir bitte auch." Rosie sah Esra bittend an. „Ich will selber entscheiden, was ich dann mit diesen Infos anfangen werde."

„Kein Problem. Sobald ich etwas über dich sehe, bist du die Erste, die es erfährt." Esra nickte.

„Und da war wirklich nichts außer diesem Unfall?" Rosie ließ die Sache noch immer keine Ruhe.

„Nein." Esra schüttelte den Kopf. „Nur ein paar Bildfetzen, auf denen ich dich auch erkenne, aber sie sind zu unklar, um irgendetwas daraus abzuleiten. Ich sehe weder wann noch wo das sein soll."

Rosie nickte nachdenklich. „Mmh, vielleicht gibt es einen Weg, da etwas System hineinzubekommen."

„Berühre sie doch mal", schlug Daria vor. „Vielleicht löst das etwas aus?"

„Ja, genau." Rosies Gesicht leuchtete begeistert. „Das ist eine gute Idee."

„Ich weiß nicht." Esra runzelte skeptisch die Stirn. „Ich habe heute schon viele Gegenstände berührt und es ist nichts passiert."

„Vielleicht waren es nicht die richtigen." Rosie stand auf und setzte sich neben Esra. Ein Hoffnungsschimmer lag auf ihrem Gesicht.

„Meinetwegen. Einen Versuch ist es wert." Esra zuckte mit den Schultern und legte kurzerhand ihre Hand auf Rosies Unterarm.

Daria starrte die beiden an. Esras blasse Hand wirkte auf Rosies kräftigem und von Sommersprossen übersätem Unterarm winzig. Dann schloss Esra die Augen.

Daria hielt die Luft an und beugte sich nach vorn. Ob das funktionieren würde? Das wäre zumindest ein erster Fortschritt. Esra saß mit hochgezogenen Schultern vor Rosie und schien ganz in sich versunken zu sein. Daria glaubte schon, dass der Versuch nichts gebracht hatte, da zuckte Esra plötzlich zusammen, als ob sie ein Stromschlag getroffen hatte. Ihr entfuhr ein spitzer Schrei und sie öffnete wieder die Augen.

„Es hat funktioniert", flüsterte sie mit geisterhafter Stimme. Das Erstaunen darüber stand ihr ins Gesicht geschrieben.

„Was hast du gesehen?" Rosie riss die grünen Augen auf und sah Esra erwartungsvoll an.

Esra holte tief Luft.

„Nun sag schon."

Esra sprach plötzlich ganz schnell. „Du hast Marcello geküsst."

„Das kann nicht sein." Rosie wurde blass und zog hastig ihren Arm zurück. Ihre roten Haare schwangen hinter ihr her wie ein Umhang. „Bist du sicher, dass du das gesehen hast? Ich würde Marcello niemals im Leben küssen."

„Doch, das habe ich gesehen." Esra nickte entschlossen und verschränkte die Arme vor der Brust. „Ich habe nicht gesagt, dass dir gefallen wird, was ich sehe."

„Marcello ist mit Elania zusammen." Rosie stand wieder auf. „Ich halte das für völlig ausgeschlossen. Die beiden kleben aneinander wie eine Tapete an einer Wand."

„Ich kann dir nur sagen, was ich sehe." Esra zuckte entschuldigend mit den Schultern. „Du wolltest, dass ich es versuche. Was du jetzt damit anfängst, ist deine Entscheidung."

„Ja, das wollte ich, und es ist auch gut, dass wir das ausprobiert haben." Rosie straffte ihren Rücken und gab ein entschlossenes Schnaufen von sich. „Ich sehe es als Warnung, genauso wie Daria es tun sollte. Jetzt kann ich rechtzeitig eingreifen, um diese Tragödie noch zu verhindern, denn nichts anderes wäre es, wenn Marcello mich küssen würde. Wenigstens hast du nicht vorhergesehen, dass er in meinen Armen stirbt und ich auch noch seinen Tod beweine, denn das wird erst passieren, wenn es Kirschen regnet."

„Wenn es Kirschen regnet?" Esra grinste.

„Ja genau, und jetzt habe ich genug davon." Rosie wandte sich Daria zu. „Wir sollten dich jetzt auf dein Date vorbereiten. Viel Zeit bleibt uns nicht mehr."

„Schon gut." Daria winkte ab. Sie wollte auf keinen Fall, dass Rosie sie dazu drängte, sich mehr als nötig in Schale zu werfen. „Das schaffe ich schon. Vielleicht ist es besser, wenn ihr mich jetzt allein lasst. Dann kann ich mich noch ein bisschen auf meine Mission konzentrieren. Hilf Esra doch dabei, etwas zu finden, womit sie ihre Visionen in den Griff bekommt. Das war doch heute schon ein guter Anfang."

„Das ist eine gute Idee." Esra stand auf. Sie wusste, dass es nicht viel brachte, länger auf Daria einzureden. Sie würde ihre Meinung ohnehin nicht mehr ändern.

„Also gut." Rosie sah unschlüssig zwischen Esra und Daria hin und her. „Aber beherzige meine Worte. Wenn du etwas erreichen willst, solltest du einen tiefen Ausschnitt wählen." Rosie sah mit kritischem Blick an Darias Jeans und ihrem ausgewaschenen T-Shirt hinab. „Und spare nicht am Make-up. Das kann von vielen Schwachstellen ablenken."

„Ja, ja, schon gut. Ich kriege das schon hin. Los jetzt. Wir sehen uns morgen früh in der Schule." Daria erhob sich.

Esra und Rosie nahmen das als Signal, endlich aufzubrechen, und verließen Darias Zimmer. Daria brachte ihre Freundinnen noch zur Tür. Dann ging sie nachdenklich wieder in ihr Zimmer zurück. Rosies Anwesenheit hatte ihr gutgetan, und ja, sie hatte recht. Wenn Cedric wirklich eine Schwäche für sie haben sollte, dann wäre es dumm von ihr, das nicht auszunutzen.

Daria nahm sich Zeit, ihren Kleiderschrank zu durchsuchen. Schließlich fand sie ein schlichtes, helles Kleid, das

97

gut zu ihren schwarzen Locken passte. Sie kombinierte es mit Sneakern, damit es nicht zu festlich wirkte, und trug zur Feier des Tages sogar ein bisschen Lidschatten und Wimperntusche auf. Zufrieden musterte sie ihr Spiegelbild. Rosie wäre das zwar nicht genug, aber Esra würde meinen, dass sie etwas übertrieben hatte. Also war es genau richtig.

In diesem Moment klingelte es an der Tür und Daria schrak zusammen. War es wirklich schon acht Uhr? Sie warf einen schnellen Blick auf ihr Handy. Ja, es war acht Uhr. Hastig eilte Daria die Treppe hinab.

„Machst du auf, Schatz?" Die Stimme ihrer Mutter kam aus dem Arbeitszimmer.

„Ja, das ist für mich. Ich muss noch einmal los", rief Daria ihr zu.

„Aber bleib nicht so lang, morgen ist wieder Schule", ermahnte sie ihre Mutter.

„In Ordnung. Bis später." Daria griff nach ihrer Jacke und beeilte sich, aus dem Haus zu kommen, bevor ihre Mutter auf die Idee kam, aufzustehen und sich persönlich von Daria zu verabschieden.

Irgendwie wollte Daria nicht, dass ihre Mutter wusste, dass sie mit Cedric ausgehen würde. Daria erwischte sich bei dem Gedanken, dass sie dieses Geheimnis ganz allein für sich behalten wollte.

Sie trat aus der Tür und warf sie gleichzeitig hinter sich ins Schloss. Dabei stolperte sie über ihre Füße und verlor das Gleichgewicht. Kräftige Hände packten sie an ihren Oberarmen und hielten sie fest. Daria entwich ein erschrockener Laut.

Cedric war ganz nah. Sie spürte die Wärme seines Körpers und sog tief diesen betörenden Geruch ein, der ihn umgab. Seine hellgrauen Augen leuchteten selbst im anbrechenden Abend noch immer geheimnisvoll und Daria spürte, dass da eine Spannung zwischen ihnen war, für die sie keine Worte fand. Sie wusste nur, dass sie wachsam sein musste, wenn sie die Kontrolle über ihr Schicksal behalten wollte. Und das würde nicht leicht werden.

KAPITEL 7

Cedric musste direkt hinter der Tür auf sie gewartet haben. Er schien plötzlich überall in ihrer Wahrnehmung zu sein. Seine Hände brannten auf ihren Armen. Sie spürte seinen Atem auf ihrer Wange, als ob er sie auch dort berührte, während er sie wieder auf die Beine stellte. Er war überraschend stark. Es schien ihm keine Mühe zu machen, sie zu halten. Heiße und kalte Schauer huschten über ihre Haut und sein verlockender Geruch vernebelte ihr immer mehr die Sinne.

Hastig hielt sie die Luft an. Sie durfte sich nicht um den Finger wickeln lassen, denn genau darauf hatte er es vielleicht angelegt. Esras warnende Worte klangen ihr in den Ohren. Er wollte nur den Ring und sie war allein ein Mittel zum Zweck. Sie musste seine Masche ausnutzen, ohne sich darin zu verstricken, und dafür brauchte sie einen kühlen Kopf.

„Danke", murmelte Daria und trat ein klein wenig zurück, sodass sie mit dem Rücken gegen die Tür stieß.

„Kein Problem, ich war ja da." Cedrics Stimme vibrierte. Er ließ sie immer noch nicht los. „Ich hoffe, das wird nicht zur Gewohnheit, dass ich dich retten muss."

„Ich gebe mir Mühe, besser auf mich aufzupassen, versprochen." Daria wollte einen weiteren Schritt zurücktreten, doch die Tür hinter ihr ließ ihr keine Möglichkeit dazu.

Cedric hatte sie immer noch nicht losgelassen. Da hatte sie sich vorgenommen, Abstand zu halten, und jetzt war sie noch nicht einmal richtig aus dem Haus gekommen und lag quasi schon in seinen Armen. Das würde ein anstrengender Abend werden.

„Danke für deine Hilfe." Daria trat entschlossen an Cedric vorbei und dadurch musste er sie endlich loslassen. Hektisch holte sie Luft. Die Stelle, an der er sie gepackt hatte, brannte heiß unter ihrer Jacke. „Also, wo geht es hin?" Daria bemühte sich um einen lockeren Plauderton, während sie in der Auffahrt nach Cedrics Auto Ausschau hielt. Sie hatte damit gerechnet, dass er mit ihr in den Nachbarort fahren würde, wo es eine Weinbar gab.

Hier in Fresienstein gab es nur den Dorfkrug und dort saßen jeden Abend die alten Männer, tranken Bier und spielten Skat, bis sie der Wirt um Mitternacht vor die Tür setzte. Das war sicher nicht die Atmosphäre, die sich Cedric für ein gemütliches Beisammensein ausgesucht hätte. Oder doch? Daria sah sein Auto nirgendwo. Er war zu Fuß gekommen.

„Ich möchte dich überraschen." Cedric lächelte und ein warmes Kribbeln stieg in Darias Bauch auf. „Du siehst übrigens wunderschön aus." Er trat neben sie und reichte ihr mit einer galanten Geste seinen Arm. „Aber ich habe auch nichts anderes erwartet."

„Es geht schon. Ich verspreche, nicht mehr zu stürzen." Daria steckte die Hände in die Jackentaschen. Sie würde auf keinen Fall mehr zulassen, dass sie sich berührten. Das war ein Unfall gewesen und das durfte sich nicht wiederholen.

„Wie du möchtest." Cedric lief die Einfahrt hinab und Daria folgte ihm, während sie darauf achtete, ausreichend Abstand zu ihm zu halten. Cedric bog nach rechts ab und sie liefen eine Weile schweigend den Bürgersteig entlang.

Daria beruhigte sich allmählich und verbuchte den holprigen Start des Abends als unwichtiges Detail. Es war nichts passiert und sie hatte alles unter Kontrolle. Dieses Kribbeln in ihrem Bauch, als er ihr viel zu nah gekommen war, war keine gute Sache, besonders nicht im Hinblick auf Esras Vision, aber davon durfte sie sich nicht beirren lassen.

In der Ferne sah sie Herrn Grauland, der mit Ares und Hades noch eine Runde um den Block drehte. Der alltägliche Anblick sorgte dafür, dass auch der Rest ihrer Anspannung schwand und sie sich wieder darauf konzentrierte, weswegen sie diesem Date überhaupt zugestimmt hatte.

„Was machst du hier in Fresienstein?", begann sie ein lockeres Gespräch, während sie die Rosenstraße entlanggingen und das Haus von Daria bald hinter sich ließen. „Die meisten Leute ziehen von hier fort. Es passiert eigentlich nie, dass jemand hierherzieht."

„Ich bin wegen meines Onkels hier", sagte Cedric und warf Daria einen langen Blick zu. Es schien ihm wirklich Freude zu machen, sie einfach nur anzusehen. Daria konnte sich nicht erinnern, wann sie das letzte Mal so angesehen worden war. Die Freunde, mit denen sie bisher zusammen gewesen war, hatten das nie getan und deswegen war Cedrics Verhalten erst recht verdächtig.

„Studierst du oder machst du eine Berufsausbildung?" Daria beschloss, dass es einfacher war, wenn sie die Fragen stellte. Das gab ihr ein Gefühl der Kontrolle.

„Weder – noch." Cedric schüttelte den Kopf. „Ich habe keine Lust, mir den Tag mit Arbeit zu verderben."

„Wie bitte?" Daria konnte nicht verhindern, dass ihr der erstaunte Ausruf über die Lippen gekommen war. Am liebsten hätte sie sich den Mund zugehalten.

Cedric lachte. „Ich weiß, dass das erst einmal komisch klingt, aber ich muss nicht arbeiten."

„Ach so. Warum denn nicht?" Die Skepsis in Darias Stimme war deutlich herauszuhören.

„Du weißt bestimmt, dass es in Fresienstein einmal goldene Zeiten gegeben hat. So nennt man sie doch, nicht wahr?"

„Ja, so nennt man sie." Daria nickte. „Das war die Zeit, als die Weberei noch gut lief und die Leute Arbeit hatten. Aber das hielt nicht lange an. Schon in den Dreißigerjahren ging es wieder steil bergab."

„Genauso ist es und es gab damals Leute, die sind mit dem Geld, das sie verdient haben, fortgegangen und haben mehr daraus gemacht. So wie meine Urgroßeltern. Sie haben sich geschickt angestellt und ich muss heute nichts anderes tun, als den Teil des Vermögens zu verwalten, den sie mir hinterlassen haben, ganz genauso wie es auch meine Eltern tun. Ich kann mich den schönen Dingen des Lebens widmen." Cedric zwinkerte Daria zu. „Ich bin zwanzig Jahre alt und das Leben liegt vor mir. Ich weiß, dass es mir gut geht, und das genieße ich. Warum sollte ich es auch nicht tun, wenn ich die Möglichkeit dazu habe?"

„Weil es im Leben nicht allein darum geht, Spaß zu haben?" Daria sah Cedric vorwurfsvoll an. „Wenn du genug Geld hast, könntest du etwas für die tun, die es schlechter getroffen haben."

„Du meinst deine Mutter, nicht wahr? Ich habe schon gehört, dass sie Glück im Lotto hatte und nun große Dinge plant. Du denkst also, daran sollte ich mir ein Beispiel nehmen?" Cedric bog nach rechts in die Waldstraße ein. „Man sagt, dass sie ein Herz aus Gold hat."

„Woher weißt du das?" Daria sah ihn erstaunt an.

„Wir sind in Fresienstein", erwiderte Cedric, als ob das als Erklärung reichte, und genau genommen tat es das auch. Ein Gerücht machte in Fresienstein schnell die Runde. Dennoch fühlte sich Daria durchleuchtet und das war kein gutes Gefühl.

„Spionierst du mir nach?" Daria beobachtete Cedric ganz genau und versuchte in seiner Miene zu erkennen, was er dachte. Cedric sah einen Moment geradeaus, dann wandte er sich wieder Daria zu.

„Nein, das tue ich nicht. Das ist nun wirklich nicht mein Stil. Deine Mutter will die Akademie wiedereröffnen. Das ist schon Stadtgespräch. Sie war heute Vormittag mit Helena Meier dort und sie haben sich das Gebäude angesehen. Du glaubst doch nicht, dass das in einer Stadt wie Fresienstein lange unentdeckt bleibt? Alle reden davon, falls du es noch nicht bemerkt hast. Auch wenn man es nicht wissen will, bekommt man es überall zu hören." Cedric seufzte. „Ich weiß, wovon ich spreche. Ich wollte nur ein paar Brötchen kaufen, und schon wusste ich über alles Bescheid. Die beiden Ladys, die in der Schlange vor mir standen, haben sich keine Mühe gegeben, leise zu sprechen." Cedric hob entschuldigend seine Hände. „Daher weiß ich das alles. Von Spionieren kann also keine Rede sein. Wirklich nicht."

„Okay. Tut mir leid." Daria holte tief Luft. Seine Erklärung klang plausibel. Vielleicht übertrieb sie doch ein wenig. Sie durfte nicht ganz so misstrauisch sein, sonst brach Cedric das Treffen ab und dann hatte Daria auch nichts gewonnen.

„Ich nehme deine Entschuldigung an." Cedric legte den Kopf schief und grinste. „Es ist gut, wenn du vorsichtig bist und alles hinterfragst. Das kann einem manchmal das Leben retten." Er war stehen geblieben. „Aber bei mir brauchst du dir keine Sorgen machen, ich will dir helfen. Das ist alles."

„Das Leben retten?" Daria schluckte. Was für ein Leben führte Cedric, dass das für ihn eine Bedeutung hatte? Sie sah sich um und erst jetzt bemerkte sie, dass sie Fresienstein längst verlassen hatten und schon ein Stück in den Wald hineingegangen waren, der den Ort umgab. Fichten und Buchen umgaben sie.

„Wir müssen hier entlang." Cedric zeigte nach links zu einem schmalen Trampelpfad, der tiefer in den Wald führte und von einem Meer aus Springkrautbüschen umgeben war.

„Was hast du vor?" Fragend sah sie Cedric an.

„Ich habe nur gute Absichten." Cedric lächelte. „Lass dich überraschen. Es wird dir gefallen. Du kannst mir vertrauen."

„Vertrauen? Das ist ein bisschen viel verlangt." Daria runzelte die Stirn. Es war gar nicht so einfach, Esras warnende Worte aus den Ohren zu bekommen. „Denkst du wirklich, dass es eine gute Idee ist, mit einem Mann, den ich nicht kenne, in den Wald zu gehen?"

Cedric seufzte. „Wenn ich nach deinem Leben trachten würde, hätte ich dich einfach nur von diesem Auto auf dem Marktplatz umfahren lassen brauchen. Ein bisschen Vorsicht ist ja nicht schlecht, aber man darf es auch nicht übertreiben." Er sah sie durchdringend an. „Es gibt viele Dinge, über die du dir Sorgen machen solltest, aber nicht über mich. Dafür gibt es keinen Grund. Ich habe nur gute Absichten, was dich angeht."

„Ist das so?" Daria bemühte sich, ganz locker zu klingen. Doch sie spürte, wie Cedrics Worte etwas in ihr trafen und sie nachdenklich stimmten. Rosies Stimme klang ihr in den Ohren und gleichzeitig schien sie Esras Warnung zu hören. Auf wen sollte sie denn jetzt hören? Sollte sie sich vor der Vision in Acht nehmen? Vor Cedrics eventueller Gier nach dem Ring? Oder wartete die große Liebe in Gestalt dieses attraktiven Mannes auf sie? Aber was war, wenn Esra und Rosie komplett falsch mit ihren Vermutungen lagen, alles ganz anders war? Das war ja zum Verrücktwerden. Was sollte sie nur machen?

Daria holte tief Luft. Sie musste ihren eigenen Weg gehen und ihrem Gefühl vertrauen. Weder Esra noch Rosie konnten ihr das abnehmen.

„Ich kann dir helfen, Daria." Cedric lächelte auf seine einmalige Art und fuhr sich dann durch seine dunkelbraunen Haare. „Aber du musst mich auch lassen. Es ist deine Entscheidung, ob du mehr wissen möchtest. Und falls dir nicht gefällt, was geschieht, dann weißt du doch, was du tun kannst, nicht wahr?" Cedric lächelte Daria an. „Komm mit oder lass es. Es ist allein deine Entscheidung." Er warf ihr noch einen eindringlichen Blick zu, dann drehte er sich einfach um und ging los. Er schlug den schmalen Pfad ein und verschwand bald hinter den knorrigen Fichten, die so dicht standen, dass man nicht durch sie hindurchsehen konnte.

Daria sah Cedric nachdenklich hinterher. Er musste etwas wissen, denn warum sonst sollte er solche Andeutungen machen? Außerdem hatte er recht. Daria hatte sich zwar vorgenommen, mit ihren Wünschen vorsichtig zu sein, bis sie Näheres über den Ring und seine Kraft wusste, aber wenn sie in einer Notlage war, dann würde sie sich einfach selbst retten können.

Daria versuchte ihrem Bauchgefühl nachzuspüren. Sie war aufgeregt, neugierig, skeptisch und auch ängstlich. Sie spürte, wie sie etwas an Cedric anzog und wie sie sich von seinen Komplimenten geschmeichelt fühlte, und genau das war es auch, was ihr Angst machte. Sie spürte einen Funken Hoffnung in sich aufglimmen, dass er das wirklich ernst meinen könnte.

Doch wenn sie ehrlich war, dann fiel es ihr schwer, das zu glauben. Sie war ein durchschnittliches Mädchen aus einer durchschnittlichen Kleinstadt. Warum sollte er gerade sie interessant finden? Der Ring an ihrer Hand war die einzig logische Erklärung dafür. Aber zweifelsfrei wissen konnte sie nicht, was er wollte. Sie musste es herausfinden und das konnte sie nur, wenn sie ihn ein Stück weit an sich heranließ. Da hatte er absolut recht. Daria spürte, wie sie einen Schritt nach vorn machte, und dann noch einen. Es fühlte sich gut an, ihm zu folgen, und Daria nahm das als gutes Zeichen, dass sie die richtige Entscheidung getroffen hatte.

In diesem Moment hörte sie ein leises Flüstern und ein Rascheln rechts neben sich. Überrascht fuhr sie herum. Eine kleine Gestalt huschte durch die niedrigen Büsche. Was war das für ein Tier? Es kam immer näher und das Tempo, in dem es sich vorwärtsbewegte, war rasant. Daria starrte das Grün um sich herum an und machte einen Schritt zurück. War sie in Gefahr? Aber weder ein Hase noch ein Marder würden ihr wohl großen Schaden zufügen können. Doch irgendetwas sagte Daria, dass hier etwas anderes auf sie zulief.

Wegzulaufen war keine Option. Was auch immer auf sie zukam, war schneller als Daria. Sie machte sich darauf gefasst, notfalls einen Wunsch zu äußern, um sich in Sicherheit zu bringen. Wie selbstverständlich ihr dieser Gedanken inzwischen kam. Daria hatte keine Zeit mehr, darüber nachzugrübeln, ob das gut war oder nicht, denn in diesem Moment tauchte etwas zwischen den Springkrautbüschen auf, mit dem Daria niemals im Leben gerechnet hatte.

Vor ihr stand ein kleines Wesen in gebückter Haltung. Es hatte spitze Ohren und einen großen Kopf mit riesigen Kulleraugen. Dennoch sah es nicht niedlich aus, sondern wirkte unheimlich. Es gab keinen Zweifel. Vor ihr stand die Elfe vom Stadtbrunnen und sie lebte. Sie atmete und bewegte sich und starrte Daria aus ihren großen, schwarzen Augen durchdringend an. Daria entfuhr ein dumpfes Geräusch. Das war absolut unmöglich. Ihr musste ein Ast auf den Kopf gefallen sein, anders waren diese Wahnvorstellungen nicht zu erklären.

Die Elfe hob die Hand und zielte mit ihrem Zeige- und Mittelfinger auf Daria. Sie sah aus wie ein groteskes Kind, das Daria mit ihren Fingern erschießen wollte.

Doch es erklang kein Knall, stattdessen begann die Elfe mit hoher, angenehmer Stimme zu sprechen.

„Nimm dich in Acht, argloses Kind.

Treib nicht umher wie ein Blatt im Wind.
Die Welt um dich ist in großer Gefahr.
Nimm dies, dann siehst du es klar."

Die Elfe hob ihre andere Hand, die sie zu einer Faust geballt hatte. Dann öffnete sie die Handfläche und Daria sah ein grünes Pulver darauf liegen. Verwundert betrachtete sie es. Was sollte das werden? Im gleichen Moment pustete die Elfe gegen das Pulver und Daria wurde in eine grüne Wolke gehüllt.

Es ging so schnell, dass Daria sich nicht mehr mit einem Sprung in Sicherheit bringen konnte. Sie hielt die Luft an, während ihr die Panik die Kehle zuschnürte. Ihr Blick verschwamm. Alles wurde grün. Daria blinzelte. Sie rieb sich die Augen und als sie sie wieder öffnete, stand sie mitten in einem fremden Wald.

Nur mühsam konnte Daria einen Schrei unterdrücken. Die Bäume um sie herum waren riesig. Die Stämme waren so dick, dass es mindestens fünf Männer brauchte, um sie zu umspannen. Vögel zwitscherten laut aus unzähligen Kehlen, selbst das Quaken von Fröschen war zu hören.

Mitten in dem Urwald aus tausend Grüntönen erhob sich ein kleiner Hügel, der nicht vollends zugewachsen war. Er wurde von den breiten Ästen der Eichen wie von einem Dach überspannt. Nur wenige Sonnenstrahlen schafften es, den Boden zu erreichen.

Daria hatte gerade ihre Umgebung erfasst, als ein Flirren über dem Hügel erschien. Was geschah jetzt? Es sah aus, als ob die Luft vor Hitze brennen würde. Doch es war kühl in diesem Wald und keineswegs heiß genug, um die Luftbewegung zu erklären. Das Flirren wurde stärker und breitete sich aus und dann wie aus dem Nichts erschien eine Frau. Sie trug ein helles Kleid, das ihr bis zu den Knöcheln reichte. Sie hatte dunkle Haare, die so lang waren, dass sie bis zu ihren Hüften reichten. Sie war noch recht jung, wie Daria erkennen konnte, und sie war ängstlich. Hektisch sah sie sich um, als ob sie befürchtete, dass ihr jemand gefolgt war.

Daria stand so nah vor ihr, dass sie sie eigentlich sehen müsste. Sie trennten nur ein paar Meter. Doch die junge Frau sah durch Daria hindurch, als ob sie Luft wäre. Das musste ein Traum sein, anders war das nicht zu erklären. Warum sonst sollte diese Frau eine Sichel an ihrem Gürtel tragen und einen kleinen Lederbeutel, aus dem sie jetzt einen Stein zog. Einen Stein? Daria riss die Augen auf. Das war nicht irgendein Stein. Das war der Nebelstein, den die Frau in ihren Händen hielt. Es gab keinen Zweifel.

Sie umschloss ihn mit ihren Fingern und holte tief Luft, als ob sie zögerte. Doch was hatte sie vor? Die junge Frau legte den Stein in ihre linke Hand. Dann zeigte sie mit den Fingern ihrer rechten Hand auf die Erde, ganz genauso, wie es die Elfe vorhin getan hatte.

Daria hörte klar und deutlich, was sie sprach. „Ich rufe euch Wesen des Waldesschrein, eilt herbei, um mir zu Hilfe zu sein."

Es dauerte nicht lang und Daria hörte ein Rascheln aus vielen Richtungen, das immer lauter und rasanter wurde. Kurz darauf stand eine Elfe neben der jungen Frau und dann noch eine. Weitere kamen hinzu, bis etwa zwanzig kleine, gebeugte Gestalten die Frau umringten.

„Danke, dass ihr gekommen seid", richtete sie das Wort an die kleinen Wesen, die Kleider aus Blättern und Blumenranken trugen. „Der Moment ist gekommen. Ich werde die Magie meines Volkes in diesen Stein verbannen. Auch euer Schicksal ist damit besiegelt und für das Opfer, das ihr bringt, möchte ich euch danken."

„Wir stehen dir bei, wie wir es geschworen haben." Eine der Elfen war vorgetreten. Sie trug einen Kranz aus dunkelblauen Blüten. „Die dunkle Magie darf nicht an Kraft gewinnen. Deine Entscheidung ist die richtige."

Die junge Frau nickte. „Dann beeilen wir uns. Wir werden nicht lang allein sein." Sie sah sich wieder um, als ob sie mit Verfolgern rechnete, die ihr auf der Spur waren. Dann legte sie den Stein auf den Boden und zeigte wieder darauf. Daria begriff, dass sie auf diese Weise ihre Kräfte in die richtige Richtung lenkte. Außerdem verwendete sie Reime, um zu zaubern. Zaubern? Hatte Daria das wirklich gerade gedacht?

„Ich rufe euch, Kräfte der Erde, der Nacht." Die Stimme der Frau klang kraftvoll und mächtig, was vermutlich auch daran lag, dass alle Elfen in ihren Reim eingestimmt hatten.

„Kommt herbei, dann ist der Zauber bald vollbracht.

In diesen Stein schließe ich alle Kräfte ein,

Die Magie soll von der Welt verschwunden sein."

Ihre Arme bebten, als ob jemand an ihr rütteln und ziehen würde. Sie verzog das Gesicht, als ob sie unter Schmerzen litt. Dann beugte sie sich nach hinten und stieß einen lauten Schrei aus. Der Ton ging Daria durch Mark und Bein. Sie wollte zu der Frau gehen und ihr helfen, doch sie konnte sich nicht bewegen, und so blieb ihr nichts anderes übrig, als nur hilflos zuzusehen. Die Frau war ruhig geworden, ihre Augen waren leer. Als ob sie plötzlich all ihre Kräfte verlassen hatten, sank sie zu Boden.

Was war geschehen? Hatte Daria richtig gehört? Diese Frau hatte gerade die Magie verbannt, und zwar in den Nebelstein? Daria betrachtete kurz den Ring an ihrer Hand. War das wirklich derselbe Stein? Aber warum hatte sie das getan? Und was war das für eine dunkle Magie, von der sie gesprochen hatte? Daria sah zu der Frau zurück. Vielleicht erfuhr sie noch etwas von den Elfen. Sie schienen ja auch über alles Bescheid zu wissen.

Die Elfen umstanden die liegende Frau noch immer. Doch sie waren seltsam reglos. Waren sie vor Trauer erstarrt? Daria betrachtete die Elfe mit dem Blumenkranz auf dem Kopf. Ihre Züge waren seltsam steif und die Farbe ihrer Haut grau. Da begriff Daria, dass sie allesamt zu Stein erstarrt waren, ganz genauso wie die Statuen am Brunnen, an denen sie schon seit Jahren vorbeigegangen war. Ihr entwich ein heiserer Schrei.

In diesem Moment hörte sie ein erneutes Rascheln. Ein junger Mann kam aus dem Unterholz. Er keuchte und sein Gesicht war von der Anstrengung des Laufens gerötet. Er hatte wirre, blonde Locken und als er die junge Frau auf dem Boden liegen sah, entwich ihm ein wütender Schrei, der zugleich von einem unerträglichen Schmerz durchdrungen war.

„Aileen." Er war mit wenigen Schritten bei ihr und kniete sich neben sie. Ganz vorsichtig beugte er sich über sie, um auf ihren Atem zu lauschen. „Wie konntest du das nur tun?" Er griff nach ihrer Hand und hielt sie in seiner, während Tränen seine Wange hinabliefen. Eine ganze Weile saß er da und rang um Fassung. Doch schließlich breitete sich ein entschlossener Ausdruck auf seinem Gesicht aus. „Aileen, ich schwöre dir, dein Opfer war nicht umsonst." Er nahm den Nebelstein und umschloss ihn fest mit seiner Hand. „Ich werde den Stein mit meinem Leben beschützen." Dann beugte er sich über Aileen und küsste sie sanft auf die Stirn, als ob er Abschied nehmen wollte. Er erhob sich und war mit wenigen Schritten wieder im Wald verschwunden.

Daria starrte ungläubig auf die junge Frau, die immer noch leblos auf dem Boden lag. Ein grüner Nebel breitete sich um Daria aus und das Bild verschwamm. Daria musste die Augen zusammenkneifen. Als sie sie wieder öffnete, stand sie in einem Meer aus Springkrautbüschen.

Wo war die Elfe? Daria drehte sich im Kreis und versuchte sie irgendwo zu sehen. Was war gerade geschehen?

111

War das wirklich passiert oder hatte Daria das Ganze nur geträumt? Doch da war nichts außer dem Wind, der durch den Wald fuhr und die Blätter der Springkrautbüsche in Bewegung versetzte. Nichts gab ihr einen Hinweis, was ihr die Ereignisse erklärte. Wie viel Zeit war vergangen?

Heiß fiel Daria ein, dass Cedric auf sie wartete und sie sich schnell entscheiden musste, was sie jetzt tun sollte. Sollte sie zu Esra und Rosie gehen und ihnen von dem seltsamen Erlebnis erzählen oder lief sie zu Cedric und brachte zu Ende, was sie begonnen hatte?

Mit klopfendem Herzen lief Daria los, vorbei an alten Buchen, knorrigen Kiefern und hohen Fichten. Sie versuchte sich auf ihre Umgebung zu konzentrieren und sich nicht ständig zu fragen, ob sie jetzt verrückt wurde. Nach einer Weile wurde der Wald wieder lichter und Daria erkannte ein paar Häuser durch die Baumstämme. Sie näherte sich von hinten Fresienstein.

Daria steuerte auf eine hohe Hecke aus Eiben zu, die den Blick in den dahinterliegenden Garten versperrte. Darin war ein Holztor, dessen Tür weit offen stand. Daria schluckte und zögerte kurz. War das richtig, was sie tat? Mit schnellen Schritten ging Daria weiter und betrat den Garten.

Erstaunt blieb sie stehen. Erst jetzt erkannte sie das riesige Haus, das etliche Hundert Meter entfernt von ihr stand. Ein schmaler Gartenweg führte direkt dorthin. Es war tatsächlich die opulente Stadtvilla, die so gut in Schuss gehalten worden war.

Daria kannte zwar das Haus. Sie war oft mit Uroma Helga daran vorbeigelaufen. Doch sie hatte niemals geahnt, was für ein riesiger Garten sich dahinter erstreckte. Mit schnellen Blicken sah sich Daria um. Der Garten war verschlungen angelegt. Es schien eine Menge Hecken, Büsche und lauschige Ecken zu geben, die nicht auf den ersten

Blick ersichtlich waren.

Und da stand Cedric. Er lehnte an einem Apfelbaum gleich hinter dem Tor und sah Daria mit einem Schmunzeln an. „Ich wusste, dass du kommen würdest."

Langsam ging sie auf ihn zu. Ihr Herz raste und sie versuchte irgendetwas aus seiner Haltung und seinem Blick zu lesen. Sollte sie ihm von der merkwürdigen Begegnung und ihrem Filmriss erzählen? Sie hatte Angst vor seiner Reaktion. Je länger sie darüber nachdachte, umso absurder kam ihr die Geschichte vor. Er würde sie vermutlich auslachen, wenn sie ihm davon erzählte.

Daria konnte nichts in seiner Haltung erkennen, das ihr einen Hinweis darauf gab. Langsam zweifelte sie an sich selbst. War das gerade wirklich geschehen? Es war das eine, dass sich ihre Wünsche auf seltsame Weise erfüllt hatten, aber dass eine steinerne Elfe zum Leben erwacht war und sie in eine fremde Vergangenheit schickte, war schon reichlich merkwürdig. Oder war das eine Nebenwirkung der Wünsche? Hatte sie jetzt auch Visionen?

„Alles in Ordnung mit dir?" Cedric klang besorgt.

„Jaja." Daria überlegte hastig, was sie jetzt tun sollte. Eigentlich war nichts geschehen. Vermutlich war es wirklich nur eine Art Vision, so ähnlich wie Esras. Daria schob die Erinnerung weit von sich fort und konzentrierte sich wieder auf ihren Plan, Cedric auf den Zahn zu fühlen.

„Wohnst du allein in diesem Haus?" Daria wandte sich Cedric zu und sah ihn fragend an. Sie war aus einem Grund hier und das würde sie jetzt durchziehen. Wenn sie wieder daheim war, konnte sie sich ihrem Wahnsinn ganz in Ruhe hingeben.

„Ja, ich wohne allein hier." Er nickte. „Ich mag es, viel Platz zu haben. Komm." Er hielt ihr eine Hand hin, als ob er sie mit sich ziehen wollte.

Daria starrte ihn verblüfft an. Es war das eine, wenn er

sie vor einem Autounfall rettete oder sie wegen eines Sturzes auffing, aber das war eine derart vertrauliche Geste, für die es keine Berechtigung gab. Zumindest nicht in ihren Augen.

„Was machst du den ganzen Tag, wenn du nicht arbeitest oder studierst?" Sie ignorierte seine Hand und flüchtete sich regelrecht in die nächste Frage.

Langsam ließ Cedric seine Hand wieder sinken. „Ich interessiere mich für Geschichte. Daran ist wohl mein Onkel mit seinen vielen Erzählungen schuld. Eine Weile habe ich sogar ernsthaft darüber nachgedacht, Archäologe zu werden, so wie er." Cedric bog auf einen Gartenweg ein, der nach links führte.

Daria folgte ihm, während sie an Rosenbüschen vorbeigingen, die schon ihre Blüten angesetzt hatten. „Was hat dich davon abgehalten, zu studieren?"

„Ich reise gern und habe beschlossen, dass es mir besser gefällt, die Ausgrabungen zu bezahlen und mich an den Funden zu erfreuen, anstatt mich selbst monatelang in eine Wüste zu stellen und im Staub zu graben, nachdem ich Jahre meines Lebens in einer Uni verschwendet hätte. Ich habe quasi die Abkürzung genommen."

„Sehr effizient", lobte Daria.

Cedric lachte. „Endlich sieht das mal jemand ein." Er bog nach rechts ab und sie erreichten einen Gartenbereich, der wie ein Zelt gestaltet war. Über einer kleinen Wiese rankten sich über etliche Holzgerüste eine Unmenge an verschiedenen Pflanzen. Rote, gelbe und weiße Blüten schimmerten in dem Grün über ihren Köpfen. Mitten auf der Wiese stand ein Tisch mit zwei Stühlen. Dort standen eine Flasche Wein und zwei Gläser, eine Schale voller Obst und eine Menge anderer Köstlichkeiten bereit.

Selbst ein Kanapee befand sich in einer offenen Laube und überall am Rand der Wiese waren Feuerschalen verteilt,

in denen knisternde Flammen eine wohlige Wärme spende-
ten.

„Wow." Daria gelang es nicht, ihre Verblüffung zu verbergen. Dafür war der Aufwand, den Cedric hier betrieben
hatte, viel zu viel. „Machst du das für alle Frauen, die du zu
dir einlädst?"

„Ich lade selten Frauen zu mir ein." Cedric schob einen
Stuhl zurück, damit Daria sich setzen konnte.

„Das überrascht mich jetzt wirklich." Sie kam sich vor
wie in einem Märchen. Langsam ließ sich Daria auf den
Stuhl sinken.

„Da gibt es noch einiges, was du nicht weißt und was
dich wirklich überraschen würde." Cedric nahm Daria gegenüber Platz und goss ihr ein Glas Wein ein. „Alles was
ich tue, ist ein wenig extravaganter und intensiver. Warum
auch nicht? Man muss die Liebe und das Leben feiern, so
lange man es kann." Cedric goss sein Glas voll und griff
nach einem Stück Käse.

„Aha." Daria nickte. Solch eine Lebensart war ihr völlig
fremd.

„Bediene dich." Er zeigte auf die Teller, die zwischen
ihnen standen. Alles war hübsch drapiert und dekoriert,
sodass einem schon vom Ansehen das Wasser im Mund
zusammenlief.

Daria nahm sich ein paar Weintrauben und kaute bedächtig, während sie die Umgebung und die ganze Situation
kurz auf sich wirken ließ. Sie fühlte sich in Versuchung, sich
einfach diesem Moment hinzugeben und alles zu genießen.

Ein Gedanke ließ sie nicht los. Was war, wenn das alles
echt war? Was war, wenn Cedric wirklich Gefühle für sie
hatte, aus welchem Grund auch immer. War es dann richtig,
sich so angestrengt zurückzuhalten und alles infrage zu stellen? Sollte sie es nicht einfach annehmen und genießen?
Wie oft bekam man im Leben so eine Chance?

„Was geht dir gerade durch den Kopf, meine Schöne?"
Cedric sah Daria mit weichem Blick an. „Du wirkst nachdenklich."

„Es geht mir gut, ich habe nur nicht damit gerechnet, dass du so einen Aufwand betreibst", sagte Daria stockend und griff nach dem Glas Wein.

„Du wirst dich schnell daran gewöhnen." Cedric hob sein Glas dem von Daria entgegen, um mit ihr anzustoßen.

„Wir werden sehen." Ganz automatisch rutschte Daria ein Stück nach vorn. Mit einem leisen klirrenden Geräusch stießen ihre Gläser gegeneinander.

Cedric sah Daria in die Augen, während er einen Schluck von dem Wein trank.

In seinen Pupillen spiegelten sich die Flammen der Schalen um sie herum. Darias Atem stockte. Sein Blick war so intensiv, dass sie vergaß zu atmen. Sie spürte die Verlockung, sich auf ihn einzulassen. Es wäre so einfach. Esras Worte klangen ihr mahnend in den Ohren und erinnerten sie an ihre vielen guten Vorsätze.

„Du wolltest mit mir über diesen Ring reden?" Daria zwang sich regelrecht, zum Thema zu kommen. „Du hast gesagt, du weißt etwas über ihn."

Cedric beugte sich nach vorn und betrachtete den Ring an ihrer Hand. „Ja, das tue ich vielleicht."

„Was heißt hier vielleicht?" Daria stutzte. „Gerade warst du dir deiner Sache doch noch ziemlich sicher. Erzähl mir bitte, was du weißt."

„Also gut." Cedric lehnte sich zurück und betrachtete den Wein in seinem Glas. Er nahm einen Schluck und sah Daria dann an, als ob er darüber nachdachte, an welcher Stelle er seine Geschichte beginnen sollte.

Daria lehnte sich ebenfalls zurück und nippte an ihrem Weinglas. Überrascht sah sie in die rubinrote Flüssigkeit. Der Wein schmeckte vollmundig und Daria nahm das

Aroma von Kirschen und Erdbeeren wahr. Wirklich erstaunlich. Besser, sie erfuhr nicht, was eine Flasche kostete. Daria nahm noch einen Schluck. Ja, sie sollte es einfach nur genießen. Wenigstens den Wein.

„Ich wollte dir mit meinen Worten keine Angst machen." Cedric legte den Kopf schief. „Ich bin durch Zufall über eine Geschichte zu diesem Ring gestolpert."

„Was ist das für eine Geschichte?" Daria sah Cedric fragend an und jetzt war es ihr plötzlich egal, dass man ihr ansehen konnte, wie sehr sie die Sache interessierte. Dafür war es ihr viel zu wichtig, etwas über den Nebelstein zu erfahren. Würde er ihr jetzt etwas über Aileen, die Elfen und den blonden Mann erzählen, der den Stein mit seinem Leben schützen wollte?

„Es gibt eine Legende zu diesem Ring." Cedric hatte seine Stimme gesenkt. Sanft schmeichelte sie sich in Darias Ohr. Die Feuer um sie herum knisterten und der Schein der Flammen spiegelte sich auf ihren Gesichtern wider.

„Was für eine Legende?" Daria hatte die Augen aufgerissen und wagte es nicht zu zwinkern.

„Die Legende sagt, dass der Ring denen Wünsche erfüllt, die reinen Herzens sind und der Welt einen Dienst erweisen wollen." Cedric schwieg und sah Daria fragend an. „Das deckt sich mit dem, was mein Onkel zu diesem Ring gesagt hat."

„Das ist alles?" Darias Stimme zitterte. Wollte er sie veralbern?

„Glaubst du daran?" Er sah sie durchdringend an. „Du bist schließlich diejenige, die den Ring trägt. Hast du etwas Gutes getan? Erfüllt der Ring dir deine Wünsche?"

„Keine Ahnung", erwiderte Daria ausweichend. Sie kam sich vor, als ob sie umeinander herumtänzelten, ohne dass einer die Deckung fallen lassen wollte. Das war nichts, was er ihr da gerade gesagt hatte. Absolut gar nichts.

„Keine Ahnung?" Cedric grinste. „Hat er dir deine Wünsche erfüllt oder nicht? Darauf gibt es eine klare Antwort. Ja oder Nein."

„Es gibt keine klare Antwort", sagte Daria energisch und beschloss, dass sie einen kleinen Schritt vorwärts machen musste, wenn sie heute noch etwas erfahren wollte, außer dass dieser Wein wirklich fantastisch schmeckte und Cedric ein wirklich guter Gastgeber war. „Ja, ein paar meiner Wünsche haben sich erfüllt, aber vielleicht ist das nur eine Aneinanderreihung von Zufällen."

„Du meinst den Lottogewinn deiner Mutter?"

„Ja, den meine ich." Daria nickte. Verdammt! Wenn sie sich in diesem Tempo vorwärtsbewegten, dann würden sie nie fertig werden.

Daria griff nach ihrem Glas. „Erzähl mir mehr von dem Ring und dieser Legende. Das kann doch nicht alles sein, was du weißt? Wie bist du auf diese Legende, wie du sie nennst, gestoßen? Weißt du alles von deinem Onkel?" Sie trank noch einen Schluck der köstlichen Flüssigkeit.

Cedric schüttelte den Kopf. „Nein, das weiß ich nicht von meinem Onkel. Ich war in einer Bibliothek in Kairo und habe mich über die Lage von ein paar Gräbern informiert, über die es einige Gerüchte gegeben hat."

„Gräber?" Daria stutzte.

„Ja, Gräber. Ich habe dir doch gesagt, dass ich mich für Archäologie interessiere. Ich war auf der Suche nach einer neuen und vielversprechenden Ausgrabungsstelle. Man vermutet diese Gräber am Rand einer Wüste."

„Sag bloß, der Ring kommt aus so einem Grab?" Daria hatte schnell begriffen, worauf Cedric hinauswollte.

„So ist es." Er nickte. „Es ist kein Pharaonengrab. So viel weiß ich schon. Aber wer dort begraben wurde und wo dieses Grab liegt, habe ich bis heute noch nicht herausgefunden. Es sind ein paar entscheidende Unterlagen dazu abhandengekommen. Ich weiß nur eines: Jemand war schon einmal in diesem Grab und hat Zeichnungen angefertigt und ein paar alte Tafeln voller Hieroglyphen übersetzt. Allerdings ist das eine Beschreibung des Inhalts aus dem letzten Jahrhundert. Ich weiß nicht einmal, ob sie vollständig ist oder ob jemand das Grab längst leer geräumt hat. Das spielt jetzt auch keine Rolle mehr. Zu den Unterlagen gehörten auch ein paar Zeichnungen und eben diese Legende, von der ich dir erzählt habe. Du kannst dir meine Überraschung vorstellen, als ich den Ring aus dem Antiquitätenladen meines Onkels auf einer der Zeichnungen entdeckt habe."

„Ja, das kann ich." Daria nickte und lehnte sich wieder nach vorn. Jetzt wurde die Sache ja doch noch interessant.

„Ich habe mich natürlich sofort an die Geschichte meines Onkels erinnert und ich hatte die Hoffnung, dass er mir einen Hinweis auf die Lage des Grabes geben kann. Vermutlich haben Grabräuber den Ring gestohlen und ihn verkauft. Mit ein bisschen Glück wollte ich seinen Weg nachverfolgen."

„Er kommt also aus Ägypten?" Nachdenklich betrachte Daria den Ring an ihrer Hand.

„Ja, das kann ich inzwischen bestätigen, denn ich bin dann natürlich sofort zu meinem Onkel gereist. Ich musste den Ring noch einmal sehen und mich mit eigenen Augen davon überzeugen, dass ich nicht falsch lag. Außerdem hatte ich ohnehin genug von der Hitze und brauchte wieder ein bisschen Abwechslung." Cedric grinste.

„Aha, und dann bin ich dir dazwischengekommen?" Daria hob ihre Hand und betrachtete den Ring.

„Ich würde nicht direkt sagen, dass du mir dazwischengekommen bist." Cedrics Miene wurde wieder ernst. Er betrachtete den Ring an Darias Hand ganz genau. „Ich sehe es eher als glückliche Fügung, dass sich alles so ergeben hat. Ich habe die Chance bekommen, dich kennenzulernen."

Daria schluckte. Die Stimmung zwischen ihnen hatte sich verändert. Leise brannten die Feuer um sie herum und Daria spürte, wie der Wein dafür sorgte, dass sie sich entspannte. Das Knistern zwischen ihnen war stärker geworden.

„Ist es denn wirklich der richtige Ring?" Darias Stimme war rau. Sie spürte, wie Cedrics Gegenwart sie immer mehr in den Bann zog. Seine Haare schimmerten bronzefarben und in seinen Augen lag eine Begeisterung, die ihr galt. Dass das wirklich wahr sein sollte, konnte Daria noch immer kaum glauben. Doch sie spürte, dass ihre Zweifel mit jeder Sekunde, die sie in Cedrics Gegenwart verbrachte, kleiner wurden.

„Ja, es ist der richtige Ring. Es gibt keinen Zweifel." Cedric griff nach ihrer Hand und dieses Mal ließ Daria ihn gewähren. Seine Finger waren kräftig und warm. Er berührte sie mit einer Vorsicht, als ob er einen kleinen Vogel hielt.

Doch sie spürte die Stärke seiner Hand ganz genau und ein warmes Gefühl breitete sich in ihrer Mitte aus. Cedric schien nichts davon zu bemerken. Er betrachtete voller Interesse den Ring an ihrer Hand.

„Ich bin mir absolut sicher und er steht dir ganz hervorragend." Cedric hauchte Daria einen leichten Kuss auf ihren Handrücken.

Daria schnappte nach Luft. Seine Lippen waren weich und sanft. Ein heißer Stich traf ihre Mitte und löste ein Begehren aus, das sie noch nie so heftig gefühlt hatte. Cedric war die Versuchung in Person und er beherrschte dieses Spiel meisterhaft.

Daria spürte, wie ihr die Wärme in die Wangen schoss.

Cedrics Blick lag auf ihr. Doch er grinste nicht. Er war ernst. Er sah ihr tief in die Augen und beugte sich langsam zu ihr. Sein Gesicht war nicht mehr weit von ihrem entfernt. Daria spürte, wie sie zu ihm gezogen wurde. Wie tief in ihr drin etwas rumorte und alle Vorsicht in den Wind schlagen wollte. Wie sich diese weichen Lippen wohl auf ihren anfühlen würden? Bestimmt würde sie sich wie auf Wolken vorkommen, schwerelos und himmlisch leicht.

Cedrics Blick wanderte zu ihren Lippen hinab. Sie roch den süßen Wein in seinem Atem.

„Du bist das schönste Wesen, das mir je auf dieser Welt begegnet ist", flüsterte er. Ihre Hand lag noch immer in der seinen, vertraut und geborgen.

Sie spürte, wie die Gegenwehr in ihr schmolz wie ein Eiswürfel in der Sonne.

Sie hatte ihm nichts entgegenzusetzen.

Hatte sie das wirklich nicht?

Cedrics Tod?

Die Vision.

Der Gedanke schoss ihr wie eine Kugel in den Kopf. Daria lehnte sich zurück und zog ihre Hand aus Cedrics Griff. Dann stand sie hastig auf. Der Gedanke, dass sich die Vision erfüllen und sie schuld an seinem Tod sein könnte, wenn sie diesen Kuss jetzt zuließ, traf sie kalt wie Eis.

„Ich kann das nicht, tut mir leid", stotterte sie.

„Entschuldige, wenn ich zu forsch gewesen bin." Cedric sah sie bedauernd an.

„Das ist es nicht." Daria schnappte nach Luft.

„Was ist es dann?" Cedric sah Daria fragend an.

Sie wusste nicht, was sie sagen sollte, um ihre Reaktion zu erklären. Die Verwirrung in ihr wuchs mit jeder Sekunde. Der Wunsch wegzurennen, kämpfte gegen das Bedürfnis, sich Cedric mitzuteilen und mit ihm gemeinsam die Geheimnisse rund um den Ring zu lösen.

„Sag mir, was los ist." Seine Stimme war schmeichelnd und sanft. „Gemeinsam kriegen wir das in den Griff. Ich kann dir helfen."

Daria schnappte nach Luft. Sie musste weg von hier. Er

hatte es geschafft, sie in seinen Bann zu ziehen, und sie hatte es zugelassen. Doch sie wollte ihn nicht einfach ohne eine Erklärung hier sitzen lassen. Wenigstens eine Warnung musste sie ihm zukommen lassen.

Daria sah Cedric ernst an. „Pass gut auf dich auf. Du bist in Gefahr."

„Warum?" Cedric schien erstaunt, aber nicht sonderlich überrascht von ihren Worten zu sein.

„Esra hat gesehen, dass du bald sterben wirst." Daria hatte die Worte schnell gesprochen.

„Was?" Cedrics Gesicht wurde blass.

Seine Reaktion war verständlich und ein Grund mehr, endlich zu gehen, bevor alles nur noch viel komplizierter wurde.

„Danke für alles. Ich muss jetzt los." Daria rannte an Cedric vorbei. Sie hörte noch, wie er ihr nachrief, dass sie ihm doch nicht so etwas an den Kopf werfen und dann einfach verschwinden konnte.

Doch das konnte sie. Daria rannte immer schneller, hinaus aus dem Garten und hinein in den Wald. Cedrics Stimme wurde leiser und dann verstummte sie schließlich. Alles wurde ruhig. Nur das Trommeln ihrer Schritte war noch zu hören. Und mehr wollte Daria auch nicht hören, nicht jetzt und auch nicht in nächster Zukunft.

KAPITEL 8

„Du kannst dich nicht ewig in deinem Bett verkriechen." Esra stand mit vor der Brust verschränkten Armen vor Darias Bett und sah sie vorwurfsvoll an.

„Ich brauche eine Pause, um über alles nachzudenken." Daria zog ihre Decke bis unters Kinn. „Außerdem ist es sicherer, wenn ich hierbleibe. Dann kann auch nichts Schlimmes passieren."

„Du wusstest doch, worauf du dich einlässt, wenn du dich mit ihm triffst. Außerdem hast du meine Warnungen alle in den Wind geschlagen. Du warst dir mit Rosie übrigens sehr darüber einig, dass das schon alles glattgehen würde. Also, raus jetzt aus dem Bett." Esra packte Darias Bettdecke und zog daran. „Und was deine Begegnung mit dieser Elfe angeht, das müssen wir uns wirklich noch einmal genauer ansehen. Ich habe die Befürchtung, dass das doch keine Einbildung war. Ich war heute früh beim Brunnen, es fehlen noch mehr Figuren, und nicht nur da, auch an den Hausfassaden verschwinden sie. Sie müssen ja irgendwohin sein. Es gibt schon eine riesige Aufregung im Ort. Die Gerüchteküche brodelt. Irgendetwas geschieht um uns herum und ich habe keine Ahnung, was."

„Es muss mit dem Ring zu tun haben." Daria hielt ihre Bettdecke fest, als ob sie ihre einzige Sicherheit wäre. Seit zwei Tagen hatte sie sich in ihrem Bett verkrochen und hatte ihre Mutter gebeten, jeden außer Esra und Rosie wegzuschicken. „Du hast recht gehabt damit, dass meine Wünsche irgendetwas bewirken. Ich habe gesehen, dass diese Aileen die Magie in den Ring eingeschlossen hat. Vermutlich kommt sie jetzt mit jedem Wunsch ein Stück weit wieder heraus und bringt alles durcheinander."

„Genau so wird es sein." Esra nickte. „Aber das müssen wir jetzt noch einmal für ein paar Stunden außer Acht lassen. Heute ist die Matheprüfung und ich werde nicht zulassen, dass du die Prüfung verpasst, nur weil du dich nicht mehr vor die Tür traust, aus Angst, dass wieder etwas Seltsames geschehen könnte." Esras Stimme klang besorgt.

Daria ließ die Bettdecke sinken und sah Esra zweifelnd an.

In Esras Blick lag etwas Weiches. „Ich weiß, dass das alles ziemlich verwirrend ist, und ich weiß auch, dass du zwei Tage Ruhe einfach mal nötig hattest. Das hatte ich auch. Glaube mir. In den letzten beiden Tagen habe ich mich permanent beschäftigt. Entweder war ich bei dir, Rosie oder Lea oder ich habe jede Matheaufgabe gerechnet, die mir untergekommen ist, damit ich ja nicht nachdenken muss, und es hat tatsächlich funktioniert. Ich fühle mich wieder wie ich selbst. Keine wirren Bilder mehr und kaum noch Visionen. Verdrängung ist meine Medizin. Wer hätte das gedacht. Mir geht es wieder besser und ich werde nicht zulassen, dass du deine Zukunft wegwirfst."

„Schon gut." Daria schob die Bettdecke beiseite. „Du hast ja recht. Ich habe nur keine Ahnung, wie ich Cedric gegenübertreten soll. Nicht nach dem, was ich ihm an den Kopf geworfen habe. Dieses Treffen war nutzlos. Ich weiß immer noch nicht, was er von mir will. Und dass ich ihm einfach aus dem Weg gehen kann, ist absolut aussichtslos." Daria fuhr sich durch die schwarzen Locken. „Er will mich zur Rede stellen, und das zu Recht. Meine Mutter hat ihn schon dreimal wegschicken müssen."

„Das war nicht der geschickteste Schachzug", sagte Esra

seufzend. „Aber angesichts der wirklich ungewöhnlichen Umstände habe ich vollstes Verständnis dafür, dass du so offen zu ihm warst. Ich wüsste nicht, ob ich an deiner Stelle nicht genauso gehandelt hätte. Du hast halt ein grundgutes Herz und wolltest ihn warnen."

Daria nickte. „Trotzdem war alles umsonst. Ich habe jetzt über jedes seiner Worte hundertmal nachgedacht. Er hat nichts gesagt, was ein wirklicher Beweis dafür ist, dass er weiß, dass dieser Ring wirklich funktioniert."

„Nicht einmal, als er gesagt hat, dass du ja wüsstest, was du tun musst, wenn du das Gefühl hast, in Gefahr zu sein?" Esra runzelte die Stirn. Sie hatten das Gespräch mit Cedric mehrmals durchgekaut, um herauszufinden, was er wusste.

Daria winkte ab. „Er könnte auch gemeint haben, dass ich weglaufen soll." Daria nahm sich ein Handtuch und ging Richtung Bad. „Was ich ja dann auch getan habe. Er hat nichts Konkretes gesagt. Ich geh mal kurz duschen."

„Mach das, ich hol dir einen Kaffee von unten." Esra lief los.

Daria ging ins Bad und stellte sich unter die Dusche. Während das heiße Wasser über ihren Körper floss, wurde sie ruhiger. Die Unsicherheit der letzten Tage verschwand und sie schaffte es, zu dem Abend Distanz aufzubauen. Daria zog sich frische Kleidung an und betrachtete sich kurz im Spiegel. Ihre azurblauen Augen wirkten ungewohnt ernst. Sie hatte das Gefühl, in kurzer Zeit älter geworden zu sein. Sie seufzte und ging zurück in ihr Zimmer.

Esra wartete schon mit einer Tasse Kaffee auf sie. Dankbar nahm ihr Daria die Tasse aus der Hand und trank einen großen Schluck.

„Du weißt jetzt zumindest, wo der Ring herkommt und dass er benutzt werden soll, um Gutes zu tun. So weit scheinen sich ja alle einig zu sein." Esra lehnte sich an Darias Schreibtisch und sah ihr dabei zu, wie sie die Tasse abstellte, ihre Schulsachen zusammensuchte und in ihren Rucksack stopfte.

Als sie fertig war, ging Daria zu Esra und blieb vor ihr stehen. „Aber was heißt das jetzt? Soll ich mir etwas wünschen, um etwas Gutes zu tun, oder lasse ich es besser, weil ich irgendwelche magischen Konsequenzen befürchten muss?"

„Ich weiß es nicht." Esra erwiderte ihren Blick mit einem erstaunlichen Ernst. „Ich wünschte, ich könnte dir etwas anderes raten. Aber dein Leben geht weiter. Du darfst dich jetzt nicht so sehr auf das Negative konzentrieren. Versuche dich einfach mit den Wünschen zurückzuhalten und wenn du dir etwas wünschst, dann pass auf, dass es etwas Gutes ist. Bis jetzt ist ja wirklich nichts Schlimmes passiert. Im Gegenteil, du hast anderen geholfen, das ist alles andere als schlimm."

„Lebendige Brunnenfiguren sind nichts Schlimmes?" Daria trank die Tasse Kaffee aus.

„Nein, genau genommen sind sie das nicht." Esra schüttelte den Kopf. „Sie sind eine Veränderung, aber bis jetzt haben sie weder jemanden überfallen, noch sind sie anderweitig negativ aufgefallen."

„Das kann ich nicht abstreiten." Daria seufzte.

„Wir sollten die Dinge auf uns zukommen lassen. Ein Schritt nach dem anderen. Wenn etwas schiefgeht, dann müssen wir neu überlegen. Ich habe mit Rosie und auch mit Lea geredet. Die sehen das auch so."

„Lea?" Daria sah Esra skeptisch an.

„Sorry." Esra hob abwehrend die Hände. „Aber du hattest dich in deinem Bett vergraben und ich brauchte jemanden zum Reden. Lea hat einen kühlen Blick auf die Ereignisse."

„Aha." Daria schluckte. War es wirklich eine gute Idee, noch mehr Leute in diese Sache hineinzuziehen?

„Jedenfalls haben wir beschlossen, dass es das Beste ist, wenn vorerst immer jemand in deiner Nähe ist. Ich meine, wegen Cedric und der Kuss-Gefahr. Wenn du nicht allein mit ihm bist, dann wird er auch nicht versuchen, dich zu küssen. Okay?" Esra sah Daria fragend an. „Was hältst du von diesem Vorschlag? Zumindest in den nächsten Tagen können wir das so machen."

Daria nickte zufrieden. „Das klingt gut. Danke, Esra."

„Keine Ursache. Dank deines Wunsches weiß ich zwar nicht, was genau in den Prüfungen drankommt, aber ich habe gesehen, dass wir beide unser Abi bekommen werden. Also entspann dich und komm jetzt mit. Denn wenn du die Prüfungen nicht schreibst, dann kannst du sie auch nicht bestehen."

„Das hast du wirklich gesehen?" Daria sah Esra erstaunt an.

„Das habe ich." Esra nickte entschlossen.

„Also gut. Dann lass uns gehen." Daria schulterte ihren Rucksack und verließ ihr Zimmer.

Als sie unten angekommen war, empfing sie ihre Mutter mit einem Lächeln. „Na, da bin ich aber froh, dass es dir endlich wieder besser geht." Darias Mutter drückte ihr eine Brotbüchse in die Hand. „Ich hatte mir schon Sorgen gemacht. Viel Glück heute."

„Danke." Daria nahm ihr Frühstück und verstaute es in ihrem Rucksack.

„Wundere dich bitte nicht, wenn es ab heute etwas lauter im Haus wird. Weil es dir nicht gut ging, habe ich die Handwerker noch um einen Tag Aufschub gebeten, aber ab heute geht es mit den Bauarbeiten los. Vielleicht kannst du ja zu Esra gehen." Darias Mutter sah Esra fragend an. „Zumindest bis heute Abend."

„Kein Problem." Esra nickte sofort. „Daria kann gern zu mir kommen."

Daria wollte schon weitergehen. Doch sie merkte, dass Esra zögerte. Irgendetwas lag ihr noch auf dem Herzen.

„Wie geht es mit der Akademie voran?" Esras Blick wanderte zwischen Daria und ihrer Mutter hin und her.

„Sehr gut." Darias Mutter strahlte. „Ich war überrascht, in welch gutem Zustand das Gebäude ist. Es ist nicht viel zu tun, um es wieder in einen betriebsfertigen Zustand zu versetzen. Ein frischer Anstrich reicht. Selbst die alten Sanitäranlagen haben noch funktioniert. Helen hat schon gesagt, dass das eigentlich an ein Wunder grenzt. Aber da will ich mich nicht beschweren. Die Maler sind schon seit Montag an der Arbeit und sie werden höchstens zwei Wochen brauchen, bis sie fertig sind."

„Das klingt doch super." Esra nickte zufrieden.

„Ich bin auch wirklich glücklich, wie schnell sich jetzt alles entwickelt hat. Als Nächstes werden wir die Stellen für die Lehrkräfte ausschreiben und dann kann das Ausbildungsjahr schon bald starten. Aber darüber braucht ihr euch jetzt noch nicht den Kopf zerbrechen. Konzentriert euch erst einmal auf die Prüfungen."

Daria nickte und verließ mit Esra das Haus. Als sie die Rosenstraße entlangliefen und dann in den Schulweg einbogen, räusperte sich Daria.

„Hat die Akademie auch etwas mit meinen Wünschen zu tun?" Daria sah angestrengt zu Boden. „Das läuft doch alles viel zu glatt ab."

„Hast du dir gewünscht, dass die Akademie wieder in Betrieb genommen wird?" Esra schien die Sache nicht weiter zu verwundern.

Daria schüttelte den Kopf. „Ich habe es zumindest nicht laut ausgesprochen."

„Vielleicht reicht es schon, wenn du es dir von Herzen wünschst, oder so?" Esra schob sich die Brille wieder auf die Nase.

„Bisher war das nicht so. Ich habe meine Wünsche immer laut ausgesprochen." Daria sah auf. Sie waren beinahe bei der Schule angekommen. Sie sah schon von Weitem die Traube aus jungen Menschen, die sich um den Schuleingang drängte. Sie holte tief Luft. Für ein paar Stunden musste sie jetzt alle Gedanken, die nichts mit Mathematik zu tun hatten, von sich fortschieben und sich auf die Prüfung konzentrieren.

„Schau mal, da ist Lea." Esra winkte dem Mädchen mit den kurzen, schwarzen Haaren hektisch zu.

„Hallo, ihr zwei." Lea kam mit einem Grinsen näher und ließ Daria dabei nicht aus den Augen. „Ist es wahr?"

Daria musste nicht fragen, was Lea meinte. Sie nickte lediglich.

„Dann pass gut auf, was du sagst. So etwas wie Esra will ich auf keinen Fall haben." Lea hatte eine ungewöhnlich tiefe Stimme, die gar nicht zu ihrer schmalen Gestalt passte.

„Keine Sorge, ich habe mich inzwischen gut im Griff. Außerdem habe ich das Wünschen erst mal vertagt, bis ich genauer herausgefunden habe, ob es nicht doch irgendwelche Nebenwirkungen hat." Daria sah Lea fragend an. Bestimmt wollte sie noch mehr über den Ring wissen. Doch zu ihrer Überraschung winkte Lea ab und ließ die Sache auf sich beruhen.

Es dauerte nicht lang, dann kamen Henning und Caspar zu ihnen und die Unterhaltung drehte sich nur noch um die bevorstehenden Prüfungen. Daria genoss diese Normalität und das erste Mal seit Tagen dachte sie für eine Weile nicht an Cedric oder den Ring und auch nicht an die Wünsche, die ihr Leben so stark verändert hatten. Sie war eine ganz normale Abiturientin und quälte sich durch die Matheprüfung, wie es so viele andere taten.

Erst als die Prüfung vorbei war und Daria aus dem Schulgebäude trat, wurde sie wieder von ihrer neuen Wirklichkeit eingeholt. Ein paar Zehntklässler riefen ihr nach, ob sie ihnen nicht etwas von den Millionen ihres Lottogewinns abgeben könnte. Daria ignorierte die Rufe und schritt langsam die Stufen hinab. Erst als sie schon ein paar Schritte gelaufen war, erinnerte sie sich daran, dass sie auf Lea oder Esra warten wollte.

Doch von den beiden war nichts zu sehen. Daria wartete unter einer Linde vor der Schule und betrachtete die vielen Schüler, die aus dem Schulgebäude strömten und sich in den Straßen der Nachbarschaft verteilten. Wo blieben die beiden denn? Sie waren doch gemeinsam aus der Aula gekommen, wo sie die Prüfung geschrieben hatten.

„Hallo, Daria." Eine weiche, dunkle Stimme schreckte Daria auf. Hastig fuhr sie herum. Doch noch bevor sie sah, wer hinter ihr stand, wusste sie schon, dass Cedric sie gefunden hatte.

„Lauerst du mir neuerdings auf?" Sie funkelte ihn so herausfordernd an, wie sie konnte. Cedric trug eine dunkle Jeans und ein graues T-Shirt. Die Hände hatte er lässig in den Hosentaschen vergraben und Daria konnte nicht anders, als ihn anzustarren.

„Du glaubst doch nicht, dass du mir sagen kannst, dass ich bald sterben werde, und dann rennst du einfach davon." Cedric schien nicht sauer zu sein, dennoch hatte sich eine nachdenkliche Falte in seine Stirn gegraben, die ihm einen ernsten Ausdruck verlieh.

„Da beschwert sich der Falsche. Du hast mich mit vagen Andeutungen zu dir gelockt, aber wirklich verraten hast du mir nichts." Daria blieb ganz ruhig und sah Cedric herausfordernd an. Sie wusste, dass Lea oder Esra jeden Moment kommen würden, und konnte es wagen, ihr Gespräch vom Sonntag weiterzuführen. Hier vor ihrer Schule und weit weg von Cedrics betörendem Garten fühlte sie sich sicher. So wie es aussah, hatten ihre Worte einen ziemlich heftigen

Eindruck bei ihm hinterlassen.

„Du hast mir kaum eine Gelegenheit gegeben, mit dir zu reden. Du bist davongerannt, bevor wir das erste Glas Wein ausgetrunken haben", entgegnete Cedric. Sein Gesichtsausdruck blieb ernst. Die Leichtigkeit, die ihn sonst immer umgeben hatte, schien wie weggewischt zu sein. „Hör zu, ich weiß, dass ich immer sehr direkt bin. Das ist meine Stärke und zugleich meine Schwäche."

„Weißt du etwas über den Ring?" Daria sah Cedric fest in die hellgrauen Augen. Sie entdeckte eine Tiefe in seinem Blick, die sie bis jetzt noch nicht wahrgenommen hatte. Da war mehr als der lustige Lebemann, den er ihr bis jetzt präsentiert hatte. „Ich meine damit, etwas mehr als eine alte Legende?"

Cedric zögerte. Die Sekunden zogen sich scheinbar endlos dahin, während Daria auf eine Antwort wartete. Schließlich nickte Cedric.

„Ja, ich weiß, dass er deine Wünsche erfüllt." Er hatte hastig gesprochen und sich umgesehen, als ob er befürchtete, dass ihnen jemand zuhören könnte. „Achte darauf, dir nur Dinge zu wünschen, die nicht egoistisch sind. Das ist alles, worum ich dich bitte."

„Warum?" Daria sah Cedric fragend an. Das war das erste Mal, dass sie ihn so ernst erlebte, und sie glaubte ihm auch jedes Wort.

„Das war keine Ausrede mit dieser Legende. Der Ring wurde dazu erschaffen, Gutes zu tun. Also nutze deine Kraft weise, Daria. Wenn du mehr wissen willst, dann weißt du ja, wo du mich findest. Bis bald, meine Schöne." In Cedrics Augen schimmerte es geheimnisvoll. Dann drehte er sich um und lief auf sein Auto zu, das er nicht weit von der Schule entfernt unter ein paar Kastanienbäumen geparkt hatte.

Der Motor heulte auf und Cedric fuhr davon.

„Da lässt man dich eine Sekunde aus den Augen und schon klebt der reiche Schönling an deinen Fersen." Lea war neben Daria aufgetaucht. „Ich habe ja gedacht, dass Esra übertreibt, aber du brauchst wirklich einen Bewacher."

„Wo ist Esra?" Daria sah sich nach Esras langer, dunkler Mähne um. Doch sie war nirgendwo zu entdecken.

„Sie wollte noch etwas wegen der Deutschprüfung fragen. Sie hat gesagt, wir sollen schon mal vorgehen. Ich soll dich mit in die Stadt nehmen. Wir treffen uns im Café am Marktplatz." Lea schlug den Weg zum Zentrum ein.

„Wie lief die Prüfung?" Daria versuchte wieder über etwas Normales zu reden. Cedrics plötzliches Auftauchen hatte dafür gesorgt, dass ihr Puls immer noch viel zu schnell ging. So wie es klang, würde er sie jetzt erst einmal in Ruhe lassen und darauf warten, dass sie sich bei ihm meldete.

„Richtig mies." Lea stieß hastig Luft aus. „Ich habe ja die Prüfungsbögen aus den Vorjahren zum Üben durchgerechnet. Dieses Jahr war die Prüfung eindeutig schwerer."

„Wirklich?" Daria hatte einen anderen Eindruck gehabt. Ja, die Prüfung war schwer gewesen, aber sie hatte alle Aufgaben rechnen können und war eigentlich mit einem guten Gefühl aus der Aula gegangen. Sie hatte sich schon zu dem Zufall beglückwünscht, dass die Prüfung dieses Jahr besonders leicht ausgefallen war. Doch jetzt waren ihr ernste Zweifel gekommen.

„Ja, ganz sicher. Ich habe auch schon mit Caspar darüber geredet. Er fand die Prüfung auch megaschwer. Selbst Esra hat sich beschwert und du weißt ja, was das bedeutet." Lea sah Daria fragend an. „Alles okay?"

„Ja, alles gut." Daria winkte ab. Doch die Unruhe, die sie für wenige Stunden besiegt hatte, war zurück. Warum ging das mit der Akademie so schnell? Warum war ihr die Prüfung so leichtgefallen? Sie würde doch nicht innerhalb von wenigen Tagen zum Mathegenie geworden sein. Ihr Argwohn, was Zufälle dieser Art anging, war mittlerweile ziemlich hoch.

Sie hatte sich nichts von dem gewünscht und dennoch geschahen Dinge in ihrer Umgebung, die nicht normal zu sein schienen. Übertrieb sie etwa? Oder breitete sich Magie um sie herum aus und sie merkte nur nichts davon?

„Wie geht es eigentlich Caspars Auto?" Daria strengte sich an, über normale Dinge zu reden, obwohl die Fragen in ihr immer drängender wurden und sie den Wunsch verspürte, zu Cedric zu gehen und alles aus ihm herauszuquetschen, was er wusste.

„Alles okay." Lea winkte ab, während sie eine Packung Kaugummi aus ihrer Tasche zog und sich zwei Stück in den Mund schob. „Es kostet nicht viel, den Schaden reparieren zu lassen. Cedric hat Henning viel zu viel Geld in die Hand gedrückt. Willst du?" Lea hielt Daria das Päckchen mit den Kaugummis hin.

„Nein, danke." Daria schüttelte den Kopf.

„Jedenfalls wollen Henning und Caspar eine riesige Party von dem Geld schmeißen, sobald wir die Prüfungen überlebt haben." Lea lächelte Daria aufmunternd an, während sie das Kaugummipäckchen in ihrer Hosentasche verschwinden ließ. „Du musst unbedingt kommen. Dir verdanken wir ja quasi, dass das mit Unfall so glimpflich abgelaufen ist. Zumindest sagt Esra das. Ist das wirklich so?" Lea sah Daria skeptisch an. Dann wanderte ihr Blick zu dem Ring an Darias Hand. „Es ist wirklich schwer, sich vorzustellen, dass das funktioniert."

„Das geht nicht nur dir so." Daria seufzte. „Es kommt mir auch noch total unwirklich vor."

Lea nickte. „So sehr, dass du dich gar nicht mehr traust, dir irgendetwas zu wünschen."

„So kann man es sagen. Es gibt doch immer einen Haken und bis jetzt weiß ich so gut wie nichts über den Ring.

Ich habe nur schon mehrmals gehört, dass ich Gutes damit tun soll." Daria seufzte.

„Dann wünsch dir doch einfach etwas Gutes." Lea zuckte mit den Schultern und fuhr sich durch die kurzen, schwarzen Haare. Ihre grünen Augen leuchteten vor Aufregung. „Dann weißt du ganz sicher, dass es funktioniert, und was soll daran schon falsch sein?"

„Was schlägst du vor?" Daria sah Lea fragend an. Inzwischen hatten sie die Juulstraße erreicht und liefen auf den Marktplatz zu.

„Etwas Gutes? Lass mich mal überlegen." Lea ließ ihren Blick schweifen. Es dauerte nicht lang, dann blieb er an etwas hängen und ihre Augen wurden groß. Sie zog Daria mit sich zu einem der Kastanienbäume, die den Straßenrand säumten. Am Boden lag ein totes Vogelküken. Es schien aus dem Nest gefallen zu sein und jede Hilfe kam für dieses Tier zu spät. Ein unguter Gedanke überkam Daria. Sie wusste, was für ein Gedanke Lea gekommen war.

„Meinst du, das funktioniert?" Daria sah zwischen dem armen, halbnackten Vogelküken und Lea hin und her.

„Probiere es aus, dann weißt du es."

Daria zuckte mit den Schultern. Warum eigentlich nicht? Ein Vogelküken zu retten, war ja nun wirklich etwas absolut Gutes. Sie zögerte nicht lang, denn ja, sie wollte auch wissen, ob der Ring über derart große Kräfte verfügte und etwas Totes zurück ins Leben holen konnte.

„Ich wünschte, dass der Vogel lebt und gesund ist." Ihre Stimme war nur ein Flüstern, während sie mit zwei Fingern auf den Vogel zeigte, so wie sie es bei der Elfe und Aileen gesehen hatte. Sicher war sicher. Daria kniete sich auf die Wiese neben dem Baum und starrte den kleinen, leblosen Körper an. Sekunden verstrichen und wurden zu Minuten, ohne dass Daria ihren Blick hob. Das war das erste Mal seit Tagen, dass sie sich etwas gewünscht hatte, und es fühlte sich beängstigend und berauschend zugleich an.

„Das klappt nicht." Sie spürte Leas Hand auf ihrer Schulter. „Komm, wir gehen. Für den Kleinen kommt jede Hilfe zu spät."

Daria erhob sich langsam. Sie hatte gar nicht gemerkt, wie lange sie da am Boden gehockt und den Vogel angestarrt hatte, in der Hoffnung, dass sich seine kleine Brust wieder heben und er sich bewegen würde.

„Also entweder funktioniert eure Magie nicht oder dieser Ring kann keine Toten zum Leben erwecken." Lea seufzte. „Wirklich schade. Ich hätte gern meine Oma zurückbekommen. Sie ist vor zwei Wochen gestorben. Meinem Opa geht es gar nicht gut. Er verkraftet ihren Tod nicht gut."

Daria blieb stehen und sah Lea an. „Vielleicht klappt etwas anderes."

„Was denn?" Lea fuhr sich durch die kurzen, schwarzen Haare.

Daria sah sie durchdringend an. „Lea, ich wünsche mir, dass dein Opa wieder glücklich sein kann." Sie hatte schnell gesprochen. Doch sie spürte sofort, dass in ihren Worten eine Kraft lag und dass diese Kraft etwas Gutes bewegen konnte. Doch gleichzeitig machte Daria diese Kraft auch Angst und mit dieser neuen Angst in sich konnte sie nicht gut umgehen.

KAPITEL 9

Daria tat es wie Esra und lenkte sich in jeder freien Sekunde ab. Sie konzentrierte sich in den nächsten Tagen nur noch auf das Lernen und die Prüfungen. Und tatsächlich gelang es ihr, die Gedanken an den Ring, an die Wünsche und an Cedric aus dem Fokus ihres Denkens zu schieben. In den Lernpausen verbrachte sie Zeit mit ihrer Mutter und sah sich die Baufortschritte in der Akademie an. Ansonsten war sie oft bei Esra und ging mit ihr unzählige Übungsaufgaben durch.

Sobald sie zu Hause war, vertiefte sie sich sofort wieder in ihre Hefter und versuchte zu vergessen, dass sich ihre letzten Wünsche nicht erfüllt hatten und wieder alles anders geworden war. Funktionierte der Ring nicht mehr? Hatte sie sich die falschen Dinge gewünscht?

Nicht nur einmal hatte sie den Impuls verspürt, zu Cedric zu gehen und ihn zu fragen, warum sie das Vogelküken nicht hatte retten können und warum sich auch Lea nicht mehr wegen ihres Opas gemeldet hatte. Doch ob er ihr wirklich eine Antwort geben konnte, war fraglich und Daria schlug sich den Gedanken aus dem Kopf.

Als die letzte Prüfung geschrieben war, wurde es schwieriger, sich zu beschäftigen. Daria besuchte Helena und ließ sich die Baupläne für die Akademie erklären. Das lenkte sie wieder eine Weile ab. Schließlich kam der Morgen, an dem sie gemeinsam mit Esra, Lea und Rosie in die Schule ging, um an den Aushängen vor dem Sekretariat nachzulesen, wie ihre Prüfungen gelaufen waren.

„Ich bin so gespannt, ob ich es geschafft habe." Esra hatte nach Darias Hand gegriffen, als sie vor den Aushang getreten waren. Sie wirkte blass hinter ihrer dunklen Brille.

„Du brauchst dir doch keine Sorgen zu machen", erwiderte Lea seufzend und fuhr sich nervös durch die dunklen, kurzen Haare. „Du kommst doch immer mit einer Eins durch. Aber für mich wird es dieses Mal wirklich eng. Mathe lief schlecht und auch die anderen Prüfungen waren nicht besser."

„Das wird schon", entgegnete Daria aufmunternd, auch wenn es ihr schwerfiel, optimistisch zu bleiben. Sie hatte zwar bei allen Prüfungen ein gutes Gefühl gehabt, aber auf dieses Gefühl war noch nie Verlass gewesen. In den letzten zwölf Jahren hatte sie vor allem eins gelernt, und das war, dass es für sie keine bessere Note als eine Drei geben würde.

„Seid ihr bereit?" Rosie trug ein helles Top und einen auffallenden roten Rock dazu, der gut zu ihrer roten Mähne passte. Mit dieser Kombination zog sie alle Blicke auf sich.

Daria nickte. „Na, dann los. Bringen wir es hinter uns."

„Eins-zwei-drei." Rosie hatte energisch gezählt und auf ihr Kommando starrten sie alle gleichzeitig auf die Listen.

Es dauerte einen Moment, bis Daria die richtige Zeile gefunden hatte. Ihr Blick verschwamm und sie brauchte einen Moment, bis sie alle Zahlen richtig lesen konnte.

„Bestanden", hörte sie Lea erleichtert neben sich murmeln. „Alles Vieren. Da habe ich aber noch mal Glück gehabt. Ich habe es geschafft. Ich kann es noch gar nicht richtig glauben."

Auch Rosie gab ein erleichtertes Geräusch von sich.

„Alles klar? Du bist so blass." Esra sah Daria fragend an. „Ich habe bestanden. In Mathe zwar nur mit einer Drei, aber das ist mir auch egal. Wie lief es bei dir?"

Daria starrte die Listen an und las noch einmal alles durch. Es gab keinen Zweifel. „Ich habe in allen Prüfungen eine Zwei bekommen", murmelte sie schließlich.

„Was?" Esra schien sichtlich überrascht zu sein.

„Überall Zweien", wiederholte Daria, als ob sie sich selbst davon überzeugen musste, dass sie sich nicht verlesen hatte.

„Auch in Mathe?" Esras Augen wurden groß.

„Ja, auch in Mathe." Daria holte tief Luft. Das ging nicht mit rechten Dingen zu. Sie ging schon seit der ersten Klasse mit Esra zusammen in die Schule und noch nie in all den Jahren hatte Daria eine bessere Zensur bekommen als Esra.

„Glückwunsch." Esra grinste Daria an. Sie schien zwar überrascht, aber keineswegs verwundert zu sein. „Da hat sich das viele Üben ja gelohnt. Ich habe dir doch gesagt, dass du alle Prüfungen bestehen wirst."

Daria nickte, aber sie war sich ziemlich sicher, dass das nicht allein ihr Verdienst war. „Aber das ist doch komisch, oder?" Daria sah Esra fragend an.

„Warum denn?" Esra schien immer noch nicht aufzufallen, dass das eine ziemlich seltsame Angelegenheit war.

„Weil ich einfach nicht so gut sein kann." Daria wusste nicht, wie sie es anders beschreiben sollte.

„Ach was." Esra winkte ab. „So viel, wie du in der letzten Zeit geübt hast, ist das doch kein Wunder, dass du gute Noten geschrieben hast. Du musst mehr an dich glauben, Daria. Ich wusste immer, dass du das kannst."

„Ich glaube eher daran, dass es an dem Ring liegt." Daria hielt ihre Hand mit dem Ring hoch.

„Hast du dir gewünscht, gute Noten zu bekommen?" Rosie sah Daria fragend an.

„Nein", gab Daria zu.

„Dann liegt es tatsächlich am Üben." Lea nickte entschlossen, als ob die Sache damit geklärt wäre.

„Mach dir nicht so viele Sorgen." Esra lächelte Daria aufmunternd an. „Ich will heute mal nicht an irgendwelche schlimmen Sachen denken. Wir haben das Abi geschafft und es wird Zeit, dass wir das feiern. Wenigstens heute. Das haben wir uns nach der ganzen Arbeit wirklich verdient."

„Oh ja." Rosies Augen leuchteten und auch Lea stimmte in das Gespräch über die heutige Party ein.

Daria sagte nichts mehr. Ihre Freundinnen teilten ihre Bedenken nicht. Das konnte sie ihnen nicht einmal übel nehmen. Doch Daria wusste genau, dass irgendetwas nicht stimmen konnte.

Es gab nur einen Menschen in dieser Stadt, dem sie ihre Fragen stellen konnte und von dem sie vielleicht eine Antwort bekam, und das war Cedric. Daria hatte ihn seit einer Woche nicht mehr gesehen. Sie wusste nicht einmal, ob er überhaupt noch in Fresienstein war. Vielleicht hatte ihn die Langeweile gepackt und er hatte die Stadt längst verlassen, auf der Suche nach einem neuen Abenteuer.

„Ich kann es kaum fassen, dass die Schulzeit jetzt endlich hinter uns liegt." Lea grinste über das ganze Gesicht. „Ich freue mich auf die Ferien."

„Was hast du dann nach den Ferien vor?" Rosie sah Lea fragend an.

„Na, was wohl?" Lea grinste. „Ich bewerbe mich bei der Akademie von Darias Mutter. Wenn ich die Uni quasi vor der Haustür habe, dann brauche ich nicht lange darüber nachdenken, was ich mache."

„Das trifft sich gut." Rosie nickte eifrig. „Ich habe dasselbe vor und ich glaube, unsere halbe Klasse probiert ihr Glück bei der Akademie."

„Und du, Esra?" Lea sah ihre Freundin fragend an. „Was machst du?"

„Ich schließe mich euch an, aber die Bewerbungsunterlagen mache ich erst morgen fertig. Heute will ich nichts mehr mit der Schule zu tun haben." Esra sah Daria fragend an. „Du doch bestimmt auch, nicht wahr?"

Daria war erstarrt. Was redeten ihre Freunde denn da? Alle wollten plötzlich unbedingt an die Akademie. Vor zwei Wochen war das noch ganz anders gewesen. Esra hatte geplant, sich in Hamburg zu bewerben, und Rosie wollte nach Paris, um Modedesign zu studieren. Lea hatte sogar gesagt, dass sie überhaupt nicht studieren, sondern eine Ausbildung zur Landwirtin machen wollte, weil ihr das Lernen zum Hals raushing.

Hatten sie das alles vergessen? Und war daran nur die neue Berufsakademie schuld, die einen besonderen Reiz auf ihre ganze Klasse ausübte? Oder steckte mehr dahinter? Während sie das Schulhaus verließen und in den gleißenden Sonnenschein traten, atmete Daria tief durch und versuchte, ihren Argwohn zur Seite zu schieben. Vielleicht hatten die anderen recht und sie sah überall Ungereimtheiten, wo eigentlich keine waren.

Rosie verabschiedete sich von ihnen. Henning hatte vor der Schule auf sie gewartet und gemeinsam machten sie sich auf den Weg zu der alten Scheune am Stadtrand, die sie für die große Party dekorieren wollten. Alle großen Feiern in der Stadt wurden dort abgehalten. Und weil Caspars Vater der Bürgermeister von Fresienstein war, war es kein Problem für ihn gewesen, die Scheune zu bekommen.

„Kommt ihr dann nach?" Rosie sah Esra, Daria und Lea fragend an. „Wir könnten noch ein paar helfende Hände gebrauchen."

„Ich komme mit Caspar." Lea nickte eifrig. „Wir bringen die Getränke mit. Caspar ist schon einkaufen. Wir treffen uns gleich bei ihm."

„Ich kann mit Daria bei der Deko helfen", schlug Esra vor.

„Wann sollen wir da sein?" Daria sah Rosie fragend an.

„Es reicht, wenn ihr gegen zwei Uhr vorbeikommt." Rosie nickte und ging mit Henning davon.

Lea, Esra und Daria schlenderten die Schulstraße entlang.

„Findet ihr es nicht komisch, dass sich alle plötzlich bei der Akademie bewerben wollen?" Daria sah Esra und Lea fragend an. Die Sache ließ ihr keine Ruhe. Sie musste noch einmal nachbohren, bevor sie das Thema fallen lassen konnte.

„Warum denn?", entgegnete Lea. „Das ist doch praktisch."

„Wolltest du nicht Landwirtin werden?" Daria sah Lea fragend an.

„Ja, schon, aber jetzt will sich Caspar auch an der Berufsakademie bewerben und ich will keine Fernbeziehung. Da ist das einfach die perfekte Lösung für uns." Lea nickte entschlossen.

„Und du, Esra, was ist mit deinen Plänen? Wolltest du nicht nach Hamburg?" Daria sah ihre Freundin gespannt an. Wenigstens ihr musste ihre eigene Meinungsänderung doch seltsam vorkommen.

„Ach, das war jetzt nicht so ein Herzenswunsch." Esra winkte ab. „Wenn ich die Gelegenheit habe, in Fresienstein an die Berufsakademie zu gehen, dann ziehe ich das auf jeden Fall vor. Ich fand die goldenen Zeiten von Fresienstein schon immer interessant und wir können sie wieder aufleben lassen. Das ist eine einmalige Chance in unserer Stadtgeschichte."

„Aber ihr wisst doch noch nicht einmal, welche Fächer angeboten werden?" Daria wurde zunehmend nervös. Es war ein verdammter Fehler gewesen, die Realität zu verdrängen und sich mit den Prüfungen zu beschäftigen. Es gab keine Normalität mehr und außer ihr schien das niemand zu bemerken.

141

„Deine Mutter hat das bestimmt gut im Griff. Da ist sicher für jeden von uns das Richtige dabei." Esra lächelte Daria aufmunternd an.

Erschrocken blieb Daria stehen. „Esra." Sie sah ihrer Freundin fest in die Augen. „Bist du dir absolut sicher, dass das deine eigene Entscheidung ist?"

„Was meinst du?" Esra runzelte die Stirn.

Daria hob ihre Hand. „Könnte es nicht vielleicht sein, dass der Ring daran schuld ist, dass sich deine Pläne verändert haben?"

„Ach was." Esra winkte ab. „Jetzt hör doch mal auf, immer alles auf den Ring zu schieben, was dir komisch vorkommt. Hast du dir gewünscht, dass wir hier studieren?"

„Nein, natürlich nicht. Das würde ich niemals tun", beeilte sich Daria zu sagen. „Ich würde niemals in euer Leben eingreifen, es sei denn, um es zu retten."

„Na, dann ist doch alles klar." Esra zuckte mit den Schultern. „Jetzt komm mal ein bisschen runter."

„Das sehe ich auch so." Lea legte beruhigend einen Arm um Darias Schulter. Mittlerweile waren sie an der Auffahrt zu Darias Haus angekommen. Ein Gerüst umspannte das Gebäude und auf dem Dach wurde gehämmert und gesägt.

„Du hast so viel gelernt in den letzten Tagen, du brauchst dringend eine Pause. Entspann dich und leg dich ein bisschen hin." Esra warf den Handwerkern einen skeptischen Blick zu. „Du kannst auch wieder mit zu mir kommen, wenn es dir hier zu laut ist."

„Das geht schon." Daria winkte ab. Sie wollte jetzt allein sein.

„Na gut. Ich komme dich dann kurz vor zwei abholen." Esra nickte Daria aufmunternd zu.

„Bis später." Esra lief los. Ihre schwarze Mähne leuchtete bläulich im Sonnenschein. „Kommst du, Lea?"

Lea war neben Daria stehen geblieben. „Ja, ich komme."

142

Sie wandte sich Daria zu. „Danke übrigens für deinen Wunsch mit meinem Opa. Es hat ein paar Tage gedauert, aber jetzt geht es ihm irgendwie besser. Er hat etwas Lebensmut gefasst. Er steht auf und isst. Und einen Spaziergang hat er auch gemacht. Also, danke noch mal. Das bedeutet mir wirklich viel." Lea zog Daria kurz in den Arm und drückte sie fest an sich.

Dann lief sie zu Esra und die beiden gingen die Straße entlang. Daria sah ihnen verblüfft nach. Damit hatte sie jetzt nicht gerechnet. Daria hörte, wie sie sich über die Party unterhielten und was sie alles noch mitbringen wollten. Dann wurden ihre Stimmen leiser und schließlich waren die beiden verschwunden.

Ein Krachen ertönte und Daria fuhr erschrocken herum. Die Dachdecker begannen Dachziegel vom Dach in einen bereitstehenden Container zu werfen. An Ruhe war hier nicht zu denken. Doch zu Esra wollte Daria jetzt auch nicht gehen.

Sie hatte das Gefühl, dass ihre Freundin sie nicht verstand und auch nicht bereit war, sich auf ihre Sorgen einzulassen. Das war auch ihr gutes Recht. Sie hatten die Abi-Prüfungen bestanden und nach der ganzen Arbeit war es in Ordnung, einfach mal nichts zu tun und nur noch an die bevorstehende Party zu denken.

Doch das hieß nicht, dass diese Probleme nicht existierten. Daria konnte nicht einfach so tun, als ob alles wie immer wäre. Sie musste wissen, warum sich alles um sie herum zu verändern schien. Nachdenklich betrachtete sie den Ring an ihrer Hand.

Wenn es Leas Opa besser ging, dann schien der Ring ja doch noch zu funktionieren. Oder war das wieder nur ein Zufall? Daria ließ ihre Hand sinken. Sie hatte genug davon, weiterhin in dieser Ungewissheit zu leben. Sie warf den Dachdeckern einen letzten Blick zu, dann lief sie entschlossen Richtung Stadt.

Sie ging mit schnellen Schritten an Esras Haus vorbei. Doch von ihr und Lea war nichts zu sehen. Unter dem hellen Laub der Kastanienbäume erreichte sie schnell den Marktplatz. Es war erst 9 Uhr und an diesem Julimorgen war noch nicht viel los. Das Café hatte geöffnet und die ersten Gäste saßen zum Frühstück auf dem Marktplatz unter den großen Sonnenschirmen. Doch dorthin zog es Daria jetzt nicht. Langsam schlenderte sie am Brunnen vorbei. Tatsächlich, es fehlten noch mehr Elfen und Raben und auch an den Fassaden der Häuser waren leere Stellen, wo vor Kurzem noch zahllose Sagengestalten gestanden hatten. Ein ungutes Gefühl überkam Daria. Sie steuerte mit schnellen Schritten auf den Durchgang zu, der zum Friedhof führte.

Ein kühler Wind schlug ihr entgegen, als sie den Tunnel betrat. Im Antiquitätenladen von Herrn Droste hing das Geöffnet-Schild. Daria atmete erleichtert aus und betrat den Laden. Wie schon bei ihrem ersten Besuch drang ihr eine Mischung aus altem Holz, edlem Leder, einer nach Zitrone duftenden Möbelpolitur und Pfefferminze in die Nase.

Daria schloss kurz die Augen, dann atmete sie tief ein. Dieser Geruch war wirklich angenehm. Hoffentlich fand sie hier ein paar Antworten und dann war es vielleicht gar nicht nötig, dass sie zu Cedric gehen musste. Daria schloss die Tür hinter sich und sah sich um.

Sie konnte Herrn Droste nirgendwo entdecken. Langsam ging sie weiter in den Laden hinein. Alles sah aus wie beim letzten Mal. Die Bücherregale waren voller alter Bücher und auch das zauberhafte Deckengemälde spannte sich über Darias Kopf auf.

„Daria, was treibt dich so früh am Morgen zu mir?" Die Stimme von Herrn Droste riss Daria aus ihren Überlegungen. Sie schrak zusammen.

„Guten Morgen." Daria fuhr hastig herum.

Herr Droste war hinter ein paar Regalen auf der linken Seite des Antiquitätenladens hervorgekommen. Er trug einen Anzug, den er heute mit einer schwarzen Weste kombiniert hatte, und musterte Daria durch sein Monokel.

„Es geht um den Ring", sagte Daria mit entschlossener Miene und trat auf Herrn Droste zu. „Den Ring mit dem Nebelstein. Erinnern Sie sich?" Daria sah Herrn Droste gespannt an.

Er nickte. „Ja, natürlich erinnere ich mich daran. Passt er nicht richtig?"

„Nein, das ist es nicht." Daria zögerte. Das hörte sich jetzt doch völlig albern an. Doch Daria musste wohl oder übel in die Offensive gehen, wenn sie etwas herausfinden wollte. „Sie haben doch gesagt, dass der Ring mich daran erinnern soll, im richtigen Moment das Richtige zu tun."

„Ja, das ist richtig." Herr Droste nickte. Doch Daria sah ihm an, dass er nicht wusste, worauf sie hinauswollte.

„Cedric hat mir erzählt, dass der Ring aus einem alten Grab in Ägypten stammt."

Herrn Drostes Gesicht hellte sich auf. „Ach so, er hat dir von dieser Legende erzählt, nach der dieser Ring seinem Träger Wünsche erfüllen kann. Geht es dir darum?"

Hastig nickte Daria. „Seit ich den Ring trage, sind eine Menge komischer Zufälle passiert."

„Du meinst den Lottogewinn deiner Mutter?" Herr Droste nickte verständnisvoll.

„Ja, den meine ich." Daria war unendlich froh, dass Herr Droste verstand, was sie meinte. „Aber das ist nicht das Einzige. Ich habe einen Unfall verhindert und dafür gesorgt, dass es dem Opa einer Freundin wieder besser geht. Außerdem habe ich meiner Freundin gewünscht, dass sie in die Zukunft sehen kann, und jetzt kann sie es wirklich." Als Daria die Dinge aufzählte, die alle schon geschehen waren, fühlte sie sich seltsam. Es klang so unwirklich.

„Und du glaubst jetzt, dass das alles mit dem Ring zusammenhängt." Herr Droste runzelte die Stirn. Doch er war ernst und schien ihre Worte nicht als Spinnerei abzutun.

„Ich glaube es nicht nur", sagte Daria heiser. „Ich bin mir ziemlich sicher und ich wollte wissen, ob Sie noch mehr über diesen Ring erfahren haben. Er scheint nicht alle meine Wünsche zu erfüllen."

„Ach, Daria." Herr Droste seufzte. „Das hat dir Cedric alles eingeredet, nicht wahr?"

„Eingeredet?" Daria stutzte. Hatte sie nicht gerade noch das Gefühl gehabt, dass Herr Droste sie ernst nahm? Das Gegenteil schien plötzlich der Fall zu sein.

„Nein, das hat er mir nicht eingeredet", beeilte sich Daria zu sagen.

„Cedric ist ein ganz besonderer junger Mann." Herr Droste sah Daria bedauernd an, als wäre sie auf einen Trickbetrüger hereingefallen. „Er hat einen Charme, dem nicht viele gewachsen sind. Aber in diese Sache mit den ägyptischen Gräbern hat er sich meines Erachtens ein wenig zu sehr hineingesteigert. Ich kenne diese Ernsthaftigkeit sonst gar nicht von ihm. Er war sonst immer ein Lebemann, der keinem Vergnügen abgeneigt war, aber in dieser Sache hat er eine erstaunliche Zielstrebigkeit entwickelt. Er hat mich auch schon wegen des Ringes gelöchert, und natürlich über dich." Herr Droste schmunzelte. „Mir war klar, dass er auf dich zukommen würde."

„Ach so. Das war Ihnen klar." Daria lauschte gespannt. Das waren ja interessante Neuigkeiten.

„Ja, natürlich, aber es gefällt mir nicht, dass er dir einen Floh ins Ohr setzt. Das ist ein ganz normaler Ring, der auch keinen großen materiellen Wert besitzt. Er ist hübsch, aber das war es auch schon. Ich besitze diesen Ring seit vielen Jahrzehnten und in all der Zeit hat er mir keinen einzigen

Wunsch erfüllt. Und das lag nicht daran, dass ich keine Wünsche geäußert hätte, glaube mir. Im Laufe meines Lebens habe ich mir viele Dinge gewünscht. Manche haben sich erfüllt und manche eben nicht. Doch einen Ring würde ich dafür nicht verantwortlich machen und was deine Wünsche angeht, so kann ich dir versichern, dass das alles Zufälle sind. Lass dich von Cedric nicht beunruhigen." Herr Droste nickte entschlossen. „Komm, ich lade dich noch auf eine Tasse Tee ein. Was hältst du davon?"

„Nein, danke." Daria bemühte sich zu lächeln, obwohl es ihr sichtlich schwerfiel. Mit diesen direkten Worten hatte sie wirklich nicht gerechnet. „Ich habe noch etwas zu erledigen. Vielen Dank für Ihre Auskunft."

„Immer gern, Daria." Herr Droste ließ das Monokel sinken und lächelte Daria zu. „Und wenn Cedric dich nicht mit dem Thema in Ruhe lässt, dann sage mir Bescheid, ich rede dann mit ihm. Manchmal hört er noch auf mich." Herrn Drostes Blick wurde ernst. Er bot ihr gerade wirklich seine Hilfe an.

„Vielen Dank." Daria nickte, auch wenn ihr eher danach war, den Kopf zu schütteln. Es war enttäuschend, dass Herr Droste nichts über den Ring wusste und sie nicht ernst nahm. Dass er sich irrte und dass nicht nur die Ereignisse, die Daria aufgezählt hatte, sondern sogar eine ganze Menge mehr von dem Nebelsteinring ausgelöst worden war, war für Daria absolut klar. „Ich muss jetzt los."

„Dann bis bald." Herr Droste schob das Monokel, das an einer langen silbernen Kette hing, in eine kleine Tasche seiner Weste.

„Bis bald." Daria beeilte sich, den Antiquitätenladen zu verlassen. Als sie wieder in der kühlen Gasse stand, atmete sie tief durch. Sie hatte so sehr gehofft, dass Herr Droste etwas wusste, doch das war leider nicht der Fall. Zögernd sah Daria die Gasse entlang.

Es gab jetzt nur noch eine Person, zu der sie gehen konnte. Eine Weile sah Daria hin und her. Sie wusste, dass es nicht einfach werden würde, Cedric wieder zu begegnen. Daria hatte keine Wahl. Sie musste es wenigstens versuchen.

Sie wandte sich nach rechts und lief langsam die schmale Gasse entlang, während sie sich darauf vorzubereiten versuchte, Cedric gegenüberzustehen. Mit jedem Schritt wuchs ihre Nervosität. Bald wurde die Straße breiter und Daria konnte die hohe Friedhofsmauer sehen. Bäume überragten die Mauer und wenn man nicht wusste, dass zu ihren Füßen ein Grab neben dem anderen stand, hätte man auch annehmen können, dass ein netter Park hinter der Mauer lag.

Daria konzentrierte sich auf die Häuser. Hier standen einige alte Villen, die mehr oder weniger dem Verfall preisgegeben worden waren. Nur eine erstrahlte in altem Glanz und auf diese steuerte Daria mit entschlossenen Schritten zu. Ein kunstvoll verzierter Zaun säumte das Grundstück. Allein der Vorgarten mit seinen hübschen Buchsbaumhecken und den Lavendel- und Rosenbeeten war eine Augenweide.

Als Daria die Auffahrt erreichte, musste sie schlucken. Cedrics schwarzer Sportwagen stand vor dem Haus. Also war er da und es gab keinen Grund, diesen Besuch zu verschieben oder hinauszuzögern. Daria atmete noch einmal tief durch und versuchte die aufkeimende Aufregung hinabzukämpfen. Er hatte ihr doch angeboten, dass sie zu ihm kommen und ihm Fragen stellen konnte, und genau das würde sie jetzt tun.

Doch immer wenn sie auf Cedric traf, geschahen Dinge, die sie absolut nicht unter Kontrolle hatte. Sie hatte keine Ahnung, was jetzt passieren würde. Daria atmete nicht nur einmal durch. Sie musste es fünfmal tun, bis sie sich bereit fühlte.

Endlich lief sie die Einfahrt hinauf und ging auf die Eingangstür zu. Ohne zu zögern, drückte sie auf den Klingelknopf. Ein tiefer Gong ertönte und dann hörte Daria eine ganze Weile kein Geräusch. Was, wenn Cedric nicht da war? Der Gedanke enttäuschte sie, jetzt, wo sie all ihren Mut zusammengenommen hatte, um an seiner Tür zu klingen. Doch irgendwie wäre es auch eine Erleichterung, wenn er nicht da wäre.

Daria drückte noch einmal auf den Klingelknopf. Der tiefe Ton wiederholte sich. Das war ihr letzter Versuch. Wenn er jetzt nicht zur Tür kam, würde sie wieder gehen. Daria atmete ein paarmal durch. Dann machte sie einen Schritt von der Tür weg. Sie wollte sich schon umdrehen und davongehen, da vernahm sie ein Geräusch. Es klapperte hinter der Tür, ein Schlüssel wurde umgedreht und dann schwang die Tür auf.

Cedric stand vor ihr und blinzelte sie aus müden Augen an. Daria hielt unwillkürlich die Luft an, denn Cedric trug lediglich einen Morgenmantel, der von einem schmalen Band rund um seine Hüftgegend zusammengehalten wurde. Daria starrte ihm angestrengt ins Gesicht.

„Guten Morgen." Er sah sie verdutzt an. „Mit dir habe ich nicht gerechnet. Aber gut, komm rein!" Er trat ein Stück zur Seite. Dann sah er sie zweifelnd an. „Also vorausgesetzt, du bist gekommen, um mit mir zu reden. Oder willst du mir wieder nur ein paar schaurige Worte zuwerfen und dann davonrennen?" In seinem Blick lag ein düsterer Ausdruck.

„Ich will mit dir reden." Daria trat an Cedric vorbei. Sie war froh, dass er überhaupt da war und dann auch noch mit ihr sprechen wollte. Er hätte ihr auch gleich die Tür vor der Nase zuschlagen können. Doch das hatte er nicht.

„Also gut, dann reden wir." Er schloss die Tür und ging an Daria vorbei in einen riesigen Flur, von dem aus eine weit geschwungene Treppe in das obere Geschoss führte. Er bog nach rechts ab und Daria folgte ihm.

Sie betraten eine große Küche, deren helle Möbel einen fröhlichen und gemütlichen Eindruck machten. Trotz des auf den ersten Blick altmodischen Stils der Küche sah Daria sofort, dass hier nur die allermodernsten Geräte verbaut worden waren. Cedric steuerte auf eine futuristische Kaffeemaschine zu und zeigte gleichzeitig nach links, wo direkt vor dem Fenster ein Tisch mit sechs Stühlen stand. Von hier aus konnte man in den weitläufigen Garten schauen.

„Setz dich! Magst du auch einen Kaffee?" Er schaltete die Maschine an und fuhr sich dann durch die wirren Haare.

„Ja, gern." Daria setzte sich so an den Tisch, dass sie Cedric genau im Blick behalten konnte.

Er holte zwei Tassen aus einem der Schränke und tippte auf dem Display der Maschine herum. Er gähnte und streckte sich.

„Habe ich dich aus dem Bett geholt?" Daria sah zu, wie Cedric die Tassen platzierte und der Kaffee glucksend in die Tassen floss.

„Das hast du, aber für dich stehe ich gern zeitig auf, meine Schöne." Cedric kam mit den Tassen zum Tisch. Von seiner anfänglichen Skepsis war nichts mehr zu spüren. Auf seinen Lippen lag ein lockeres Lächeln. Er schien wieder ganz der Alte zu sein. „Wie liefen deine Prüfungen?" Er stellte die Tassen ab und nahm Daria gegenüber Platz. Dabei klaffte der Morgenmantel so weit auseinander, dass Daria einen Blick auf seine beeindruckenden Bauchmuskeln werfen konnte.

„Gut." Daria nickte zur Bestätigung und sah ihm konzentriert in die hellgrauen Augen, die heute schimmerten wie ein lichter Novembermorgen.

„Und deine Krankheit ist auch wieder auskuriert?" Er sah sie fragend an.

150

„Welche Krankheit?" Mist! Da hatte sie nicht schnell genug geschaltet.

Sein Gesicht verdüsterte sich. „Die, wegen der mich deine Mutter immer wieder weggeschickt hat, als ich mit dir reden wollte." In Cedrics Augen lag ein vorwurfsvoller Ausdruck. „Mir war schon klar, dass das nur eine Ausrede ist, aber ein bisschen mehr Mühe hättest du dir schon geben können, wenn du dich dafür entscheidest, mich anzulügen. Da erwarte ich ein bisschen mehr Raffinesse und Überzeugungskraft."

„Es tut mir leid." Daria starrte in den Kaffee und sammelte all ihren Mut zusammen. „Du hast mich total überrumpelt an diesem Abend."

„Warum denn das? Ich verstehe nicht, was dein Problem ist." Er runzelte die Stirn. „Es war doch alles perfekt. Oder liegt es an mir? War ich unhöflich? Habe ich deine Gefühle verletzt? Findest du mich abstoßend?"

Daria schüttelte den Kopf. Es war zu perfekt gewesen, um wahr zu sein. Genau das war das Problem. „Ich verstehe einfach nicht, warum du dich derart für mich interessierst." Sie versuchte offen zu sein und ihre Bedenken zu beschreiben. „Ich denke, dass es nur an dem Ring liegt."

„Das ist doch nicht dein Ernst?" Cedric schüttelte missmutig den Kopf. „Der Ring hat damit überhaupt nichts zu tun. Das habe ich dir doch erklärt." Cedric stand auf. „Ich kann gar nicht verstehen, warum dich das so erstaunt. Du bist eine wunderschöne Frau mit einem Herz aus Gold. Hat dich noch nie ein Mann gemocht? Einfach so, weil du eben du bist? Das ist doch nicht so schwer zu begreifen."

Daria sah auf. In Cedrics hellgrauen Augen lag ein Leuchten.

„Aber du kennst mich doch gar nicht." Darias Worte waren nur ein Flüstern. Warum ließ sie sich nur schon wieder auf so ein Gespräch ein? Sie war doch wegen etwas

151

ganz anderem hier und jetzt waren keine fünf Minuten vergangen und sie sprachen über Dinge, über die Daria gar nicht reden wollte.

„Dann gib mir doch die Chance, dich näher kennenzulernen. Bis jetzt bist du vielleicht niemandem aufgefallen, aber für mich bist du etwas ganz Besonderes. Ich sehe dich und es würde mich wirklich glücklich machen, wenn du mich wenigstens mal eines ernsten Blickes würdigen würdest." Cedric sah Daria einfach nur tief in die Augen. Es kam Daria vor, als ob er sie jetzt auf einem anderen Weg erreichen wollte, wenn sie schon seinen Worten keinen Glauben schenkte. Ein wehmütiger Blick lag in seinen Augen und Daria las Sehnsucht daraus. Sie schluckte und versuchte sich mühsam wieder auf das zu konzentrieren, weswegen sie hier war. Was war, wenn er das wirklich alles ernst meinte? Sie musste nur ihre Abwehr aufgeben und sich ihm öffnen. Es war so einfach.

„Ich bin wegen des Rings gekommen", unterbrach sie die intime Stille zwischen ihnen. „Du hast gesagt, ich kann zu dir kommen, wenn ich Fragen habe, und die habe ich. Vielleicht können wir ja damit anfangen, dass du mir endlich die Antworten gibst, die du mir versprochen hast."

„In Ordnung." Cedric setzte sich wieder, lehnte sich zurück und sah Daria mit einem schwermütigen Seufzen an. Es war offensichtlich, dass er lieber weiter darüber geredet hätte, was zwischen ihnen war oder sein könnte. Er hatte recht. Daria hatte wirklich noch niemanden getroffen, der sich ihr gegenüber so benommen hatte, und gerade darum war sein Benehmen so schwer zu begreifen.

„Was für Fragen hast du?" Er sah sie skeptisch an.

„Lass uns mal von der Theorie ausgehen, dass dieser Ring …", Daria hob ihre Hand und legte sie dann auf den Tisch, „… also, dass dieser Ring tatsächlich Wünsche erfüllen kann und deine Legende wahr ist."

„In Ordnung." Cedric nahm seine Tasse und trank einen Schluck Kaffee.

Daria nickte, froh, dass er auf dieses Gespräch einging. „Nehmen wir auch an, dass ich mir einige Dinge gewünscht habe und sie tatsächlich geschehen sind."

„Rein theoretisch natürlich." Cedric nickte, als ob ihn ihre Worte nicht sonderlich überraschten.

„Genau, rein theoretisch natürlich. Dann wiederum habe ich mir etwas gewünscht, was nicht geschehen ist." Daria nahm ihre Tasse.

„Was war das?" Cedric lehnte sich ein wenig vor.

„Ich habe mir gewünscht, dass ein totes Vogelküken wieder lebt." Daria sah Cedric fragend an. Seine Augen weiteten sich und er sah einen Moment nachdenklich in den Garten hinaus. Er schien ihre Worte absolut ernst zu nehmen und das war ein gutes Gefühl.

„Die Magie des Ringes hat Grenzen", sagte Cedric. „Ich erinnere mich gut an die wenigen Details aus dieser Geschichte."

„Was für Details?" Atemlos sah Daria Cedric an. Erfuhr sie endlich etwas Konkretes?

Sein Blick lag ernst auf ihr. „Etwas Totes kann man nicht wieder zum Leben erwecken. Du wirst auch die Zeit nicht verändern können. Diese Einschränkungen findet man oft in solchen Legenden. Außerdem dient der Ring dem Guten, also wünsche dir ja nicht die Weltherrschaft, um die Menschen nach deinem Willen zu knechten." Er schmunzelte.

„Aha. Gut, das werde ich mir merken." Daria nickte, als ob sie über nichts mehr als eine Theorie sprachen. Doch innerlich war sie von einem Gefühl der totalen Befreiung erfüllt. Endlich hatte sie etwas Nützliches erfahren, das so einiges erklärte.

„Was beunruhigt dich noch?" Cedric ließ sie nicht aus

den Augen.

„Wie kommst du darauf, dass ich beunruhigt bin?" Daria trank so entspannt wie möglich von ihrem Kaffee. Er war stark und dennoch voller Aromen. Cedric genoss wie immer nur das Beste vom Besten.

„Warum sonst hättest du dich zu mir gewagt, wenn es da nicht etwas gäbe, was du nicht einmal mit deinen Freundinnen besprechen kannst." Cedric zuckte mit den Schultern, als ob das doch wirklich offensichtlich wäre. Dabei rutschte sein dunkler Morgenmantel wieder ein wenig zur Seite und gab den Blick auf den Schwung seiner Brustmuskeln frei. Ein paar dunkle Härchen waren darauf zu sehen und Daria fragte sich, ob sie wohl weich oder eher spröde waren.

„Gefällt dir, was du siehst?" Cedric grinste.

Daria schoss die Röte in die Wangen und sie zwang sich, in sein Gesicht zu blicken.

„Also, was macht dir Sorgen?" Das Lächeln spielte immer noch um Cedrics Lippen, während Daria um ihre nächsten Worte rang. Es gefiel ihm, sie aus dem Konzept zu bringen.

Daria hasste sich dafür, dass er sie dabei erwischt hatte, wie sie ihn angestarrt hatte. Sie räusperte sich und beeilte sich, in möglichst sachlichem Ton weiterzusprechen. „Es geschehen Dinge, die ich mir nicht gewünscht habe, die aber so ungewöhnlich sind, dass sie einfach etwas mit dem Ring zu tun haben müssen. Ich muss wissen, warum das so ist." Daria sah Cedric fragend an.

„Was für Dinge meinst du?" Er runzelte die Stirn.

„Ich meine zum Beispiel die guten Noten in meinen Prüfungen." Daria beobachtete Cedric ganz genau. Sie begann erst einmal mit den harmlosen Dingen.

„Du bist dir absolut sicher, dass das nicht sein kann?" Er griff nach seiner Kaffeetasse, als ob das das allernormalste Gespräch auf dieser Welt wäre.

„Absolut sicher." Daria nickte. „Ich bin gut in Sport, aber das war es auch schon. Eine Zwei im Mathe-Abi ist absolut unmöglich, aber dennoch habe ich sie bekommen."

„Ich verstehe." Cedric nickte langsam.

„Es muss etwas mit den Wünschen zu tun haben, die du schon geäußert hast", sagte er nach einigem Überlegen. „Das kriegen wir schon raus. Wir gehen sie einfach der Reihe nach durch. So viele waren es doch nicht, oder?"

„Nein, es waren nicht viele." Daria schüttelte den Kopf.

„Was genau war dein erster Wunsch?" Cedric nahm einen Schluck Kaffee und sah Daria fragend an.

Daria überlegte kurz. „Ich habe mir ein Auto gewünscht."

„Was?" Cedric sah Daria schockiert an.

Seine heftige Reaktion wunderte Daria.

„Wo ist dieses Auto?" Er sah sie fragend an. „Habe ich da etwas verpasst?"

Daria überlegte noch einmal. „Ach nein, das war, bevor ich den Ring am Finger hatte."

„Okay." Cedric atmete tief durch. „Also, dann lass es mich noch einmal anders formulieren, damit es kein Durcheinander gibt. Was war dein erster Wunsch, nachdem du den Ring an deinen Finger gesteckt hast?"

Daria nickte. „Ich habe mir gewünscht, dass Esra in die Zukunft sehen kann. Ich habe das nur so dahergesagt, weil sie gerne solche Bücher liest, aber dann ist es wirklich geschehen. Sie hatte plötzlich Visionen."

„Ich verstehe." Cedric setzte vorsichtig seine Tasse ab. „Deswegen auch deine Warnung."

„Ja, genau." Daria nickte. „Aber wir wissen noch nicht, was für eine Art von Visionen das sind. Also ob man in die Zukunft noch eingreifen kann oder ob auf jeden Fall das geschieht, was Esra vorhersieht."

„Habt ihr denn schon einmal versucht, einzugreifen und die Zukunft zu verändern?" Cedric beugte sich ein klein wenig nach vorn. Daria sah ihm genau an, wie sehr ihn die Antwort auf diese Frage interessierte. Ihre Warnung musste ihn wirklich ziemlich verunsichert haben.

„Nein, das hat sich noch nicht ergeben. Wegen der Prüfungen ist das alles etwas untergegangen. Außerdem sind Esras Visionen sehr unklar. Bis jetzt hat sie nur wenige Dinge mit aller Deutlichkeit gesehen."

„Also dieser Wunsch kann keine weiteren Effekte gehabt haben, zumindest nicht die, die du beschrieben hast. Außer dass du mich zu Tode erschreckt hast. Was war dein nächster Wunsch?" Cedric nahm wieder seine Kaffeetasse und trank einen Schluck.

Daria ging den Abend durch. Der Besuch von Frau Gremmer und ihr Angebot, ihr Haus zu kaufen, fiel ihr wieder ein. „Als Nächstes muss das mit dem Lottogewinn passiert sein."

„Was genau hast du dir gewünscht?" Cedrics Blick wurde intensiver und das Grau seiner Augen schien sich dunkler zu färben.

Daria überlegte fieberhaft, was ihre Worte gewesen waren. „Ich habe mir gewünscht, dass meine Mutter keine Sorgen mehr hat." Daria stutzte. Sie hatte sich gar nicht gewünscht, dass ihre Mutter im Lotto gewann.

Cedric nickte. „Das muss es sein. Deine Formulierung war zu ungenau. Deine Mutter kann in diesem Moment viele Sorgen gehabt haben. Vermutlich hast du sie alle auf einen Schlag in Wohlgefallen aufgelöst. Sie hat sich vermutlich Gedanken um ihre Finanzen gemacht und im Lotto gewonnen. Dann wird sie sich Sorgen wegen deines Abschlusses gemacht haben und prompt schreibst du in den Prüfungen gute Noten. Vielleicht hatte sie noch ein paar andere Sorgen, die es jetzt nicht mehr gibt."

„Dass mein Handy wieder funktioniert?" Daria hatte sich schon die ganze Zeit darüber gewundert, wie es wieder zum Leben erwacht war. Vermutlich hatte ihre Mutter doch mitbekommen, dass es ihr in die Wanne gefallen war und hatte sich gewünscht, dass es wieder funktionierte.

„Ja, genau." Cedric nickte. „Und damit hast du vermutlich deine Antwort gefunden. Du musst sie einfach nur fragen. Dann wird sich das alles klären."

„Oh!" Daria sah Cedric erstaunt an. „Es lag also einfach nur daran, dass ich mich so unklar ausgedrückt habe?"

Cedric nickte. „Ja, so muss es sein. Eine andere Erklärung fällt mir dafür nicht ein."

Eine plötzliche Erleichterung machte sich in Daria breit. Natürlich, so musste es sein. Das war logisch. Ihre Mutter hatte sich für sie gewünscht, dass sie hier mit ihren Freunden studieren konnte und deswegen war die Akademie in einem so guten Zustand und deswegen hatten auch all ihre Freunde beschlossen, dass sie jetzt in Fresienstein studieren wollten.

„Kann ich die Wünsche rückgängig machen?" Daria sah Cedric fragend an.

Er schüttelte langsam den Kopf. „Nein, das geht nicht."

„Bist du dir absolut sicher?" Das war gar nicht gut. Ihre Freunde hatten Entscheidungen getroffen, die nicht ihrem freien Willen entsprungen, sondern dem Wunsch ihrer Mutter geschuldet waren.

„Ja, das bin ich." Cedric sah Daria ernst an. „Das ist einer der Gründe, warum ich dich ermahnt habe, dir Dinge zu wünschen, die etwas Gutes bewirken. Du siehst jetzt, was für weitreichende Folgen so ein Wunsch haben kann."

„Ich verstehe." Es war gut gewesen, dass Daria mit den Wünschen vorsichtig umgegangen war. Sie hielt eine Macht in ihren Händen, die eine unvorstellbar große Kraft hatte und das Leben der Menschen um sie herum völlig durcheinanderbringen konnte. Das sollte sie wirklich nur gut überlegt einsetzen.

„Vielleicht ist es besser, wenn ich mir nichts mehr wünsche." Daria seufzte angesichts des Durcheinanders, das sie angerichtet hatte.

Cedrics Blick wurde weich. „Da bekommst du so einen machtvollen Gegenstand und willst ihn nicht benutzen. Das halte ich für falsch. Denk an all die guten Dinge, die du für die Menschen tun kannst. Du musst eben nur klar sagen, was du dir wünscht. Du schaffst das schon. Da hab ich keine Zweifel."

„Aber was ist mit den Elfen vom Stadtbrunnen? Sie sind plötzlich lebendig geworden. Ich habe eine im Wald gesehen, an dem Abend, an dem wir unterwegs waren."

„Aha?" Cedric runzelte die Stirn.

„Hat das auch etwas mit dem Wunsch meiner Mutter zu tun?"

„Was ist mit dieser Elfe geschehen?" Cedric war skeptisch, so als ob er dieses Ereignis nicht so recht einordnen konnte.

„Sie hat mir ein grünes Pulver ins Gesicht gepustet und ich habe mich irgendwann in der Vergangenheit wiedergefunden."

„Das ist ungewöhnlich. Was hast du gesehen?" Cedric lehnte sich zurück und musterte Daria gespannt.

Sie erzählte ihm von ihrer Begegnung mit Aileen und dem Opfer, das sie gebracht hatte. „Ich weiß nicht, ob das wirklich passiert ist oder ob ich mir das alles nur eingebildet habe."

„Das ist schwer zu sagen." Cedric verschränkte die Arme vor der Brust und sah nachdenklich in seine Kaffeetasse. „Ich würde erst einmal bei deiner Mutter nachforschen und sehen, was ihr an dem Abend deines Wunsches alles durch den Kopf gegangen ist. Vielleicht erklärt sich das dadurch."

„Das könnte sein." Daria nickte. Seine Antwort beruhigte sie.

Daria betrachtete den sanften Ausdruck auf seinem Gesicht. Er schien ernsthaft bemüht zu sein, ihre Bedenken zu erklären und ihr zu helfen, und das schon zum wiederholten Male. Wie war sie überhaupt darauf gekommen, dass Cedric ein falsches Spiel spielen könnte? Sie wusste es nicht mehr. Sie wusste nur, dass sie in seinen Augen echte Gefühle sah.

„Nachdem ich dir auf deine hypothetische Frage jetzt so umfassend geantwortet habe, wie ich konnte, bist du dran." Cedric legte die Arme auf den Tisch und sah Daria fragend an.

Daria erschauerte. Sie wusste, was jetzt kommen würde, und es war nur fair, dass Cedric eine Erklärung für ihre schnell dahingeworfenen Worte bekam.

„Was genau hat Esra gesehen?" Er ließ sie nicht aus den Augen.

Daria holte tief Luft. Cedric war offen zu ihr gewesen. Er hatte sie als Einziger ernst genommen und ihr eine Antwort gegeben, die sie endlich weitergebracht hatte. Sie musste ehrlich zu ihm sein.

„Esra hat gesehen, dass wir uns küssen werden, und sie hat auch gesehen, dass du in meinen Armen erschossen wirst und ich darüber sehr unglücklich sein werde. Das setzt natürlich voraus, dass du und ich ..." Daria zögerte. Sie konnte nicht aussprechen, dass sie sich lieben würden. Doch genau das war es, was sie meinte. Warum sonst konnte sein Tod sie so unglücklich machen?

„Ich verstehe." Cedric saß stocksteif vor ihr. Dann nickte er, als ob er nach langer Zeit des Rätselns endlich eine Lösung auf seine Fragen bekommen hatte, die alles in einem anderen Licht erscheinen ließ. „Deswegen hältst du dich also so angestrengt von mir fern. Du glaubst, dass das nicht passieren wird, wenn wir uns niemals küssen werden."

„Ja." Daria sagte nichts mehr, sondern nickte einfach nur. Er hatte kurz zusammengefasst, was sie sich gedacht hatte.

„Mmh." Cedric sah sie nachdenklich an. „Ich verstehe."

Daria holte tief Luft. „Es ist also besser, wenn wir uns voneinander fernhalten. Ich will nicht an deinem Tod schuld sein." Es war schwer, diese Dinge auszusprechen. Doch sie musste es tun.

Cedric nickte. „Das verstehe ich und ehrlich gesagt ist mir das auch lieber so. Ich fühle mich noch zu jung zum Sterben."

Überraschenderweise versetzte diese Ankündigung Daria einen schmerzhaften Stich. Bedauerte sie es jetzt etwa, dass er sie nicht mehr umgarnen wollte? Das war gar nicht gut und zeigte Daria nur, dass sie sich von Cedric schon viel zu sehr hatte vereinnahmen lassen. Daria trank hastig ihren Kaffee aus.

„Danke, dass du mir geholfen hast, ein wenig Licht ins Dunkel zu bringen." Sie erhob sich. „Ich weiß das wirklich zu schätzen."

Cedric blieb sitzen und sah sie von unten mit einem weichen Blick an. „Wirklich schade, dass das mit uns nichts werden kann." Er griff nach ihrer Hand und strich sanft über ihren Handrücken. Es war nur eine kleine, zärtliche Geste, doch sie setzte alles in Daria in Brand. Sie blieb stehen und genoss das Gefühl seiner Nähe. Nur für eine Sekunde. Eine winzig kleine.

„Es ist besser, wenn ich jetzt gehe." Sie zog hastig ihre Hand aus seiner. Dann lief sie aus der Küche und verließ Cedrics Haus, als wäre sie auf der Flucht vor ihm und vor dem brennenden Gefühl in ihrem Herzen, das mit jeder verdammten Sekunde, die sie in seiner Nähe verbrachte, immer stärker wurde

KAPITEL 10

Als Daria den Schlüssel in der Eingangstür hörte, sprang sie sofort vom Küchentisch auf. Sie hatte eine halbe Ewigkeit auf ihre Mutter gewartet und dabei eine Tasse Kaffee nach der anderen getrunken. Es würde nicht mehr lange dauern und Esra würde vor der Tür stehen und Daria abholen.

„Hallo, Schatz." Ihre Mutter lächelte sie an, als sie ihr im Flur entgegenkam. „Hast du die Prüfungsergebnisse? Ich bin schon so gespannt." Sie stellte ihre Tasche ab und strich sich eine Strähne ihrer dunklen Locken aus dem Gesicht.

„Ich habe alle Prüfungen mit einer Zwei bestanden." Daria sah ihre Mutter gespannt an. Ahnte sie, was sie mit ihren Wünschen ausgelöst hatte? Das tat sie nicht. Ihre Mutter erstarrte vor Überraschung, dann wurde sie blass.

„Wirklich?" Das Erstaunen stand ihr ins Gesicht geschrieben.

Daria nickte. „Ja, wirklich. Überall eine Zwei. Ich kann es selbst kaum glauben."

Ein warmes Lächeln breitete sich auf dem Gesicht ihrer Mutter aus, dann fiel sie Daria um den Hals. „Herzlichen Glückwunsch. Ich freu mich so für dich. Das ist ja der absolute Wahnsinn."

„Ja, das ist es." Daria lächelte. Es tat gut zu sehen, wie glücklich ihre Mutter war. Daria dachte an den Ring und dass er das erst möglich gemacht hatte.

„Also in letzter Zeit haben wir wirklich unglaublich viel Glück." Ihre Mutter trat einen Schritt zurück und sah Daria mit großen Augen an. „Komm, das müssen wir feiern. Ich lade dich heute Abend zum Essen ein. Wir könnten mal in ein gutes Restaurant gehen." Ihre Mutter steuerte auf das Arbeitszimmer zu und packte ein paar Akten aus ihrer Tasche auf den Schreibtisch.

„Tut mir leid, heute geht es nicht." Daria war ihr gefolgt. „Es gibt eine Party. Alle aus meiner Klasse feiern die überstandenen Prüfungen."

Das Gesicht von Darias Mutter hellte sich auf. „Da musst du unbedingt hin. Essen gehen können wir auch ein anderes Mal. Es ist gut, wenn du etwas mit deinen Freunden unternimmst."

„Sag mal, erinnerst du dich noch an den Tag, an dem Frau Gremmer hier war?" Daria setzte sich auf den bequemen Sessel neben dem Schreibtisch ihrer Mutter und sah ihr dabei zu, wie sie die Bauunterlagen in verschiedene Stapel sortierte.

„Na, sicher erinnere ich mich noch daran." Das Gesicht von Darias Mutter verdüsterte sich. Ihre braunen Augen wirkten traurig. „Ich hatte eine ziemlich unruhige Nacht nach ihrem Besuch. Mir sind eine Menge Dinge durch den Kopf gegangen."

„Was denn für Dinge?" Daria bemühte sich möglichst entspannt zu klingen. Eine Menge Dinge? Das klang nicht danach, als ob die Überraschungen in Fresienstein bald ein Ende nehmen würden.

Darias Mutter sah auf. „Ach, das ist doch nicht mehr wichtig." Sie winkte ab. „Es hat sich doch alles in Wohlgefallen aufgelöst. Über die alten Sorgen müssen wir uns nun wirklich nicht mehr den Kopf zerbrechen. Ich bin froh, dass ich das alles hinter mir lassen konnte."

„Mich würden deine Sorgen aber wirklich sehr interessieren." Daria blieb hartnäckig. „Du warst immer für mich da und ich konnte über alles mit dir reden. Ich bin achtzehn und du kannst mir auch ein paar deiner Sorgen anvertrauen. Es geht dir bestimmt besser, wenn du darüber redest."

Darias Mutter erstarrte. Langsam ließ sie einen Grundriss der Akademie sinken. Dann setzte sie sich an den Schreibtisch und sah Daria nachdenklich an.

„Ich vergesse manchmal, dass du schon erwachsen bist." Sie lächelte und die Traurigkeit verschwand wieder aus ihren Augen. „Für mich wirst du vermutlich immer mein kleines Mädchen bleiben, aber du hast natürlich recht. Ich sollte dich endlich mehr in alles einbeziehen, denn dieses Haus und die Akademie betreffen ja auch dich. Angenommen, mir passiert etwas, dann musst du dich um alles kümmern und dann ist es wirklich besser, wenn du über die wichtigsten Dinge Bescheid weißt."

„Genauso ist es." Daria nickte. „Heißt das, dass du die Akademie gekauft hast?"

Ein Lächeln ging über das Gesicht von Darias Mutter. „Ja, das habe ich, und das auch noch zu einem fantastischen Preis. Der Bürgermeister hat mir die Akademie für einen symbolischen Euro überlassen. Er war so froh, dass ich sie wieder zum Leben erwecke, dass er mir jede mögliche Unterstützung zugesichert hat."

„Ich verstehe." Das Glück war ihrer Mutter wirklich bei jedem ihrer Schritte hold gewesen. Daria warf dem Ring an ihrer Hand einen erstaunten Blick zu. Er schimmerte so unscheinbar an ihrer Hand und hatte doch so eine unfassbar große Kraft.

„Ich bin gerade dabei, mich durch die alten Archive der Akademie zu lesen", fuhr ihre Mutter fort. „Ich werde aus den vielen Kursen, die es damals gegeben hat, die interessentesten heraussuchen. Bei der Sichtung der Unterlagen kann ich deine Hilfe übrigens wirklich gut gebrauchen, denn die Zeit wird knapp. Morgen kommt auch noch eine Journalistin. Sie hat davon gehört, dass die Akademie wiedereröffnet werden soll, und will einen Artikel schreiben. Das halte ich für eine gute Idee. Vielleicht wird es so leichter, Lehrkräfte zu finden. Bis jetzt fehlen mir die nämlich noch." Darias Mutter seufzte. „Aber das kostet alles Zeit und ich weiß noch nicht, ob ich es schaffen kann, alles bis zum Ende des Sommers fertig zu bekommen, so wie ich es am Anfang geplant habe."

„Warum willst du alles recherchieren? Soll es wieder so werden wie vor hundert Jahren?" Daria sah ihre Mutter fragend an.

„Du hast mich gefragt, was mir in dieser Nacht alles durch den Kopf gegangen ist, und das war eines der Dinge. Ich habe an die Erzählungen aus der guten, alten Zeit zurückgedacht und ich habe mir gewünscht, dass es in Fresienstein wieder so wird wie damals. Dass die Akademie wiedereröffnet wird und dass die Wirtschaft auf die Beine kommt und sich eine Aufbruchstimmung in Fresienstein ausbreitet, die alle mitreißt."

„Oh." Erstaunt registrierte Daria, dass der Wunsch ihrer Mutter eine weitaus größere Dimension hatte, als sie anfangs angenommen hatte. Wenn sie dann noch in dieser Nacht davon geträumt hatte, dass die Sandsteinfiguren am Brunnen lebendig werden, dann war auch dieses Rätsel geklärt.

„Was für Sorgen hattest du noch in dieser Nacht?" Daria sah ihre Mutter mit großen Augen an. Auf welche Veränderungen musste sie sich noch gefasst machen?

Darias Mutter zuckte mit den Schultern. „Na ja, ich habe viel über deine Noten und deinen Abschluss nachgedacht. Du hattest in der letzten Zeit so viel über Mathe geflucht, dass ich große Sorgen hatte, dass du die Prüfung überhaupt bestehen wirst. Aber meine Sorgen waren ganz umsonst. Du hast besser abgeschnitten als gedacht und das freut mich wirklich sehr."

Daria nickte. „Gab es da noch etwas, außer der Akademie und meinen Noten? Du hast dir sicher Sorgen um unsere finanzielle Situation gemacht?"

„Und ob." Darias Mutter lehnte sich mit einem Seufzen in ihrem Bürostuhl zurück. „Der Besuch von Frau Gremmer hat mich regelrecht wachgerüttelt. Ich habe mir gedacht, dass es so nicht weitergehen kann und sich etwas ändern muss. Dann habe ich über mein Dauerspiel nachgegrübelt und mir gesagt, wenn ich nicht innerhalb von drei Tagen etwas im Lotto gewinne, dann kündige ich den ganzen Mist wieder und verkaufe das Haus doch noch an Frau Gremmer. Aber das war ja gar nicht nötig."

„Das klingt zu schön, um wahr zu sein." Daria war froh, dass ihre Mutter zumindest diesen Wunsch ziemlich klar formuliert hatte. Was für Veränderungen in Fresienstein noch bevorstanden, konnte sich Daria nicht so recht vorstellen. Kamen jetzt Investoren und wollten die alte Weberei und auch die Färberei und die Näherei wieder zum Leben erwecken? Wie genau haben diese goldenen Zeiten in Fresienstein ausgesehen?

„Es ist im Moment einfach alles perfekt." Darias Mutter sah auf den Grundriss vor sich. „Ich kann es kaum erwarten, dass die Akademie eröffnet. Es ist eine Menge Arbeit, die da noch vor uns liegt, aber wir werden das schaffen."

„War das alles, was dir in dieser Nacht durch den Kopf gegangen ist?" Daria musste sich sicher sein, dass da nicht noch mehr auf sie zukam.

Darias Mutter legte den Kopf schief. „Eigentlich schon. Ach ja, an dein Handy habe ich noch gedacht."

„Du wusstest also dass es kaputt war?"

„Na sicher wusste ich das. Es fällt mir auf, wenn plötzlich Unmengen an Salz und Reis aus meinen Küchenschränken verschwinden. Ich habe mir gewünscht, dass deine Versuche erfolgreich sind, weil das Geld für ein neues

Handy nicht da war. Das war es schon mit meinen Gedanken in dieser Nacht." Nachdenklich lehnte sie sich zurück. „Oh, da war noch eine Sache, aber das geht mich ja eigentlich nichts an."

„Was meinst du?" Ein ungutes Gefühl überkam Daria.

„Na ja, ich habe darüber nachgedacht, dass du seit deiner letzten Trennung vor einem Jahr keinen Freund mehr hattest, und das ist ja jetzt wirklich schon ziemlich lange her und na ja ..." Darias Mutter sah ihre Tochter entschuldigend an.

„Mama!" Daria riss vor Schreck die Augen auf. Oh nein, was hatte ihre Mutter nur getan?

„Das muss dir nicht unangenehm sein, wirklich nicht. Ich weiß, dass du in deinem Alter nicht unbedingt mit deiner Mutter über solche Themen reden möchtest, aber ..." Der Gesichtsausruck von Darias Mutter wurde nachdenklich. „Wir müssen auch nicht darüber reden, wenn du nicht willst. Entschuldige, dass ich damit angefangen habe."

„Schon gut." Daria zwang sich, ihre Mutter nicht so entsetzt anzustarren. Nein, sie wollte nicht darüber reden, da hatte sie ganz recht, aber sie musste es tun. „Was genau ist dir denn durch den Kopf gegangen? Mich interessiert das wirklich." Und wie. Noch nie hatte Daria so genau wissen wollen, was ihre Mutter dachte, wie in diesem Moment.

„Also gut, wenn du meinst, dass das okay für dich ist." Darias Mutter entspannte sich wieder. Nachdenklich sah sie einen Moment in den Garten hinaus, während Daria ihre Finger unruhig ineinanderverknotete und sich zwang, ruhig zu bleiben.

Tausend Gedanken gingen Daria durch den Kopf. Hatten die Sorgen ihrer Mutter irgendetwas mit Cedrics Interesse an ihr zu tun? Gab es da einen Zusammenhang?

„Ich habe in jener Nacht darüber nachgedacht, dass es wirklich schade ist, dass du so allein bist. Ich wollte nicht,

166

dass es dir so wie mir ergeht und du ein Leben lang einsam bist. Ich habe nie den richtigen Mann getroffen und das ist wirklich schade. Ich habe mir immer jemanden gewünscht, mit dem ich mein Leben teilen kann und der dir ein guter Vater ist, aber das ist leider alles nie geschehen. Deswegen habe ich mir von Herzen gewünscht, dass du bald die Liebe deines Lebens triffst und glücklich wirst." Darias Mutter lächelte. „Das ist alles."

„Die Liebe meines Lebens." Darias Stimme war nur noch ein heiseres Kratzen. „Und das auch noch bald?"

„Ja, die Liebe deines Lebens, und zwar bald." Darias Mutter nickte. „Eigentlich lieber gestern als heute. Jeder Tag, den man ohne Liebe verbringt, ist ein verlorener Tag. Jetzt schau nicht so erschrocken." In den warmen, braunen Augen von Darias Mutter lag ein verwunderter Ausdruck. „Das kannst du mir als Mutter doch nicht übel nehmen, dass ich dir das wünsche. Ich möchte, dass mein Kind glücklich wird. Außerdem ist doch nichts dabei. Es ist nur ein Wunsch und nicht alle Wünsche erfüllen sich. Für dich hoffe ich aber, dass es in diesem Fall nicht so ist. Ich wünsche dir das wirklich."

Daria rang mühsam nach Fassung. Ihre Kehle kratzte und ihre Finger fühlten sich seltsam taub an. Ihre Mutter sah sie immer noch erstaunt an, doch glücklicherweise klingelte es in diesem Moment an der Tür. Darias Mutter sprang auf und lief in den Flur, bevor Daria sich überhaupt bewegen konnte.

Daria war froh über diesen kleinen Moment, in dem sie allein sein konnte. Sie brauchte Zeit, um begreifen zu können, was ihre Mutter da gerade gesagt hatte und wie das in Verbindung zu der Tatsache stand, dass Cedric in ihr Leben gestolpert war. War es also kein Zufall, dass sie sich getroffen hatten?

War er wirklich die Liebe ihres Lebens? Der eine Mann,

der perfekt zu ihr passen würde? Das würde zumindest erklären, warum er sie interessant fand, obwohl Daria sich das beim besten Willen nicht erklären konnte.

Daria sah jedes von Cedrics Worten plötzlich in einem ganz anderen Licht. Wenn er wirklich der war, den sich ihre Mutter für sie herbeigewünscht hatte, dann meinte er auch jedes seiner Worte absolut ernst und diese Gefühle zwischen ihnen waren wirklich echt.

Daria holte hastig Luft. Nein, das konnte nicht sein. Das ging alles schneller, als Daria es begreifen konnte.

„Esra ist da, um dich abzuholen." Die Stimme ihrer Mutter klang fröhlich aus dem Flur.

Esra. Ja, das war perfekt. Sie brauchte jetzt dringend jemanden, mit dem sie das besprechen konnte. Daria erhob sich und spürte, dass ihre Knie weich waren. Sie ging in den Flur und versuchte dabei nicht umzukippen.

„Ich wünsche euch viel Spaß." Darias Mutter bog wieder in ihr Arbeitszimmer ab.

„Alles klar?" Esra musterte Daria mit skeptischem Blick. „Du siehst aus, als hättest du einen Geist gesehen."

„So kann man es auch nennen. Ich kapiere jetzt so einiges. Komm." Daria verließ das Haus und Esra folgte ihr.

„Du hast nicht geschlafen", stellte Esra mit kritischem Blick fest, als sie Daria durch ihre Brille musterte. „Du siehst wirklich nicht gut aus und ich habe dir doch gesagt, dass du …"

Daria hob die Hand, um Esra zu unterbrechen. „Ich habe etwas erfahren, das eine Menge erklärt. Du musst mir jetzt genau zuhören."

„Okay?" Esra sah sie erstaunt an und Daria erzählte ihr von ihrem Besuch bei Cedric und dass sie entdeckt hatte, was die Sorgen ihrer Mutter mit ihren Noten und der Akademie zu tun hatten.

„Oh", sagte Esra erstaunt, als Daria geendet hatte. Dann

machte sich ein betretener Ausdruck auf ihrem Gesicht breit. „Und ich erzähle dir, dass du dir das alles einbildest, und sage dir, du sollst dich mal ausschlafen. Dabei war es deine Mutter, die sich etwas gewünscht hat. Da hätte ich doch auch draufkommen können. Das tut mir so leid."

„Schon gut." Daria lief langsam die Einfahrt hinab. „Das konntest du ja nicht wissen."

„Ja schon, aber ich hätte dich ernst nehmen können." Esra seufzte.

„Mir tut es leid, denn ich habe damit über euer Leben entschieden." Daria sah Esra entschuldigend an.

„Das fühlt sich aber nicht so an." Esra runzelte die Stirn. „Ich fühle mich gut dabei, dass ich an die Akademie gehen werde. Genau genommen fühlt es sich sogar besser an als mein erster Plan mit Hamburg. Du brauchst dir also keine Sorgen um mein Wohlergehen zu machen. Was hat deine Mutter sich denn noch alles gewünscht?"

Daria biss sich auf die Lippen und suchte nach den richtigen Worten, um zu dem Thema zu kommen, das ihr am meisten Sorgen machte.

„Oh nein." Esra griff nach Darias Hand. „Es hat doch nicht etwas mit Cedric zu tun?"

Daria nickte zögerlich. „Doch, das hat es. Ich bin mir sogar ziemlich sicher."

„Was hat sich deine Mutter gewünscht?" Jetzt war es Esra, deren Stimme heiser klang.

Daria nahm all ihren Mut zusammen, um die Worte auszusprechen. „Sie hat sich gewünscht, dass ich bald die Liebe meines Lebens treffe und glücklich werde."

Esra schwieg, als sie auf die Rosenstraße einbogen. Sie war total blass und Daria machte sich schon Sorgen um ihre Freundin. Eine Weile liefen sie die Straße entlang. In der letzten Nacht hatte es geregnet und dicke Wolken bedeckten noch immer den Himmel. Daria wusste nicht, was sie sagen sollte, und Esra schien es genauso zu gehen. In all den Büchern, die sie gelesen hatte, war ihr so ein Fall vermutlich noch nicht untergekommen. Als sie schon auf die Juulstraße einbogen, räusperte sich Esra schließlich.

„Das ist wirklich heftig. Ich weiß gar nicht, was ich dazu sagen soll." Sie sah auf den Gehweg und wich einer Pfütze aus. „Aber egal wie ich es drehe, es scheint tatsächlich zu stimmen."

„Wie meinst du das?"

„Das erklärt, warum Cedric dir so an den Fersen klebt. Er hat sich wirklich Hals über Kopf in dich verliebt." Esra sah Daria besorgt an. „Eigentlich müsste ich dich jetzt dazu beglückwünschen, aber du kannst dich gar nicht freuen wegen meiner Vision."

„So ist es." Daria nickte. „Ich habe mit Cedric über deine Vision gesprochen und wir sind uns einig, dass wir uns voneinander fernhalten sollten. Er hat gesagt, dass er nicht sterben will."

„Das kann man absolut nachvollziehen." Esra nickte. „Weiß er von der Sache mit der Liebe des Lebens?"

Daria schüttelte heftig den Kopf. „Nein, das habe ich ja gerade erst erfahren und das kann ich ihm doch auch nicht sagen."

Esra seufzte und Daria dachte angestrengt darüber nach. Wenn Cedric von dem Wunsch ihrer Mutter erfuhr, würde es die Situation für ihn nicht leichter machen. Ganz im Gegenteil, es würde alles nur noch viel komplizierter werden.

„Es wird Zeit, dass wir herausbekommen, wie meine Visionen funktionieren", sagte Esra, als sie wieder eine Weile gelaufen waren. „Bis jetzt nutzen sie mir nicht viel. Ich kann dir kaum einen Ratschlag geben. Wir müssen endlich herausfinden, ob man in die Zukunft, die ich sehe, noch eingreifen kann."

Daria nickte. „Ja, es wäre wirklich gut, wenn wir das

endlich wüssten."

Esra nickte Daria aufmunternd zu. „Dann könntest du dich auf Cedric einlassen und alles genießen." Esra klang hoffnungsvoll. „Also hat Rosie recht gehabt, als sie vermutet hat, dass es bei euch Liebe auf den ersten Blick war. Ich fasse es nicht. Das ist irgendwie total verrückt. Wer weiß schon vorher, ob der Mann, in den man sich verliebt hat, die Liebe seines Lebens ist. Mit so einer Gewissheit konnte das noch nie jemand wissen."

„Wer redet denn davon, dass ich mich verliebt habe?" Daria schüttelte den Kopf.

„Man sieht dir an der Nasenspitze an, dass dir Cedric nicht egal ist." Esra grinste. „Vielleicht hast du dich noch nicht verliebt, aber du bist auf dem besten Weg dahin. Du warst schon wieder bei ihm, obwohl du die Gefahr kanntest und wusstest, dass du dich besser von ihm fernhältst."

„Ja, weil mir sonst niemand zugehört hat", rechtfertigte sich Daria.

„Genau so ist es. Du wusstest, dass er für dich da sein würde, nicht wahr?"

„Er hat mir seine Hilfe angeboten." Daria seufzte, als sie begriff, worauf Esra hinauswollte.

„In einem Moment, wo du sie dringend gebraucht hast. Das ist es doch, was man von der Liebe seines Lebens erwarten kann. Es tut mir echt leid, dass ich dir eingeredet habe, dass er gefährlich ist. Ich habe mich geirrt. Es geht ihm wirklich um dich. Er hat dich sogar vor einem Autounfall gerettet." Esra lächelte begeistert. „Und er sieht wirklich unglaublich gut aus."

„Ja, das stimmt schon alles." Daria versuchte schnell das Thema zu wechseln. Es war besser, wenn sie bei den Visionen blieben. Was ihre Gefühle anging, herrschte im Moment einfach nur ein totales Durcheinander in Darias Kopf. „Kannst du dich vielleicht an ein paar Details aus dieser

Vision erinnern, die uns helfen?"

Esra nickte ernst und schloss für einen Moment die Augen, damit sie sich die Erinnerung an die Bilder besser in ihren Kopf rufen konnte. „Es ist dunkel", sagte sie nach einer Weile. „Und es regnet. Ich sehe eine Straßenlaterne, also muss es irgendwo draußen sein."

„Kannst du sehen, wer auf ihn geschossen hat?" Daria versuchte ruhig zu bleiben.

„Nein." Esras Antwort kam wie aus der Pistole geschossen. „Die Vision ist kurz und ich sehe auch nur diese kleine Sequenz. Cedric trägt einen Anzug. Vielleicht ist das von Bedeutung?" Esra sah Daria fragend an. „Mehr erkenne ich leider nicht."

„Danke. Vielleicht hilft das schon weiter und ich bekomme rechtzeitig mit, wenn der Moment nah ist, den du beschreibst." Daria drückte Esras Hand und ließ sie dann los. „Wie geht es dir inzwischen mit den Visionen? Hast du etwas Neues gesehen?"

„Nein." Esra schüttelte den Kopf. „Ich hatte nur noch ein paar wilde Träume, an die ich mich kaum erinnern kann. Aber die Visionen sind nicht wiedergekommen und ich war eigentlich ganz froh darüber. Das Letzte, das ich gesehen habe, war, dass Rosie Marcello küssen wird."

„Das wird Rosie schon zu verhindern wissen." Daria holte tief Luft, während sie über den Marktplatz liefen und in die Webergasse einbogen. Bis Esra eine neue Vision hatte, kamen sie in dieser Sache nicht voran.

Nach einer Weile erreichten sie die Akademie. Es war eine große, alte Villa voller verschnörkelter Wasserspeier, mit kunstvollen Ornamenten an der Fassade und vielen Türmchen und Erkern.

Daria erinnerte sich, dass das Gebäude unter Unmengen von wildem Wein und Efeu versteckt gewesen war. Jemand hatte das ganze Grünzeug entfernt und darunter schien die

Akademie einen regelrechten Dornröschenschlaf gehalten zu haben.

Weder bröckelte der Putz von den Wänden noch schien das Dach irgendwo undicht zu sein. Die Holzfenster waren frisch gestrichen und der Garten war in Ordnung gebracht worden. Alles sah einladend aus. Daria und Esra beobachteten ein paar Handwerker, die gerade mit Farbeimern ins Gebäude gingen.

Daria hatte das Gefühl, als ob jemand die Zeit zurückgedreht hatte. Das Gebäude musste genauso aussehen, wie es auch vor einhundert Jahren hier gestanden hatte. Daria dachte daran, dass ihre Urgroßmutter hier als junge Frau ein- und ausgegangen war, und sie fühlte sich plötzlich ganz mit ihr verbunden. Sie konnte es gar nicht erwarten, hier zu studieren.

„Es sieht aus, als ob es schon in zwei Wochen losgehen könnte." Esra blieb einen Moment vor der Akademie stehen und sah zu einem der Türme empor, der so groß war, dass bestimmt ein ganzes Klassenzimmer darin Platz hatte. Ihre Mutter würde so stolz sein, wenn alles in altem Glanz erstrahlte.

„Ich wünschte, das würde es." Daria hatte die Worte einfach so dahingesprochen, während sie immer noch in Gedanken bei Uroma Helga und ihrer Mutter war. Doch als das letzte Wort verklungen war, schlug sie sich erschrocken die Hand auf den Mund.

„Daria." Esra sah ihre Freundin schockiert an.

„Oh nein, ich habe gar nicht nachgedacht, was ich da gesagt habe. Das ist mir einfach so herausgerutscht." Darias Hände begannen zu zittern, während sie hektisch überlegte, welche Auswirkungen dieser Wunsch haben konnte.

Esra sah Daria erst entsetzt an, dann wandelte sich ihr Gesichtsausdruck plötzlich. Sie begann zu grinsen und dann lachte sie lauthals. „Hast du mich gerade ernsthaft um meine Sommerferien gebracht?"

Esras Lachen wirkte ansteckend. Daria grinste. „Ich befürchte schon. Vorausgesetzt, der Ring funktioniert noch." Daria hob die Hand und betrachtete den Ring. Er hatte ein paar neue schwarze Adern bekommen und sah ein Stück dunkler aus als noch vor ein paar Stunden. Für Daria war das ein deutliches Zeichen dafür, dass der Wunsch in Erfüllung gehen würde.

„Schon gut. Beruhige dich. Dieser Wunsch wird keinen großen Schaden anrichten." Esra legte einen Arm um Darias Schulter. „Aber in Zukunft solltest du besser aufpassen, was du sagst."

„Das werde ich, keine Sorge." Daria ging mit Esra an der Akademie vorbei. Sie war heilfroh, dass Esra das so locker sah. Da sprach sie mit Cedric darüber, dass sie ihre Wünsche für Gutes einsetzen wollte, und jetzt redete sie einfach so daher. Das durfte ihr auf keinen Fall noch einmal passieren.

Daria versuchte sich von ihren quälenden Selbstvorwürfen abzulenken und konzentrierte sich angestrengt auf die Umgebung um sich herum.

Von hier aus konnte man die vielen alten Gebäude sehen, in denen einst die Webereien gewesen waren. Doch während in die Akademie schon wieder Leben eingekehrt war, waren die alten Gebäude verlassen. Daria fragte sich, ob sich der Wunsch ihrer Mutter wirklich erfüllen und auch die Webereien wieder in Betrieb genommen würden. Es blieb ihr nichts anderes übrig, als das abzuwarten.

Sie bogen nach links ab und gingen die Färbergasse hinab, bis sie deren Ende erreichten. Ein Feldweg führte sie einige Hundert Meter aus der Stadt hinaus, vorbei an einem Feld, auf dem der Raps in voller Blüte stand. Schließlich erreichten sie die Scheune, wo heute Abend die Party stattfinden würde. Das Auto von Caspars Vater stand davor und Daria hörte Lea, Rosie, Henning und Caspar vor der großen Scheune lautstark miteinander streiten.

„Was ist denn da los?" Esra sah Daria fragend an.

„Keine Ahnung." Daria blinzelte. „Aber so wie Henning klingt, ist er wieder mal kurz vorm Explodieren. Was es wohl diesmal ist? Das falsche Bier?"

„Das kann sein." Esra lachte. „Dann lass uns mal sehen, was ihn so aufregt." Sie rannte los und schnell waren sie bei ihren Freunden angelangt.

KAPITEL 11

„Ich werde die beiden nicht auf dieser Party dulden." Henning stand mit zornentbranntem Gesicht vor der alten Scheune und funkelte Caspar wütend an. Lea und Rosie sahen ziemlich genervt aus, während Caspar die Arme vor der Brust verschränkt hatte und einen entspannten Eindruck machte.

Daria und Esra waren näher gekommen. Lea und Rosie nickten ihnen zur Begrüßung zu, während Caspar und Henning nicht bemerkten, dass sie Besuch bekommen hatten.

„Was ist denn los?" Esra stellte sich neben Rosie, während Henning eine weitere Drohung ausstieß.

„Elania hat sich einen üblen Scherz erlaubt." Rosie betrachtete Henning mit skeptischem Blick.

„Was hat sie gemacht?" Daria runzelte die Stirn. Sie hatte Elania heute noch gar nicht gesehen und auch Marcello war sie schon seit Tagen nicht mehr über den Weg gelaufen. Daria hatte angenommen, dass sie die beiden nie wieder in ihrem Leben treffen würde.

Elania und Marcello hatten schon vor Wochen großspurig angekündigt, dass sie dieses versiffte Kaff mit all seinen debilen Bewohnern verlassen würden, sobald sie ihre Zeugnisse in den Händen hatten, und nie wiederkommen wollten.

Niemand hatte sie gebeten, dass sie sich die Sache noch einmal überlegen sollten. Jeder war froh, dass die beiden aus der Stadt verschwinden wollten. Elania und Marcello waren jeder für sich schon üble Zeitgenossen, doch seitdem sie vor zwei Jahren ihre Zuneigung zueinander entdeckt hatten, hatte die Anzahl an schlechten Scherzen und Beleidigungen noch einmal stark zugenommen.

Nicht nur ihre Mitschüler hatten sie aufs Korn genommen, auch Lehrer und die Bibliothekarinnen waren oft Ziel ihrer Scherze geworden.

„Elania war hier und hat gesagt, dass sie ihren Vater überredet hat, dass er für heute Abend ein Büfett stiften soll. Sie will zu der Party kommen." Lea schüttelte den Kopf.

Daria verstand sie gut. Was bei einem normalen Menschen wie ein nett gemeintes Versprechen klang, ließ in Zusammenhang mit Elania alle Alarmglocken schrillen. Elanias Vater war der Fleischermeister von Fresienstein und liebte seine einzige Tochter über alles. Hans Wolfram würde alles für sie tun.

Für ihre kleinen Fehler, wie er sie in einem schwachen Moment im Dorfkrug nach drei Bier manchmal bezeichnete, war er völlig blind. Wenn Elania sich gewünscht hatte, dass ihr Vater ein Büfett brachte, dann würde er das tun. Aber man konnte Elania nicht trauen. Entweder war das Ganze ein Scherz, damit sie am Abend ohne Essen dastanden, oder sie wollte etwas unter die Gulaschsuppe mischen und sich dann diebisch darüber freuen, dass alle den Abend mit Bauchschmerzen verbrachten.

„Und was macht ihr jetzt?" Daria sah Caspar und Henning fragend an.

„Na, was wohl." Henning rief die Worte und fuhr sich nervös durch die wirren blonden Haare. „Ich habe ihr natürlich gesagt, dass sie sich fortscheren soll. Wenn sie hätte helfen wollen, dann hätte sie das eher sagen können und nicht vier Stunden, bevor die Party losgeht. Das Essen bringen jetzt andere mit und das werde ich auch nicht mehr ändern."

„Das ist ja in Ordnung", sagte Caspar in nüchternem Ton. „Aber wir können sie deswegen nicht von der Party verbannen. Sie gehen auch auf diese Schule und so schwer es ist, wir müssen sie ertragen. Mein Vater besteht darauf, dass ich sie einbeziehe."

„Du weißt genau, dass dein Vater das nur sagt, weil Elanias Vater sein ärgster Konkurrent bei der bevorstehenden Wahl zum Bürgermeister ist." Henning holte tief Luft. „Er hat Angst, dass es sich schnell herumspricht, wenn er die Tochter seines ärgsten Konkurrenten unfair behandelt."

„Als ob der Würstchenkönig je eine echte Chance hatte." Lea grinste.

„Trotzdem muss ich mich benehmen und das werde ich auch. Ich bin total froh, dass mein Vater die Sache mit der Delle in seinem Auto so locker genommen hat. Da werde ich ihn jetzt nicht verärgern, weil ich Marcello und Elania nicht gestatte, zu der Party zu kommen. Die beiden sind doch eh bald verschwunden. Dieses letzte Mal werden wir sie auch noch ertragen." Caspar nickte entschlossen. Er hatte wirklich eine Ader dafür, für Harmonie zu sorgen. Lea sah ihn bewundernd an und Daria ging wieder einmal der Gedanke durch den Kopf, dass die beiden wirklich süß zusammen waren.

„Und was ist, wenn es stimmt, dass sie die Sandsteinfiguren geklaut haben?" Henning schnaubte. „Jeder in der Stadt redet darüber. So jemanden ertrage ich nicht in meiner Nähe." Henning gab ein Geräusch von sich, das Daria an das wütende Schnauben eines Stiers erinnerte.

„Niemand weiß, wer das war." Caspar schüttelte den Kopf. „Mein Vater kümmert sich schon darum. Solange nicht zweifelsfrei feststeht, dass sie es waren, gelten sie als unschuldig."

„Du bist echt zu nett." Henning war mit Caspars Ansage nicht zufrieden.

Rosie verdrehte genervt die Augen. „Wir sollten uns an die Arbeit machen, anstatt zu streiten." Sie zeigte auf die großen Kisten voller Dekomaterial, die vor der Scheune standen. „Wir haben noch viel zu tun."

„Vergiss die beiden einfach", sagte Esra an Henning gewandt und folgte dann Rosie, die ihnen zeigte, wo sie die Girlanden und Lampions aufhängen sollten. Henning grummelte noch eine Weile vor sich hin und machte sich dann aber doch wieder an die Arbeit. Gemeinsam mit Caspar brachte er die Getränke in die Scheune, holte Tische und nagelte Plakate an die Wand.

Immer wieder kamen Autos und ihre Klassenkameraden und ihre Eltern brachten Essen für das Büfett, weitere Getränke und Geschirr. Langsam füllte sich die Scheune und immer mehr Leute fassten an. Es war schon kurz nach sechs, als sie mit der Arbeit fertig waren und die bunt geschmückte Scheune bestaunten. Im Hintergrund lief Musik und überall standen Grüppchen zusammen, lachten und unterhielten sich.

„Das war eine gute Arbeit", sagte Esra seufzend und setzte sich auf eine Bank am Rand der Scheune. „Ich habe stundenlang an nichts anderes gedacht als an Krepppapier, Reißzwecken und Kleber." Esra sah zu den riesigen Blumen empor, die sie aus dem Krepppapier geformt und an die Wände geklebt hatten.

„Geht mir genauso." Daria sah sich zufrieden in dem bunten Blumenmeer um.

„Mir ist da aber noch eine Idee gekommen, während ich geklebt und gebastelt habe." Esra sah in die Menge.

„Was für eine Idee?" Daria runzelte die Stirn.

„Du könntest dir etwas für einen guten Zweck wünschen, was wirklich viele Menschen glücklich machen wür-

179

de." Esra lächelte.

„Jetzt bin ich aber gespannt." Daria legte den Kopf schief.

„Was hältst du davon, wenn du dir wünschst, dass Elania und Marcello heute Abend nicht lügen können und immer die Wahrheit sagen müssen?" Esra sah Daria fragend an.

Daria stutzte. Elanias und Marcellos Scherze waren besonders deswegen so perfide, weil sie meist auf einer Lüge basierten. Entweder riefen sie bei der Polizei an, weil es angeblich brannte, oder sie sorgten dafür, dass niemand zum Nachmittagsunterricht ging, weil sie jedem erzählt hatten, dass der Lehrer krank war.

Sie hatten schon eine Menge Chaos gestiftet und obwohl alle vorsichtig waren und den beiden schon lange kein Wort mehr glaubten, gelang es ihnen doch immer wieder, andere hereinzulegen. Aber wenn sie ihrer größten Waffe beraubt waren, dann könnten sie heute Abend keinen Schaden anrichten.

„Was für eine geniale Idee." Sie hob die Hand, damit Esra einschlagen konnte. „Das ist wirklich ein guter Zweck. Alle sind glücklich, weil die beiden keinen Unsinn anstellen können, ohne sich dabei selbst zu verraten, und den beiden tut es auch gut, weil sie vielleicht endlich mal einsehen, wie oft sie anderen irgendeinen Blödsinn erzählen."

„Ich habe jetzt die ganze Zeit darüber nachgedacht, ob es einen Haken an der Sache gibt, aber mir fällt nichts ein. Es wäre ja auch nur bis Mitternacht." Esra grinste.

„Wie bei Aschenputtel?"

Esra nickte. „So ähnlich."

„Also gut." Daria räusperte sich. „Dann kommt jetzt meine erste geplante gute Tat." Daria betrachtete den Ring und dachte eine Weile über ihre Worte nach, damit sie nichts falsch machte. „Ich wünsche mir, dass Elania und

Marcello von jetzt an bis Mitternacht niemanden mehr anlügen können." Daria nickte.

„Spürst du etwas?" Esra sah Daria fragend an. „Irgendein Kribbeln? Einen Energieschub?"

„Nein." Daria schüttelte den Kopf. „Der Ring hat sich wieder etwas dunkler verfärbt. Das ist alles."

Esra senkte den Kopf. „Warum er das wohl tut?"

„Hallo, ihr zwei." Eine laute Stimme schreckte Esra und Daria hoch. Caspar war zu ihnen gekommen. „Habt ihr Lea gesehen?"

„Nein, aber wir kommen mit und suchen mal nach ihr." Esra erhob sich. „Ich wollte sie ohnehin fragen, ob wir ihr noch helfen können. Mit der Deko sind wir fertig."

Daria und Esra sahen sich in der Scheune um und fanden Lea schließlich unter einem Tisch, wo sie die Steckdosenleisten kontrollierte, weil ein paarmal die Sicherung herausgeflogen war. Lea steckte ein paar Stecker um und verteilte die Last neu, dann funktionierte alles.

„Fertig, die Party kann beginnen." Lea nahm Caspar in den Arm. „Bist du bereit für die Ansprache?" Sie griff hinter sich, wo ein Mikro bereit lag, und reichte es Caspar.

„Ich?" Caspar runzelte die Stirn.

„Na sicher." Lea grinste ihn an. „Das ist deine Party. Außerdem hast du ein Händchen für die richtigen Worte."

Caspar nahm das Mikro und Lea drehte die Musik leiser.

„Hallo zusammen", rief Caspar in das Mikro, und das Lachen und das Kichern verstummte. „Wir haben es geschafft. Die Schule ist endlich vorbei." Caspar riss einen Arm in die Höhe und lauter Jubel antwortete ihm. Mittlerweile waren alle eingetroffen und die Scheune war voll. Sogar eine ganze Menge Schüler aus anderen Jahrgängen war gekommen, um sich die Party nicht entgehen zu lassen.

„Ich will euch gar nicht lange aufhalten. Nach dem ganzen Prüfungsstress haben wir uns diese Party mehr als verdient und heute gibt es nur eins, was zählt. Habt Spaß, und der beginnt genau jetzt!" Caspar gab Lea ein Zeichen und sie drehte die Musik wieder auf.

Lauter Jubel erhob sich und selbst Daria musste grinsen. Sie mischte sich unter die Tanzenden, unterhielt sich mit Rosie und Lea und tanzte dann wieder mit Esra. Als sie erschöpft war, holte sie sich etwas zu essen und trank ein Glas Wein und als sie das nächste Mal auf die Uhr sah, war es schon weit nach zehn.

Einen Moment ging Daria nach draußen, um frische Luft zu schnappen. Es war schon dunkel geworden. Vor der Scheune hatte jemand ein großes Lagerfeuer entzündet und während drinnen laut die Musik dröhnte, war es hier draußen relativ ruhig. Ein paar Leute standen um das Feuer herum und unterhielten sich und deshalb konnte Daria ziemlich gut hören, wie streitende Stimmen näher kamen.

Es dauerte nicht lang und sie hörte, wer da auf dem Weg zu der Party war. Es waren Elania und Marcello. An sie hatte Daria gar nicht mehr gedacht. Aber als sie sie näher kommen hörte, schlich ein kalter Schauer ihren Nacken empor. Was würde jetzt passieren? Hatte der Zauber funktioniert? Auch die anderen um Daria herum hatten bemerkt, dass das Terrorpärchen, wie man sie in der Schule nannte, auf dem Weg war. Sie tauschten respektvolle Blicke. Doch dann schienen sie irritiert zu sein und Daria hörte schnell, warum.

„Du bist ein egoistischer Arsch, Marcello." Elanias hohe Stimme war gut zu hören. Sie war nur noch zehn Meter entfernt. Das Klacken ihrer Absätze unterstrich ihre Worte wie ein Takt.

„Und du bist eine selbstsüchtige Zicke, die nur ihre Unsicherheit verbergen will." Marcello fauchte seine Freundin wütend an. Es klang so, als ob sie schon eine ganze Weile stritten.

Jetzt schälten sich ihre Umrisse aus der Dunkelheit. War das wirklich eine gute Idee gewesen? Ihre Ehrlichkeit schien sie zu einem seltsamen Verhalten zu treiben. Normalerweise stritten die beiden niemals miteinander. Sie hatten sich gegen die anderen verschworen und wären sich niemals gegenseitig in den Rücken gefallen. Doch in Wahrheit schien ihr Verhältnis nicht so ungetrübt zu sein, wie sie immer getan hatten.

„Was glotzt du denn so?", fuhr Elania das Mädchen an, das ihr am nächsten stand.

„Das ist doch eine Hübsche", fuhr Marcello dazwischen. „Du solltest sie nicht so anfauchen. Ich würde sie gern küssen."

„Du würdest was?" Elania schnappte nach Luft. „Du verdammter Hurenbock!"

Neben Daria japste jemand erschrocken nach Luft. Hastig fuhr sie herum und erkannte Esra, die völlig entsetzt Marcello anstarrte. „Hat sie das wirklich gesagt?"

„Nenn mich nicht noch einmal so, du dumme Ziege", drohte Marcello.

„Sonst was?", fauchte Elania. „Du hast doch eh keinen Arsch in der Hose, wenn es darauf ankommt. Du bist ein Angsthase, Marcello." Elanias Stimme kippte mehrmals vor Wut. „Ich weiß, dass du dich ständig an andere heranmachst, und ich würde dich verlassen, aber ich kann es einfach nicht, weil ich Angst habe, dass ich sonst wieder so allein bin wie vorher." Elania hielt sich die Hand vor den Mund. „Was rede ich denn da die ganze Zeit?", murmelte sie erschrocken.

„Ich bin eben nicht gemacht für die Monogamie", entgegnete Marcello ungerührt. „Es gibt so viele schöne Frauen, warum soll ich nur mit einer zusammen sein, nur weil es sich so gehört?"

„Dann verlass mich doch, wenn ich dir nicht genug

bin." Elania hatte sich vor Marcello aufgebaut. Sie war eine große, schlanke Frau mit den Kurven an genau der richtigen Stelle. Ihre langen, hellblonden Haare hingen ihr in weichen Wellen über den Rücken bis hinab zu ihrem Po. Sie hatte klare Gesichtszüge und war auf ihre Art wirklich schön. Jetzt hatte sie die Augenbrauen zornig zusammengezogen und aus ihren Augen schienen Blitze zu kommen, so wütend war sie.

„Ich kann dich nicht verlassen." Marcello entgegnete Elanias Blick mit weicher Miene. Er war groß und hatte breite Schultern. Seine hellbraunen Haare hatte er mit reichlich Haargel in Form gebracht. Er war ein gut aussehender Mann und gemeinsam zogen die beiden oft alle Blicke auf sich, zumindest solange sie sich halbwegs benahmen.

„Warum kannst du mich nicht verlassen?", fauchte Elania.

„Weil ich dich liebe." Marcello zuckte mit den Achseln, als ob diese Erklärung doch auf der Hand lag.

„Ich dich doch auch. Deswegen verzeihe ich dir auch deine ständigen Weibergeschichten." Elania lachte laut und schrill. „Komm, ich will tanzen und Spaß haben." Sie nahm Marcello bei der Hand und zog ihn in die Scheune.

Daria sah Esra erstaunt an. Rund um das Lagerfeuer herrschte absolute Stille. Alle waren von diesem Auftritt völlig verdattert. Nur langsam begannen sich wieder leise Gespräche zu erheben.

„Das war der Wahnsinn." Esra strahlte Daria zufrieden an.

„Genauso würde ich das auch bezeichnen. Purer Wahnsinn." Daria schluckte. „Vielleicht sollten wir die beiden lieber im Auge behalten."

„Gute Idee. Ich hatte ja keine Ahnung, wie durchgedreht die beiden sind. Du bleibst an Elania dran und ich behalte Marcello im Blick." Esra zog Daria mit sich zurück in die Scheune. Sie gingen auf die Tanzfläche und tanzten unauffällig in der Nähe von Marcello und Elania. Doch nichts Ungewöhnliches geschah. Elania hatte eine erstaunliche Ausdauer. Sie tanzte und tanzte und selbst als Marcello sich etwas zu trinken holen ging, blieb sie auf der Tanzfläche.

Daria behielt Elania genau im Blick, während Esra Marcello gefolgt war. Darias Beine schmerzten und auch ihre Füße machten sich langsam bemerkbar und verlangten nach einer Pause. Daria beschloss, sich etwas zu trinken zu holen und sich kurz hinzusetzen. Elania tanzte mit geschlossenen Augen und sah nicht so aus, als ob sie bald gehen wollte. Daria warf einen kurzen Blick auf ihr Handy. Es war schon nach elf Uhr. Nicht mehr lange und der Zauber würde wieder verflogen sein. Na endlich. Wenn sie vorher geahnt hätte, was dieser Wunsch anrichten würde, dann hätte sie ihn nicht ausgesprochen.

Daria steuerte auf den Tisch mit den Wasserflaschen zu und erkannte Esra an ihren langen, schwarzen Haaren neben dem Tisch mit den Weinflaschen. Sie hielt ein Glas in der Hand und lauschte aus sicherer Entfernung Marcello, der mit Rosie in ein Gespräch vertieft war.

Daria erkannte an Rosies erstauntem Blick, dass sie gerade die reine Wahrheit aus Marcellos Mund zu hören bekam und darüber derart überrascht zu sein schien, dass ihr sogar der Mund offen stand.

„Ich sehe, du hast einen kleinen Wunsch geäußert." Eine weiche Stimme schmeichelte sich in Darias Ohr und sie hätte vor Schreck beinahe die Wasserflasche fallen lassen, die sie gerade in der Hand hielt. Daria fuhr erschrocken herum. Cedric stand vor ihr. In seinen hellgrauen Augen lag ein Funkeln, das Daria bisher noch gar nicht aufgefallen war. Er trug eine dunkle Hose und ein helles Hemd und sah atemberaubend gut aus.

„Hi", murmelte Daria überrascht. In ihrem Magen kribbelte es verdächtig. Seit sie wusste, was ihre Mutter sich gewünscht hatte, hatte sie es vermieden, ihren Gefühlen nachzuspüren. Doch jetzt, wo Cedric vor ihr stand, überrollten sie sie ungebremst. Die Unsicherheit, dass Cedric es nicht ernst mit ihr meinen konnte, war völlig verschwunden. Stattdessen war da ein warmes Gefühl der Sehnsucht, das sie ganz erfüllte. Er war immer für sie da gewesen, selbst wenn sie ihn von sich weggestoßen hatte. Sie wusste, dass sie ihn um alles Mögliche bitten konnte, und er würde ihr helfen, ohne Wenn und Aber, und dieses Gefühl war stark und es machte sie glücklich. Daria lächelte Cedric an und einen Moment lang vergaß sie alle Probleme und sah nur ihn. Sie wusste, dass er ihretwegen gekommen war, und dieses Gefühl war wie Fliegen. Sie fühlte sich stark und frei, und das nur seinetwegen.

„Wollten wir uns nicht voneinander fernhalten?" Darias Stimme klang weich.

Cedric ließ sie nicht aus den Augen. „Ich habe noch einmal in Ruhe darüber nachgedacht und festgestellt, dass ich das nicht will. Es klingt zwar logisch, aber es wäre eine ziemlich radikale Lösung. Ich mag dich und kann nicht völlig auf deine Gesellschaft verzichten. Das fühlt sich an wie ein kalter Entzug. Keine Ahnung, warum."

Daria wusste, warum. Doch sie schwieg und nickte einfach nur, während ihr Herz schneller schlug.

„Vielleicht können wir einfach nur Freunde sein. Was denkst du?"

„Freunde?" Daria glaubte, sich verhört zu haben. Etwas in ihr schrie, dass das schlecht möglich sein würde. Sie spürte die Anziehungskraft, die Cedric auf sie hatte, ziemlich deutlich, vor allem jetzt, wo sie dieses Gefühl das erste Mal wirklich zuließ. Sie wusste auch, dass es stärker werden würde, je häufiger sie sich sahen. Wie sollte sie das mit einer

186

Freundschaft in Einklang bringen? Das würde eine reine Quälerei werden.

„Ja, gern", hörte sie sich sagen und verfluchte sich gleichzeitig dafür.

Cedric lächelte sie an und Daria spürte eine Formation an Schmetterlingen in ihrem Bauch aufsteigen und begeisterte Loopings vollführen. Warum musste das alles nur so schrecklich kompliziert sein?

„Was machst du hier?" Sie sah ihn fragend an. So ein lockeres Gespräch lenkte sie vielleicht ein wenig von ihrem Gefühlswirrwarr ab.

„Caspar hat mich eingeladen. Er hat gesagt, ich wäre der Ehrengast, weil ich der Hauptsponsor der Party bin." Cedric nickte und ließ seinen Blick über die Tanzfläche schweifen. Dort blieb er an Elania hängen, die ekstatisch zuckend zu einem schnellen Stück tanzte. „Eigentlich wollte ich gar nicht kommen, aber dann haben die beiden ...", er zeigte erst auf die tanzende Elania und dann auf Marcello, der gerade auf Rosie einredete, die immer röter im Gesicht wurde, „... direkt vor meiner Haustür angefangen, sich lautstark anzubrüllen."

„Und da dachtest du, du gehst der Sache mal besser auf den Grund", vollendete Daria seinen Gedanken. „Und verfolgst die beiden in sicherem Abstand, um herauszufinden, was mit ihnen los ist."

„Genau." Cedric nickte. „Und die Lösung dieses Geheimnisses hat mich direkt zu dir geführt. Komischerweise hat mich das gar nicht überrascht. Was hast du dir gewünscht? Dass sie gute Menschen werden?"

„Sie dürfen bis Mitternacht nicht lügen", erwiderte Daria schmunzelnd.

„Raffiniert." Cedric nickte anerkennend.

„Das war Esras Idee." Daria würde sich nicht mit fremden Federn schmücken.

„Du bist wie immer viel zu bescheiden, meine Schöne." Cedric griff ganz selbstverständlich nach Darias Hand und drückte sie kurz.

„Warum machst du das?" Ihre Stimme war heiser. Seine Berührung löste ein Gefühl in ihr aus, das sich anfühlte, als würde sie innerlich brennen.

„Weil ich es will", murmelte Cedric. Sein Blick bohrte sich in ihren.

Daria holte tief Luft und widerstand dem Drang, sich an seine Brust zu schmiegen und in seinen Armen langsam im Takt der Musik zu vergessen, dass es eine Welt um sie herum gab und das alles Konsequenzen hatte.

„Wenn wir Freunde sein wollen, sollten wir uns auch wie welche benehmen." Daria zog ihre Hand aus Cedrics warmem Griff. Solange sie nicht sicher war, was es mit Esras Visionen auf sich hatte, musste sie vorsichtig bleiben.

„Ich versuche es, auch wenn es wirklich nicht einfach wird." Cedric schmunzelte.

Daria starrte in seine leuchtend grauen Augen. Wenigstens das konnte sie noch tun, ohne in Gefahr zu geraten, seinen Tod zu verursachen.

In diesem Moment hörte Daria einen lauten Schrei. Sie kannte die Stimme ganz genau. Es war Esra. Darias Herz schlug schneller. Was war passiert? Sie fuhr hastig herum und starrte zu der Stelle hinüber, an der Esra gerade noch neben den Weinflaschen gestanden hatte. Das tat sie auch immer noch, doch sie starrte voller Entsetzen Rosie und Marcello an.

Marcello hatte Rosie in seine Arme gezogen. Sie wehrte sich, aber gegen den kräftigen Mann hatte sie keine Chance. Daria musste nicht wissen, was Marcello gesagt hatte. Sie konnte es sich schnell zusammenreimen. Vermutlich hatte er Rosie erklärt, dass er sie unwiderstehlich fand und sie unbedingt küssen müsse, und dann hatte er es einfach versucht.

Daria starrte zu den beiden hinüber. Rosie versuchte Marcello von sich fernzuhalten und sich aus seinem Griff zu winden. Doch der grinste nur. Dann packte er Rosie noch fester und schon lagen seine Lippen auf denen von Rosie.

Daria schnappte nach Luft. In ihr wurde es kalt. Das konnte doch nicht wahr sein. Fassungslos starrte Daria zu den beiden hinüber. Rosie versuchte sich mit aller Kraft aus Marcellos Umarmung zu befreien. Doch sie schaffte es einfach nicht. Daria rannte los.

Auch Esra war aus ihrer Starre erwacht und lief auf Rosie zu, um ihr zu helfen. Doch da stand Henning neben den beiden. Sein Gesicht war knallrot. Er packte Marcello, zerrte ihn von Rosie weg und holte aus. Es war die Wut von vielen Stunden, die sich in Henning aufgestaut hatte. Jetzt entlud sie sich in diesem einen Schlag.

Henning verpasste Marcello einen Kinnhaken und Marcello taumelte mit schmerzverzerrtem Gesicht zurück. Doch Henning achtete nicht weiter auf ihn. Er ging zu Rosie und zog sie in seine Arme. Sie starrte abwechselnd ihn und dann Marcello an, der auf die Knie gegangen war, sich das Kinn hielt und sich lautstark darüber beschwerte, dass das jetzt wirklich übertrieben war.

Dann begann Rosie zu schluchzen. Henning murmelte ihr beruhigende Worte ins Ohr und brachte sie weg von Marcello. Elania kam angerannt und ihr Wutgeheul füllte die Scheune. Doch Henning und Rosie sahen sich nicht mehr nach ihr um. Während sie die Scheune verließen, verfolgten sie Elanias wütende Schreie. Langsam kam wieder Bewegung in die Partygesellschaft. Jemand half Elania, Marcello auf eine Bank zu hieven.

Daria hatte die ganze Szene voller Entsetzen angeschaut. Es war nicht Hennings Wutausbruch, der sie so schockiert hatte, und auch nicht, dass Marcello jammernd auf einer Bank saß. Es war die Tatsache, dass Marcello Rosie geküsst hatte. Damit war Esras Vision zur Wahrheit geworden war, und egal wie sehr Rosie sich Mühe gegeben hatte, diesen Moment zu verhindern, es war ihr nicht gelungen.

Die Situation war so überraschend gekommen, dass sie nicht damit gerechnet hatte, und das Ganze war auf eine Weise geschehen, die sie nicht vorhergesehen hatte und auch nicht hätte verhindern können. Daria wurde blass.

„Alles okay?" Cedric griff nach Darias Hand und drückte sie fest. „Du siehst nicht gut aus. Was ist denn?"

„Die Visionen kann man nicht verhindern", murmelte Daria. Das hier war doch der ultimative Beweis gewesen.

„Oh." Cedric ließ Darias Hand los. „Hat Esra den Kuss etwa vorausgesehen?"

Daria nickte. Cedric wurde blass. Er schien sofort zu begreifen, was das zu bedeuten hatte. Doch dann breitete sich plötzlich ein entschlossener Ausdruck auf seinem Gesicht aus.

„Das heißt noch gar nichts." Cedrics Stimme klang ernst und so als ob er sich Mühe gab, seine Sorgen nicht durchklingen zu lassen. „Rosie hat sich einfach nicht genug Mühe gegeben, das zu verhindern. Wenn sie das Land verlassen hätte, dann hätte Marcello sie auch nicht küssen können, und wenn Marcello gewarnt gewesen wäre, dann wäre das auch nicht geschehen. Wir müssen das einfach nur ernster nehmen." Er machte einen Schritt von Daria fort und hob die Hände, als ob er versprach, sich in Zukunft wirklich an sein Versprechen zu halten und Abstand zu Daria zu wahren.

Ein kleiner Hoffnungsfunke flackerte in Daria auf. Doch er war winzig. Dabei klangen Cedrics Wort doch so logisch. Ihre Situation war eine ganz andere. Sie waren beide gewarnt und wussten, was sie nicht tun sollten. Und es

würde doch ein Leichtes werden, sich daran zu halten. O-
der?

Daria sah zu Esra hinüber und an ihrem entsetzten Blick
erkannte Daria, dass Esra nicht mehr an dieses Wunder
glaubte.

KAPITEL 12

„Kannst du das glauben?" Darias Mutter stand auf dem Dachboden der Akademie zwischen unzähligen uralten Lehrbüchern, Aktenstapeln und Kisten voller Lehrmaterialien. Daria half ihrer Mutter dabei, das letzte Material zu sichten und die unwichtigen Dinge auszusortieren, um Platz zu schaffen.

„Es ist wirklich erstaunlich." Daria nickte, als ob sie keine Ahnung hatte, wie das Wunder zustande gekommen war, dass das Interview ihrer Mutter mit der Journalistin von vergangener Woche eingeschlagen hatte wie eine Bombe. Sie nahm einen Karton und fand darin alte Klassenbücher von 1912. „Brauchst du die noch?" Sie zeigte ihrer Mutter den Fund.

„Nein, das kann weg." Ihre Mutter brachte den Karton zur Treppe, dann sah sie Daria wieder an. „Ich habe dieser Journalistin nur ein einziges Interview gegeben, und das auch nur für einen kleinen Lokalsender, und dann greifen die großen Presseagenturen die Geschichte auf und plötzlich ist die Akademie im ganzen Land Gesprächsthema." Ihre Mutter schüttelte ungläubig den Kopf. „Ich wusste ja, dass solche Dinge manchmal geschehen, aber doch nicht mir?"

„Freu dich doch", erwiderte Daria mit einem Schulterzucken. „Plötzlich geht alles in Rekordtempo vorwärts. Du hast jetzt eine Sekretärin, Lehrkräfte und sogar einen Hausmeister. Daran war vor zwei Wochen noch gar nicht zu denken."

„Ich weiß, ich glaube es ja selbst kaum." Ihre Mutter schob einen Karton zur Seite und schaute in das Regal dahinter. „Dank der zahlreichen Unterstützung sind alle Aufgaben erledigt. Das Haus ist renoviert, die Zimmer eingerichtet. Alle Bewerbungen sind bearbeitet, die Lehrpläne stehen und in wenigen Tagen ist schon die feierliche Eröffnung."

Daria nickte. Sie war neugierig gewesen, ob es der Ring schaffen würde, die scheinbar unmögliche logistische Aufgabe zu vollbringen, die Akademie innerhalb von nur zwei Wochen in einen Zustand zu versetzen, dass sie öffnen konnte. Anfangs war nichts geschehen, doch mit einem Mal hatte der Artikel über die Akademie solche Wellen geschlagen, dass sich ihre Mutter vor Hilfsangeboten kaum retten konnte. Es hatte sogar einen gemeinsamen Arbeitseinsatz gegeben, in dem der Akademie der letzte Schliff verpasst worden war.

Da das mediale Interesse des ganzen Landes jetzt auf Fresienstein und die Akademie gerichtet war, fühlte sich Darias Mutter dazu verpflichtet, Ergebnisse zu liefern, und hatte deswegen kurzerhand den Beginn des neuen Studienjahres auf den nächsten Montag gelegt und alle Helfer eingeladen, um diesen denkwürdigen Moment zu feiern.

„Und du bist wirklich sicher, dass du die Akademie schon so zeitig eröffnen willst?" Daria holte eine Kiste aus einem Regal und sah hinein. „Ist das nicht ein bisschen überstürzt? Anfang August ist wirklich früh."

„Nein, das muss sein." Darias Mutter klang absolut entschlossen, während sie eine weitere Kiste zur Treppe brachte. „Es ist nicht gut, wenn die ganze Zeit Reporter die Stadt belagern und die Telefone unablässig klingeln. Nimm es mir nicht übel. Ich bin wirklich dankbar für die viele Hilfe, aber es wird Zeit, dass wieder Normalität einzieht. Und das erreicht man am besten, wenn alle sehen, dass ihre Gaben gut angekommen sind und wir nicht mehr bedürftig sind. Dann können sich die Leute wieder einem anderen Thema zuwenden. Verstehst du? Tut mir leid, dass deine Ferien ein bisschen kurz ausfallen, aber es ist besser so."

„Ich verstehe das schon." Daria holte einen Karton aus einer Ecke und sah hinein. Darin war vergilbtes Papier. Die Tinte, mit der vor vielen Jahren geschrieben worden war, war nicht mehr zu erkennen. Daria brachte den Karton weg und sah sich um. Bis jetzt hatten sie hier oben nichts Brauchbares gefunden. Das Einzige, was sie bis jetzt gerettet hatten, war ein altes Mikroskop und eine Sammlung alter Münzen. Der Rest auf diesem Dachboden war Altpapier.

„Erzähl doch mal, was ihr in den letzten Tagen entschieden habt. Ich weiß immer noch nicht viel. Du hattest kaum Zeit, weil du von einer Konferenz zur nächsten gelaufen bist." Daria sah ihre Mutter fragend an.

Darias Mutter lächelte. „Also, ich habe schon einen Brief an die zukünftigen Studenten vorbereitet. Da steht dann alles drin."

„Jetzt mach es nicht so spannend." Daria sah in das unterste Fach eines großen Regals und zog eine große Kiste hervor. Eine Staubwolke stieg auf und Daria begann zu husten.

„Schon gut." Ihre Mutter kam zu ihr und half ihr, die Kiste in die Mitte des Gangs zu ziehen. „Wir haben drei Studienrichtungen, die wir anbieten werden, Textilmanagement, Mittelständische Wirtschaft und Sozialwirtschaft."

„Das klingt gut, aber brauchst du dazu nicht auch ein paar Unternehmen, die den praktischen Teil beitragen? So funktioniert doch eine Berufsakademie. Das ist immer eine Verbindung von Theorie und Praxis."

„Richtig." Darias Mutter nickte eifrig und ihre Augen fingen an zu leuchten. „Ich dachte ja auch, das wird die Sa-

194

che, für die wir am längsten brauchen werden. So ein Haus ist schnell renoviert, wenn man dafür genug Leute hat, aber man braucht ja auch Partner, die mitmachen, und genau die habe ich gefunden. Für den Bereich Sozialwirtschaft konnte ich das Seniorenheim gewinnen, in dem ich arbeite. Mein Chef war total begeistert von der Idee."

Daria nickte. Das mit dem Seniorenheim hatte sie sich schon denken können. „Und Textilmanagement und Mittelständische Wirtschaft? In Fresienstein gibt es keine Unternehmen mehr in diesem Bereich." Daria sah ihre Mutter fragend an. Ihr war klar, dass das Problem längst gelöst war. Wie hätte es anders sein können, aber wie war es geschehen?

„Du erinnerst dich doch noch an Frau Gremmer?" Ihre Mutter sah sie fragend an.

„Ja, natürlich." Daria runzelte die Stirn. Diese unmögliche Person hatte Daria beinahe umgefahren und dann hatte sie auch noch ihr Haus kaufen wollen.

Ihre Mutter lächelte siegessicher. „Sie hat ein anderes Haus gefunden, in dem sie wohnen kann, und dann hat sie beschlossen, die alte Weberei wieder zum Leben zu erwecken."

„Aber die Weberei ist doch in einem fürchterlichen Zustand. Wie will sie das schaffen?" Daria war erst vor Kurzem an den alten Fabrikgebäuden vorbeigelaufen. Dort wuchsen die Birken aus den Regenrinnen und die alten Fahrzeuge rosteten im Hof vor sich hin.

„Ja, ich weiß, dass die Lage schlimm ist, aber wir haben ja auch noch etwas Zeit. Nach dem theoretischen Block, den wir in der Akademie absolvieren, beginnt der erste Teil der praktischen Ausbildung dann circa ab Januar. Frau Gremmer hat versprochen, dass sie es bis dahin geschafft hat, das Gelände zu bereinigen und einen Teil der Produktion wieder in Gang zu bringen. Übrigens ist sie wirklich nett. Ich hatte einen ganz falschen Eindruck von ihr."

„Tatsächlich?" Daria runzelte die Stirn. Sie wusste, was sie von Frau Gremmer zu halten hatte, aber für ihre Mutter war Frau Gremmer ein echter Glückstreffer. Sie würde die alte Fabrik wieder zum Leben erwecken und dann konnte Fresienstein seinen alten Glanz wiederbekommen. Damit hatte sich dann auch der letzte Wunsch ihrer Mutter erfüllt.

„Ich freue mich so, dass sich alles so gut ergeben hat", sagte Darias Mutter. „Das ist ein fantastischer Anfang."

„Mehr als nur das", murmelte Daria und begann in der Kiste zu wühlen, die sie unter dem Regal hervorgeholt hatten. Eine Unmenge an alten Heften lag darin. In vielen war die Schrift vergilbt und nur in manchen konnte man nachlesen, dass es sich hier um die Aufzeichnungen der Schülerinnen handelte, die hier an dieser Akademie einst eine Ausbildung als Krankenschwester absolviert hatten.

„Ach, sieh mal." Darias Mutter hatte in die Kiste gegriffen und ein Heft herausgeholt. „Ich glaube, das ist von Oma Helga. Diese Schrift kenne ich doch. Ich habe alle ihre Tagebücher gelesen."

„Was?" Daria riss erstaunt die Augen auf. Damit hatte sie nicht gerechnet. Natürlich hatte sie gewusst, dass ihre Urgroßmutter hier auf dieser Akademie gewesen war, aber dass sie wirklich noch ein Lebenszeichen von ihr hier finden würden, kam überraschend.

„Sie hatte eine schöne Schrift." Darias Mutter strich über den vergilbten Einband. „Ihre Tagebücher sind hochinteressant. Es ist, als ob man in eine andere Zeit eintaucht. Manchmal ist es auch wie ein Märchenbuch. Sie war wirklich fleißig, was das Schreiben anging, und sie hatte eine schöne Art, sich auszudrücken. Sie war auch sehr fantasievoll und hat sich eine Menge verrückter Geschichten ausgedacht." Ihre Mutter reichte Daria das Heft. „Das können wir behalten, aber der Rest kann weg." Sie griff nach der

Kiste und Daria half ihr, sie zur Treppe zu ziehen, wo jetzt schon unzählige Kisten, Kartons und alte Akten standen.

Darias Mutter sah sich zufrieden um. „So, das war es. Der Dachboden ist leer. Die Arbeit ist geschafft. Vielen Dank für deine Hilfe. Ohne dich wäre ich nicht so schnell fertig geworden."

„Kein Problem." Daria winkte ab. „Ich habe ohnehin gerade Zeit."

„Ach, Süße." Darias Mutter sah ihre Tochter entschuldigend an. „Tut mir leid, dass dieses Mal kein Urlaub drin ist. Aber ich kann hier nicht weg. Wir holen das nach. Versprochen." In diesem Moment klingelte das Handy von Darias Mutter. „Ja, hallo. Mmh. Ja, okay, ich komme." Sie legte wieder auf. „Ich muss weiter. Eine Lieferung mit Schulbüchern ist gekommen, die muss ich abnehmen. Danke noch mal für deine Hilfe. Wir sehen uns heute Abend." Sie drückte Daria einen Kuss auf die Wange und eilte dann die Treppe hinab.

Daria sah ihr nachdenklich nach. Sie hatte wirklich nicht geahnt, dass ihre Mutter so ein Organisationstalent war. Nachdenklich sah sie sich auf dem Dachboden um. Ein paar Leute vom Abfalldienst würden später kommen und die schweren Kisten nach unten tragen.

Daria hatte wirklich nichts mehr zu tun. Sie setzte sich auf die oberste Treppenstufe und betrachtete das kleine Heft in ihrer Hand, auf dem in der schönen geschwungenen Schrift ihrer Urgroßmutter der Name Helga Hellersheim stand. Nachdenklich strich sie über den alten Einband.

Darias Gedanken wanderten wie so oft zu der Party vor einer Woche zurück. Seitdem hatte Cedric sich nicht mehr bei ihr gemeldet und auch Daria hatte einen weiten Bogen um die Friedhofsgasse gemacht. Die Ereignisse auf der Party kamen Daria immer noch unwirklich vor.

Nachdem Rosie und Henning verschwunden waren, hatte Elania Marcello eine riesige Szene gemacht und ihm gesagt, dass es zwischen ihnen aus wäre. Dann hatten die beiden getrennt voneinander die Party verlassen. Daria hatte erst einmal eine Nacht gebraucht, um den Schock über die Ereignisse zu verdauen. Doch als sie sich wieder halbwegs gefangen hatte, waren Rosie und Esra schon zu ihrer Gipfeltour aufgebrochen. Diese Reise in die Schweiz hatten sie schon seit einer Ewigkeit geplant und es gab keinen dringenden Grund, sie ausfallen zu lassen.

Doch Esra war nicht abgereist, ohne Daria ins Gewissen zu reden und ihr noch einmal klarzumachen, dass ihre einzige Chance, ihr Herz zu schützen, darin bestand, sich auf keinen Fall in Cedric zu verlieben. Sie glaubte nicht mehr daran, dass Daria den Schuss auf Cedric verhindern konnte. Auch Rosie sah das so und hatte heftig nickend jedes von Esras Worten bestätigt.

Doch Daria wollte noch nicht aufgeben. Cedric hatte recht. Hätte Rosie den Kontinent verlassen, dann wäre das alles nicht geschehen. Eigentlich rechnete Daria längst damit, dass Cedric nicht mehr in Fresienstein war, und sie konnte es ihm auch nicht verdenken. Wenn ihr eigenes Leben in Gefahr wäre, würde Daria hier auch nichts mehr halten. Vermutlich nicht einmal die Liebe.

Nachdenklich blätterte Daria in dem Heft. Ihre Urgroßmutter schrieb über Wundversorgung und Verbandswechsel und sie hatte nicht nur eine schöne Schrift, sondern konnte auch detailgetreue Wunden zeichnen.

Igitt. Schnell blätterte Daria weiter. Esra hatte ihr versprochen, sich sofort zu melden, wenn sie eine neue Vision hatte. Doch jetzt waren schon etliche Tage vergangen und außer ein paar schönen Schnappschüssen von Berggipfeln und gemütlichen Hütten hatte Esra nichts geschickt.

Seit dem Abend hatte Daria sich nichts mehr gewünscht. Sie hatte an diesem Abend begriffen, dass die Dinge, die sie sich wünschte, Auswirkungen hatten, die sie nicht vorhersehen konnte. Hätte sie sich nicht gewünscht, dass Elania und Marcello die Wahrheit sagen müssen, dann hätte Marcello Rosie auch nicht geküsst. Doch wie hätte sie das vorher wissen können? Daria fluchte und stand auf. Dabei fiel ihr das Heft ihrer Urgroßmutter aus der Hand. Sie bückte sich und hob es auf.

Sie sollte jetzt nach Hause gehen und ein bisschen schlafen. Die letzten Nächte waren unruhig gewesen. Daria hatte viel gegrübelt und war nicht wirklich zur Ruhe gekommen. Ein schwermütiges Gefühl hatte sich in ihr breitgemacht und ließ sich nicht mehr vertreiben. Immer wieder musste sie an Cedric denken, an das helle Grau seiner Augen, seine breiten Schultern und das sanfte Lächeln, das er ihr so oft zugeworfen hatte. Es hätte ihr schon gereicht, einfach nur mit ihm zu reden und ihm von ihren Sorgen zu erzählen, aber es war besser, wenn sie Abstand hielten, auch wenn es sich nicht gut anfühlte. Sie musste raus hier und sich ablenken. Daria warf einen Blick auf das aufgeschlagene Heft in ihrer Hand und wollte es schon in ihre Tasche stecken, um es mitzunehmen. Doch dann blieb sie mitten in ihrer Bewegung stehen.

Neben einer wirklich ekelerregenden Zeichnung eines Abszesses war an den Rand eine weitere kleine Zeichnung gekritzelt worden. Auf den ersten Blick sah es so aus, als ob ihre Urgroßmutter im Unterricht Langeweile gehabt und sich ein wenig die Zeit vertrieben hatte.

Doch das war nicht einfach nur eine kleine Zeichnung. Daria erkannte den Ring, den sie an ihrer Hand trug. Es gab keinen Zweifel. Jedes Detail stimmte überein. Selbst die schmalen dunklen Adern, die sich über dem Nebelstein ausbreiteten, waren dieselben.

Daria erstarrte. Eine halbe Ewigkeit blickte sie den Ring an. Wie war das möglich? Sie hatte den Ring von Herrn

Droste und der hatte ihr erzählt, dass er ihn vor fünfzig Jahren aus Ägypten mitgebracht hatte. Und dort war er in einem mehrere Tausend Jahre alten Grab gefunden worden. Selbst Cedric hatte diese Geschichte bestätigt.

Wie war es möglich, dass eine Zeichnung dieses Rings in dem Heft ihrer Urgroßmutter war? Daria sah nach dem Datum der Notizen. Uroma Helga hatte diese Zeichnung vor ziemlich genau neunzig Jahren angefertigt. Sie musste damals in etwa so alt wie Daria gewesen sein. Daria starrte das Bild an und versuchte sich einen Reim darauf zu machen.

Es dauerte eine Weile, bis Daria wirklich begriff, dass ihre Urgroßmutter nur deshalb eine Zeichnung von diesem Ring anfertigen konnte, weil sie ihn selbst einmal besessen hatte. Daria überlegte nicht lang. Es gab jetzt nur eine Stelle, an der sie Antworten bekommen konnte. Sie steckte das Heft ein und rannte los.

KAPITEL 13

Keuchend schlug Daria die Haustür hinter sich zu. Trotz der sommerlichen Hitze war sie so schnell gerannt, wie sie nur konnte. Sie hatte die Akademie fluchtartig verlassen und war quer durch die Stadt bis nach Hause gelaufen. Daria steuerte direkt auf das Arbeitszimmer ihrer Mutter zu.

Sie riss die Tür auf und schenkte dem malerischen Blick in den Garten keinerlei Beachtung. Daria interessierte sich nur für die riesigen Bücherregale. Schnell fand sie die Stelle, an der die Tagebücher ihrer Urgroßmutter standen.

Würde sie dort eine Erklärung finden? War es ein Fehler gewesen, immer einen Bogen um die Bücher zu machen? Es gab nur einen Weg, um das herauszufinden. Daria kniete sich vor das unterste Regal, wo eine lange Reihe in Leder gebundener Bücher stand. Sie zog das erste heraus und warf einen Blick hinein. Es war das Tagebuch der siebzehnjährigen Helga.

Das war zu zeitig. Als sie in der Berufsakademie gewesen war, musste Helga schon älter gewesen sein. Daria nahm das nächste Buch und blätterte darin. Ihre Mutter hatte die Bücher chronologisch sortiert. Sehr gut. Daria atmete erleichtert auf. Das würde es einfach machen, etwas zu finden. Sie verglich das Datum in dem Heft, das sie heute gefunden hatte, mit dem in dem Tagebuch. Es passte nicht zusammen. Daria suchte so lange, bis sie das Tagebuch fand, das einige Monate vor diesem Datum entstanden war, und begann sich in die Lektüre zu vertiefen.

Noch nie hatte sie so schnell gelesen. Hier musste doch irgendetwas über den Ring stehen, wenn ihn ihre Urgroßmutter besessen und sogar gemalt hatte. Daria vertiefte sich in die Geschichten aus einem Leben, das vor beinahe hundert Jahren stattgefunden hatte. Ihre Mutter hatte recht. Helga hatte wirklich eine schöne Art, sich auszudrücken. Ihre Erzählungen waren kurzweilig und lustig. Sie berichtete von ihren Freundinnen und welche Dummheiten sie gemeinsam angestellt hatten. Sie erzählte von der Schule und den strengen Lehrern, denen sie oft Streiche spielten.

Sie schrieb aber auch über die Schicksalsschläge, die ihre Familie oder ihre Freunde betrafen. Daria erwischte sich dabei, wie ihr die Tränen in die Augen traten, als sie von der Beerdigung eines Nachbarsjungen las, der beim Kirschenpflücken vom Baum gefallen und so unglücklich gestürzt war, dass er an seinen Verletzungen gestorben war. Daria las und las. Es war schon später Nachmittag, als sie schließlich das dritte Tagebuch zur Seite legte.

Bis jetzt hatte sie nichts über den Ring gefunden, aber noch würde sie die Hoffnung nicht aufgeben. Sie würde weiterlesen, allein schon, weil sie sich ihrer Urgroßmutter plötzlich wieder so nah fühlte, wie es seit ihrem Tod vor zehn Jahren nicht gewesen war, und sie dieses Gefühl als so tröstend empfand, dass sie sich noch nicht davon trennen wollte. Sie griff nach dem nächsten Buch und vertiefte sich darin. Helga berichtete über ein Amulett, das sie zu ihrem achten Geburtstag bekommen hatte, und von ihrem Wunsch, später einmal Krankenschwester zu werden und nicht eine Hausfrau wie ihre Mutter.

Daria lächelte über ihre empörten Berichte über eine Gruppe von Jungs, die in Fresienstein in den Gärten Pflaumen geklaut hatten, weswegen ihre Mutter keinen Kuchen backen konnte. Helga hatte sich mit ein paar Freundinnen auf die Suche nach den Pflaumendieben gemacht, aber außer Kernen nichts Verwertbares gefunden.

Gegen sieben Uhr am Abend legte Daria ein weiteres Buch weg. Sie bereute, dass sie das Lesen der Tagebücher so lange vor sich hergeschoben hatte. Sie nahm sich das nächste Buch und setzte sich auf den bequemen Schreibtischstuhl ihrer Mutter. Vom Sitzen auf dem Boden tat ihr schon der Rücken weh.

Gemütlich lehnte sie sich zurück und vertiefte sich in das nächste Buch. Helga schrieb von ihrer ersten Schwärmerei und berichtete von den gemeinsamen Spaziergängen durch Fresienstein. Dabei beschrieb sie die Häuser und ihre Einwohner so lebendig, dass Daria das Gefühl hatte, mit ihr durch die alten Straßen zu wandeln. Am Ende des Buches stand ein Absatz, den Daria eine ganze Weile anstarrte, bis sie seine Bedeutung wirklich begriff.

Jetzt habe ich so lange nicht mehr an den Herrn Hasshauser gedacht, der mir einst das Amulett geschenkt hatte. Dabei war er doch so oft bei uns zu Besuch gewesen, als ich noch ein kleines Mädchen war. Heute ist er mir wieder eingefallen, als ich mit Fritz an der Weberei vorbeigegangen war. Die Schornsteine dampften kräftig und die Schicht hatte gerade geendet. Schnatternd sind die Arbeiter nach Hause gegangen. Alle haben Arbeit in Fresienstein und alle haben zu essen. Ich erinnere mich noch an eine Zeit, in der das einmal anders gewesen war. Ich weiß, dass ich mir einmal gewünscht habe, dass alle hier im Ort reich werden, aber als es dann wirklich geschah, war es wie ein Wunder.

Wunder? Wünsche über Reichtum? Das musste es sein. Daria blätterte hastig weiter, doch Helga schrieb nichts mehr von ihren Wünschen. Enttäuscht schlug Daria das Buch zu und starrte in den Garten hinaus. Waren diese wenigen Worte allein schon der Beweis, den sie gesucht hatte? In dem warmen Wind bogen sich die Gräser neben der Terrasse in einem hypnotisierenden Rhythmus hin und her.

Was sollte sie jetzt tun? Der Gedanke, zu Cedric zu gehen und ihn um Rat zu fragen, ging ihr durch den Kopf. Ja, diese Worte waren ein Beweis und sie waren gleichzeitig keiner. Ahnte Uroma Helga nicht, dass der Ring schuld daran war, dass sich ihr Wunsch erfüllt hatte? Doch sie hatte bis jetzt nicht von dem Ring geschrieben, den sie Jahre später gezeichnet hatte, sondern lediglich von einem Amulett.

Daria versuchte sich zu beruhigen und ihre Gedanken zu sortieren. Wenn ihre Uroma diesen Wunsch geäußert hatte, war sie dann etwa an den goldenen Jahren von Fresienstein schuld? War es etwa ihr Verdienst und gar kein zufälliger wirtschaftlicher Aufschwung, der den Umständen seiner Zeit geschuldet war? Daria kannte die Macht des Nebelsteins und wusste, dass er dazu in der Lage gewesen wäre.

Eine Unruhe brodelte in Daria, die sie nur schwer in den Griff bekam. Diese Tatsachen warfen einfach so viele Fragen auf, und bis jetzt hatte Daria keine befriedigenden Antworten gefunden. Daria erhob sich hastig und unterdrückte den Wunsch, zu Cedric zu gehen und ihn zu fragen, was er darüber dachte. Seit Rosies Kuss hatte er Abstand zu ihr gehalten und das war angesichts der ihm drohenden Gefahr auch das Beste, was er tun konnte. Es gab daher nur eine Sache, die Daria jetzt machen konnte. Sie musste weiterlesen und darauf hoffen, auf weitere Informationen zu stoßen, bis sie sich absolut sicher sein konnte, dass das nicht alles nur ein zufälliges Aufeinandertreffen seltsamer Umstände war. Sie ging zum Bücherregal und nahm sich das nächste Tagebuch vor.

Bevor sie sich wieder an den Schreibtisch ihrer Mutter setzte, holte sie sich eine große Tasse Kaffee aus der Küche. Es würde eine lange Nacht werden. Daria beschloss, die Reihe an Tagebüchern von vorn durchzuarbeiten, damit sie auch wirklich kein Detail übersah. Sie ließ ihren Blick über das Regal schweifen und seufzte. Dort standen bestimmt zwanzig Bücher und genau dieser Anblick hatte sie immer davon abgehalten, überhaupt mit dem Lesen zu beginnen.

Daria nahm das erste Buch und setzte sich wieder. Sie las aus dem Leben der siebzehnjährigen Helga und arbeitete sich Buch für Buch vor. Es waren die goldenen Jahre von Fresienstein und es war schön zu lesen, wie gut es den Menschen damals ging. Das spiegelte sich auch in den Erzählungen von Helga wider. Ihre Geschichten drehten sich um die kleinen Abenteuer des Alltags. Es war keine Rede von Not oder Sorgen.

Gegen zehn Uhr machte Daria eine Pause und sah in den Garten hinaus. Die Sonne war inzwischen untergegangen. Ihre Mutter hatte ihr eine Nachricht geschrieben, dass sie noch auf einer Besprechung war, die sich noch eine Weile hinziehen konnte. Daria hatte die Lampen im Arbeitszimmer angeschaltet und sich noch eine Tasse Kaffee gemacht. Das Lesen strengte sie immer mehr an. Mittlerweile tat ihr der Kopf weh und sie war müde. Sie befürchtete, dass ihr ein Detail entgehen könnte, weil sie es einfach überlas.

Gähnend sah sie auf ihr Handy. Immer noch keine Antwort von Esra und Rosie. Daria hatte sie über ihre Fortschritte auf dem Laufenden gehalten. Vermutlich waren sie auf einem einsamen Bergpfad unterwegs, wo sie keinen Empfang hatten. Also musste sie allein weitermachen. Seufzend wandte sich Daria dem Bücherregal zu und zog das nächste Tagebuch heraus. Sie schlug es auf und ließ sich auf den Sessel neben dem Schreibtisch sinken. Dann begann sie zu lesen. Sie versuchte, konzentriert zu bleiben, und machte mehrere Pausen, weil ihr die Augen immer wieder zufielen. Stunde für Stunde ging dahin. Erst auf den letzten Seiten wurde das Tagebuch dann mit einem Mal so spannend, dass Daria sofort wieder hellwach war. Schon beim ersten Satz der damals zwanzigjährigen Helga riss Daria erstaunt die

Augen auf.

Eine Sache bereitet mir immer wieder Sorgen und die ist, ob die Männer wohl wiederkommen und mich noch einmal nach dem Amulett fragen werden. Ich habe ihnen glaubhaft versichert, dass ich es fortgeworfen habe, nachdem es nicht mehr ansehnlich war, und manchmal wünschte ich, dass ich das tatsächlich getan hätte. Doch dann bin ich immer wieder froh darüber, dass es doch nicht so geschehen ist. Hätte es jemand aus purem Zufall gefunden, so wären ihm die Männer schnell auf die Schliche gekommen. Ich habe meinen Cousin gebeten, ein paar Nachforschungen über die Herren anzustellen.

Da er mit Begeisterung die Bücher von Sherlock Holmes und Dr. Watson gelesen hat, war er sofort Feuer und Flamme von meiner Idee. Er hat sich ihnen alsbald an die Fersen geheftet und ist ihnen quer durch Europa gefolgt. Heute ist er von seiner Reise zurückgekommen und er hat mir spannende Neuigkeiten mitgebracht.

Außerdem dankt er mir ständig für den aufregenden Auftrag, der ihn zu manchem Abenteuer geführt hat, über das er alsbald selbst einen Bericht schreiben möchte. Seine Reise mochte vielleicht abenteuerlich gewesen sein, aber für mich war sie vor allem informativ, auch wenn alles, was er erfahren hat, nur aus einem einzigen Gespräch stammt. Dem konnte der Gute nur durch Zufall lauschen, weil er sich in dem Zimmer der beiden Herren in einer Truhe versteckt hielt.

Dort hörte er mit an, wie sie über einen Fluch sprachen, der dem Nebelstein anheftet, den ich an meinem Amulett trug. Der Stein mitsamt dem Amulett soll alle hundert Jahre zu neuer Kraft erwachen und seinem Träger alle Wünsche erfüllen, die er ihm aufträgt. Erst jetzt begreife ich wirklich, was mir in so jungen Jahren geschehen ist.

Als ich das Amulett zu meinem achten Geburtstag geschenkt bekam, war es gerade dabei, seine Kraft zu entfalten. Mit neun Jahren wünschte ich mir eine Menge Dinge und Fresienstein veränderte sich. Ich hatte plötzlich ein schönes Zuhause. Alle meine Wünsche schienen sich auf zauberhafte Weise zu erfüllen. Doch ich bin niemals auf die Idee gekommen, den Nebelstein dafür verantwortlich zu machen.

Als der Stein ganz schwarz geworden war, war es auch mit den

206

Wünschen vorbei. Ach, was war ich damals traurig, dass das Amulett nicht mehr schön war. Doch erst jetzt verstehe ich, dass es der Nebelstein war, der meine Wünsche erfüllt hatte und der nun seine Kraft verloren hatte und sie erst in hundert Jahren wiederkommen würde.

Das sind natürlich ganz ungeheuerliche Nachrichten, die mir eine große Verantwortung aufbürden. Ich habe in der letzten Zeit viel über alles nachgedacht und die Sorge treibt mich um. Vor zwei Jahren waren die Männer das letzte Mal hier. Sie machten meiner Mutter damals großzügige Angebote und erzählten ihr rührselige Geschichten. Doch ich spürte, dass es nicht gut wäre, wenn das Amulett in ihre Hände geriet. Ich entschloss mich auch weiterhin zu leugnen, dass das Amulett immer noch in meinem Besitz war, und meine Mutter schickte die Herren fort.

Jetzt weiß ich, dass ich richtig gehandelt habe, liebes Tagebuch, denn mein Cousin erzählte mir, dass die beiden Herren dem Liberalis-Orden angehören und dass dieser Orden sich der Verbreitung der sieben Sünden verschworen hat. Mir war natürlich sofort klar, dass sie nur Interesse an dem Amulett haben und dass sie es dem Orden vermachen wollen, um in hundert Jahren die Welt mit Sünden zu erfüllen.

Ich weiß, dass ich das Amulett nicht einfach unter der losen Diele in meinem Zimmer liegen lassen kann. Ich muss dafür sorgen, dass es niemals in die Hände dieses Liberalis-Ordens gerät. Daher habe ich einen Plan geschmiedet und den werde ich mithilfe meines Cousins so schnell wie möglich in die Tat umsetzen.

Daria sah auf. Das Tagebuch endete an dieser Stelle. Hastig schlug sie es zu und lief zurück zum Bücherregal. Mit zitternden Händen schob sie das Buch zurück an seinen Platz und zog das nächste heraus. In ihrem Kopf herrschte ein heilloses Durcheinander und unzählige Fragen drängten sich Daria auf, auf die sie so schnell wie möglich eine Antwort finden musste.

Eine Sache war Daria schon jetzt klar. Aus dem Amulett musste auf irgendeinem Weg der Ring geworden sein. So hatte sich das also zugetragen. Doch wie war dieser Ring nach Ägypten gekommen? Hatte das der Cousin von Uroma Helga übernommen?

Daria las in das nächste Buch hinein. Ihre Urgroßmutter war zu diesem Zeitpunkt zweiundzwanzig Jahre alt und erzählte über den Mann, den sie kennengelernt und mit dem sie sich verlobt hatte. Daria überflog die Zeilen und wartete darauf, dass wieder irgendwo ein Nebensatz oder ein kleines Detail zu dem Orden, ihrem Cousin, dem Ring oder dem Amulett zu lesen war.

Doch als Daria das Buch durchgelesen hatte, hatte sie nichts von dem gefunden. Sie holte das nächste Buch und dann das nächste. Ihre Augen brannten und jede Faser ihres Körpers sehnte sich nach Schlaf. Draußen im Garten war es längst stockdunkel. Doch Daria las immer noch weiter. Sie konnte nicht ins Bett gehen, ohne eine Antwort auf ihre drängendsten Fragen gefunden zu haben.

Selbst als ihre Mutter kam und sie ins Bett schicken wollte, blieb sie weiter sitzen und las ein Buch nach dem anderen. Erst als der Morgen schon graute und Daria das letzte Buch in der Hand hielt, gestand sie sich langsam ein, dass sie vielleicht nichts finden würde, was ihre Fragen in allen Details beantworten konnte. Ihre Urgroßmutter war vor zehn Jahren gestorben und auch der Cousin, über den Helga geschrieben hatte, lebte schon lange nicht mehr.

Daria seufzte und rieb sich die Augen. Ob es etwas brachte, auch dieses letzte Buch noch zu lesen, oder sollte sie lieber schlafen gehen? Ach was, jetzt hatte Daria schon so lange durchgehalten, da schaffte sie auch das letzte Tagebuch noch. Daria schlug das Buch auf und begann zu lesen. Manche Absätze, in denen es um Kochrezepte und Geburtstagsfeiern ging, überflog sie einfach nur. Dann las sie wieder voller Interesse über Helgas Hochzeit und die Geburt ihrer Tochter Henni, die Darias Großmutter war.

Daria konnte schon absehen, dass ihre Urgroßmutter aufgehört hatte, Tagebücher zu führen, als Henni ungefähr ein Jahr alt gewesen war. In dem letzten Tagebuch blieben Daria nur noch zwei Einträge. Sie las über das Weihnachtsfest, an dem Henni ihre erste Puppe bekommen hatte, und dann stutzte Daria, denn plötzlich tauchte Helgas Cousin wieder in der Erzählung auf.

Als ich die Tür öffnete, staunte ich nicht schlecht. Ich hatte Cousin Raimund schon seit einigen Jahren nicht mehr gesehen und nun stand er an diesem Weihnachtsabend plötzlich vor meiner Tür. Ich bat ihn herein und lauschte gespannt seinen Erzählungen.

Nachdem ich ihn als Privatdetektiv beschäftigt hatte, hatte er Gefallen an dieser Arbeit gefunden und sein Glück in London probiert, wo er mittlerweile eine erfolgreiche Detektei führte. Er war zu mir gekommen, weil er sich mir in Dankbarkeit verpflichtet fühlte.

Schließlich war ich die Erste gewesen, die ihm einen Auftrag erteilt und ihm damit die Gelegenheit gegeben hatte, seine Talente zu entdecken. Nun hatte es sich zugetragen, dass er durch Zufall bei einem seiner Aufträge über den Liberalis-Orden gestolpert war, und da ihn das Thema nach wie vor interessierte, hatte er weitere Nachforschungen angestellt.

Dabei erfuhr er, dass der Orden nach wie vor aktiv war und längst erfahren hatte, dass ich das Amulett aus dem Land hatte bringen lassen. Sie waren also immer noch auf der Suche nach dem Nebelstein.

Doch mein Cousin konnte mich beruhigen. Sie waren auf der falschen Fährte, die ich ihnen gelegt hatte, und hatten keine Ahnung, wohin ich den Stein wirklich gebracht hatte. Dafür hat er einiges über den Liberalis-Orden herausgefunden und mein anfänglicher Verdacht bestätigte sich schnell. Diese Männer hatten tatsächlich das Ziel, die sieben Todsünden zu den neuen Gesetzen der Menschheit zu erheben.

Sie frönten allen denkbaren Lastern und gaben sich jedem Vergnügen hin. Aus Rücksicht auf mein Gemüt verzichtete mein Cousin auf die nähere Schilderung der Orgien, die sich wohl zugetragen haben sollen. Doch er erklärte mir, dass er herausgefunden hatte, dass die Mitglieder des Ordens immer wieder von dem Fluch sprachen, der auf dem Nebelstein lag, und dass der Orden sich bemühte, diesen Fluch endgültig zu brechen.

Außerdem wies er mich darauf hin, dass er von einem weiteren Orden erfahren hatte, der sich diesem Treiben entgegenstellte und alles in seiner Macht Stehende tat, um dem Liberalis-Orden Einhalt zu gebieten. Diese edlen Herren gehören der Alba-Bruderschaft an und haben die zehn Gebote zu ihrer Handlungsmaxime erwählt.

Auch sie wollen den Nebelstein in ihren Besitz bringen, allerdings war es ihr Wunsch, ihn zu zerstören, und nicht, ihn zu benutzen. Es beruhigt mich zu wissen, dass es Kräfte gibt, die gegen den Liberalis-Orden arbeiten, und so kann ich das Thema ein für alle Male aus meinen Gedanken streichen, zumindest solange ich meine kleine Familie in Sicherheit weiß. Die Schuld, dass ich in das Geschehen der Welt eingegriffen habe, werde ich wohl bis zum Ende meines Lebens tragen müssen, und diese kann mir niemand abnehmen.

Mit zitternden Fingern schlug Daria das Buch zu. Es war das letzte Tagebuch, das im Regal gestanden hatte. In Daria rumorte es. Sie spürte die bleierne Müdigkeit, doch gleichzeitig wusste sie, dass sie nicht so schnell zur Ruhe kommen würde. Sie wusste jetzt mit Sicherheit, dass ihre Urgroßmutter die Kraft des Nebelsteins erkannt hatte. Doch was hatte es mit diesem Fluch auf sich, von dem sie da gesprochen hatte? Warum wollte der Liberalis-Orden ihn brechen und was geschah dann?

Daria griff nach ihrem Handy. Sie wählte Esras Nummer und hoffte inständig, dass Esra endlich an einer Stelle angekommen war, wo es Empfang gab. Doch ihre Hoffnung war umsonst. Eine mechanische Frauenstimme informierte sie darüber, dass diese Rufnummer im Moment nicht erreichbar war.

Missmutig legte Daria das Handy zur Seite und sprang auf. Sie sollte ins Bett gehen und schlafen. Doch Daria wusste genau, dass sie nicht zur Ruhe kommen würde. Nicht, nachdem sie so viele Dinge erfahren hatte. Kurzentschlossen ging sie auf die Tür zu. Sie würde sich ein wenig die Beine vertreten. Nach einem kleinen Spaziergang durch die Ortschaft würde sie bestimmt müde werden.

Daria trat hinaus ins Freie und zog leise die Tür hinter sich zu. Die Sonne ging gerade auf und die Vögel zwitscherten laut. Daria war schon lange nicht mehr so früh am Morgen unterwegs gewesen. Nach den vielen Stunden, die sie im Arbeitszimmer ihrer Mutter verbracht hatte, fühlte es sich gut an, sich zu bewegen.

Daria versank in ihre Gedanken, während sie durch die Straßen lief. Sie hörte die Worte ihrer Urgroßmutter, die sie jetzt stundenlang gelesen hatte, beinahe als Stimme in ihrem Ohr. Wieder und wieder versuchte Daria, die vielen Teile zu einem logischen Ganzen zusammenzusetzen und sich die Teile zusammenzureimen, die ihr noch fehlten.

Wenn sie doch nur mit Esra reden könnte. Sie hatte einen Teil der Tagebücher gelesen. Doch Daria war sich ziemlich sicher, dass es nicht die Bücher gewesen waren, in denen etwas über den Nebelstein oder den Orden gestanden hatte. Die Sache mit dem Fluch ging Daria nicht aus dem Kopf. Immer wieder hob sie die Hand und betrachtete skeptisch den Ring an ihrer Hand. Die Zahl ihrer Wünsche war also begrenzt. Wenn sich der Stein komplett verfärbt hatte, dann war es vorbei mit den Wünschen, und erst in einhundert Jahren würde der Stein zu neuer Kraft erwachen.

Doch warum war der Ring bei Daria gelandet? Das konnte doch kein Zufall sein. Daria sah dunkles Pflaster unter ihren Füßen und sah erschrocken auf. Sie war so in Gedanken versunken gewesen, dass sie gar nicht gemerkt hatte, dass sie ihr Weg auf den Marktplatz geführt hatte. Sie stand vor der Friedhofsgasse und starrte in den Durchgang hinein.

Ihr Herz klopfte schneller, denn sie wusste, dass ihr Unterbewusstsein beschlossen hatte, dass es im Moment nur einen Menschen in Fresienstein gab, mit dem sie über dieses Thema sprechen konnte.

Esra und Rosie würden erst nächste Woche wiederkommen und Lea war mit Caspar in Frankreich unterwegs. Keiner, der von der Kraft des Rings wusste, war in Fresienstein, keiner außer Cedric.

Darias Füße bewegten sich wie von selbst. Sie lief in die dunkle Gasse hinein, vorbei an Herrn Drostes Antiquitätenladen. Schon von Weitem sah Daria, dass in Cedrics Haus Licht brannte. War er noch wach oder schon wieder? Oder hatte er Besuch? Ein unangenehmes Gefühl stieg in Daria auf. Hatte er eine neue Flamme gefunden, die er in das Zentrum seiner Aufmerksamkeit gestellt hatte?

Darias Schritte wurden langsamer und schließlich blieb sie vor dem Haus von Cedric stehen. Sein Sportwagen stand in der Einfahrt. Daria musterte die hell erleuchtete Fensterfront und versuchte irgendein Anzeichen zu erkennen, das ihr verriet, was in diesem Haus vorging.

War es wirklich eine gute Idee, Cedric weiter in ihre Nachforschungen einzubeziehen? Daria seufzte, während sich der Himmel blutrot färbte. Eine Schar Vögel stieg auf. Nachdenklich betrachtete sie die Fenster, während sie abwog, ob er ihr wirklich helfen konnte.

„Komm doch rein oder willst du mich weiter von der Straße aus ausspionieren?" Seine Stimme schickte eine Gänsehaut über ihren Rücken.

Daria fuhr erschrocken herum. Cedric stand in Jeans und einem hellen T-Shirt in der Haustür und betrachtete Daria. Ein Lächeln lag auf seinen Lippen. Er hatte sie also längst bemerkt und sie vermutlich schon seit einer Weile beobachtet, während sie innerlich mit sich stritt, ob es gut war, zu ihm zu gehen oder nicht.

Jetzt brauchte sie nicht mehr darüber nachdenken. Cedric hatte ihr die Entscheidung abgenommen. Langsam ging sie auf ihn zu.

„Was ist los, meine Schöne?" Er sah sie mit einem weichen Ausdruck an. „Hast du Sehnsucht nach mir?"

„Ich habe eine Menge Fragen." Daria wich seiner Frage aus. „Aber ich war mir nicht sicher, ob du schon das Land verlassen hast." Sie sah ihn fragend an.

„Nach dieser Party habe ich tatsächlich mit dem Gedanken gespielt, eine Weile auf Reisen zu gehen, aber dann habe ich es gelassen." Cedric trat einen Schritt zur Seite, damit Daria an ihm vorbeigehen konnte.

„Warum?" Daria sah ihm im Vorbeigehen in seine hellgrauen Augen. Ein beschwingtes Gefühl überkam sie. Cedrics Miene war ernst, doch in seinem Blick lag etwas Leichtes. Das war genau das, was sie jetzt brauchte. Jemanden, der alles ein bisschen entspannter sah, als sie es selbst im Moment tun konnte; jemanden, der alles wieder in den richtigen Kontext rückte und ihr half, den roten Faden in dem ganzen Durcheinander zu finden.

„Ich lasse mir nicht gern sagen, was ich zu tun habe, auch nicht von einem Ring", erklärte Cedric achselzuckend. „Ich halte außerdem nichts davon, mich von der Angst durchs Leben treiben zu lassen, und nichts anderes wäre das gewesen. Ich hätte die Stadt aus Angst verlassen, aber das werde ich nicht. Ich gehe, wenn ich gehen will, und ich nehme mein Schicksal selbst in die Hand. Wenn es jemanden geben sollte, der mich erschießen will, so hat er einen Grund dafür. Ich hoffe, ich bekomme rechtzeitig heraus, wer das ist, und kann es verhindern." Cedric schloss die Tür hinter Daria und folgte ihr in den großen Flur.

„Du hast also die letzte Woche damit verbracht, dein Leben kritisch zu durchleuchten und eine Liste deiner potenziellen Feinde zu Papier zu bringen." Daria nickte anerkennend.

„So kann man es auch beschreiben." Cedric ging an Daria vorbei und steuerte auf die Küche zu. „Einen Kaffee oder lieber einen Tee? Nach der Tiefe deiner Augenringe zu urteilen, bist du genauso wie ich noch wach und nicht schon wieder?"

„Richtig erkannt." Daria seufzte. „Ich nehme einen Tee. Ich muss dann noch schlafen."

Cedric nickte und bereitete zwei Tassen vor. Während er darauf wartete, dass das Wasser im Wasserkocher zu kochen begann, lehnte er sich mit vor der Brust verschränkten Armen an die Anrichte und sah Daria erwartungsvoll an. „Was hält dich die ganze Nacht wach oder ist das dein üblicher Rhythmus?"

„Sag bloß, du machst die Nächte regelmäßig durch?" Daria gähnte.

Cedric grinste. „Ich hasse es, früh aufzustehen. Das tue ich nur, wenn es sich nicht vermeiden lässt. Dafür arbeite ich gern in der Nacht. Ich bin dann produktiver."

„An was arbeitest du, wenn du nicht gerade die Liste deiner Feinde vervollständigst?" Daria sah Cedric erwartungsvoll an.

„Das habe ich dir doch schon erklärt." Das Wasser kochte und Cedric goss es in die bereitstehenden Tassen. „Ich suche nach Schätzen. Es macht mir eine Menge Spaß, in alten Dokumenten nach Dingen zu suchen, die von den Menschen vergessen worden sind und die noch irgendwo unter der Erde schlummern", sagte er achselzuckend und nahm die beiden Tassen. „Komm, wir setzen uns rüber in den Salon. Dort ist das Licht schöner." Cedric ging mit den Tassen in der Hand voraus und bog dann nach rechts in einen großen Raum ein, von dem aus man den Sonnenaufgang über den umliegenden Wäldern genau im Blick hatte.

214

Der Himmel war immer noch purpurrot gefärbt, doch jetzt waren in das Purpur lila Streifen eingeflochten.

Daria setzte sich auf eines der großen Sofas, die neben einem offenen Kamin standen, und blickte auf das Spektakel am Himmel hinauf. Cedric ließ sich ihr gegenüber in einen Sessel sinken. Daria bemerkte, dass er peinlich darauf achtete, ihr nicht einmal aus Versehen zu nah zu kommen. Auch wenn er nicht die Stadt verlassen hatte, so hatte die Angst vor seinem möglichen Tod sein Verhalten doch beeinflusst. Er stellte die Teetassen auf dem kleinen Tischchen zwischen ihnen ab.

Dann sah er Daria erwartungsvoll an. „Was treibt dich her?"

„Ich konnte nicht schlafen", begann Daria zu erzählen. Unruhig strich sie mit der Hand über das weiche Polster des dunklen Sofas. „Ich habe heute einige Dinge über meine Urgroßmutter und den Nebelstein erfahren."

„Oh." Cedrics Augen weiteten sich. „Jetzt bin ich aber gespannt. Du weißt, dass ich noch nicht über meinen baldigen Tod hinweggekommen bin. Alles, was mir dabei hilft, das zu verstehen, kommt mir recht. Dafür hättest du mich auch zeitig wecken dürfen."

„Dann weiß ich für das nächste Mal Bescheid." Daria nickte und ganz kurz schlich sich ein Lächeln auf ihre Lippen. Es war richtig, hergekommen zu sein, das spürte sie jetzt. „Ich will deinen Tod ja auch vermeiden. Ich hoffe, du weißt das."

„Also liegt dir doch etwas an mir?" Das Funkeln in seinen Augen war ernst und belustigt zugleich.

Daria spürte, wie ihr die Röte in die Wangen schoss. Allein schon, dass sie hier war, war doch Beweis genug, dass sie ihm vertraute und dass ihr sehr wohl etwas an ihm lag. Doch das durfte sie nicht zugeben. Sie nahm ihren Tee und rührte eifrig in ihrer Tasse. „Ich wünsche niemandem den

Tod, Cedric." Sie sah ihn ernst über den Rand ihrer Tasse an. Es war aufregend, seinen Namen auszusprechen. Sie hatte ihm immer noch nicht gesagt, dass ihre Mutter sich gewünscht hatte, dass sie die Liebe ihres Lebens traf, und dass es keinen Zweifel daran gab, dass Cedric dieser Mann sein musste. Nachdenklich betrachtete sie seine braunen Haare, denen die aufgehende Sonne einen weichen Glanz verliehen hatte.

„Ich kenne diesen Blick." Cedrics Stimme schmeichelte sich sanft in ihre Gedanken.

„Ach so." Daria schluckte. Da war etwas zwischen ihnen, eine Nähe und Vertrautheit, die sie bis jetzt noch nie so stark gespürt hatte. Hastig richtete sie sich auf und setzte eine geschäftige Miene auf. Sie musste schnell das Thema wechseln. „Ich habe eine Zeichnung des Rings in einem alten Heft meiner Urgroßmutter gefunden, und zwar auf dem Dachboden der Akademie."

Cedric runzelte die Stirn. „Das ist seltsam."

„Das ist es. Vor allem, weil diese Zeichnung schon neunzig Jahre alt ist und der Ring zu dieser Zeit nach deiner Erzählung und der von deinem Onkel in Ägypten hätte sein sollen."

„Oh." Cedrics Augen wurden größer.

„Genauso habe ich auch aus der Wäsche geschaut." Daria konnte sich ein Grinsen nicht verkneifen, als sie Cedrics entgeisterte Miene bemerkte. „Das passt alles nicht zusammen. Entweder stimmt die Geschichte mit dem ägyptischen Grab nicht oder dein Onkel hat sich geirrt, was die Herkunft des Rings angeht." Daria sah Cedric fragend an. Sie wollte nicht direkt sagen, dass einer von beiden log, doch dass diese Geschichten stimmen sollten, war genauso wenig möglich.

„Wir müssen das der Reihe nach durchgehen. Wie genau hast du das herausgefunden?" Cedric hatte sich wieder gefasst und ein ungewohnter Ernst breitete sich auf seinem Gesicht aus.

Daria begann zu erzählen, von dem Heft, in dem sie die Zeichnung des Rings entdeckt hatte, bis hin zu den Tagebüchern, die sie seitdem durchgearbeitet hatte, und den vielen Fragen, die sich für sie dazu ergeben hatten.

„Es gibt nur eine Erklärung dafür", sagte Cedric, nachdem Daria geendet hatte und er eine Weile über ihre Worte nachgedacht hatte.

„Und die wäre?" Daria lehnte sich in dem weichen Sofa zurück. Es hatte gutgetan, sich die ganze Geschichte von der Seele zu reden. Während sie gesprochen hatte, konnte Daria noch einmal alle Puzzlestücke zusammensetzen und vielleicht gab es wirklich eine Erklärung für die Vorgänge, die halbwegs Sinn ergab. „Denkst du etwa, meine Urgroßmutter hat aus dem Amulett einen Ring gemacht und dann ihren Cousin losgeschickt, der den Ring mit einer hanebüchenen Geschichte als Warnung im Gepäck in ein altes Grab gelegt hat, woraufhin ihn kurz darauf Grabräuber gestohlen und verkauft haben? Und über diesen Umweg ist er an die Hand der netten Dame gekommen, deren Sohn Herr Droste gerettet hat, woraufhin der Ring seine Rückreise nach Fresienstein angetreten hat?" Daria sah Cedric ungläubig an. Das wären eine ganze Menge seltsamer Zufälle.

Zu ihrer Überraschung widersprach Cedric nicht, sondern nickte nur ganz langsam. „Und seitdem liegt der Ring im Laden meines Onkels und als die hundert Jahre um waren und der Fluch wieder neue Kraft gewonnen hatte, kommt er durch einen seltsamen Zufall an die Hand der Urenkelin seiner einstigen Trägerin." Cedric hatte durch Daria hindurchgesehen und wie zu sich selbst gesprochen. „Und der Liberalis-Orden hat davon die ganze Zeit keine Ahnung, weil er einer wertlosen Kopie des Amuletts hinterhergereist war und sich jetzt wundert, warum der angebliche Nebelstein keine Wünsche erfüllen kann."

„Das klingt ziemlich plausibel." Daria überkam ein unangenehmer Schauer. „Denkst du, es gibt diesen Orden immer noch?"

Cedric nickte langsam. Er sah Daria besorgt an. „Ja, da bin ich mir sogar ziemlich sicher und mittlerweile werden sie gemerkt haben, dass sie das falsche Schmuckstück haben."

„Das ist gar nicht gut." Daria schluckte. Würden jetzt Männer des Ordens hier auftauchen und nach dem Ring suchen? „Denkst du, sie suchen noch nach dem Nebelstein?"

Cedric nickte. „Ja, und es ist eine Frage der Zeit, bis sie hier in Fresienstein auftauchen werden. Sie werden die Suche von Anfang an beginnen und an diesem Punkt steht nun einmal deine Urgroßmutter Helga. Das hat sie wirklich geschickt angestellt. Das muss man ihr lassen. Aber sie hat nicht damit gerechnet, dass der Nebelstein ein Eigenleben entwickelt und unbedingt wieder zurück nach Fresienstein wollte." Cedric sah den Ring an Darias Hand nachdenklich an.

„Hast du das geahnt?" Daria sah Cedric prüfend an.

Cedric schüttelte den Kopf. „Ich bin einer zufälligen Spur gefolgt, Daria." Ihr Name klang aus seinem Mund wie Karamell, süß und verlockend. „Normalerweise wäre ich jetzt irgendwo in einer staubigen Wüste und hätte mich an meinen eindrucksvollen Funden erfreut, die andere für mich ausgebuddelt haben, während ich im Hotelpool Bahnen geschwommen wäre."

„Stimmt, du magst ja diese Art der Arbeitsteilung." Daria nickte und betrachtete den Ring. „Ich habe nicht mehr viele Wünsche übrig. Der Stein wird bald seine Kraft verlieren." Die dunklen Adern färbten jetzt schon beinahe die Hälfte des Nebelsteins dunkel. „Ich denke, dass ich den

218

Ring wieder abnehmen kann, sobald der Stein ganz schwarz geworden ist." Daria zog testweise an dem Ring, aber er steckte immer noch fest an ihrem Finger und bewegte sich keinen Millimeter. Dann sah sie Cedric entschlossen an. „Ich muss mehr über den Orden und diese Bruderschaft erfahren. Wenn es den Liberalis-Orden immer noch geben sollte, so hat vielleicht auch diese Alba-Bruderschaft die Zeit überstanden. Wenn ich mehr über sie weiß, dann verstehe ich das vielleicht alles besser. Vielleicht können sie mir sogar helfen. Es gibt noch so viele Fragen. Wie hat Oma Helga das Amulett damals bekommen? Wer war dieser Herr Hasshauer, der es ihr gegeben hat? Er musste ja einen Grund gehabt haben, es ihr zu überreichen. Ein Zufall wird das nicht gewesen sein. Warum hatte meine Urgroßmutter Angst vor diesem Orden?"

„Hat sie etwas darüber erwähnt?" Cedric trank einen Schluck Tee und lehnte sich zurück.

„Sie schreibt nur, dass sie sehr aufdringlich waren und dass sie die sieben Sünden auf die Welt bringen wollen, und das hat ihr gar nicht gefallen. Meine Urgroßmutter war eine sehr gläubige Frau."

„Ich verstehe." Cedric nickte und beugte sich dann vor. „Was hast du jetzt vor?"

Daria dachte eine Weile darüber nach, welchen Schritt sie als Nächstes gehen wollte. Weder der Orden noch die Bruderschaft würden vermutlich eine Internetseite haben, auf der man sich in aller Ruhe über ihre Beweggründe informieren konnte.

Sie würde die Sache auf jeden Fall nachschlagen, aber sie nahm an, dass ihre Chancen schlecht standen, etwas zu finden. Es musste doch noch etwas anderes geben, was sie tun konnte. Sollte sie vielleicht einen Wunsch opfern, um mehr zu erfahren? Daria betrachtete nachdenklich den Ring an ihrer Hand. Doch wie viele Wünsche blieben ihr noch?

Es war besser, wenn sie sich die verbliebenen Wünsche für einen Notfall oder einen wirklich guten Zweck aufbewahrte. Daria dachte an den Wunsch, mit dem sie Elania und Marcello gezwungen hatte, ehrlich zu sein. Das war gründlich schiefgegangen. Das nächste Mal musste sie länger darüber nachdenken, was sie da tat und welche Konsequenzen es haben würde.

„Ich werde ein paar Leute besuchen, die meine Urgroßmutter noch kannten, und hoffen, dass sie sich vielleicht einem von ihnen persönlich anvertraut hat", sagte Daria schließlich nach einigem Überlegen. „Ich kenne auch noch den Enkel des damaligen Juweliers. Er muss die Schmuckstücke verändert haben. Vielleicht gibt es noch Unterlagen."

„Du kennst den Enkel des Juweliers?" Cedric runzelte die Stirn. „Wer ist das?"

„Herr Leutenstein. Ihm gehört die Buchhandlung am Markt. Sein Großvater hat das Geschäft geschlossen, nachdem niemand im Ort mehr Geld für teuren Schmuck hatte. Er hat dann angefangen, Bücher zu verkaufen, und das tun die Leutensteins noch heute."

Cedric nickte. „Und was für Leute meinst du noch?"

Daria überlegte. „Der Pfarrer vielleicht. Er ist jetzt sechzig. Er hat meine Urgroßmutter noch kennengelernt. Vielleicht hat sie ihm etwas gebeichtet."

„Das ist eine gute Idee." Cedric schien zufrieden zu sein. „Ich werde dir helfen, denn es ist auch in meinem Interesse, dass wir noch ein paar Geheimnisse rund um den Ring lüften. Außerdem gefällt mir der Gedanke nicht, dass da ein paar fremde Männer nach Fresienstein kommen könnten und du vielleicht in Gefahr gerätst." Cedric sah Daria von unten an und in seinem dunklen Blick lag eine Sorge, die Daria den Atem nahm. In diesem Moment sah Cedric aus, als ob er sofort losgehen und jemandem den Kopf abschlagen würde, wenn er es wagen sollte, Daria auch nur einen

Schritt zu nah zu kommen.

Daria spürte den Wunsch in sich, aufzustehen und zu Cedric zu gehen. Sie wollte ihm tröstend die Hand auf die Schulter legen und ihm sagen, dass sie schon auf sich aufpassen konnte und er lieber seine eigenen Feinde besser im Blick behielt. Er musste sich keine Sorgen machen. Nachdenklich sah sie ihn an. Wehmut stieg in ihr auf, als sie daran dachte, was sie alles haben könnte, wenn sie jetzt aufstand und zu ihm ging. Eine Sehnsucht nach ihm erwachte mit einem Mal wie ein Sturm in ihr und überrollte Daria regelrecht, ohne dass sie diesem heftigen Gefühl Einhalt gebieten konnte. Ihr Herz klopfte und für einen Bruchteil einer Sekunde sah sie sich in seinen Armen liegen, ihre Lippen auf seinen. Sie ahnte, dass es der beste und intensivste Moment ihres Lebens werden würde, und zugleich wusste sie, dass sie damit sein Todesurteil unterschrieb.

Hastig stand Daria auf und stieß dabei beinahe ihre Teetasse um. „Es ist besser, wenn ich jetzt gehe." Sie war erschrocken von den heftigen Gefühlen, die in ihr tobten und die sie gar nicht mehr unter Kontrolle zu haben schien.

Cedric sagte nichts. Er nickte nur und der Blick aus seinen Augen brannte sich in ihre. Daria wusste, dass er zu ihr kommen und sie in den Arm nehmen würde, wenn sie auch nur eine Sekunde länger blieb, und er wusste das auch. Daria stolperte los. Cedric brachte sie nicht zur Tür, sondern blieb einfach sitzen. Sie hörte sein schwermütiges Seufzen, als sie den Salon verließ, und das Geräusch grub sich tief in ihr Herz.

KAPITEL 14

Daria trommelte mit den Fingern auf ihren Schreibtisch und kontrollierte alle fünf Minuten ihr Handy. Esra hatte ihr endlich eine kurze Nachricht geschickt, dass sie sich bald bei ihr melden würde, und was es denn so Dringendes gäbe, dass sie permanent versuchte, bei ihr anzurufen.

Doch Daria konnte ihre unzähligen Gedanken nicht in eine kurze Nachricht packen. Sie wollte Esra alles erzählen, und zwar wirklich alles. Auch von der letzten Begegnung mit Cedric musste sie ihr berichten. Sein Blick ging ihr nicht aus dem Kopf. Ständig wanderten ihre Gedanken wieder zu dieser Begegnung zurück. Daria brauchte jemanden, mit dem sie reden konnte, und dieses Mal durfte es nicht Cedric sein.

Am liebsten hätte Daria sich in das alte Auto ihrer Mutter gesetzt und wäre in die Schweiz gefahren. Esra konnte ihr bestimmt einen Rat geben, wenn Daria nur wüsste, wo genau sie sich überhaupt aufhielt. Daria lauschte in den Flur. Sie hörte ihre Mutter nach Hause kommen und sprang auf.

Seit ihrem Gespräch mit Cedric waren einige Tage vergangen. Er hatte sich nicht bei ihr gemeldet und Daria rechnete auch nicht damit, dass er es bald tun würde. Wie wollte er etwas über den Orden und die Bruderschaft herausfinden?

Daria hatte das Internet zwei Tage lang durchsucht, aber nichts Nützliches entdeckt. Wenn er nicht über geheime

Kontakte zu Tempelrittern oder anderen Geheimorden verfügte, die in enger Verbindung zu dem Liberalis-Orden oder der Alba-Bruderschaft standen, dann räumte ihm Daria nur geringe Erfolgschancen ein.

Mittlerweile war Daria bei Herrn Leutenstein gewesen, doch das hatte sich als totaler Reinfall entpuppt. Der Buchhändler hatte die alten Unterlagen des Juweliergeschäftes komplett vernichtet und konnte Daria nichts mehr über die Kunden seines Großvaters erzählen. Es interessierte ihn auch überhaupt nicht und er hatte Daria ziemlich irritiert angesehen, als sie sich bei ihm danach erkundigt hatte.

Auch bei dem Pfarrer hatte Daria kein Glück gehabt. Er hatte eine Taufe und zwei Beerdigungen vorzubereiten und keine Zeit, um mit ihr über ihre Urgroßmutter zu sprechen. Er hatte ihr zwar zugesagt, sich bald bei ihr zu melden, aber damit war Daria nicht zufrieden gewesen.

Daria erhob sich und lief schnell in das Erdgeschoss hinab. Es war Mittwochabend und ihrer Mutter blieben nur noch wenige Tage, bis die Akademie eröffnet wurde. Auch wenn Daria gedacht hatte, dass ihre Mutter schon viel arbeiten würde, so legte sie jetzt noch einen Gang zu und Daria bekam sie kaum noch zu Gesicht. Dass sie heute schon um zwanzig Uhr nach Hause kam, war wirklich ungewöhnlich.

Daria lief eilig die Treppe hinab in den Flur. Ihre Hand rutschte mit einem quietschenden Geräusch über das glatte Holzgeländer.

Ihre Mutter stellte gerade mit einem Seufzen ihre Tasche ab. Als sie Daria sah, huschte ein Lächeln über ihr Gesicht. Sie nahm Daria in den Arm, dann reichte sie ihr mit stolzer Miene einen Briefumschlag. „Herzlich willkommen an der Akademie, mein Schatz. Ich habe heute endlich die ganze Post erledigt, aber deinen Brief wollte ich dir persönlich geben."

„Danke." Daria nahm den Umschlag und öffnete ihn. In

einem kurzen Brief stand, dass sie an der Akademie im Studienfach Sozialwissenschaften angenommen worden war und sie am Montag um acht Uhr zur Eröffnungsveranstaltung erwartet wurde. „Ich bin wirklich stolz auf dich, Mama."

„Danke, das bedeutet mir wirklich viel." Darias Mutter strahlte. Dann ging sie in die Küche. „Was hast du so den ganzen Tag gemacht?"

Daria folgte ihr und beobachtete ihre Mutter, die an der Suppe schnupperte, die Daria gekocht hatte, und sich dann einen Teller holte und ihn füllte.

„Ich habe mir noch mal die Tagebücher von Oma Helga vorgenommen." Daria lehnte sich an die Spüle. „Nachdem wir ihre Notizen auf dem Dachboden gefunden haben, hat mich das interessiert."

„Du hast alle gelesen?" Darias Mutter runzelte überrascht die Stirn.

Daria konnte es ihr nicht verübeln. Normalerweise nahm Daria ein Buch nur in die Hand, wenn es keinen anderen Ausweg gab. „Du hast die Bücher doch auch alle gelesen, nicht wahr?"

Darias Mutter nickte und setzte sich dann an den Küchentisch.

„Was hältst du von der Geschichte mit dem Orden und der Bruderschaft und die Sache mit ihren Wünschen." Daria sah ihre Mutter ganz genau an.

Ihre Mutter schmunzelte. „Ich habe dir doch gesagt, dass sie eine blühende Fantasie hatte und wirklich gute Geschichten erzählen konnte. Ein Amulett, das Wünsche erfüllen kann. So etwas hätte ich auch gern. Das hat sie sich bestimmt als Kind ausgedacht und die Geschichte dann immer weitergesponnen."

Darias Herz klopfte schneller. Sie setzte sich mit ernster Miene an den Tisch und zog das kleine Heft von Uroma

Helga heraus. Dann schlug sie es auf und zeigte ihrer Mutter das Bild von dem Ring. „Kennst du den?"

Ihre Mutter studierte das Bild. Dann runzelte sie die Stirn. „Du hast einen ähnlichen. Na, so ein Zufall." Sie löffelte weiter, als ob an dieser Tatsache nichts Seltsames wäre.

Daria schüttelte den Kopf. Wenn die Wahrheit zu absurd war, um sie akzeptieren, dann leugnete man sie bis zum bitteren Ende. Das hier war wohl so ein Fall. Daria konnte ihrer Mutter nicht einmal übel nehmen, dass sie so reagierte. Sie hätte es genauso gemacht, wenn sie an ihrer Stelle wäre.

„Ich habe genau den gleichen. Kannst du dir vielleicht vorstellen, warum ich den Ring habe, den Oma Helga vor neunzig Jahren gemalt hat?" Daria versuchte vorsichtig an die Geschichte heranzugehen, aber wenn sie wollte, dass ihre Mutter sie ernst nahm, musste sie ihr wohl oder übel die ganze Wahrheit sagen. Das schuldete sie ihr ohnehin schon lange.

Ihre Mutter aß weiter. Auf ihrem Gesicht hatte sich eine nachdenkliche Miene ausgebreitet. „Ich kann es mir nicht erklären", sagte sie schließlich mit einem leichten Achselzucken. „Das ist wirklich ein ungewöhnlicher Zufall."

„Sieh dir noch einmal genau die Maserung auf dem Nebelstein an", sagte Daria. „Vielleicht hast du dann eine Idee, wie das alles miteinander zusammenhängen könnte."

„Nebelstein?" Ihre Mutter sah sie mit großen Augen an. Dann musterte sie die dunklen Adern auf dem Stein. „Das ist ein seltener Stein. Denkst du etwa, das Amulett und der Ring haben denselben Stein?"

„Ich bin mir ziemlich sicher." Daria versuchte ruhig zu bleiben. Vielleicht kam ihre Mutter von selbst darauf, wie die Dinge zusammenhingen.

„Aber das ist doch Unsinn." Ihre Mutter schüttelte den Kopf, als ob sie ein leiser Verdacht beschlichen hatte, der ihr absolut unglaubwürdig vorkam.

„Das habe ich auch gedacht, aber dann sind eine Menge seltsamer Dinge geschehen. Erst kam der Lottogewinn, dann funktionierte mein Handy wieder und schließlich die Akademie." Daria holte kurz Luft, während ihre Mutter ihren Löffel sinken ließ. „Es war alles so perfekt, dass es beinahe nicht wahr sein konnte. Du erinnerst dich bestimmt noch an das Interview und seine erstaunliche Reichweite und dann kam auch noch Frau Gremmers Investition in eine Ruine. Findest du nicht auch, dass das alles ein bisschen zu viel Glück auf einmal ist, um noch zufällig zu sein?"

Darias Mutter wurde blass. Sie starrte den Ring an Darias Hand an, dann sah sie wieder Daria an. Daria sah, wie in ihrem Kopf ein Kampf stattfand.

„Aber das ist doch nicht möglich. Das würde ja bedeuten, dass alles, was in den Tagebüchern steht …" Darias Mutter verstummte.

„… wahr ist", vollendete Daria ihren Satz. „Ja, es ist wahr. Der Nebelstein erfüllt meine Wünsche, genauso wie er es damals bei Oma Helga getan hat. Es gibt keinen Zweifel mehr daran." Daria holte tief Luft. Ihre Mutter sah sie erwartungsvoll an und Daria fand, dass sie das alles mit erstaunlich ruhiger Miene hinnahm. Deswegen sprach sie einfach weiter. „Ich weiß, dass das alles schwer zu begreifen ist, und ich hätte dir das nicht zugemutet, wenn es nicht absolut nötig wäre. Ich brauche deine Hilfe."

„Meine Hilfe?" Darias Mutter war immer noch blass, aber sie nickte. Dann schüttelte sie wieder den Kopf. „Ich bin so dumm", rief sie plötzlich und sprang auf. „Eigentlich hätte ich auch selber darauf kommen können, dass hier etwas nicht stimmt. Wie funktioniert das?" Sie sah Daria fragend an. Mit einem Mal schien sie doch die Fassung zu verlieren. Ihre Augen huschten unruhig hin und her, blieben an dem Ring und dann wieder an der Zeichnung von Uroma Helga hängen.

„Also, es ist so." Daria holte aus und erklärte ihrer Mutter, wie sie herausgefunden hatte, was der Ring konnte und welche Wünsche er Daria schon erfüllt hatte. Je länger sie sprach, umso mehr beruhigte sich ihre Mutter wieder. Schließlich setzte sie sich.

„Du musst wirklich vorsichtig sein." Die Wangen von Darias Mutter hatten sich vor lauter Aufregung gerötet. „Was habe ich da nur getan? Ich bin an der Akademie schuld und an der Sache mit der Liebe des Lebens etwa auch noch?" Darias Mutter seufzte, als wäre es ihr jetzt peinlich, was sie sich damals in dieser Nacht gewünscht hatte. „Es ist dieser Cedric, nicht wahr? Ich habe schon bemerkt, dass er ein Auge auf dich geworfen hat."

„Das muss dir nicht leid tun", entgegnete Daria schnell und fragte sich, woher ihre Mutter das schon wieder wusste. Hatte sie etwa mit den Nachbarn darüber geredet? Es war besser, wenn sie dieses Thema nicht vertiefte. „Und vorsichtig bin ich auf jeden Fall, aber ich muss auch wissen, was es mit diesem Orden auf sich hat. Hat Oma Helga dir irgendetwas davon erzählt?" Daria ließ ihre Mutter nicht aus den Augen. „Ich mache mir Sorgen, dass diese Ordensmänner über kurz oder lang hier auftauchen werden."

„Mit mir hat sie nie darüber gesprochen." Bedauernd schüttelte ihre Mutter den Kopf. „Es tut mir wirklich leid." Sie erhob sich und brachte den halb leer gegessenen Teller mit der Suppe weg. Dann ging sie zum Küchenschrank und kam mit einer Flasche Rotwein und einem Glas wieder. Sie goss sich ein großes Glas ein und nahm einen langen Schluck. Dann sah sie Daria wieder an und ihre Miene hellte sich plötzlich auf, als ob ihr gerade etwas eingefallen wäre.

„Was weißt du?" Daria zwang sich, ruhig zu bleiben. Die

Situation war für ihre Mutter alles andere als einfach. Neben dem Stress rund um die Akademie kam jetzt noch die Erkenntnis hinzu, dass magische Kräfte um sie herum gewirkt hatten, und das war nicht leicht zu verkraften.

„Ich erinnere mich an ein Gespräch, das meine Mutter mit Oma Helga geführt hat. Ich habe es nur zufällig mit angehört, weil die beiden sich derart laut angeschrien haben, dass ein Weghören unmöglich war."

„Worum ging es bei dem Gespräch?"

„Das war kurz vor Helgas Tod. Sie muss gespürt haben, dass es zu Ende geht. Sie hat meine Mutter gebeten, auf ein Geheimnis aufzupassen und die Warnung weiterzugeben, wenn sie einmal nicht mehr ist." Darias Mutter legte den Kopf schief und sah Daria nachdenklich an. „Ich habe mich immer gefragt, um was es dabei ging, aber meine Mutter wollte es mir nie erklären. Aber jetzt begreife ich, dass es etwas mit dem Stein und dem Orden zu tun haben muss. Vermutlich wollte sie uns warnen."

„Das muss sie damit gemeint haben." Daria fühlte sich erschöpft. Warum hatte sie damals nicht mehr auf solche Dinge geachtet. Sie hätte ihre Urgroßmutter noch selbst danach fragen können. Doch sie war damals noch ein Kind gewesen. „Was hast du noch gehört?"

„Meine Mutter ist dann ziemlich schnell grantig geworden. Sie hat gesagt, dass sie von dem Unsinn nichts mehr hören will und dass Oma Helga endlich aufhören soll, sich so viele Geschichten auszudenken." Darias Mutter seufzte. „Jetzt verstehe ich das erst. Meine Mutter hat das nie ernst genommen."

„Oder vielleicht doch", entgegnete Daria. „Sie hat Fresienstein schließlich verlassen."

„Oh, nein. Das hatte nichts mit Oma Helga zu tun." Darias Mutter nahm einen weiteren Schluck aus ihrem Weinglas. „Das war meine Schuld."

„Was meinst du?" Argwöhnisch legte Daria den Kopf schief. Sie hatte sich nie viele Gedanken darüber gemacht, warum ihre Oma weggezogen war. Sie war damals sieben Jahre alt gewesen und hatte das einfach so hingenommen.

„Ich glaube, ich habe einen verdammt großen Fehler gemacht." Darias Mutter seufzte.

„Was für einen Fehler?"

Darias Mutter hielt sich an ihrem Weinglas fest. „Meine Mutter wollte damals, dass ich mit ihnen nach Spanien gehe und hier in Fresienstein alles aufgebe. Sie hat eine halbe Ewigkeit auf mich eingeredet, dass uns jetzt nach Helgas Tod nichts mehr hier hält."

„Aber du hast dich dagegen entschieden." Daria überkam ein übler Verdacht.

„Das habe ich, und zwar vehement, weil meine Mutter mir nicht sagen wollte, warum sie fluchtartig Fresienstein verlassen wollte, wo doch noch nie die Rede davon gewesen war, wegzuziehen. Ich habe nicht eingesehen, dass ich gehen sollte."

„Hätte es etwas geändert, wenn du die Geschichte von dem Amulett und dem Liberalis-Orden ernster genommen hättest?"

Darias Mutter schüttelte den Kopf. „Auf keinen Fall, das hätte mich auch nicht überzeugt. Warum auch? Die Sache lag doch so lange zurück und diesem Orden bin ich außer in den Aufzeichnungen von Helga bis jetzt nirgendwo begegnet."

„Also muss Helga noch einen überzeugenderen Beweis für das alles gehabt haben", schlussfolgerte Daria. „Denn auch Oma Henni wäre nicht einfach so gegangen, weil es ein paar Gerüchte über einen Orden gegeben hätte."

Darias Mutter nickte. „Es muss etwas wirklich Wichtiges gewesen sein, das meine Mutter davon überzeugt hat, die Stadt zu verlassen und nicht mehr wiederzukommen. Sie ist eine mutige Frau, die mit beiden Beinen im Leben steht." Sie stand auf und begann unruhig in der Küche auf und ab zu laufen. „Was habe ich nur getan? Es war doch offensichtlich, dass Oma Helga genau diese Situation immer vermeiden wollte. Sie hat es als Last ihres Lebens beschrieben, dass sie mit ihren Wünschen die Welt verändert hat, und sie hat es immer bereut."

„Das kann ich gut verstehen." Daria dachte an Elania, Marcello und Rosie, denen sie mit ihren Wünschen keinen großen Gefallen getan hatte.

„Es gibt nur eine Sache, die ich machen kann." Darias Mutter war schon dabei, die Küche zu verlassen.

„Was denn?" Daria lief ihr schnell hinterher.

Darias Mutter steuerte auf ihr Arbeitszimmer zu. „Ich werde mit meiner Mutter reden. Wenn ich sie direkt mit den Fakten konfrontiere, wird sie schon einlenken und offen mit mir reden. Das ist sonst eigentlich nicht ihre Stärke. Lässt du mich einen Moment allein, Schatz? Ich muss mich erst einmal sammeln. Ich habe lange nicht mit meiner Mutter gesprochen."

„Na klar." Daria blieb im Flur stehen. Ihre Mutter schloss das Arbeitszimmer und Daria hörte eine ganze Weile gar nichts. Dann vernahm sie die Stimme ihrer Mutter, die erst leise und dann immer lauter sprach.

Schließlich hörte sie ihre Mutter fluchen und kurz darauf kam sie aus dem Arbeitszimmer gerannt.

„Was ist los?" Daria war sofort zur Stelle.

In den braunen Augen ihrer Mutter lag purer Zorn. „Sie will einfach nicht mit mir darüber reden. Ich fasse es nicht. Nach all der Zeit bleibt sie so starrköpfig. Jetzt erinnere ich mich auch wieder, wie sehr ich mich damals über sie aufgeregt habe. Sie wollte damals, dass wir mitkommen, aber sie wollte mir partout nicht verraten, warum. Und genau deswegen bin ich damals nicht mitgegangen. Ich habe ihr gesagt, dass sie schon ehrlich zu mir sein muss, wenn ich so viel aufgeben soll, aber das konnte sie nicht." Darias Mutter stieß einen frustrierten Seufzer aus.

„Deswegen habt ihr euch damals also zerstritten?"

„Ja, deswegen, und es hat sich nichts geändert." Darias Mutter fuhr sich durch die langen, dunkelbraunen Locken.

Daria sah ihre Mutter entschlossen an. „Doch, es hat sich etwas geändert." Sie hob ihre Hand und bevor ihre Mutter protestieren oder einen Einwand hervorbringen konnte, sprach sie die Worte, die ihr schon seit einer Weile durch den Kopf gingen. „Ich wünsche mir, dass meine Mutter und meine Großmutter sich wieder vertragen und offen über alles sprechen können."

Der Nebelstein verfärbte sich ein wenig dunkler und Daria lächelte ihre Mutter an.

„Das kannst du doch nicht tun?" Ihre Mutter sah sie erstaunt und zugleich überrascht an.

„Doch, ich kann das tun und ich will es auch. Dabei geht es mir gar nicht um die ganze Geschichte rund um den Ring. Ich will einfach nur, dass ihr euch wieder versteht. Ihr könnt euch doch nicht den Rest eures Lebens streiten, weil ein Herr Hasshauer Oma Helga vor hundert Jahren ein Amulett geschenkt hat, das ihre Wünsche erfüllt."

„Das ist wirklich dämlich", gab ihre Mutter mit einem Schmunzeln zu. „Danke, Schatz."

„Gerne, und jetzt probiere noch mal dein Glück. Vielleicht hat Oma Henni jetzt mehr Lust, mit dir zu reden." Daria lächelte ihrer Mutter aufmunternd zu.

Sie nickte und ging zurück in ihr Arbeitszimmer. Wieder vernahm Daria die Stimme ihrer Mutter. Doch dieses Mal verlief das Gespräch ruhiger und es dauerte auch viel länger. Daria vertrieb sich die Zeit damit, auf ihrem Handy Esra oder Rosie zu erreichen. Doch die beiden mussten wieder zwischen irgendwelchen Gebirgspässen verschollen sein, denn seit ihrer letzten Nachricht hatte sich Esra nicht mehr gemeldet. Hoffentlich war alles in Ordnung.

Daria erwischte sich dabei, wie sie am Tisch saß und einen Wunsch formulierte, um sicherzugehen, dass es Esra gut ging. Dann verwarf sie den Gedanken schnell wieder. Esra wollte am Samstag zurück sein. Bis dahin würde es Daria schon noch aushalten. Sie lauschte in den Flur. Ihre Mutter telefonierte schon seit einer Stunde. Das konnte noch eine Weile dauern. Nach vielen Jahren der Funkstille hatten sich die beiden bestimmt viel zu erzählen.

Daria beschloss, einen Spaziergang zu machen, um sich die Füße zu vertreten. Leise verließ sie das Haus und schlenderte in die Stadt. Sie würde sich einfach ein wenig umsehen, aber auf gar keinen Fall würde sie in die Friedhofsgasse einbiegen und zu Cedric gehen. Die letzte Begegnung mit ihm war schön und zugleich verwirrend gewesen. Daria wusste, dass sie sich wohl oder übel mit ihren Gefühlen auseinandersetzen musste, aber es war viel einfacher, sie nur zur Seite zu drängen, anstatt sich einzugestehen, dass sie Cedric mochte. Daria erreichte den Marktplatz und blieb überrascht stehen. Neben dem Brunnen standen mehrere breitschultrige Männer in schwarzen T-Shirts, auf denen Security stand. Es waren weitere Figuren verschwunden. Der Brunnen wirkte regelrecht nackt. Caspars Vater sah sich also gezwungen, den vermeintlichen Diebstahl auf diese Weise zu verhindern. Daria seufzte. Das würde wohl nichts bringen. Sie musste noch einmal mit ihrer Mutter reden. Ihre Wünsche hatten irgendetwas mit dem Brunnen zu tun.

„Frau Meier, Sie müssen mir doch irgendwie helfen können." Eine unruhige Stimme schallte aus der Friedhofsgasse und riss Daria aus ihren Gedanken.

Sie fuhr erschrocken herum und sah auf.

Daria erkannte Herrn Droste, der mit Helena Meier in

der Gasse stand. Eigentlich war es schon beinahe sieben Uhr und die Geschäfte hatten längst geschlossen.

„Herr Droste, ich habe viel zu tun und Ihre Wand ist nun wirklich kein ernstes Problem." Helena stieß einen genervten Seufzer aus und strich sich ihr gepunktetes Kleid über ihren üppigen Kurven glatt. „Behalten Sie das einfach im Auge und wenn es einen Wasserschaden oder einen Bruch an der Mauer gibt, also ein echtes Problem, dann können Sie mich gern noch einmal kontaktieren. Für Schönheitsreparaturen habe ich im Moment keine Kapazitäten." Helena wandte sich von Herrn Droste ab, der mit einem empörten Laut in seinem Antiquitätenladen verschwand.

Helena korrigierte den Sitz ihrer Frisur. Das tat sie immer, wenn sie nervös war. Daria hatte sich nicht nur einmal darüber amüsiert. Aber egal wie sehr Helena sich Mühe gab, sich diese kleine Geste abzugewöhnen, es war ihr einfach nicht gelungen.

Da entdeckte Helena Daria. „Hallo, Kleine." Sie kam auf sie zu und nahm Daria in den Arm. Dann stutzte sie. „Was ist denn los mit dir? Du machst ja ein Gesicht wie drei Tage Regenwetter. Sind deine Ferien so langweilig?" Helena fasste sich schon wieder in die Haare, die sie heute mit viel Haarspray zu einem komplizierteren Zopfgewirr zusammengeflochten hatte. Alles saß bombenfest. Daria musste ganz automatisch grinsen. „Nein, mir geht es gut, ich habe nur gerade über den Brunnen nachgedacht."

Helena nickte. „Das ist wirklich eine schlimme Sache. Also wenn es wirklich diese Melania mit ihrem Freund Marcello gewesen war, dann würde ich dieses Mal keine Gnade walten lassen."

„Ich bin mir nicht so sicher, ob sie es waren", murmelte Daria ausweichend.

„Wir werden es sehen." Helena lächelte. „Ich muss wieder los. Wir haben im Dorfkrug noch eine Besprechung. Ich bin ein bisschen spät dran. Ein paar Termine haben länger gedauert und ein paar waren auch wirklich unnötig." Sie nickte mit dem Kopf in Richtung der Friedhofsgasse. „Wir sehen uns. Grüß deine Mutter von mir."

„Bis bald." Daria sah Helena nachdenklich hinterher, die eilig über den Marktplatz lief und auf den Dorfkrug zusteuerte.

Dann wandte sie den Blick zur Friedhofsgasse. Was wohl bei Herrn Droste los gewesen war? War Cedric vielleicht bei ihm, wenn er Probleme in seinem Laden hatte? Vielleicht brauchte er Hilfe? Bevor Daria sich zwingen konnte, in eine andere Richtung davonzugehen, war sie schon losgelaufen. Sie würde nur kurz nachschauen. Nur einen kleinen Blick auf Cedric werfen.

Daria betrat die Gasse und öffnete die Tür von Herrn Drostes Antiquitätenladen. Es war angenehm kühl im Antiquitätenladen und Daria sah sich um. Sie sah niemanden.

„Hallo, Frau Meier, sind Sie das?" Herr Droste kam hinter einem Bücherregal hervor. Als er Daria sah, wich der Ausdruck der Vorfreude einem deprimierten Seufzen. „Daria, was ist los?"

„Das wollte ich Sie fragen?" Daria sah in den Laden hinein. Das Bücherregal, hinter dem die Reste der Deckenmalerei verschwanden, war leer. Die vielen Bücher, die bei ihrem letzten Besuch noch darin gestanden hatten, waren nicht mehr da. Daria betrachtete es verwundert. Es stand seltsam schief im Raum.

Daria ging an Herrn Droste vorbei und betrachtete es neugierig.

„Die Wand dahinter ist nicht in Ordnung." Herr Droste stand neben Daria und seufzte. „Aber Frau Meier scheint das nicht als Problem zu sehen."

„Kann ich mir das mal ansehen?" Daria zog an dem Bü-

234

cherregal, aber es bewegte sich keinen Zentimeter.

„Nein, das ist nicht nötig. Da brauche ich schon einen Maurer." Herr Droste klang deprimiert. „Dabei kannst du mir leider nicht helfen."

„Ich kann es nicht, aber ich kann ein gutes Wort für Sie bei Frau Meier einlegen. Sie ist schließlich meine Patentante."

„Oh!" Herrn Drostes Augen weiteten sich. „Na, wenn das so ist, dann wirf ruhig mal einen Blick darauf." Er trat zu dem Bücherregal. „Das ist ein altes Haus und das macht eben hin und wieder Probleme. Leider ist deine Patentante mit der Akademie und auch mit der Weberei ziemlich überlastet. Für mein kleines Problem hier hat sie keine Zeit."

Daria sah nach oben, während Herr Droste den Schrank anpackte. Jetzt würde sie endlich erfahren, wie das Gemälde hinter dem Bücherregal endete. Herr Droste packte das schwere Regal und zog es mit einer schnellen Bewegung nach vorn. Es steckte erstaunlich viel Kraft in seiner schmalen Gestalt.

Er kippte das Bücherregal auf eine Seite und drehte es mit einiger Anstrengung nach rechts. Überrascht betrachtete Daria die Malerei an der Wand. Hinter dem Bücherregal hatte sich ein Tor verborgen, das von zwei Gestalten bewacht wurde, einem dunklen Typen und einem alten Mann in weißer Kleidung.

Auf der linken Seite stand ein düsterer Mann. Er trug schwarze Kleidung und hatte pechschwarze, lange Haare. Der Künstler, der dieses Bild gemalt hatte, hatte bewusst diesen extremen Kontrast gewählt. Der Mann auf der Linken sollte wohl den Dämon darstellen.

Doch das wirklich Erstaunliche war das mannshohe Oval, das zwischen ihnen stand wie ein riesiger Spiegel. Es war von kunstvollen Verzierungen umrankt. Aber Daria konnte sich nicht auf die schöne Arbeit konzentrieren. Sie starrte einfach nur auf die rissige Oberfläche der Wand, die sich einige Zentimeter nach außen gewölbt hatte. Daria ging einen Schritt darauf zu.

In diesem Moment riss die Wand weiter ein. Ein leises, knackendes Geräusch erklang und Putz rieselte von der Wand und fiel zu Boden. Daria blieb sofort stehen.

Die Wand hinter dem Tor hatte sich gewölbt und das Bild sah dadurch beinahe so aus, als ob etwas aus dem Tor herauskriechen wollte.

„Das sieht nicht gut aus." Daria runzelte die Stirn und betrachtete den Putz, der am Boden lag.

„Ich weiß, aber deine Patentante sieht das ein bisschen anders." Herrn Drostes Stimme wurde dünn. „Mir geht es ja auch darum, das Gemälde zu erhalten. Dieses Bild hat hundert Jahre überdauert, ohne dass es jemand überstrichen oder zerstört hätte."

„Hundert Jahre?" Daria wurde stutzig. Diese Zahl war doch kein Zufall, dafür war sie ihr in letzter Zeit ein paarmal zu oft begegnet.

„Ja, ziemlich genau sogar hundert Jahre. Mein Urgroßvater hat darauf bestanden, dass die Malereien in Schuss gehalten werden." Herr Droste musterte die Decke mit skeptischem Blick.

„Haben Sie schon einmal etwas von dem Liberalis-Orden gehört?" Daria musterte Herrn Droste skeptisch.

Sein Gesicht verzog sich zu einem missbilligenden Ausdruck. „Das ist doch alles Unsinn." Herr Droste schüttelte missmutig den Kopf.

„Unsinn?" Also hatte er schon einmal davon gehört? Da suchte Daria tagelang im Internet nach Informationen und nun fand sie jemanden, der etwas wusste, durch puren Zufall.

„Ja, das ist Unsinn."

„Was genau ist denn Unsinn?", bohrte Daria weiter.

„Der Orden oder was er mit diesem Bild zu tun hat?"

„Ich meine diese ganzen Geschichten, die mein Urgroßvater in seinen Chroniken aufgeschrieben hat."

„Chroniken?" Daria riss die Augen auf. Das wurde ja
immer verrückter. Also hatte nicht nur ihre Urgroßmutter
Tagebuch geführt, sondern auch Herr Drostes Vorfahr.
„Was steht denn in diesen Chroniken?"

„Das werde ich dir wirklich nicht erzählen. Ich weigere
mich, diesen Unfug weiterzuverbreiten."

Daria sah Herrn Droste entsetzt an. Nein, das konnte sie
nicht zulassen. Endlich war sie den vielen Rätseln noch ein
Stück näher gekommen. „Bitte, ich muss das wissen. Lassen
Sie mich einfach nur einen kleinen Blick in diese Unterlagen
werfen."

„Nein, auf keinen Fall." Herr Droste schüttelte den
Kopf. „Vielleicht ist es wirklich besser, wenn du jetzt gehst.
Ich hätte das alles schon vor Jahren verbrennen sollen."

In diesem Moment schwang die Tür auf. „Onkel! Bist
du hier?" Cedrics Stimme war unverkennbar.

„Ja, ich bin hier, Cedric, was ist los, mein Junge?" Herr
Droste wandte sich um und Daria wusste, dass das ihre Gelegenheit war.

„Cedric", rief sie hastig.

„Daria?" Die Verwunderung in Cedrics Stimme war ge-
mischt mit einem weichen Klang der Überraschung. Er trat
in den Laden und kam zu ihnen. Ein Lächeln lag auf seinen
Lippen und Daria erwischte sich, wie sie ihn ebenfalls an-
grinste.

„Was macht ihr hier?" Er runzelte die Stirn und betrachtete das Gemälde hinter dem Bücherregal mit großen Augen. „Wow, das habe ich ja noch nie gesehen."

„Da ist nur ein kleines bauliches Problem an der Wand."
Herr Droste packte das Bücherregal und wollte es schon
wieder an seinen Platz zurückschieben.

237

„Er weiß von dem Liberalis-Orden", beeilte sich Daria zu sagen.

Cedric sah sie verwundert an. Ach so, sie hatte ihm ja noch gar nichts von den vielen Dingen erzählt, von denen sie gelesen hatte.

„Der Orden ist auf der Suche nach dem Nebelstein und dein Onkel hat Chroniken von einem seiner Vorfahren", erklärte Daria schnell.

„Ach so." Cedric nickte. Er sah nachdenklich aus, doch in seinen Augen blitzte es regelrecht. Er sah seinen Onkel mit einem Mal durchdringend an. „Du hast so etwas noch? Das wusste ich ja gar nicht."

„Weil das alles nur dummer Unsinn ist, der eigentlich längst in den Müll gehört." Herr Droste strich sich unruhig über die glänzende Weste, die er heute trug.

„Aber du hast es nicht weggeworfen", sagte Cedric in dem Ton eines Schlangenbeschwörers, der nicht gebissen werden wollte.

„Nein, das habe ich nicht, weil ..." Herr Droste zögerte.

„... weil dein Großvater ein despotischer Choleriker war, der dir das Versprechen abgerungen hat, gut auf sein Werk aufzupassen", vollendete Cedric den Satz seines Onkels.

Herr Droste wurde blass und schluckte. Dabei sah er Cedric mit einer Mischung aus Angst und Faszination an. „Woher weißt du das?"

„Ich weiß so einiges über unsere Familie", erwiderte Cedric in aller Ruhe. „Aber ich weiß nicht, was in diesen Chroniken steht."

„Nur dummes Zeug. Aber bitte schön, wenn ihr es hören wollt, dann erzähle ich es euch. Kein Problem." Herr Droste fluchte. „Angeblich soll diese Wand irgendwann aufbrechen und aus ihr eine Kraft entweichen, die lange verbannt gewesen war, und mit ihr kommt ein dunkler Dämon, der die Welt beherrschen will." Herr Droste funkelte erst Daria und dann Cedric herausfordernd an.

„Wow, das ist unheimlich." Daria starrte die Wand an, als ob sie jeden Moment damit rechnete, dass sie aufplatzen und eine Schar gefährlicher Wesen aus ihr herauskommen würde. Sie trat einen Schritt zurück. Dann sah sie Cedric an. „Sag bloß, das hat etwas mit diesem Ring zu tun."

Doch bevor Cedric antworten konnte, baute sich Herr Droste zwischen ihnen auf. „Jetzt fang doch nicht wieder mit diesem Unsinn an. Du warst hier, um mich zu fragen, ob er wirklich Wünsche erfüllen kann."

„Ja, genau deswegen war ich hier." Daria nickte. „Und er tut es tatsächlich."

„Unmöglich." Herr Droste schüttelte den Kopf.

„Doch, es ist so." Cedric achtete nicht auf seinen Onkel und ging näher auf die Wand zu. „Alles, was dein fanatischer Urgroßvater aufgeschrieben hat, ist wahr, na ja, zumindest das meiste."

Herr Droste gab ein krächzendes Geräusch von sich. „Er hat auf einen Heiland gewartet, der die Welt wieder ins Gleichgewicht bringen würde."

„Und der soll hier aus dieser Wand gekrochen kommen?" Cedric trat noch einen Schritt näher und streckte die Hand aus.

„Warte." Daria war sofort bei ihm. „Ich glaube nicht, dass es eine gute Idee ist, wenn du die Wand berührst."

In diesem Moment gab es ein weiteres lautes Knacken und ein noch größerer Riss zog sich quer über die ganze Wand. Eine neue Ladung Putz rieselte zu Boden und Straub stieg auf.

„Ihr geht besser von der Wand weg." Herr Droste machte einen Schritt zurück.

Daria tat es sofort. Der Ring an ihrer Hand schien eine starke Wirkung auf die Zeichnung zu haben.

„Ich spüre eine starke Energie." Cedric betrachtete die Wand mit einem faszinierten Blick. Dann machte er einen schnellen Schritt auf die Wand zu. Daria versuchte ihn festzuhalten. Doch Cedric hatte zu viel Schwung. Bevor Daria ihn packen konnte, hatten seine Fingerspitzen das Oval schon berührt.

KAPITEL 15

Cedrics Schrei ging Daria durch Mark und Bein. Cedrics Hand war mit der Wand verbunden. Er hatte den Kopf in den Nacken geworfen und schien völlig erstarrt zu sein. Sein Schrei hielt an und wurde immer lauter und schmerzverzerrter.

Daria und Herr Droste rannten gleichzeitig los. Sie packten Cedric und zogen ihn von der Wand fort. Als die Verbindung mit der Wand unterbrochen wurde, erstarb sein Schrei. Er sackte zusammen und Daria und Herr Droste konnten ihn gerade noch auffangen, bevor er zu Boden fiel.

„Du lieber Himmel." Herr Droste kniete sich neben Cedric. In seinen Augen lag die nackte Angst. „Was war denn das, mein Junge? Was ist los mit dir?"

„Glauben Sie nun endlich, dass wir recht haben?" Daria sah Herrn Droste vorwurfsvoll an. „In der Stadt sind in der letzten Zeit zu viele seltsame Dinge geschehen, als dass man sie noch für einen reinen Zufall halten könnte."

Cedric stöhnte und Daria strich ihm vorsichtig über die Wange. Hinter seinen geschlossenen Augenlidern zuckten Cedrics Augen wild hin und her.

„Wir sollten einen Arzt rufen." Herr Droste fühlte Cedrics Puls. „Das gefällt mir gar nicht. Sein Herz rast wie verrückt."

„Mir gefällt das auch nicht", murmelte Daria besorgt. Angst stieg in ihr auf, wie sie sie noch nie gefühlt hatte. Was hatte sie nur getan? Wenn sie Herrn Droste nicht bedrängt hätte, dann wäre das nie passiert.

Daria holte ihr Handy aus der Tasche. Sie wollte gerade die Notruf-Nummer eintippen, da verkrampfte sich plötzlich Cedrics ganzer Körper. Er zuckte und verbog sich so heftig, dass Herr Droste ihn nicht mehr halten konnte. Darias Handy rutschte ihr aus der Hand. Fassungslos starrte sie Cedrics an. Die Angst um ihn schnürte ihr die Kehle zu. Warum hatte Esra das denn nicht vorhergesehen? Da machte sie sich Sorgen um einen Schuss, und dann geschah das. Sie musste etwas tun, und zwar sofort. Hastig sprang Daria zur Seite und griff nach ihrem Handy.

„Ich rufe den Arzt." Mit zitternden Händen tastete Daria nach ihrem Telefon, während Herr Droste versuchte, Cedrics Körper zu halten, der immer noch wild zuckte.

„Ich schaffe das nicht mehr lange", rief Herr Droste panisch. „Beeilung!"

Daria wandte sich um. Cedric zuckte immer heftiger. Seine Augen waren immer noch geschlossen. Daria tippte die Nummer des Notrufs ein. Sie wollte gerade auf die Wähltaste drücken, da erstarrte sie. Aus Cedrics Nase floss Blut, und zwar nicht wenig.

Es war ein breites Rinnsal, und es wurde schnell schlimmer.

„Er blutet aus der Nase und aus den Ohren auch noch." Herr Drostes Stimme war ein kalter Hauch und jetzt sah es Daria auch. Nicht nur aus der Nase strömte Blut. Auch aus Cedrics Ohren kam es regelrecht herausgeschossen. Sein Körper war mittlerweile ruhig geworden. Die Krämpfe waren verschwunden. Es kam Daria so vor, als ob alles Leben mit einem Mal aus ihm gewichen war. Eine Angst überkam Daria, die sie noch nie so heftig gefühlt hatte.

„Er stirbt." Herr Droste zitterte. „Das schafft der Notarzt nicht mehr." Herr Drostes Worte waren ein Schlag in den Magen.

Doch Daria sah es selbst. Cedric war mittlerweile asch-
fahl. Gleichzeitig verlor er unfassbar viel Blut. Bis der Notarzt aus der nächsten Stadt hier war, war es längst zu spät.
Unter Cedrics Kopf bildete sich eine immer größer wer-
dende rote Lache.

Daria überlegte nicht lang. Es ging hier um das Leben
von Cedric. Sie sah den Ring an. Sie hatte keine Wahl, oder
doch? Noch hatte sie ein paar Wünsche übrig, doch es waren nicht mehr viele.

„Man kann ihm nicht mehr helfen." Herr Droste schüttelte fassungslos den Kopf.

„Doch, ich kann das." Daria sah Cedric an. „Ich wün-
sche mir, dass Cedric wieder gesund ist." Daria hatte die
Worte leise gemurmelt, während sie den Ring nicht aus den
Augen ließ. Doch die Worte verfehlten ihre Wirkung nicht.
Der Nebelstein verdunkelte sich weiter.

Als Daria aufsah, erstarrte sie. Das Blut auf dem Boden
floss zurück in Cedrics Körper, als ob jemand einen Film
rückwärts spulte. Die Blutlache wurde immer kleiner. Herr
Droste stieß einen erschrockenen Laut aus.

Als das Blut vom Boden verschwunden war, wurden
Cedrics Wangen wieder rosig. Er lächelte, als ob er einen
schönen Traum träumte, dann schlug er auch schon die
Augen wieder auf. Es war eine Sache von wenigen Sekunden gewesen.

„Was ist denn los?", murmelte er verwirrt und sah zur
Wand hinauf. „Bin ich etwa ohnmächtig geworden?"

„Ja, das bist du", murmelte Daria. Mehr brachte sie gerade nicht heraus. Der Schreck saß ihr immer noch in den
Gliedern.

„Nein, verdammt." Herr Droste sprang auf. „Du bist
nicht einfach nur in Ohnmacht gefallen. Du bist gerade
beinahe gestorben. Warum hast du denn die Wand angefasst?"

„Was? Ich bin gestorben?" Cedric riss die hellgrauen Augen weit auf. Das Entsetzen stand ihm ins Gesicht geschrieben.

„Ja, du hast richtig gehört. Du hattest einen heftigen Anfall. Du hast dich verkrampft und dann bist du innerhalb von Sekunden verblutet. Hier war alles voller Blut." Herr Droste zeigte auf die Fläche, wo noch vor wenigen Sekunden Cedrics Blut gewesen war.

Cedric sah Daria an. Dann fiel sein Blick auf den Ring an ihrer Hand.

„Du hast mich gerettet", murmelte er überrascht. „Du hast einen weiteren Wunsch verbraucht."

„Das habe ich." Daria schluckte. „Es ging nicht anders. Ich hätte dich nicht sterben lassen können."

Cedric sah Daria durchdringend an. „Du hast mein Leben gerettet."

Daria erwiderte seinen Blick. Da war schon immer etwas, was sie auf seltsame Weise miteinander verband, doch jetzt war es stärker und beinahe greifbar geworden. Daria wusste, dass ab jetzt nichts mehr normal zwischen ihnen sein würde.

In diesem Moment krachte es hinter ihnen. Erschrocken fuhren Daria, Cedric und Herr Droste herum. Die Wand bewegte sich. Die Wölbung dehnte sich weiter aus, als ob der Bauch einer Schwangeren ein Stück weiter wuchs. Risse brachen auf, Putz bröckelte ab und fiel krachend auf den Parkettboden.

Dann wurde es wieder still. Die Wand wölbte sich jetzt gut fünf Zentimeter in den Raum und es sah aus, als ob etwas wirklich Großes daraus hervorkriechen wollte.

Herr Droste gab einen erstickten Laut von sich. Er zitterte und wankte zu dem nächstgelegenen Sessel. Dort ließ er sich nieder und verbarg sein Gesicht in den Händen, als ob er die Wahrheit für eine Weile aussperren wollte.

Fassungslos starrte Daria die Wand an. So geschah es also. Noch ein paar Wünsche und die Wand würde zerbersten und etwas freilassen, was nicht freigelassen werden sollte.

Daria ging zu Herrn Droste und setzte sich auf das Sofa. Sie hatte nicht gewollt, dass Herr Droste das alles mitbekam, aber nun war es einmal geschehen und sie mussten darüber reden, wie sie damit umgehen sollten. Vor allem weil er über Informationen verfügte, die Daria dringend brauchte.

Daria räusperte sich. „Ich weiß, dass das mit dem Ring und den Wünschen erst einmal schwer zu begreifen ist. Das ging mir nicht anders." Sie sah zu der gewölbten Wand hinüber. Sie konnte nicht direkt sagen, dass sie jetzt besser mit jedem Tiefschlag klarkam als noch ganz am Anfang, aber die Wahrheit war, dass sie sich schon langsam daran gewöhnt hatte, immer an der Grenze zum Chaos zu balancieren.

Herr Droste hob den Kopf. Cedric setzte sich zu Daria auf das Sofa. Sie spürte seine Gegenwart in ihrer Nähe, ohne ihn anzusehen.

Herr Droste ließ den Blick über sie schweifen und war dabei absolut ernst. Daria hatte damit gerechnet, dass die Panik ihn immer noch im Griff hatte. Sie hätte es wahrscheinlicher gefunden, dass er leugnete, was soeben geschehen war, und sie einfach vor die Tür setzte. Doch das tat er nicht.

„Es tut mir leid." Er schlang seine Finger ineinander.

„Was sollte Ihnen leid tun?" Daria war überrascht über seine Worte. „Das hier war nicht Ihre Schuld. Keiner von uns wusste, was es mit diesem Tor an der Wand auf sich hatte. Wenn, das ist es meine Schuld, ich hätte gar nicht vorbeikommen dürfen. Dann wäre das alles nicht passiert."

„Nein, das ist nicht richtig. Das ist doch nicht deine

Schuld. Es ist meine Schuld, dass das alles passiert ist." Er sah sie an. „Ich wusste doch, dass mein Urgroßvater über diesen Liberalis-Orden und den Nebelstein geschrieben hat. Aber es ging dabei um ein Amulett, nicht um einen Ring. Ich bin niemals auf die Idee gekommen, dass dieser sagenumwobene Nebelstein die ganze Zeit in meinem Besitz war."

„Das habe ich gemerkt." Daria nickte.

„Ich hätte dir spätestens dann glauben müssen, als du bei mir warst und mich gefragt hast, ob er wirklich deine Wünsche erfüllen kann." Herr Droste seufzte gequält. „Es ist mein Fehler, ich hätte es doch viel eher merken müssen, und dann verkaufe ich dir den Ring auch noch zu einem Spottpreis und mache ihn dir schmackhaft." Herr Droste schüttelte den Kopf, als ob er nicht begreifen konnte, was er da angerichtet hatte.

„Haben Sie den Ring wirklich von dieser Frau in Ägypten bekommen?" Daria versuchte das Thema zu wechseln. Wer Schuld an welchem Umstand trug, war nicht mehr von Belang. Verschiedene Umstände hatten auf allerlei Umwegen dazu geführt, dass sie nun hier standen, wo sie standen, und die Dinge eben so waren, wie sie waren. Es brachte nichts, sich jetzt noch den Kopf darüber zu zerbrechen, was man anders hätte machen können. Dafür war es längst zu spät.

Herr Droste nickte. „Ja, natürlich. Es war genauso, wie ich es erzählt habe. Allerdings ist es mir ein Rätsel, wie der Stein von dem Amulett zu dem Ring gelangen konnte."

„Das war meine Uroma Helga. Sie kannte die Kraft des Steins aus eigener Erfahrung und sie hat ihn verschwinden lassen. Eigentlich sollte er irgendwo in der Wüste im Sand vergraben werden, aber das ist nicht geschehen." Daria presste die Lippen aufeinander. „Irgendjemand hat sich nicht an ihre Anweisungen gehalten."

Herr Droste runzelte die Stirn. „Der Ring ist also nicht im Sand, sondern mit einer Warnung versehen in einem Grab gelandet."

„Und dort hat ihn ein Grabjäger gefunden und verkauft", setzte Cedric die Geschichte fort.

„Und dann habe ich ihn bekommen und ihn wieder mit zurück nach Fresienstein genommen. Unfassbar. Der Nebelstein wollte mit aller Kraft wieder hierher zurück." Herr Droste betrachtete den Ring mit sichtlichem Argwohn. Dann sah er Cedric an. „Wie geht es dir, mein Junge?"

„Erstaunlich gut." Cedric lehnte sich zurück. „Aber ich kann mich an nichts erinnern. Ich weiß nur noch, dass dieses Ding...", er zeigte auf das Oval an der Wand, „... eine unglaubliche Anziehungskraft auf mich hatte. Ich wollte es unbedingt anfassen."

Herr Droste legte nachdenklich einen Finger an sein Kinn. „Wir müssen uns alle von diesem Ort fernhalten. Besonders du, Daria. Wenn du der Wand mit diesem Ring an der Hand zu nah kommst, dann fällt mir noch das ganze Haus ein." Herr Droste seufzte. „Ich muss das wiedergutmachen." Er erhob sich mit ernster Miene. „Ohne mich würdest du erst gar nicht in diesem Schlamassel stecken. Ich werde dir zur Seite stehen, so gut ich es eben kann."

„Das ist die richtige Entscheidung, Onkel." Cedric nickte.

„Du hast ihr also geglaubt."

„Das habe ich." Cedric sah Daria an. In seinen Augen lag eine Sehnsucht, die Darias Herz schneller schlagen ließ. „Ich stehe tief in deiner Schuld."

Daria schüttelte den Kopf. „Das musst du nicht, ich kann niemanden sterben lassen. Außerdem hast du mich auch schon mal gerettet. Es war nur fair, dass ich dasselbe für dich tue."

„Das war nicht dasselbe." Cedric blieb ernst. „Das war

viel, viel mehr."

„Ich sehe also, dass ihr schon einiges wisst. Erzählt mir, was ihr schon herausbekommen habt, und dann werde ich die Unterlagen meines Urgroßvaters noch einmal unter einem ganz neuen Aspekt betrachten." Er nickte entschlossen, trat zum Tisch und verteilte Tassen. Dann goss er Pfefferminztee ein und setzte sich wieder. Er sah Daria erwartungsvoll an. „Dann erzähl mir bitte, was dir geschehen ist, seitdem du den Ring mit aus meinem Laden genommen hast."

Daria zögerte nicht und begann zu erzählen, von den ersten Wünschen und wie sie begriffen hatte, was der Ring konnte, bis hin zu dem heutigen Tag, als sie das Tor gefunden hatte. Selbst die verschwundenen Brunnenfiguren ließ sie nicht aus.

Herr Droste hörte gespannt zu, goss Tee nach, nickte immer wieder und fragte nach, wenn ihm etwas unklar war. Als Daria geendet hatte, saß er eine Weile auf dem Sofa und schien völlig in Gedanken versunken zu sein.

Dann richtete er sich plötzlich auf. „Also gut, ich denke, ich habe alles so weit verstanden. Das ist wirklich eine unglaubliche Geschichte. Aber ich werde mein Bestes tun, um dir zu helfen, da wieder unbeschadet rauszukommen. Ich werde mich jetzt den Unterlagen meines Urgroßvaters widmen und außerdem werde ich den Laden schließen. Wer weiß, wer sich noch von diesem seltsamen Tor angezogen fühlt und plötzlich zusammenklappt, ohne dass ich noch etwas dagegen tun könnte."

„Das ist eine gute Entscheidung." Cedric nickte und stand auf.

„Ich melde mich, sobald ich etwas Nützliches zu diesem Problem beitragen kann."

„Danke, das ist wirklich nett von Ihnen." Daria folgte Cedric zur Ausgangstür.

„Nein, ich tue nur Buße, und das zu Recht." Herr Droste seufzte, als ob er ab jetzt eine schwere Last zu tragen hatte. „Ruh dich ein bisschen aus, mein Junge. Nach der Aufregung heute hast du das wirklich bitter nötig."

Cedric nickte. Daria betrachtete ihn und langsam überwog in ihr das Gefühl, dass sie ziemlich knapp an einer riesigen Katastrophe vorbeigeschrammt waren. Aber sie hatten es überstanden. Es ging ihnen gut und noch war nichts verloren. Im Gegenteil: Herrn Drostes Hilfsangebot gab ihr Hoffnung. Eine ungewohnte Leichtigkeit überkam Daria und das lag einfach daran, dass Cedric neben ihr stand und sie anlächelte und nicht mehr leblos in seinem eigenen Blut auf dem Boden lag. Daria warf dem Ring einen Blick zu. Bald waren ihre Wünsche aufgebraucht und der Gedanke, dass sie in so einer Situation bald hilflos mit ansehen musste, wie ein Mensch sein Leben verlor, war unerträglich. Das Leben war ein Geschenk und man musste es nutzen, solange man es hatte. Vorsichtig griff Daria nach Cedrics Hand und als er ihren Händedruck erwiderte, hatte sie das Gefühl zu fliegen.

KAPITEL 16

Es war schon weit nach zehn Uhr, als Daria wieder daheim war. Sie war mit Cedric Hand in Hand einfach nur durch Fresienstein gelaufen. Sie hatten sich unterhalten und versucht, den dunklen Moment zu vergessen. Daria fühlte sich, als ob sie immer noch auf Wolken lief. Sie spürte, dass sie heute etwas wirklich Gutes getan hatte, und dieses Gefühl hallte immer noch in ihr nach.

Ihre Mutter telefonierte immer noch und Daria wollte sich schon in ihr Zimmer zurückziehen und in den kostbaren Erinnerungen der letzten Stunden schwelgen, als es plötzlich klingelte. Hastig ging Daria zur Tür. Gab es eine neue Katastrophe? War der kleine Moment des Glücks schon wieder vorbei? Schnell riss sie die Tür auf.

Esra stand vor der Tür und sie war leichenblass. „Der Liberalis-Orden ist auf dem Weg nach Fresienstein", sagte sie mit eiskalter Stimme. „Du musst dich in Acht nehmen. Sie bereiten etwas wirklich Großes vor und sie werden eine Menge Blut vergießen."

„Was?" Daria starrte Esra fassungslos an. Ihre Freundin sah aus wie ein Geist und genauso benahm sie sich auch. Erst jetzt bemerkte Daria, dass Rosie neben Esra stand und ziemlich genervt wirkte.

„Sie hatte gestern Abend diesen Anfall, nachdem wir in einer Bar Cranberrysaft getrunken haben. Keine Ahnung, warum gerade dieses Zeug so eine heftige Wirkung auf Esra hat, aber seitdem steht sie total neben sich. Sie ist wie ein

Zombie. Erst dachte ich, sie hat irgendetwas, aber als sie dann anfing, alle möglichen Schauergeschichten zu erzählen, da wusste ich, dass sie Visionen hat." Rosie nahm Esra am Arm und führte sie ins Haus.

Daria brachte die beiden in die Küche und bot Esra einen Stuhl an. Sie ließ sich erschöpft darauf sinken.

„Was hat sie noch alles gesagt?" Daria brachte Esra ein Glas Wasser und setzte sich dann neben sie.

„Eine ganze Menge." Rosie sah den Rotwein auf dem Tisch stehen, holte sich ein Glas und schenkte sich ein. Mit einem erleichterten Seufzer nahm sie einen Schluck und sah Daria dann ernst an. „Es kommt mir so vor, als ob all die Visionen, die sie in den letzten Wochen unterdrückt hat, jetzt mit aller Kraft aus ihr rauswollen. Sie redet die ganze Zeit von einem Orden. Aber ich verstehe überhaupt nicht, was sie will. Im Internet steht auch nichts dazu. Es gibt keinen Orden, der so heißt."

„Meinst du den Liberalis-Orden?", fragte Daria überrascht.

„Genau den." Rosie schien erstaunt zu sein, dass Daria davon wusste.

„Was sagt sie noch?" Daria beugte sich über den Tisch und musterte Esra, die durstig aus dem Glas trank und es in einem Zug leerte.

„Sie sprach von einer Bruderschaft und dass auch sie auf dem Weg nach Fresienstein sind." Rosie legte nachdenklich den Kopf schief. „Sag bloß, davon hast du auch schon gehört?"

„Die Alba-Bruderschaft?" Daria nickte.

„Und was ist mit dem Tor, das sich mit jedem deiner Wünsche weiter öffnet und aus dem ein Dämon kommen wird?" Rosie runzelte die Stirn.

„Das ist in Herrn Drostes Laden. Halt dich bloß von dieser Stelle fern. Cedric ist heute beinahe verblutet, als er es angefasst hat.“

Rosie stieß empört Luft aus. „Wieso fahre ich zwölf Stunden am Stück und breche unseren Urlaub eher ab, um dir diese total wichtigen Informationen zu bringen, wenn du sie schon weißt?“

„Ich weiß das erst seit Kurzem.“ Daria holte aus und erklärte Esra und Rosie, was heute geschehen war und was sie aus den Tagebüchern ihrer Urgroßmutter erfahren und sich gemeinsam mit Cedric zusammengereimt hatte.

„Das heißt, es wird irgendetwas ziemlich Gruseliges passieren, wenn alle Wünsche aufgebraucht sind.“ Rosie sah Daria nachdenklich an. Dann musterte sie den Ring an ihrer Hand. „Und du denkst echt, dass die Geschichte mit dem Dämon stimmt?“

„Ich weiß es nicht.“ Daria legte nachdenklich den Kopf schief. Sie dachte an den Tag im Wald zurück, als die Elfe sie mit dem grünen Pulver in eine Welt der Vergangenheit geführt hatte. Doch zwischen der Verbannung der Magie in den Nebelstein und der Errichtung des Tors waren vermutlich viele Jahrhunderte, wenn nicht gar Jahrtausende vergangen, vorausgesetzt, diese Geschichte stimmte. Wenn Daria ehrlich war, dann hatte sie überhaupt keine Ahnung, was geschehen würde, wenn all ihre Wünsche verbraucht waren. Doch es musste etwas Großes sein, wenn es so viele Menschen interessierte.

Daria seufzte. „Ich hoffe, dass meine Mutter etwas bei meiner Oma erreichen kann. Sie sprechen noch miteinander. Vielleicht hat ihr meine Urgroßmutter ein paar wichtige Infos hinterlassen. Wir nehmen es zumindest an. Es könnte eine Art Warnung gewesen sein. Vielleicht bringt das etwas mehr Licht ins Dunkel. Außerdem hat Herr Droste noch die Chroniken seines Urgroßvaters und will sie durchsehen.“

„Das kann dauern mit Herrn Droste. Da erfahren wir

wahrscheinlich bei deiner Mutter eher etwas. Wie lange telefoniert sie denn schon?" Rosie blickte skeptisch in den Flur.

„Das kann noch eine Weile dauern. Die beiden haben seit Jahren nicht miteinander gesprochen." Daria sah Esra besorgt an. „Wie geht es dir?" Dann griff sie nach ihrer Hand. „Erzähl mir, was du siehst, Esra."

Esra seufzte, als ob sie gerade fest schlief und sich nur von der einen Seite auf die andere gedreht hatte. Dann richtete sie sich plötzlich kerzengerade auf und umklammerte Darias Hand mit all ihrer Kraft. Sie drehte sich zu Daria um und sah ihr mit klarem Blick in die Augen. „Du darfst dir nichts mehr wünschen. Hörst du, Daria? Keine Wünsche mehr. Wenn es vollendet ist, dann wird sich auch unsere Welt verändern."

„Was wird sich verändern?" Auch wenn Darias Herz raste, versuchte sie ruhig zu sprechen. „Hat es etwas mit dem Liberalis-Orden zu tun? Oder mit den Sünden?"

„Die Magie kommt in die Welt zurück." Esras mandelförmige Augen verengten sich zu Schlitzen und wirkten hinter den Brillengläsern fremd. „Aileens Fluch wird gebrochen. Du kannst es nur verhindern, wenn du dir nichts mehr wünschst. Verstehst du das?"

„Okay." Daria nickte.

„Wie meinst du das?" Rosie runzelte die Stirn. „Was soll das mit der Magie bedeuten? Krieg ich dann einen Zauberstaub und kann auf einem Besen fliegen? Ich verstehe gar nichts."

„Keine Besen und keine Zauberstäbe." Esra schüttelte energisch den Kopf. Sie schien wieder völlig klar zu sein. Es war, als ob sie aus einem Traum aufgetaucht war. „Das, was ich da gesehen habe, war ganz anders. Es gab Hexen, aber sie haben mit Zaubersprüchen gearbeitet. Sie konnten Feuer löschen, Krankheiten besiegen und sie konnten sich in Luft auflösen und an anderer Stelle erscheinen. Das war

Teleportation. Aber es gab auch haufenweise düstere Typen in dunklen Umhängen, die den Hass schüren konnten. Sie haben Streitereien angezettelt und Diebstähle begangen. Alle waren irgendwie anders. Total verändert eben." Esras Augen wurden wieder groß. „Ich habe gesehen, wie Rosie Blumen zum Blühen bringt und Efeu über ein ganzes Haus wuchern lässt. Herr Grauland war ein richtiger Kraftprotz, und seine Hunde erst."

„Oha!" Rosie runzelte die Stirn und begann zu grinsen. „Das klingt doch beeindruckend."

„Bist du dir sicher, dass du das gesehen hast?" Daria runzelte die Stirn. „Ich meine, bist du sicher, dass es eine Vision ist und kein Traum? Bisher hast du noch nie solche Sachen gesehen."

„Ich weiß, dass das albern klingt, aber die Vision war so klar, dass es keinen Zweifel gibt." Esra sah Daria ernst an. „Hat Cedric dich geküsst?"

Daria schüttelte den Kopf. „Nein, das wird nicht passieren. Ich bin mir absolut sicher, dass wir das verhindern werden. Wir kennen die Gefahr. Aber hast du gesehen, dass er heute beinahe gestorben ist?"

„Nein, tut mir leid. Meine Gabe scheint ziemlich löchrig zu sein."

Esra schnaufte resigniert. „Ich habe nur gesehen, dass alles durcheinanderkommen wird. Aber ich weiß, dass wir noch eine Chance haben, das alles zu verhindern. Auch wenn ich nach der Party gedacht habe, dass es unmöglich ist. Aber vielleicht war das nur ein Versehen mit Marcellos Kuss. Du darfst Cedric auf keinen Fall küssen, hörst du? Besser, du hältst dich komplett von ihm fern."

„Okay." Daria zog das Wort in die Länge. Besser, sie erzählte Esra nichts von dem endlos langen Spaziergang, den sie gerade mit Cedric gemacht hatte, und wie glücklich sie gewesen war.

„Versprich es. Du hast ja gesehen, wie schnell es bei Rosie gegangen ist, dass die Dinge außer Kontrolle geraten sind." Esra sah sie eindringlich an.

„Das stimmt." Rosie seufzte. „Ich hätte nie geglaubt, dass das wirklich passieren würde, aber es ist geschehen und ich konnte nichts mehr dagegen tun."

„Es tut mir echt leid", sagte Daria zerknirscht. „Das war meine Schuld. Wenn ich mir nicht gewünscht hätte, dass Elania und Marcello die Wahrheit sagen müssten, wäre das alles nicht geschehen."

„Ach was." Rosie winkte ab. „Das nehme ich dir doch nicht übel. Zum einen konntest du nicht wissen, dass Marcello seine Phase nutzt, um jede Frau anzuspringen, die nicht bei drei auf den Bäumen ist, und zum anderen hat dieser Kuss die Sache zwischen mir und Henning endlich in die richtige Richtung katapultiert. Wir haben es noch in derselben Nacht getan."

„Was habt ihr getan?" Daria runzelte überrascht die Stirn.

„Wir haben uns geküsst und was man eben sonst so macht, wenn einen die Sache mit der Leidenschaft überkommt." Rosie grinste. „Wir sind jetzt offiziell zusammen und das verdanke ich nur dir, Daria. Also, was mich angeht, ich finde jetzt nicht, dass dieser Kuss mich in mein Unglück gestürzt hat. Ganz im Gegenteil."

„Freut mich, dass ich dir helfen konnte." Daria nickte und ließ sich von Rosies Grinsen anstecken.

„Warum willst du die Sache mit der Magie überhaupt verhindern?" Rosie trank einen Schluck Wein und lehnte sich mit nachdenklicher Miene zurück, während sie Esra kritisch musterte. „Das klingt doch alles ziemlich aufregend, und mal ganz ehrlich, seitdem Daria diesen Ring trägt, ist unser Leben doch wirklich um einiges besser geworden."

Esra schüttelte heftig den Kopf. „Es kommen nicht nur

gute Dinge. Die Magie hat auch eine dunkle Seite. Ich sehe diese Typen in den Umhängen, die anderen ihren Willen aufzwingen können. Sie haben Kraft über die Dinge um sich herum und können zum Beispiel aus dem Nichts Mauern wachsen lassen. Ein Leben bedeutet ihnen nichts. Sie sind eine Gefahr für alle."

„Aber es gibt auch gute Sachen?" Rosie schien die Hoffnung nicht aufgegeben zu haben, dass Esra sich irrte.

„Ja, die gibt es", entgegnete Esra mit einem Lächeln auf den Lippen. „Wassernymphen und Elfen, magische Quellen mit Heilkräften."

„Na also, das klingt doch nicht schlecht." Rosie sah Daria erwartungsvoll an. „Wünsch dir noch ein paar Sachen, dann können wir das alles erleben."

Esra schnappte nach Luft. „Aber die düsteren Typen wollen die Macht über die Welt ergreifen und sie gehen über Leichen. Es wird Kämpfe geben und Blut fließen. Sie werden jeden töten, der sich ihnen in den Weg stellt, und die Polizei kann das nicht verhindern."

„Die Weltherrschaft? Echt? Können sich diese bösen Mächte nicht mal etwas Neues ausdenken? Haben die wirklich von der Weltherrschaft gesprochen?" Rosie verzog missmutig das Gesicht.

„Na ja, jetzt nicht wortwörtlich." Esra umklammerte ihr leeres Wasserglas mit aller Kraft.

„Was genau hast du denn nun gesehen?" Rosie sah Esra durchdringend an und auch Daria blickte ihre Freundin erwartungsvoll an.

Esra wurde rot. „Sie werden sich nicht an unsere Ordnung halten. Sie wollen die sieben Todsünden zur neuen Gesellschaftsordnung erheben. Sie finden den ganzen Anstand, von dem unsere Welt geprägt ist, widernatürlich."

„Das ist das Ziel des Liberalis-Ordens. Eine neue Weltordnung." Daria holte tief Luft. „Du meinst solche Sachen wie Wollust, Völlerei, Hochmut und Faulheit?"

„Genau die meine ich." Esra nickte mit ernster Miene.

„Du hast also wilde Orgien gesehen?" Rosie riss die Augen auf.

Esra wurde rot und nickte. „Sie nehmen sich, was sie brauchen, und damit meine ich absolut alles. Dank ihrer Fähigkeiten können sie das dann auch."

„Vielleicht solltest du mit den Wünschen lieber doch warten, bis wir Genaueres wissen." Rosie sah Daria ernst an.

„Das halte ich auch für eine gute Idee." Daria nickte. Ihr Kopf fühlte sich an, als ob er gleich platzen würde. Sie versuchte sich das, was Esra gesagt hatte, vorzustellen, doch sie scheiterte daran. Konnte sich Fresienstein wirklich in einen solchen Ort verwandeln, wenn alle Wünsche gesprochen waren? Wie sollte das denn geschehen? Daria schüttelte heftig den Kopf.

„Da muss es noch einen Haken geben." Daria stand auf und begann in der Küche auf und ab zu laufen. „Meine Urgroßmutter hat sich auch viele Dinge gewünscht und es sind keine magischen Wesen auf der Straße erschienen und Orgien wurden auch nicht gefeiert. Es hat sich nichts geändert. Der Stein wurde schwarz und hat keine Wünsche mehr erfüllt. Wenn der Stein wirklich alle hundert Jahre auftaucht, um Wünsche zu erfüllen, dann hat er es noch nie geschafft, die Magie in die Welt zu bringen. Warum sollte er es jetzt schaffen?"

Esra sah Daria besorgt an. „Aber dieses Mal ist es anders."

„Warum?" Daria verstand gar nichts. „Was soll jetzt anders sein?"

Esra sah sie mit großen Augen an. „Du hast den Ring."

„Ich habe keine Ahnung, warum das einen Unterschied machen soll." Daria blieb stehen und seufzte frustriert.

„Versuche dich noch mal an ein paar Details zu erinnern. Wo genau ist der Unterschied?"

Esra nickte und schloss die Augen. Eine Weile musterte Daria sie gespannt.

Dann zuckte Esra plötzlich mit schmerzverzerrtem Gesicht zusammen. „Verdammt, ich kann nicht mehr." Sie hielt sich den Kopf.

„Esra." Daria war sofort bei ihr. „Alles in Ordnung?"

„Sorry, Leute, ich glaube, ich muss mich erst einmal hinlegen. Ich fühle mich total erschlagen. Mit ist schwindelig und ich glaube, ich muss mich gleich übergeben." Esra rieb sich die Schläfen und sah Daria bedauernd an.

„Kein Wunder", sagte Rosie. „Du bist ja auch schon seit sechsunddreißig Stunden wach."

„Du musst ins Bett." Daria sah Esra besorgt an. „Willst du dich gleich hier hinlegen?" Daria zeigte in das obere Stockwerk, wo neben ihrem eigenen Zimmer noch ein Gästezimmer frei war.

Esra schüttelte den Kopf. „Ich gehe besser nach Hause. Wir können morgen weiterreden oder in drei Tagen, wenn ich mich ausgeschlafen habe. Vielleicht sehe ich dann alles etwas klarer und kann dir sagen, warum der Stein dieses Mal so ein Wunder vollbringt."

„Und unterdrücke die Visionen nicht mehr, sonst kriegst du wieder so einen Daueranfall." Rosie erhob sich. „Ich bringe dich noch heim."

„Danke." Esra sah Daria bedauernd an. „Tut mir leid, dass ich dir so schlechte Nachrichten bringe."

„Sie sind nicht schlecht", erwiderte Daria aufmunternd. „Sie sind nur ziemlich verwirrend und absolut schräg."

„Das sind sie." Esra nickte und gähnte.

Daria brachte ihre Freundinnen noch zur Tür. Dann ging sie zurück in die Küche und räumte die Gläser weg. War das wirklich gerade geschehen? Daria hatte das Gefühl, dass ein D-Zug durch die Küche gerast war und sie das alles erst mal in ihrem Kopf sortieren musste. Aus dem Arbeitszimmer hörte Daria immer noch ihre Mutter leise telefonieren. Daria löschte das Licht in der Küche und ging in ihr Zimmer hinauf.

Endlich war alles ruhig. Daria legte sich einfach auf ihr Bett und tat nichts anderes, als sich das, was sie gerade von Esra erfahren hatte, durch den Kopf gehen zu lassen. Wieder und wieder. Eigentlich sollte sie Angst haben. Es war ja offensichtlich, dass die Ordensleute wegen ihr und dem Ring kamen. Sie sollte Cedric warnen.

Er hatte sich schließlich Sorgen um sie gemacht. Daria dachte darüber nach, Fresienstein zu verlassen. Doch der Gedanke, wegzulaufen, gefiel ihr komischerweise nicht. Cedric war auch nicht gegangen und sie verstand, dass er nicht weglaufen wollte.

Sie glaubte ohnehin nicht, dass es ihr gelingen würde, lange unterzutauchen. Wenn es die Ordensleute wirklich auf sie abgesehen hatten, dann würden sie ihr folgen und sie um die ganze Welt jagen, wenn es nötig war. Daria glaubte nicht, dass sie wirklich gut darin war, ihre Spuren zu verwischen.

Es musste doch noch einen anderen Weg geben. Während Daria darüber nachdachte, fielen ihr langsam, aber sicher die Augen zu und sie sank in einen tiefen und traumlosen Schlaf.

KAPITEL 17

Als Daria die Augen wieder öffnete, war es heller Tag und das Zwitschern der Vögel klang fröhlich in ihr Zimmer. Sie schrak hoch und sah auf die Uhr. Sie hatte beinahe zwölf Stunden durchgeschlafen.

Verdammt! Sie wollte doch mit ihrer Mutter reden. Was war bei ihrem Gespräch mit Oma Helga herausgekommen? Hastig sprang Daria auf und lief in das Erdgeschoss hinab. Ihre Mutter war nicht mehr da. Sie fand auf dem Küchentisch einen Zettel, auf dem stand, dass sie Termine hatte und dass alles okay wäre.

Sie hätte sich mit ihrer Mutter ausgesprochen, aber am Telefon hatte die ihr nichts Näheres erzählen wollen. Aber sie hätte ein weiteres Tagebuch von Oma Helga, in dem alles erklärt wurde, und das würde sie ihnen per Expresslieferung zuschicken.

Daria ließ den Zettel sinken. Waren das gute oder schlechte Nachrichten? Daria wusste nicht, wie sie das einordnen sollte. Sie musste warten, und zwar auf vieles. Auf Esra und auf neue Visionen. Auf Herrn Droste und dass er sich bei ihr meldete und auf die Post ihrer Großmutter. Daria nahm sich Zeit, duschen zu gehen und sich frische Sachen herauszusuchen. Der gestrige Abend kam ihr unwirklich vor. Das Tor in Herrn Drostes Laden, Cedric in einer riesigen Blutlache. Und dann auch noch Esras Visionen. Ihre Worte waren so absurd, dass sie einfach nicht mehr als ein wirrer Traum sein konnten. Daria machte sich Frühstück und setzte sich hinaus in den Garten. Alles war ruhig und friedlich. Ein warmer Wind strich durch den Garten.

Daria beschloss, dass sie die Sache ruhig angehen wollte und erst mal keine kurzfristigen Entscheidungen traf. Sie würde auf Neuigkeiten warten und bis dahin den Zustand genießen, dass alles in Ordnung war. Solange sie keine weiteren Wünsche äußerte, bestand keine Gefahr, dass Esras Visionen allzu bald wahr werden würden.

Und wenn einer dieser Ordensbrüder hier auftauchen würde, dann würde sie ihm schon erzählen, dass er schnell wieder verschwinden sollte. Ihre Uroma hatte vielleicht noch Angst vor den fremden Männern gehabt, aber mittlerweile waren andere Zeiten angebrochen.

Eine Frau von heute schritt selbst zur Tat. Daria sah sich auf ihrem Handy bei YouTube ein paar Videos über Selbstverteidigung an. Das war doch gar nicht so schwer. Je mehr Daria das Gefühl bekam, sich zur Wehr setzen zu können, umso ruhiger wurde sie. Sie würde das in den Griff bekommen.

Daria lenkte sich an diesem Tag damit ab, ihr Zimmer aufzuräumen. Sie brachte die vielen Hefter, die sie für die Abiturprüfung gebraucht hatte, auf den Dachboden und saugte und wischte dann so gründlich, wie sie es schon lange nicht mehr getan hatte. Die Handwerker hatten zwar nur draußen gearbeitet, aber dennoch war eine Menge Dreck in ihrem Zimmer gelandet. Es tat gut, sich körperlich zu beschäftigen. Daria spürte, wie ihr die einfachen Tätigkeiten das Gefühl der Kontrolle über ihr Leben zurückgaben.

Am nächsten Tag räumte sie daher die Küche auf und dann begann sie im Garten Rasen zu mähen und die großen Rabatten vom Unkraut zu befreien. Sie brachte sogar den Bereich rund um das Haus in Ordnung, wo die Gerüste gestanden hatten. Je länger sie arbeitete, umso weiter drifteten ihre Gedanken von dem Unwirklichen ab und wandten sich den realen Dingen zu.

Daria freute sich auf den Beginn ihrer Ausbildung. Sie besorgte sich neue Blöcke und Stifte, und als sie am Sonntagabend in ihr Bett fiel, fühlte sie sich wieder eins mit sich und der Welt um sie herum. Morgen würde die Akademie öffnen und bisher hatten sie keine Hiobsbotschaften erreicht.

Doch das gute Gefühl reichte nur so lange, bis sie am Montagmorgen auf dem Weg zu Esra war, um sie zu ihrem ersten Tag an der Akademie abzuholen. Schon von Weitem erkannte sie Elania und Marcello, die Hand in Hand in dieselbe Richtung marschierten. Vor Überraschung blieb Daria stehen.

„Hast du was an den Augen?" Elania marschierte mit hocherhobenem Kopf und stolzer Miene an Daria vorbei. Ihre langen, blonden Haare schimmerten silbern im Sonnenschein. „Was glotzt du denn so?"

Daria öffnete den Mund, aber ihr fiel beim besten Willen nicht ein, was sie sagen könnte. Elania und Marcello hatten angekündigt, die Stadt zu verlassen und nie wiederzukehren. Was machten sie jetzt hier? Das konnte doch einfach nicht wahr sein. Hatte ihre Mutter sich nicht gewünscht, dass sie gemeinsam mit ihren Freunden hier in Fresienstein bleiben konnte? Aber Elania und Marcello gehörten ganz sicher nicht zu ihren Freunden. Was hatten die beiden hier zu suchen?

„Ja, wir haben uns ausgesprochen", ergänzte Marcello, als ob es nötig wäre, das nach den Ereignissen auf der Party noch einmal zu betonen. Dann strich er sich durch die gelockten, schwarzen Haare und sah Daria herausfordernd an.

Doch Daria wollte gar nicht mehr wissen. Sie hob abwehrend die Hände. Marcello nickte zufrieden. Dann zog er Elania mit sich und legte ihr besitzergreifend den Arm um die Schulter.

Daria starrte den beiden fassungslos hinterher. Also war von ihren ehrlichen Momenten nicht viel übrig geblieben. Genau genommen war gar nichts übrig geblieben. Einerseits beruhigte Daria die Tatsache, dass sie mit ihrem Wunsch keinen schlimmen Schaden angerichtet hatte, aber andererseits war es auch schade, dass die beiden nach diesem Erlebnis nicht zur Vernunft gekommen waren.

„Ist es das, was ich denke?" Esra stand plötzlich neben Daria.

Daria war so in den Anblick von Elania und Marcello versunken gewesen, dass sie gar nicht bemerkt hatte, wie Esra aus dem Haus gekommen war.

„Ich glaube, dass es genau das ist, was du denkst. Die beiden werden auch auf die Akademie gehen." Daria seufzte. Also würde es mit den üblen Späßen der beiden weitergehen.

„Und ich dachte, wir wären sie wirklich für immer los." Esra schlug den Weg Richtung Marktplatz ein. Sie sah ausgeruht und entspannt aus.

„Das hatte ich auch gehofft." Daria musterte Esra vorsichtig von der Seite. Sie scheute sich ein wenig davor, sie auf ihre Visionen anzusprechen. Die letzten Tage hatten sie auf den Boden der Tatsachen zurückgeholt. Daria fühlte sich normal und wenn der Ring mit dem dunkler werdenden Stein nicht immer noch an ihrer Hand festgesteckt hätte, hätte sie vielleicht sogar für ein paar sorglose Momente vergessen können, dass eine Gefahr da draußen lauerte, von der sie überhaupt keine Ahnung hatte.

„Es geht mir gut." Esra sah Daria missmutig an. „Du musst mich nicht anstarren, als ob ich eine Krankheit habe. Rosie behandelt mich immer noch, als ob ich total neben mir stehe. Ich muss ihr einen riesigen Schreck eingejagt haben. Sie schreibt mir dreimal am Tag Nachrichten und erkundigt sich, ob ich noch klar im Kopf bin."

„Darüber mache ich mir keine Sorgen." Daria sah geradeaus. Es war ein heißer Tag und Herr Grauland führte seine Dackel schon am Morgen aus, bevor er sich mit ihnen in sein kühles Haus zurückzog. Hades trug eine Quietschente im Maul, die Ares ihm ständig wegzuschnappen versuchte. Das Kläffen der aufgeregten Dackel schallte weit durch die Kastanienallee.

„Okay." Esra schien beruhigt zu sein. „Dann hast du wohl eher Angst vor neuen Katastrophen."

„Genau das ist mein Problem." Daria rückte ihren Rucksack zurecht. „Das waren alles ziemlich wirre Informationen, die du mir da an den Kopf geworfen hast. Ich weiß immer noch nicht, was ich davon halten soll. Einerseits macht es mir total Angst, aber andererseits klingt es so unwahrscheinlich, dass ich einfach nicht glauben kann, dass es wirklich geschehen wird."

„Bis vor einer Weile hast du auch nicht daran geglaubt, dass ein Ring deine Wünsche erfüllen kann."

„Das stimmt." Daria nickte. Das war ein Punkt, den Daria nicht abstreiten konnte. „Es ist mir eine Menge unklar. Ich weiß, dass das hier nicht der richtige Moment für Logik ist, aber woher soll diese Magie denn kommen? Aus dem Ring? Aus der Wand? Was hat das miteinander zu tun? Und warum weiß dieser Liberalis-Orden so viel darüber?"

„Keine Ahnung." Esra zuckte mit den Schultern. „In den letzten drei Tagen war absolute Ruhe in meinem Kopf. Dabei habe ich sogar zwei Liter Cranberrysaft runtergewürgt und dreimal am Tag meditiert. Wünsch dir einfach nichts und küsse Cedric nicht. Mehr kann ich dir im Moment leider nicht raten, zumindest so lange, bis wieder etwas Neues kommt." Esra zuckte mit den Schultern, als ob das die einfachsten Ratschläge der Welt waren und es wirklich keine Mühe machte, sie zu befolgen. „Das ist zumindest mein Eindruck, wie du dich vor alldem schützen kannst, nach den Visionen, die ich gesehen habe."

„Ich gebe mir Mühe", versprach Daria. „Wo steckt Rosie überhaupt?"

„Sie ist doch mit Henning, Lea und Caspar in eine WG am Marktplatz gezogen. Sie wollten dort noch gemeinsam ein Pärchenfrühstück machen." Esra holte tief Luft und sah mit einem entspannten Lächeln in den blauen Himmel empor, den man fetzenweise durch die Baumkronen der Kastanienbäume sehen konnte. „Du kannst dir gar nicht vorstellen, wie sehr ich mich auf ein bisschen Normalität freue."

„Oh, doch, das kann ich." Daria nickte eifrig, während sie den Marktplatz erreichten. Daria sah zu dem Café hinüber, wo vor wenigen Monaten alles begonnen hatte. Sie dachte an den Beinahe-Unfall von Caspar und Cedric zurück. Wäre alles anders gekommen, wenn Daria sich nicht gewünscht hätte, dass alle gerettet würden? Sie dachte darüber nach und natürlich wäre alles anders geworden, aber der Punkt war eben, dass sie sich anders entschieden hatte. Sie hätte es nicht anders gekonnt.

In diesem Moment erklangen quietschende Reifen und ein dunkler Sportwagen schoss aus der engen Friedhofsgasse heraus. Daria hatte das Gefühl, dass jemand die Zeit zurückgedreht hatte.

Sie stieß einen erschrockenen Schrei aus und glaubte beinahe, dass Caspars Jeep jeden Moment um die Ecke kommen müsste. Doch auf dem Marktplatz war kein anderes Auto zu sehen. Nur ein paar Tauben flatterten aufgeregt in die Luft, als Cedric auf sie zufuhr.

„Alles klar?" Esra sah sie besorgt an.

„Ja, alles in Ordnung." Daria überspielte ihren kurzen Moment der Aufregung mit einem nervösen Kichern.

Cedric hielt direkt vor ihnen und ließ seine Fensterscheibe nach unten. Er trug eine Sonnenbrille und lächelte

Daria strahlend an.

„Guten Morgen, meine Schöne." Seine Stimme schmeichelte sich sanft in Darias Ohr und löste wie immer ein Kribbeln in ihrem Bauch aus. Sie wollte gar nicht wissen, was mit ihr geschah, wenn er etwas wirklich Gefühlvolles oder Leidenschaftliches zu ihr sagte. Vermutlich würde sie einfach nur davonfließen wie Schokolade in der Sonne.

Esra verdrehte die Augen und Daria lief sofort knallrot an. Der Blick, den Esra Daria zuwarf, sagte ganz eindeutig, dass sie Cedric besser die kalte Schulter zeigen sollte. Doch das konnte Daria nicht mehr, diesen Punkt hatten sie längst überschritten.

„Guten Morgen." Daria riss sich zusammen und nickte Cedric grüßend zu. Dabei achtete sie darauf, dass sie nicht einmal aus Versehen seiner Hand zu nah kam, um Esra nicht in Panik zu versetzen. „Gibt es Neuigkeiten bei deinem Onkel?"

„Leider nicht. Er hat sich total in seinen Papierkram vergraben und weigert sich, unvollständige Ratschläge zu geben, wie er es nennt." Seine Stirn verfinsterte sich. „Ich treffe mich aber gleich mit Frau Gremmer, die wohl Kontakte in die Richtung haben soll. Zumindest das habe ich herausgefunden."

„Frau Gremmer hat etwas mit dem Liberalis-Orden zu tun?" Esras Stimme klang schrill.

Cedric sah sie verdutzt an. Dann nahm er die Sonnenbrille ab. In seinen Augen lag ein überraschter Ausdruck. „Ich sehe, wir sind alle auf einem Stand. Dann muss ich mir ja keine Mühe geben, in Rätseln zu sprechen."

„Daria hat nicht mit mir darüber gesprochen, falls du das gerade andeuten willst." Esra sah Cedric tadelnd an. „Ich sehe das. Schon vergessen?" Esras vorwurfsvoller Ton sorgte dafür, dass Cedric erst die Stirn runzelte, dann aber zufrieden lächelte.

„Weißt du vielleicht mehr als ich?" Er sah Esra gespannt an. „Ich bin ganz Ohr. Lass mich an deinen Visionen teilhaben, dann kommen wir vielleicht eher an nützliche Informationen."

„Ja, Esra hat etwas gesehen, und zwar, dass der Orden herkommen wird, und nicht nur er. Auch die Alba-Bruderschaft hat sich auf den Weg nach Fresienstein gemacht." Daria hatte schnell gesprochen, um Cedric auf den neuesten Stand zu bringen.

„Dann werden wir ja bald sehen, wer dahintersteckt." Cedric nickte. Man sah ihm jedoch an, dass ihm diese Neuigkeit nicht gefiel. „Noch mehr?"

„Ich soll mir nichts mehr wünschen." Daria holte tief Luft.

„Warum denn das?" Cedric sah fragend zwischen Daria und Esra hin und her. „Wegen dem Tor und dieser Geschichte mit den Dämonen?"

„Ja, genau. Es öffnet sich mit jedem Wunsch immer weiter und wenn der Nebelstein schwarz geworden ist, wird sich die Magie wieder auf der Welt ausbreiten." Daria warf dem Ring einen schnellen Blick zu. Die dunklen Adern überzogen den Ring und beinahe zur Hälfte war er schon schwarz.

„Aber ihr wisst nicht genau, was passieren wird, oder?" Cedric sah Esra und Daria fragend an.

„Es wird gute und schlechte Kräfte geben." Esras Stimme klang kalt. Sie sah Cedric skeptisch an, als ob sie erwartete, dass er jeden Moment laut loslachen würde und Esra erklärte, dass sie absoluten Blödsinn erzählte.

Doch Cedric lachte nicht, er blieb ernst und sah Daria besorgt an. Dann sah er zu ihrem Ring hinab.

„Ich werde mir nichts mehr wünschen, bis wir Genaueres wissen", beeilte sich Daria zu sagen, bevor er sie ermahnen konnte, vorsichtig zu sein.

„Das verstehe ich." Cedric nickte.

„Was hat diese Frau Gremmer mit dem Liberalis-Orden zu tun?" Esra sah Cedric gespannt an.

„Keine Ahnung", entgegnete Cedric achselzuckend. „Zumindest habe ich die noch nicht. Ich habe nur einen Tipp von einem alten Freund bekommen, dass sie ein paar zweifelhafte Organisationen mit Geld unterstützt und es sein könnte, dass der Liberalis-Orden auch zu ihnen gehört. Aber das ist nur eine Vermutung. Wie ich schon sagte, ich bin gerade auf dem Weg zu ihr, um herauszufinden, was an der Sache dran ist. Wollt ihr mitfahren?"

Esra zögerte nicht, sondern stieg auf dem Rücksitz ein. Ihre Mahnung, dass sich Daria von Cedric fernhalten sollte, war augenscheinlich schon wieder vergessen. Die Geheimnisse rund um den Liberalis-Orden interessierten Esra deutlich mehr.

Daria stieg auf dem Beifahrersitz ein. Cedric lächelte ihr zufrieden zu. Es gefiel ihm, dass sie neben ihm saß. Einen Moment lang dachte Daria, wie schön es wäre, wenn das zu ihrem Alltag gehören würde. Doch das tat es nicht. Cedric setzte die Sonnenbrille wieder auf und startete den Motor.

„Es muss einen Anführer geben." Esra lehnte sich in ihrem Sitz zurück und betrachtete Cedric.

„Und du kennst ihn?" Cedrics Blick hing am Rückspiegel fest, als ob er darauf wartete, dass Esra ihm ein paar brauchbare Details lieferte, die er für sein Gespräch nutzen konnte.

„Nein, es ist alles unscharf." Esra fluchte.

„Dann muss ich mich eben doch mit Frau Gremmer treffen und hoffen, dass ich etwas aus ihr herausbekomme." Cedric gab Gas und der Motor heulte auf.

Die Stadt schoss an Daria vorbei und sie kam kaum dazu, sich über Cedrics mörderischen Fahrstil zu beschweren, da waren sie schon an der Akademie angelangt.

„Von Verkehrsregeln hältst du nicht viel, oder?" Daria stieg mit wackeligen Knien aus. Cedric hatte auf dem großen Parkplatz ein Stück weit hinter der Akademie geparkt. Von hier aus führte die Straße nur noch wenige Meter weiter, bis sie an der alten Scheune endete.

„Regeln sind da, um sie zu brechen." Cedric zuckte mit den Achseln und grinste Daria dann auf eine Weise an, die ihr Herz schneller schlagen ließ. Dann betrachtete er die Akademie, vor der sich Unmengen an Studenten drängten. Es war gleich acht Uhr und die Eröffnungsveranstaltung würde bald beginnen.

„Na, dann viel Erfolg bei Frau Gremmer. Halte uns auf dem Laufenden." Esra hakte sich bei Daria ein und wollte schon auf die Akademie zusteuern.

„Ich komme mit euch." Cedric war schon an Darias Seite.

„Das musst du nicht, du hast doch einen Termin." Esra gefiel es nicht, dass Cedric sich ihnen anschloss, und sie gab sich auch keine Mühe, das vor ihm zu verbergen. „Du weißt doch, dass ihr besser ein bisschen Abstand zueinander halten solltet. Ihr habt für heute genug Zeit miteinander verbracht."

„Ich weiß", sagte Cedric überraschend einsichtig. Daria sah ihn erstaunt an. „Ich werde Daria nicht anfassen. Du brauchst dir keine Sorgen zu machen, Esra. Ich halte mich an mein Versprechen. Aber das heißt ja nicht, dass ich nicht mehr mit ihr reden darf."

„Sorry." Esra hob abwehrend die Hände und machte einen Schritt zurück. „Ich will nur dein Blutvergießen verhindern."

„Sehr rücksichtsvoll. Aber dafür bist du zu spät dran. Du hast sicher schon gehört, was passiert ist." Cedric hob eine Augenbraue. In seinem dunklen T-Shirt wirkte er groß und bedrohlich.

Doch Daria fühlte sich in seiner Gegenwart erstaunlich sicher. Sollte die Welt doch um sie herum untergehen. Sie war sich sicher, dass Cedric sie beschützen konnte, vor diesem Orden und auch vor der unheimlichen Magie.

„Du kannst ruhig mitkommen", sagte Daria, um die Diskussion der beiden zu unterbrechen. „Zu der Feierstunde sind alle Interessierten eingeladen."

„Ich weiß und deswegen bin ich auch hier." Cedric sah sie ernst an. „Ich habe den Termin erst in zwei Stunden. Ich wollte Frau Gremmer noch ein bisschen beobachten. Sie ist bei der offiziellen Feierstunde dabei. Das stand in diesem kleinen Klatschblatt, das hier jede Woche erscheint."

„Du meinst das Fresiensteiner Wochenblatt?" Esra war sichtlich überrascht, aus welcher Quelle er seine Informationen bezogen hatte.

„Ja, das meine ich, und für diesen Termin bin ich sogar zeitig aufgestanden."

„Ich weiß, was das bedeutet." Daria nickte Cedric grinsend zu, der ihr Lächeln erwiderte.

Esra gab einen resignierten Laut von sich und lief voran. Gemeinsam gingen sie auf die Akademie zu. Sie mischten sich unter die vielen Menschen. So wie es aussah, hatte sich halb Fresienstein auf den Weg zur Akademie gemacht. Der Andrang war riesig. Doch Darias Mutter musste das schon geahnt haben. Da in der Akademie nicht genug Platz war, um so viele Gäste unterzubringen, hatte sie vor der großen Treppe, die zur Eingangstür führte, ein Podium aufbauen lassen. Jetzt drängten sich die Menschen in dem Garten vor dem Gebäude, auf dem Gehweg bis hinaus auf die Straße und es kamen immer noch neue Schaulustige an.

Gerade quietschten die Lautsprecher, während der Bürgermeister neben Frau Gremmer Platz nahm, die schon auf dem Podium saß. Die beiden unterhielten sich lächelnd, während Darias Mutter letzte Anweisungen gab. Dann klopfte sie an das Mikrofon und mahnte zur Ruhe. Es wurde still und plötzlich konnte man auch das Zwitschern der Vögel vernehmen und das Rauschen des warmen Windes in den vielen Bäumen, die entlang der Straße standen.

Die Akademie mit ihrer frisch gestrichenen, hellgelben Fassade und dem korrekt gestutzten Rasen bildete einen seltsamen Kontrast zu der dahinter liegenden Weberei, deren leere Fenster und graue Fassaden einen traurigen Anblick bildeten.

„Herzlich willkommen zur Wiedereröffnung der Berufsakademie von Fresienstein." Darias Mutter strahlte mit dem schönen Wetter um die Wette. Daria sah ihr an, dass sie unglaublich stolz war auf das, was sie mit der Akademie geschaffen hatte. Auch wenn sie wusste, dass der Nebelsteinring einen großen Anteil am Gelingen der Akademieeröffnung geleistet hatte, so hatte Darias Mutter dennoch unendlich große Anstrengungen in dieses Projekt gesteckt. Ohne sie wäre es genauso wenig möglich gewesen.

Daria lächelte, während ihre Mutter der Reihe nach alle Ehrengäste begrüßte, die sich auf dem Podium drängten, den Sponsoren dankte und die Studenten willkommen hieß. Dann erzählte sie über die Entstehung und die Gründung der Akademie vor einhundert Jahren und betonte, wie schön es war, dass das Haus wieder in seinem alten Glanz erstrahlte. Sie beschrieb die Fächer, die angeboten wurden, und stellte die Partner der Akademie vor. Während sich Frau Gremmer verbeugte und eine Ansprache hielt, ließ Cedric sie nicht aus den Augen.

Daria wusste nicht, wonach er suchte. Ihr fiel an dieser Frau nichts Ungewöhnliches auf, außer dass sie einen überkorrekten Eindruck machte. Sie trug trotz der Hitze ein langärmeliges Kostüm mit Nadelstreifen und sprach in gestelztem Ton von den großen Herausforderungen, die vor ihnen lagen, um die Weberei wieder in einen guten Zustand zu bringen. Außerdem hoffte sie darauf, dass ihr Engagement weitere Nachahmer fand und sich bald auch Investoren für die Färberei und die Näherei fanden.

Dann holte auch sie noch einmal aus, um einen geschichtlichen Abriss der Weberei zu präsentieren und an die erfolgreichen Tischdecken zu erinnern, die einmal von Fresienstein aus in die ganze Welt exportiert worden waren. Während Frau Gremmer sprach und sprach, stieg die Sonne immer höher. Es wurde heiß und nicht nur Daria machte die Wärme zu schaffen. Frau Gremmer schwärmte von dem alten Glanz, den sie wiedererwecken wollte, und alle um sie herum schwitzten.

Der Bürgermeister hatte schon einen ganz roten Kopf. Daria schaute auf die Uhr. Es war erst eine Stunde vergangen und es sah nicht so aus, als ob Frau Gremmer bald zum Ende kommen würde. Sie holte gerade aus, von den Produktlinien zu reden, die sie bald produzieren wollte.

„Also Ausdauer hat sie", murmelte Cedric. „Das muss man ihr lassen." Er hatte seine Sonnenbrille wieder aufgesetzt und wischte sich ein paar Schweißperlen von der Stirn.

„Auf jeden Fall." Esra seufzte und sah in den strahlend blauen Himmel hinauf. Es war keine Wolke zu sehen, die wenigstens ein bisschen Schatten versprach. Das monotone Zwitschern der Vögel schien Daria immer lauter in den Ohren zu dröhnen, während sie in Gedanken in einem Pool voller eiskaltem Wasser lag.

Nur mühsam trennte sich Daria von diesem Bild und sah sich um. Diese Ansprache musste doch bald ein Ende haben. Die Menschen standen locker auf der Straße. Manche hielten sich Hefter oder Handtaschen als Sonnenschutz über den Kopf, andere fächelten sich Luft zu. Wo steckte eigentlich Rosie? Und wo waren Caspar, Henning und Lea? Die Köpfe von Elania und Marcello konnte Daria am rechten Rand der Menschentraube gut erkennen, aber von ihren

Freunden war nichts zu sehen.

In diesem Moment klang ein lautes Krächzen über Darias Kopf. Sie sah hinauf. In den Wipfeln der Bäume saßen dunkle Vögel. Es waren keine Krähen, dafür waren sie zu groß. Waren das etwa Raben? Daria blinzelte. Es waren Raben, und es wurden immer mehr. Jetzt war schon wieder einer gelandet und da hinten schwebten weitere heran. Sie gaben kaum ein Geräusch von sich. Daher war es Daria nicht aufgefallen.

Das war seltsam. Ganz automatisch musste Daria an die vielen Raben denken, die vom Stadtbrunnen verschwunden waren. Raben waren seltene Tiere. Im Gegensatz zu Krähen sah man sie hier nicht oft. Dass sich plötzlich so viele in den Baumwipfeln drängten, war ungewöhnlich.

Daria wollte gerade Cedric anstoßen und ihm die Vögel zeigen, als sie ein lautes Röhren vernahm, das immer näher kam.

Sie kannte das Geräusch. Das war doch der Jeep von Caspars Vater. Der Bürgermeister schien auch bemerkt zu haben, dass sich sein Wagen näherte, und wandte erstaunt seinen Kopf in Richtung der Straße, die vom Marktplatz zur Akademie führte.

„Die haben echt verschlafen." Esra stöhnte. „Und das am ersten Tag. Das wird Caspars Dad nicht lustig finden."

Daria sah zum Podium hinauf. Esra hatte recht. Das Gesicht von Caspars Vater verfinsterte sich zunehmend, je näher das Geräusch des Jeeps kam. Er war schon dabei aufzustehen, als das Auto um die Kurve kam. Doch im gleichen Moment erhob sich ein Flügelrauschen.

Daria fuhr erschrocken herum. Ohne ein Krächzen waren die Raben von den Bäumen geglitten und flogen jetzt wie eine schwarze Wolke auf den Jeep zu.

„Was ist denn das?", schrie Caspars Vater, und ein panischer Ausdruck machte sich auf seinem Gesicht breit.

273

Auch die anderen hatten die Raben entdeckt und erschrockene Schreie wurden laut. Daria fuhr herum. Sie sah den Jeep die Straße entlangkommen. Die Raben schossen direkt auf ihn zu. Es waren unzählige.

Daria erkannte Caspar, der am Steuer saß und den Mund in einem panischen Schrei weit aufriss, als er die Vögel entdeckt hatte. Doch da war es schon zu spät.

Die Raben donnerten gegen die Windschutzscheibe und flogen in die offenen Fenster hinein. Das Auto brach nach rechts aus und wurde schneller. Es schoss auf die Menschenmenge zu, die sich vor der Akademie auf dem Bürgersteig und auch auf der Straße ausgebreitet hatte.

In dieser Sekunde begriff Daria, dass Caspar die Kontrolle über das Auto verloren hatte. Es bestand nur aus schwarzen Vogelleibern.

Man konnte nicht einmal mehr den Lack erkennen. Die panischen Schreie von Rosie, Lea und Henning schallten, gedämpft durch unzählige Federn, zu ihnen herüber. Das Auto bremste immer noch nicht ab. Es raste auf die Menschen zu.

Alles ging viel zu schnell. Jemand schrie und die Ersten begannen davonzulaufen. Doch die Menschen standen zu eng, als dass alle entkommen könnten.

„Scheiße, Daria, mach was", brüllte Esra.

Der Jeep war nur noch zehn Meter entfernt und die ersten Schreie waren zu einem panischen Brüllen angeschwollen.

Caspars Vater stand wie gelähmt auf dem Podium und brüllte einfach nur Caspar an, das Auto zu stoppen. Daria sah das Auto genau auf sich zurasen. Sie war wie gelähmt. Was sollte sie denn jetzt tun?

Plötzlich fühlte Daria einen Arm um ihre Mitte.

Cedric.

Er packte sie und sprang mit ihr zur Seite. Seine beruhi-

274

gende Nähe riss Daria aus ihrer Erstarrung.

Noch im Flug flüsterte sie die Worte, die ihr längst auf der Zunge lagen. „Ich wünsche mir, dass niemandem etwas passiert."

KAPITEL 18

Der Aufprall war heftig. Daria schlug beinahe mit dem Kopf auf den Asphalt. Nur Cedrics Umarmung verhinderte, dass sie sich ernsthaft wehtat. Aus den Augenwinkeln sah Daria, wie der Jeep knapp an ihr vorbeischoss. Raben flogen auf. Federn stoben umher. Dann schleuderte das Auto nach rechts, dann wieder nach links. Die Schreie wurden lauter. Menschen rannten hin und her und wichen dem Auto in letzter Sekunde aus. Der Jeep streifte das Podium, woraufhin es mit einem lauten Krachen in sich zusammenfiel.

Dann schoss das Auto an Elania vorbei, die von Marcello zur Seite gerissen wurde. Der Jeep schlingerte und kippte beinahe zur Seite, dann schoss er wieder los, über die Straße hinweg bis zu dem vollgestellten Parkplatz. Er flog über eine Bordsteinkante und verlor kurz den Kontakt zum Boden.

Cedric stöhnte, als er erkannte, wohin der Wagen raste. Doch da schoss der Jeep schon in seinen Sportwagen und es gab einen ohrenbetäubenden Knall.

„Verdammt." Cedric seufzte und rieb sich mit den Händen über das Gesicht.

Daria lag immer noch wie erstarrt auf dem Boden. Um sie herum war es ruhig geworden. Alle starrten zu dem Parkplatz hinüber. Der Jeep war immer noch bedeckt von Tieren. Doch die ersten lösten sich und flogen fort. Unzählige tote Raben lagen auf der Straße und klebten an dem Auto. Schwarze Federn flogen umher, lautes Krächzen ertönte und mischte sich in das Stöhnen der Menschen.

Rabe um Rabe flog hinfort und nach und nach konnte man wieder das Grün des Autos erkennen. Ein zischendes Geräusch war zu hören. Dann quietschte etwas und die verzogene Tür auf der Fahrerseite wurde aufgestoßen. Mit wackeligen Bewegungen stieg Caspar aus. Er war kreidebleich und gleichzeitig war sein ganzes Gesicht zerkratzt. Wie Tränen liefen ihm die Blutstropfen über die Wange. Er half Lea aus dem Auto, die unablässig schluchzte und genauso schlimm zugerichtet worden war.

Henning sah noch schlimmer aus. Neben seinem Ohr klaffte eine Wunde. Doch er schien sie nicht zu bemerken und zog Rosie mit einem festen Ruck aus dem verbeulten Auto. Sie hatte ein paar Kratzer im Gesicht, schien aber sonst heil zu sein. Ein dumpfer Knall ertönte und das Auto gab ein seltsames quietschendes Geräusch von sich. Henning rief den anderen etwas zu und dann rannten sie los. Sie hatten gerade die Akademie erreicht, als es in dem Jeep knallte und Flammen aufstiegen.

„Oh nein", flüsterte Cedric in einem herzzerreißenden Ton, als ob er schon ahnte, was jetzt passieren würde.

Dann explodierte Caspars Auto in einem riesigen Feuerball. Die Flammen verschlangen Cedrics Auto und noch ein paar andere, die das Pech hatten, am falschen Ort geparkt zu haben.

„Tut mir leid wegen dem Auto." Daria murmelte die Worte ganz automatisch, doch ihre Gedanken waren bei den vielen Menschen, die nur knapp einem Unglück entkommen waren. Sie zweifelte keine Sekunde daran, dass alle den Unfall unverletzt überstanden hatten. Ein Blick auf den Ring an ihrer Hand genügte, um Gewissheit zu haben.

Die schwarzen Adern reichten jetzt quer über den ganzen Ring. Der kleine dunkle Fleck war größer geworden und bedeckte jetzt beinahe den ganzen Ring. Langsam rappelte sich Daria auf, ohne den Ring aus den Augen zu lassen. Sie hatte gewusst, dass ihre Wünsche bald aufgebraucht waren, doch erst jetzt begriff sie, dass es höchstens noch ein oder zwei sein konnten, bevor es so weit war.

„Alles okay?" Cedric reichte ihr seine Hand. Sein Blick streifte ganz automatisch den Ring. Er presste die Lippen fest aufeinander.

„Jaja, alles gut. Mir ist nichts passiert." Daria griff nach seiner Hand und ließ sich von ihm auf die Beine ziehen. „Danke."

Cedric sah sich um. Er setzte die Sonnenbrille ab und fuhr sich mit einer hastigen Bewegung durch seine dunkelbraunen Haare. Daria folgte seinem Blick. Überall standen und gingen Menschen umher. Manche hatten Schürfwunden an den Armen oder Beinen, weil sie sich mit einem beherzten Sprung über den Asphalt in Sicherheit gebracht hatten. Manche wirkten verwirrt und sahen immer wieder ungläubig zu dem Parkplatz hinüber, wo die Autos lichterloh brannten. Andere musterten die toten Raben und stießen sie an, als ob sie ihnen noch eine Erklärung für ihr seltsames Verhalten geben konnten.

Aus den Resten des eingestürzten Podiums kroch Darias Mutter heraus und half Frau Gremmer und dem Bürgermeister auf die Beine. Auch die übrigen Sponsoren und Partner der Akademie waren unverletzt geblieben. Egal wohin Daria sah, sie entdeckte erschrockene und entsetzte Menschen, aber sein Leben hatte niemand verloren. Es schien auch niemand ernsthaft verletzt zu sein. Es wirkten nur alle völlig verstört.

Daria atmete erleichtert aus. Dann spürte sie, wie der Schreck nachließ und ihre Finger anfingen zu zittern. Das war viel zu knapp gewesen. Hätte sie den Wunsch auch nur eine Sekunde später geäußert, wäre vielleicht ihre Mutter nicht mehr am Leben gewesen, oder es hätte Esra getroffen oder Cedric. Sie sah ihn an. Der Gedanke, dass er jetzt leblos hier am Boden liegen könnte, sorgte dafür, dass ihr die Tränen in die Augen schossen. Die Anspannung löste sich, während der Tumult und das Durcheinander um sie herum immer größer wurden.

Aus der Ferne hörte Daria die Sirenen der Feuerwehrautos aufheulen.

„Gut gemacht", murmelte Cedric, und dann zog er sie einfach an sich.

Daria wehrte sich nicht. Sie ließ es einfach geschehen, als er sie an seine Brust drückte und sie fest umarmte, als ob der Gedanke, dass sie jetzt genauso gut hier ihr Leben hätte lassen können, unerträglich für ihn wäre.

Daria schloss die Augen und ließ ihre Tränen fließen, während Cedric sie einfach nur hielt und ihr beruhigende Worte zumurmelte. Seine Nähe tröstete sie auf eine Weise, die sie nicht für möglich gehalten hatte. Sie wusste, dass sie nicht rechtzeitig reagiert hätte, wenn er sie nicht aus ihrer Erstarrung gerissen hätte, um ihr das Leben zu retten. Sie hätte versagt, aber sie hatte es nicht, weil er für sie da gewesen war und weil sie gemeinsam das Leben dieser Menschen gerettet hatten. Ein Gefühl der Stärke breitete sich in ihr aus, ein Gefühl der tiefen Verbundenheit. Sie konnte sich auf Cedric verlassen. Sie konnte ihm vertrauen.

Dann schoss das Feuerwehrauto an ihnen vorbei und ein Rettungswagen kam gleich hinterher. Cedric löste sich von Daria, strich ihr noch einmal über ihre langen, schwarzen Locken und ging dann zum Parkplatz hinüber.

Daria ließ ihn gehen. Sie hatte sich wieder beruhigt. Alles war noch einmal gut gegangen. Alles war in Ordnung. Ihre Mutter kam auf sie zu. In ihren Augen lag Panik. Sie betrachtete Daria von oben bis unten.

„Du bist unverletzt." Sie atmete erleichtert aus. Dann wurde sie ernst. „Nimm deine Freunde und geh nach Hause, Schatz. Heute wird es keinen Unterricht mehr geben."

„Ich will helfen", sagte Daria ganz automatisch.

„Es sind genug Helfer da." Ihre Mutter zeigte auf den Rettungswagen. „Mach ihnen lieber Platz, damit hilfst du ihnen am besten. Alle, die unverletzt sind, sollen gehen."

„Ich verstehe." Daria nickte.

Ihre Mutter sah sie fragend an. Sie zögerte kurz und blickte kurz zu Darias Ring hinab. Dann beugte sie sich zu Daria. „Da ist doch etwas nicht mit rechten Dingen zugegangen. Weißt du etwas darüber?"

Daria schüttelte den Kopf. „Noch nicht."

„Warum sollten sich Raben so benehmen? Das ergibt keinen Sinn." Darias Mutter holte hastig Luft.

„Beruhige dich. Ich versuche es herauszubekommen. Vielleicht hat es etwas mit den Wünschen zu tun."

„Denkst du das wirklich?"

„Ich habe einen Verdacht." Daria legte ihrer Mutter beruhigend die Hand auf den Arm. „Vielleicht waren das die Raben, die vom Brunnen verschwunden sind. Sie sind lebendig geworden."

Ihre Mutter starrte sie entsetzt an. „Aber warum sollte das geschehen sein? Hast du dir das gewünscht?"

„Nein." Daria schüttelte den Kopf. „Ich dachte, das sei einer deiner Wünsche von dieser Nacht. Du weißt doch noch." Sie sah ihre Mutter fragend an.

„So etwas würde ich mir niemals wünschen. Das ist ein absoluter Albtraum." Darias Mutter betrachtete voller Abscheu einen der toten Vögel zu ihren Füßen. Dann zog ein entschlossener Ausdruck über ihr Gesicht. „Geh jetzt nach Hause. Wir reden später darüber. Jetzt muss ich mich erst einmal darum kümmern, dass hier alle gehen, die im Weg stehen."

Daria nickte und sah sich um. Rosie und Esra standen nicht weit von ihr entfernt. Henning, Caspar und Lea waren mit dem Bürgermeister beim Parkplatz. Ein Sanitäter kümmerte sich um ihre Wunden, während die Feuerwehr Mühe hatte, das sich ausbreitende Feuer unter Kontrolle zu bringen. Daria ging zu ihren Freundinnen hinüber.

„Ich habe keine Ahnung, was da los war." Rosie sah immer wieder verzweifelt zu den brennenden Autos hinüber. Sie hatte nur ein paar kleine Kratzer im Gesicht, aber sie war blass und schien völlig aufgelöst zu sein. „Eigentlich wollten wir ja laufen, aber dann war es viel zu spät und wir haben schnell das Auto genommen. Alles war okay und dann kommen plötzlich wie aus dem Nichts diese Vögel. Sie waren überall. An der Windschutzscheibe und auch im Auto. Henning hat sich auf mich geworfen, deswegen hat er alles abgekriegt."

„Was war mit Caspar?", fragte Daria.

„Er hat geschrien, dass er das Auto nicht mehr stoppen kann. Er ist nicht mehr an das Lenkrad gekommen und auch nicht an die Bremse. Wir haben nichts mehr gesehen. Es war der pure Horror." Rosie wurde noch blasser und verstummte.

„Es ist ja alles noch einmal gut gegangen", murmelte Esra und sah besorgt zu Daria hinüber.

Rosie folgte ihrem Blick. Sie starrte Daria einen Moment an, dann schien sie zu begreifen.

„Du warst das, nicht wahr?" Rosie riss die Augen auf. „Du hast verhindert, dass wir die halbe Stadt umbringen."

Daria nickte. Was sollte sie auch sonst dazu sagen? Es war ja offensichtlich.

„Danke." Rosie war absolut ernst. Sie ging auf Daria zu. Dann schloss sie sie einfach fest in ihre Arme.

„Dabei sollte sich Daria gar nichts mehr wünschen." Esra sah Darias Hand besorgt an. Sie hatte auch gemerkt, dass sich der Ring wieder verändert hatte.

„Ich konnte sie doch nicht alle sterben lassen", murmelte Daria.

„Natürlich konntest du das nicht." Rosie schluckte. Ihre Wangen waren beinahe so rot wie ihre Haare. Sie holte tief Luft. „Das mit den Raben war doch kein Zufall. Kein Vogel benimmt sich so seltsam. Erst recht nicht so viele auf einmal. War das eine Nebenwirkung einer deiner Wünsche?"

„Nein." Daria schüttelte den Kopf. „Und meine Mutter sagt auch, dass sie nichts damit zu tun hat. Ich hatte die Vermutung, dass das die Vögel vom Brunnen sind."

„Oh." Rosie wurde wieder blass. „Du meinst, sie sind lebendig geworden wie diese Elfe, von der du erzählt hast."

Daria nickte.

„Aber wenn du oder deine Mutter nichts damit zu tun haben, wie ist es dann geschehen?" Esra sah Daria fragend an. Dann presste sie die Lippen aufeinander. „Es fängt an, begreift ihr es nicht?"

„Was fängt an?" Rosie runzelte die Stirn.

„Die Magie breitet sich aus. Die gute wie die schlechte. Das war eindeutig die schlechte." Esras Lippen zitterten.

Daria sah Esra einen Moment ungläubig an. „Wir sollten gehen."

Die Sirenen eines Polizeiwagens und weiterer Rettungsautos waren zu hören. Daria lief einfach los. Sie musste weg von hier, weg von der Hitze, dem Durcheinander und dem Chaos. Rosie und Esra folgten ihr. Auch andere Leute, die unverletzt waren, verließen die Akademie, um Platz zu machen. Langsam liefen sie die Weberstraße entlang und erreichten bald den Marktplatz.

Nach und nach beruhigte sich Daria wieder. Es war alles glattgegangen. Das war kein guter Auftakt für die Eröffnung der Akademie, aber es war ein besserer, als wenn heute viele Menschen zu Tode gekommen wären. Hatte Esra recht und das war wirklich ein Vorgeschmack auf die dunkle Magie, die sie vorausgesehen hatte? Noch waren genug

Wünsche übrig, um Esras Visionen nicht zur Realität werden zu lassen. Doch Daria fragte sich, was sie tun würde, wenn sie noch einmal in so eine Situation geriet.

Nachdenklich blieb Daria vor dem Brunnen auf dem Marktplatz stehen. Die Security-Männer waren verschwunden. Mit Sicherheit waren sie bei der Akademie und halfen den Sanitätern.

„Die Figuren sind alle verschwunden." Rosie starrte den Brunnen an. Er war leer und sah ungewohnt nackt aus. Lediglich das Wasser plätscherte gemächlich aus einem Sprinkler in der Mitte. Doch da, wo vorher Raben neben Elfen gesessen hatten, war nun nur noch der kahle Stein zu sehen.

„Warum hast du das nicht vorhergesehen?" Rosie sah Esra fragend an.

„Keine Ahnung." Esra zuckte mit den Schultern und schob sich die Brille ein Stückchen höher auf die Nase. „Cranberrysaft habe ich eine Menge getrunken. Der hat beim letzten Mal geholfen."

„Vielleicht war es nicht der Saft, sondern die Tatsache, dass du dich entspannt hast, als wir in dieser Bar gesessen haben." Rosie sah Esra prüfend an.

„Das könnte auch sein." Esra nickte mit nachdenklicher Miene.

„Wir sollten noch ein paar Sachen ausprobieren, damit du diese Kraft besser nutzen kannst." Rosies grüne Augen leuchteten begeistert auf.

Esra seufzte. „Da hätte ich nichts dagegen."

„Sehr gut." Rosie nickte und zeigte zu einem der mehrstöckigen Häuser am Marktplatz. „Wir können zu mir gehen. Wir haben ja jetzt ohnehin genug Zeit."

Esra wandte sich Daria zu. „Kommst du auch mit?"

Daria schüttelte den Kopf. „Nein, ich brauche einen Moment Ruhe, um das alles zu verdauen." In Wahrheit machte sich Daria Sorgen, dass weitere düstere Prophezeiungen auf sie zukommen würden, und das war für diesen Moment einfach zu viel für sie. Der Gedanke, dass sie ihre Freunde hätte zu Grabe tragen müssen, wenn sie mit ihrem Wunsch auch nur eine Sekunde länger gezögert hätte, nagte immer noch schmerzhaft an ihr.

Daria verabschiedete sich und lief gedankenverloren nach Hause. Sie spürte Cedrics tröstende Umarmung auf ihrem Körper und sie spürte gleichzeitig die Verwirrung. Warum hatten die Raben das Auto angegriffen? Sie musste noch einmal mit Cedric reden. Vielleicht hatte er eine Idee. Hatte das vielleicht etwas mit dem Tor in Herrn Drostes Laden zu tun? Hatte es sich wieder in Bewegung gesetzt, jetzt, wo Daria einen weiteren Wunsch geäußert hatte?

Daria seufzte. Sie würde sich jetzt einfach ins Bett legen und davon träumen, dass Cedric und sie sich einfach unter ganz normalen Umständen getroffen hätten und glücklich sein könnten ohne diese ganzen Probleme, für die es keine logische Erklärung zu geben schien.

Mit schnellen Schritten ging Daria die Einfahrt hinauf. Erstaunt blieb sie stehen. Vor der Tür lag ein Päckchen und sie konnte schon von Weitem die akkurate Schrift ihrer Oma Henni erkennen. Das Tagebuch von Helga war angekommen und an Ruhe war nicht zu denken.

KAPITEL 19

Viele Jahre sind nun vergangen, nachdem ich den Nebelstein von unserem Juwelier Herrn Leutenstein aus dem Amulett habe lösen und in einen Ring einsetzen lassen. Henni ist mittlerweile eine junge Frau geworden und ich habe lange Zeit nicht mehr an den Stein gedacht. Wir hatten eine Menge anderer Sorgen. In Fresienstein ist es wieder düsterer geworden. Ich sehe, wie die Wirkung meiner Wünsche immer mehr verblasst. Die Weberei musste schließen und viele Leute ziehen aus dem Ort fort. Auch die Näherei und die Färberei müssen bald schließen. Es ist nur noch eine Frage von Monaten.

Das Geld wird bei allen knapp. Auch mir geht es nicht anders. Mein Mann hat viele Probleme mit seiner Gesundheit und ich hoffe, dass es ihm irgendwann wieder besser gehen wird. In den Momenten, in denen ich ihn leiden sehe, wünsche ich mir mit ganzer Kraft den Nebelstein zurück. Es wäre so einfach, ihm zu helfen. Nur ein Wunsch und er wäre wieder gesund wie ein junger Mann. Doch der Nebelstein ist schon lange nicht mehr in meiner Hand und ich werde auch nicht mehr erleben, wie er noch einmal seine Kraft entfaltet.

Doch ich will meine Erinnerungen in diesem Buch hinterlassen, und zwar als Warnung für meine liebe Henni und die Kinder und Enkelkinder, die sie einst haben wird. Nachdem sie sich so gut mit dem Gösser Peter versteht, wird es wohl nicht mehr lange dauern, bis ich Großmutter werde.

Ich mache mir große Sorgen um sie. Nachdem ich lange Zeit dachte, dass der Liberalis-Orden nicht mehr aktiv ist oder sich vielleicht sogar aufgelöst hätte, wurde ich nun an die immer noch lauernde Gefahr erinnert. Vor einigen Tagen stand ein fremder Herr vor unserer

Eingangstür und wünschte, mich zu sprechen. Er bot mir eine große Summe für unser Haus und einen Moment lang war ich in Versuchung, dem Verkauf zuzustimmen. Mit dem vielen Geld hätte ich meinem Mann das Leben wirklich angenehmer gestalten können.

Doch dann wurde mir bewusst, dass dieses großzügige Angebot einen Hintergedanken haben musste. Ich stellte ihn zur Rede und er erzählte mir ohne Umschweife, dass ihn der Liberalis-Orden beauftragt hatte, das Haus zu erwerben. Er verstünde selbst nicht einmal, warum er für dieses reparaturbedürftige Haus so viel Geld bieten sollte.

Da wusste ich, dass sie die Suche nach dem Stein noch immer nicht aufgegeben hatten. Sie vermuteten, dass das Amulett immer noch in diesem Haus war, und mir war sofort klar, dass sie mein Haus abreißen und jeden Stein umdrehen würden, wenn ich sie denn ließe. Sie wollten den Nebelstein und sie würden nicht aufgeben, bis sie ihn hatten.

Ich erklärte dem netten Herrn, dass ich das Haus nicht verkaufen würde. Dann schärfte ich meiner lieben Henni ein, dass sie das Haus ebenso niemals verkaufen durfte, es sei denn, sie würde danach das Land verlassen, was im Allgemeinen ein wirklich guter Ratschlag war, besonders für sie und ihre Kinder. Sie dürfen nicht mehr in Fresienstein sein, wenn die hundert Jahre vergangen sind. Davor kann ich sie nur mit aller Kraft warnen. Der Orden wird dann mit verstärkter Energie nach dem Stein suchen und sie werden außer sich sein, wenn sie erfahren, wie ich sie hinters Licht geführt habe. Der Gedanke, dass ihre Wut dann meine Familie treffen könnte, ist nicht zu ertragen.

Und dass sie meine List irgendwann durchschauen werden, ist unvermeidlich. Herr Leutenstein hat einen täuschend echten Nebelstein in das Amulett eingesetzt und es einem Juwelier in Amerika verkauft. Von dort aus ist das Amulett weiterverkauft worden. Mehr weiß ich nicht über seinen Verbleib. Ich bin mir aber sicher, dass der Liberalis-Orden dieser Spur gefolgt ist. Doch ganz trauen sie meinem Schachzug nicht, wenn sie wieder zurück nach Fresienstein gekommen sind. Sie ahnen vielleicht, dass ich nicht die Wahrheit gesagt habe. Wer weiß, *über welche geheimnisvollen Gegenstände sie noch verfügen?*

Ich bin heilfroh, dass ich den echten Nebelstein versteckt im Sand einer ägyptischen Wüste weiß. Den genauen Ort kenne ich selbst nicht einmal. Mein Cousin hat mir einen Archäologen empfohlen, der diese Arbeit für mich erledigt hat. Ich hätte ihn auch in einen See nicht weit von Fresienstein werfen können. Doch ich hatte große Sorge, dass er einmal durch einen dummen Zufall wieder zutage treten könnte. Doch tief vergraben in einer fremden Wüste wird er nie mehr in menschliche Hände gelangen.

Die Einzigen, die von meinem Vorgehen wissen, sind die Brüder der Alba-Bruderschaft. Einer von ihnen trat schon vor einer Weile an mich heran und ermahnte mich ernsthaft, sicherzustellen, dass der Ring keinen Schaden mehr anrichten kann. In einem langen Gespräch erwarb er mein Vertrauen und ich erklärte ihm, was geschehen war.

Ich erzählte ihm auch von meinen vergeblichen Versuchen, den Nebelstein mit einem Hammer in kleine Stücke zu schlagen. Da lachte er herzlich und erklärte mir, dass der Stein nur dann zerstört werden kann, wenn der Fluch sich erfüllt hätte und die Magie aus ihm verschwunden wäre.

Also waren meine Bemühungen umsonst. Aber ich möchte, dass meine Kinder und ihre Kinder wissen, welche Gefahr ihnen droht. Ich kann nicht vorhersagen, was geschehen wird, aber ich weiß, dass etwas passieren wird. Der Nebelstein hat mich seit meinem achten Lebensjahr begleitet und wird mich vermutlich bis zu meinem Lebensende begleiten. Der Orden wird Rache üben und dann sollte keiner der Meinen in der Nähe sein.

Daria klappte das Buch zu und ließ es sinken. Dann sah sie einen Moment hinaus in den Garten. Sie hatte den Text jetzt gefühlte fünfzig Mal gelesen. Ihr war klar, warum Oma Henni nicht direkt mit ihrer Mutter darüber gesprochen hatte. Oma Henni hatte die Berichte von Helga für nichts anderes als eine Geschichte gehalten, ein weiteres Märchen rund um die Erzählungen, die sie seit ihrer Kindheit am Leben gehalten hatte. Aber vermutlich erinnerte sie sich noch selbst gut genug an die Besuche der Männer des Ordens, um doch genug Angst zu empfinden und Fresienstein zu verlassen.

Darum war sie also gegangen und hatte sie mitnehmen wollen. Sie hatte eine unbestimmbare Angst gehabt, aber ihr war die Geschichte von dem Nebelstein immer als viel zu absurd erschienen. So absurd, dass sie bis heute nicht mit ihrer eigenen Tochter darüber reden konnte. Vermutlich hatte sie Angst, dass man sie für kauzig hielt.

Daria schlug das Buch wieder auf. Sie blätterte weiter in dem ledergebundenen Tagebuch. War das alles, was ihre Urgroßmutter als Warnung hinterlassen hatte? Hatte es in all den Jahren niemanden in Fresienstein gegeben, dem sie sich anvertraut hatte? Daria blätterte jede Seite durch, bis sie die letzte erreichte. Alle Seiten waren leer. Doch eigentlich war es schon mehr als genug, um zu wissen, dass sie Esras Visionen wirklich absolut ernst nehmen sollte. Es war nur noch eine Frage der Zeit, bis der Orden in Fresienstein ankam.

Unruhig stand Daria auf. Die Worte ihrer Urgroßmutter beunruhigten sie über alle Maßen. Vielleicht war der Orden auch schon in Fresienstein und Daria hatte davon einfach noch nichts mitbekommen? Vielleicht gingen sie nicht mehr so plump vor wie noch vor vielen Jahrzehnten. Vielleicht waren sie sogar für die Attacke der Raben verantwortlich?

Daria dachte an Frau Gremmers Besuch, um das Haus zu kaufen, und schlug sich im selben Augenblick mit der Hand gegen die Stirn. Natürlich gehörte sie zum Orden. Das war doch genau das Vorgehen, das Helga beschrieben hatte. Und sie hatte ihre Mutter auch noch dazu gedrängt, das Haus zu verkaufen.

Nachdem Frau Gremmer das Haus nicht bekommen hatte, hatte sie sich auf andere Weise ihrer Mutter genähert. Sie musste den Nebelstein in ihren Händen vermuten. Anders war ihr seltsames Interesse an einer Zusammenarbeit nicht zu erklären. Warum sonst sollte sie Unmengen an Geld in einer Industriebrache aus dem letzten Jahrhundert versenken?

Daria schritt eilig durch das Arbeitszimmer und riss dabei das Tagebuch vom Tisch. Es polterte zu Boden und aus dem Umschlag fiel ein kleiner zusammengefalteter Zettel heraus. Verwundert bückte sich Daria und hob ihn auf. Er war vergilbt und musste schon etliche Jahrzehnte alt sein.

Als Daria den Zettel auseinandergefaltet hatte, staunte sie nicht schlecht. Helga hatte in kindlich geschwungener Schrift eine Liste angefertigt, auf der all ihre Wünsche standen.

Neugierig las Daria, dass Helga sich ein schönes Haus zum Wohnen für sich und ihre Familie gewünscht hatte, dass ihre Freunde und alle Menschen in Fresienstein auch ein schönes Leben haben sollten und nicht mehr arm waren.

Sie hatte sich genug zu essen und ein warmes Bett gewünscht, dass ihre Freundin Lisbeth keine Bauchschmerzen mehr hatte und dass sie ein langes und glückliches Leben haben würde.

Daria überflog die restlichen Wünsche. Ein neuer Schulranzen, eine Perlenkette und eine Puppenstube hatte sich Helga noch gewünscht, dann war die Liste zu Ende und der Stein musste seine Kraft verloren haben. Also war die Zahl ihrer möglichen Wünsche tatsächlich relativ kurz.

Nachdenklich verstaute Daria die Liste wieder in dem Tagebuch. Ihre Wünsche waren doch nicht ungewöhnlich. Warum war nichts geschehen, nachdem ihre Urgroßmutter ihre Wünsche aufgebraucht hatte, und warum sollte das jetzt anders sein?

Die Frage stieg in Daria auf und ließ ihr wieder einmal keine Ruhe. Sie nahm sich die Tagebücher ihrer Urgroß-

289

mutter noch einmal vor und las die wichtigsten Stellen zum Orden und zu ihren Wünschen noch einmal durch. Irgendwo musste doch etwas stehen, denn aus irgendeinem Grund glaubte Esra, dass sich dieser Fluch dieses Mal erfüllen würde.

Als ihre Mutter am Abend nach Hause kam, saß Daria inmitten eines Durcheinanders aus Büchern und war keinen Schritt weiter. Doch angesichts des erschöpften Ausdrucks auf dem Gesicht ihrer Mutter erhob sich Daria sofort.

„Ich räume gleich auf", beeilte sie sich zu sagen.

Darias Mutter winkte ab. „Das ist mir heute absolut egal." Sie ging in die Küche hinüber. „Ich will einfach nur noch ins Bett."

Daria folgte ihr. „Wie geht es dir?"

„Nicht so gut." Darias Mutter seufzte und ließ sich auf einen Stuhl sinken. „Das war ein ziemlich übler Start für euch. Es tut mir wirklich leid."

„Das muss es nicht. Du kannst ja nichts dafür. Es tut mir für dich leid. Du hast so viel Arbeit in diesen Tag gesteckt. Aber es ist ja glücklicherweise niemandem etwas passiert." Daria setzte sich zu ihrer Mutter. „Das ist doch erst einmal das Wichtigste."

Sie nickte. „Ja, das stimmt, und ich weiß, dass wir das dir und dem Ring verdanken." Sie drückte Darias Hand und lächelte ihr kurz zu. Dann verfinsterte sich ihr Gesicht wieder.

„Was ist los?" Daria stutzte.

„Die Sache mit den Raben lässt mir keine Ruhe." Darias Mutter stand auf und holte sich eine Weinflasche aus dem Regal. Sie entkorkte sie und goss sich ein Glas ein. Dann ließ sie sich mit einem Seufzen wieder nieder. „Ich bin wieder und wieder alles durchgegangen, was ich mir in jener Nacht für dich und für uns gewünscht habe, aber an den Brunnen habe ich kein einziges Mal gedacht."

„Ich verstehe." Daria nickte.

„Aber im Moment habe ich auch ganz andere Sorgen." Darias Mutter nahm einen großen Schluck. „Denn um diesen Unfall ist natürlich gleich ein riesiger Streit entbrannt. Caspars Vater denkt, dass jemand einen Anschlag auf ihn verüben wollte."

„Wie bitte?" Daria konnte es nicht fassen. Es hatte doch jeder gesehen, dass die Raben schuld an dem Unfall waren. Sie hatten das Auto blockiert.

„Er vermutet, dass Herr Wolfram dahintersteckt, und wirft ihm vor, dressierte Vögel besorgt zu haben."

„Das ist doch absurd."

„Das denke ich auch, aber er ist einfach nicht davon abzubringen." Darias Mutter schüttelte den Kopf. „Er glaubt felsenfest, es wäre Herrn Wolframs Schuld."

„Der Fleischermeister? Elanias Vater?" Daria sah ihre Mutter ungläubig an.

„Genau den meint er. Du weißt ja, dass die Wahl zum Bürgermeister bevorsteht, und die Nerven liegen bei allen blank, besonders bei Caspars Vater. Herbert war noch nie gut darin, einen Posten wieder abzugeben. Das war schon bei der Klassenkasse so. Er rechnet felsenfest mit seiner Wiederwahl. Du kannst dir gar nicht vorstellen, wie die beiden sich heute Nachmittag angebrüllt haben." Darias Mutter sah nachdenklich in ihr Glas. „Sie haben sich noch nie leiden können und immer gegeneinander gearbeitet. Aber ehrlich gesagt fällt es mir schwer, daran zu glauben, dass Hans so etwas tun würde, mal ganz abgesehen davon, dass ich kaum glaube, dass es Vögel gibt, die so etwas können. Wir sind damals in dieselbe Klasse gegangen. Er kann unangenehm sein und gibt fürchterlich an, aber dass er so weit gehen würde und Herberts Leben riskiert, traue ich ihm beim besten Willen nicht zu. Zumindest habe ich das bisher nicht getan. So wie ich die beiden heute erlebt habe, glaube ich an gar nichts mehr."

„Du kannst eben nicht in das Herz eines Menschen sehen."

„Das stimmt." Darias Mutter nickte. „Das kann ich nicht und deswegen muss ich den Fall auch der Polizei überlassen. Caspars Vater hat natürlich sofort Anzeige erstattet. Die Akademie bleibt für den Rest der Woche geschlossen. Die Polizei hat alles abgesperrt. Sie wollen den Unfallhergang rekonstruieren, Zeugen befragen und vor Ort alle Spuren sichern. Und nicht nur das, er hat auch gleich Anzeige gegen Marcello und Elania erstattet, weil er sie verdächtigt, die Figuren vom Stadtbrunnen gestohlen zu haben."

„Oh nein." Daria schüttelte den Kopf. Das war ja ein totaler Rundumschlag.

„Das ist das totale Chaos. Ich wollte mit der Akademie etwas Gutes für die Stadt tun und jetzt wird die Eröffnung und dieser dämliche Unfall für solche Zwecke genutzt." Darias Mutter schloss die Augen und massierte sich die Schläfen.

Daria wollte ihre Mutter trösten. Aber sie wusste einfach nicht, womit. Stattdessen musste sie ihr eigentlich noch von einer weiteren Katastrophe berichten. Es lag ihr auf der Zunge, ihr von dem letzten Tagebuch von Helga zu erzählen und die Sache loszuwerden.

Sie mussten damit rechnen, dass die Ordensbrüder auch noch in absehbarer Zeit hier auftauchen würden und dass Daria vermutete, dass Frau Gremmer von ihnen beauftragt wurde. Doch die Erschöpfung war Darias Mutter ins Gesicht geschrieben und Daria vertagte die Sache einfach auf morgen.

Sie aßen noch gemeinsam zu Abend und Daria räumte das Arbeitszimmer auf. Dann ging sie in ihr Zimmer hinauf und setzte sich an ihren Schreibtisch. Nachdenklich sah sie

in den anbrechenden Abend hinaus. Es war immer noch
heiß und es würde noch eine Weile dauern, bis die Tempe-
raturen sanken und Daria die Fenster öffnen konnte, um
die kühle Abendluft hereinzulassen.

Daria hörte, wie ihre Mutter in ihr Schlafzimmer ging
und sich hinlegte. Dann breitete sich absolute Stille aus. Sie
musste total erschöpft sein. Daria dachte über ihre Worte
nach. Sie warf dem Ring an ihrer Hand einen schnellen
Blick zu. Es wäre so einfach, den Wunsch zu äußern und
den Schuldigen dazu zu zwingen, die Wahrheit aufzude-
cken. Sie konnte erfahren, was es mit den Figuren des
Stadtbrunnens auf sich hatte und wie es heute zu diesem
Unfall gekommen war.

Dieser Wunsch würde sofort für Ruhe in Fresienstein
sorgen und Daria Gewissheit verschaffen. Daria konnte
sich schon vorstellen, was in den nächsten Tagen in Fresienstein geschehen würde. An jeder Straßenecke würde ge-
tratscht werden. Die Verlockung war groß. Mit nur wenigen
Worten könnte Daria das Problem lösen. Man könnte den
Täter fassen, falls es ihn tatsächlich gab, und ihre Mutter
könnte wieder ihrer Arbeit an der Akademie nachgehen,
anstatt sich mit sinnlosen Polizeiermittlungen beschäftigen
zu müssen.

Daria betrachtete den von schwarzen Adern überzoge-
nen Stein. Nein, das konnte sie nicht machen. Dann hätte
Daria einen weiteren Wunsch verschwendet und die Angst
ihrer Urgroßmutter, die aus ihren Zeilen durchgeklungen
hatte, hatte Daria immer noch im Kopf. Entschlossen
sprang sie auf.

Sie ging ins Bad, machte sich bettfertig und vergrub sich
unter ihrer Decke. Sie durfte sich nichts mehr wünschen
und sie musste sich abgewöhnen, sich auf diese Fähigkeit zu
verlassen.

Daria schloss die Augen und versuchte sich wegzudenken, damit sie nicht mehr in Versuchung geriet, Worte auszusprechen, die sie nicht sagen durfte. Wenn Esras Visionen stimmten, dann brachte sie mit jedem weiteren Wunsch Fresienstein in eine viel größere Gefahr, als es ein aus dem Ruder geratener Streit um den Bürgermeisterposten konnte.

KAPITEL 20

„Du musst sofort zu mir kommen, Daria." Rosies Stimme zitterte, dann legte sie auf. Es war Mittagszeit und Daria hatte im Arbeitszimmer ihrer Mutter gesessen und wieder einmal über den Tagebüchern ihrer Urgroßmutter gebrütet. Seit zwei Tagen widmete sie sich schon dieser Tätigkeit.

Zum einen tat sie das, um dem Getratsche in der Stadt aus dem Weg zu gehen, und zum anderen, um sich davon abzulenken, sich einfach zu wünschen, dass sich die Sache klären sollte. Außerdem hatte sie das untrügliche Gefühl, dass sie irgendeine wichtige Information übersehen hatte, und sie hatte noch Hoffnung, sie in den Tagebüchern ihrer Urgroßmutter zu finden.

Daria sprang auf. Rosie hatte nicht gut geklungen. Hatte sie etwas über den Unfall erfahren, das sie so erschüttert hatte? Es war besser, wenn Daria nach ihr sah, und zwar schnell. Sie schlüpfte in ihre Sandalen und lief hinaus. Die Wärme erschlug sie beinahe. Die Hitze war unerträglich geworden und jeder, der konnte, verkroch sich über die Mittagszeit in einem schattigen Winkel. Daria holte ihr Fahrrad aus dem Schuppen und schwang sich auf den Sattel. Dann bog sie in die Rosenstraße ein.

Der Fahrtwind kühlte ihr ein wenig das Gesicht und sie schloss einen Moment die Augen. Lautes Bellen ließ sie zusammenfahren. Daria erschrak, riss die Augen auf und sah, dass Hades und Ares auf die Straße gerannt waren. Die beiden Dackel jagten in einem unfassbaren Tempo einem

Tennisball nach, der gerade über die Straße kullerte. Daria riss den Lenker herum und wich den Tieren in letzter Sekunde aus.

Das wäre beinahe schiefgegangen. Sie bremste und blieb erschrocken stehen. Dann sah sie den Dackeln hinterher, die aufgeregt bellend in einem Busch verschwanden. Es war wirklich beeindruckend, wie sehr ein Tennisball diese winzigen Hunde in Bewegung versetzen konnte, und das auch noch bei dieser Hitze.

„Können Sie nicht aufpassen, junge Frau." Herr Grauland tippelte schwitzend und keuchend an seinem Stock über den Gehweg. Er hatte nicht einmal den Hauch einer Chance, seine Hunde einzuholen.

„Ähm, ja, na sicher." Daria verzog missmutig das Gesicht. Es brachte nicht viel, mit Herrn Grauland zu streiten. Er war ohnehin der Meinung, dass er recht hatte, und ließ sich nicht vom Gegenteil überzeugen. Daria fuhr einfach weiter und vergaß die Dackel schnell wieder.

Sie rollte auf den Marktplatz und bog dann nach rechts ab. Die WG, in die Rosie mit Lea, Caspar und Henning gezogen war, unterstützte Caspars Vater großzügig. Ihm gehörte das Haus und er überließ ihnen die riesige Wohnung mit den vielen Zimmern zu einem Spottpreis. Daria stellte ihr Rad im Hausflur ab und lief die Treppen empor. Der kühle Flur des alten Hauses tat Daria gut. Hier drinnen konnte man es besser aushalten als draußen.

Daria klingelte und Rosie riss die Tür auf, als ob sie schon auf Daria gewartet hatte. Sie trug einen knallgrünen Rock und ein gelbes Top. Sie war blass und ihre roten Haare sahen aus, als ob sie sie sich schon einige Male gerauft hatte.

„Was ist denn los?" Daria sah Rosie erschrocken an.

„Komm mit in mein Zimmer." Rosie ging über den weitläufigen Flur zu einer Zimmertür auf der linken Seite.

Sie öffnete vorsichtig die Tür und schlüpfte in ihr Zimmer, als ob da drinnen etwas wäre, was auf keinen Fall das Zimmer verlassen durfte.

Daria folgte ihr verwundert. Sobald sie das Zimmer betreten hatte, schloss Rosie die Tür wieder hinter ihnen. Sie hatte den Raum mit schweren Vorhängen abgedunkelt und Darias Augen brauchten einen Moment, um sich an die Lichtverhältnisse zu gewöhnen. Rosies Atem ging hektisch und Daria wunderte sich langsam ernsthaft, was mit ihr los war. Ein leises Tröpfeln mischte sich in Rosies Schnaufen. Daria nahm es verwundert wahr, während ihr Blick sich schärfte. Eine seltsame Feuchtigkeit lag in der Luft, die sich leicht und angenehm auf Darias Haut legte.

Die Umrisse um sie herum wurden klarer und es schälten sich seltsame Formen aus der Dunkelheit. Rosies Zimmer war plötzlich so voll. Sie war doch erst vor Kurzem hier eingezogen. Die wenigen Regale schienen um ein Vielfaches angewachsen zu sein und sie waren von seltsamen Umrissen umgeben. Je länger Daria darauf starrte, umso klarer sah sie, dass es die Umrisse von unzähligen Blättern waren.

„Was ist hier los?" Daria starrte verwundert zur Decke empor, die ungewöhnlich dunkel war. Hatte Rosie sie gestrichen?

„Ich öffne jetzt die Vorhänge, aber du musst mir versprechen, nicht zu schreien." Rosies Stimme war todernst.

„Schreien?" Daria gab sich keine Mühe, ihr Erstaunen zu verbergen.

„Ja, genau. Du darfst nicht schreien und bitte keine vorschnellen Reaktionen. In Ordnung?"

Ein ungutes Gefühl überkam Daria. Was war mit Rosie passiert? So ernst kannte sie sie ja gar nicht.

„Ja, ich bleibe ganz ruhig, versprochen." Daria gab sich Mühe, Rosie nicht mit Fragen zu löchern, sondern ließ ihr

Zeit, die Umstände in ihrem eigenen Tempo zu erklären.

„Okay." Daria sah Rosies Umriss zum Fenster gehen. Langsam schob sie die Gardine auf und ein schmaler Lichtstreif fiel in das Zimmer, der schnell breiter wurde.

Daria starrte fassungslos nach unten. Der Boden war mit Grünzeug bedeckt, als ob sie auf einer Wiese standen. Gänseblümchen blühten neben dicken Farnen. Weiches Gras und Moos wechselten sich ab. Je breiter der Lichtspalt wurde, umso wunderlicher wurde der Anblick.

Rosies Regale waren unter einer wahren Lawine an Kletterpflanzen verschwunden. Kleine blaue Blüten leuchteten im satten Grün. Die Decke war von Efeu bedeckt, zwischen dem sich die Ranken einer völlig fremden Pflanze wanden, die zarte weiße Blüten hatte und der Decke den Eindruck verlieh, als sei sie ein Sternenhimmel.

Mühsam riss sich Daria zusammen, um nicht vor Erstaunen aufzuschreien. Rosie stand mit ihren leuchtend roten Haaren und den knalligen Farben ihres Tops und ihres Rocks wie eine bunte Fee mitten in dem Grün. Mit sichtlich entsetzter Miene sah sie Daria an. Sie hatte absolut keine Ahnung, warum diese Pflanzen ihr ganzes Zimmer überwuchert hatten. Das war Daria sofort klar.

„Wahnsinn." Daria drehte sich im Kreis. Sie kam sich vor, als ob sie mitten in einem Urwald stand. Diese Deko musste eine ganze Menge Arbeit gemacht haben. Irgendjemand hatte sich mit Rosie scheinbar einen Scherz erlaubt. „Das sieht toll aus." Es war vielleicht besser, erst einmal positiv an die Sache heranzugehen.

„Ja, schon, aber warum hast du das gemacht?"

„Was?" Daria starrte Rosie verdutzt an. „Ich habe damit nichts zu tun. Außerdem habe ich wirklich kein Händchen fürs Gärtnern."

„Aber du musst es gewesen sein. Also, warum hast du mein Zimmer in einen Urwald verwandelt?" Rosie zeigte mit den Fingern auf die Lianen, die von der Decke baumelten. „Ich wache auf und sehe das hier. Du kannst mir glauben, dass ich eine Weile ernsthaft an meinem Verstand gezweifelt habe."

„Das war ich wirklich nicht." Daria hob abwehrend ihre Hände. „Den Spaß hat sich jemand anderes mit dir erlaubt."

„Sorry, das kann ich wirklich nicht glauben. Du bist die Einzige, die ich in dieser Stadt kenne, die so etwas tun könnte." Rosie hatte die Arme vor der Brust verschränkt. „Und nur damit es keine Missverständnisse gibt. Diese Pflanzen sind in meinem Zimmer gewachsen." Sie bückte sich und zog an einem Grasbüschchen. Es steckte fest im Fußboden. „Es hat niemand einfach nur ein Haufen Gras hier ausgeschüttet. Du bist die Einzige, die ich kenne, die sich so was wünschen kann."

„Ich habe mir nicht gewünscht, dass dein Zimmer umgestaltet wird." Daria trat auf das Moos und lief ein paar Schritte auf die Wand zu.

„Dann war es deine Mutter", fuhr Rosie fort.

„Bestimmt nicht. Ich habe mir nichts gewünscht, was das möglich machen könnte." Daria war sich absolut sicher. „Seit Montag habe ich keinen einzigen Wunsch mehr ausgesprochen und das soll auch so bleiben."

Rosie presste die Lippen aufeinander und sah Daria durchdringend an.

„Und wie erklärst du dir dann das?" Rosie breitete die Arme aus und zeigte auf ihr Zimmer. „Ich hatte hier drinnen gestern lediglich zwei mickrige Topfpflanzen stehen, als ich eingeschlafen bin, und heute wache ich auf und befinde mich in einem Dickicht. Ich musste erst mal die Tür frei schneiden, um aus meinem Zimmer zu kommen. Dafür gibt es absolut keine logische Erklärung, wirklich nicht."

„Von Logik habe ich mich schon lange verabschiedet."

Daria griff nach einem Blatt und fuhr gedankenverloren darüber. Es war echt, daran gab es keinen Zweifel. Doch wie war es möglich, dass so etwas geschah? „Vielleicht hat sich Henning einen Scherz mit dir erlaubt", murmelte sie gedankenverloren und zog an einer Ranke. Sie war fest in der Decke verwachsen.

Rosie schüttelte den Kopf. „Henning ist gar nicht da. Caspars Vater hat ihn und Caspar zu irgendeinem Onkel geschickt, um ihn aus der Gefahrenzone zu bringen, wie er sagt. Außerdem würde er so etwas nicht tun. Das ist nicht sein Stil."

„Ich verstehe. Vielleicht ist das genauso wie die Sache mit den Elfen und den Raben. Es kommt mir so vor, als ob hier noch andere Kräfte am Werke sind." Etwas anderes konnte sich Daria beim besten Willen nicht vorstellen.

„Du willst damit sagen, dass Esras Vision schon dabei ist, zur Wahrheit zu werden?" Rosie klang total entsetzt.

„Ja, das vermute ich. Anders kann ich mir das alles nicht mehr erklären."

„Vielleicht ist dieser Orden daran schuld. Du weißt doch, was Esra über den Orden gesagt hat?" Rosie sah Daria fragend an.

„Ja, sie hat gesagt, dass er kommen wird." Daria nickte. „Ich habe noch ein weiteres Tagebuch von meiner Urgroßmutter bekommen und darin steht genau dasselbe. Oma Helga hat ihre Nachkommen gewarnt, wir sollen eigentlich nicht in der Stadt sein, wenn die hundert Jahre um sind. Mittlerweile haben die Leute von dem Orden längst gemerkt, dass der Nebelstein, dem sie auf der Spur waren, nicht der richtige ist. Vielleicht haben sie ja noch mehr magische Gegenstände, wie diesen Ring. Vielleicht ist das die Erklärung, die ich gesucht habe."

„Die ist mir lieber als die von Esra mit der Ausbreitung der Magie." Rosie runzelte die Stirn.

„Es gibt noch so viele Fragen." Daria seufzte. „Ich überlege die ganze Zeit, was anders sein soll als vor hundert Jahren, als Helga sich einige Dinge gewünscht hat. Damals gab es auch keine seltsamen Erscheinungen, zumindest schreibt sie nichts darüber. Inzwischen habe ich die Liste ihrer Wünsche gefunden. Es sind ganz normale Wünsche."

„Du denkst also, sie kommen bald." Rosie warf einen vorsichtigen Blick aus dem Fenster, als ob sie ihre Feinde dort draußen vermutete. „Denkst du wirklich, dass sie schon hier sind?"

„Ich denke sogar, dass Frau Gremmer zu ihnen gehört und sie nicht nur mit Geld unterstützt, wie Cedric vermutet hat. Sie hat ja damals versucht, unser Haus zu kaufen. Sie weiß bestimmt etwas." Daria sah Rosie ernst an. Ob Cedric inzwischen mit ihr gesprochen hatte? Oder ob alles in dem Durcheinander rund um den Unfall untergegangen war? Sie hatte ihn seit Montag nicht mehr gesehen. Aber seitdem hatte sie sich auch nicht mehr aus dem Haus gewagt.

„Das wird alles immer unheimlicher." Rosie seufzte.

In diesem Moment klingelte es an der Tür.

„Das ist bestimmt Esra." Rosie ging in den Flur.

Während sie die Tür öffnete, lief Daria nachdenklich durch Rosies Zimmer. So viele Pflanzen, die außer Kontrolle geraten waren. An irgendetwas erinnerte sie das. Da war doch etwas gewesen. In dem Moment, in dem Esra und Rosie das Zimmer betraten, fiel es ihr wieder ein: Esras Vision. Sie fuhr hastig herum und starrte Esra an.

Esra brauchte nur einen Blick in Rosies Zimmer zu werfen und kam zu dem gleichen Schluss. Sie wurde blass.

„Es geht los", murmelte sie erschrocken und sah Daria an. „Die Magie entweicht. Oder hast du dir das gewünscht?"

„Nein, wirklich nicht." Daria schüttelte heftig den Kopf. „Ich habe damit nichts zu tun."

301

Esra nickte und setzte eine nachdenkliche Miene auf. „Dann geht es nicht mit einem Schlag los, sondern es passiert schleichend."

„Also gibt es keine anderen magischen Gegenstände." Rosie runzelte die Stirn.

Esra schüttelte heftig den Kopf. „Daran hat niemand anderes schuld als du selbst, Rosie. Ich habe dir doch gesagt, dass ich gesehen habe, wie du Pflanzen wachsen lässt. Es ist so weit."

Rosie schluckte und wurde blass. Ganz unwillkürlich schüttelte sie leicht den Kopf, als ob sie nicht recht daran glauben konnte, dass sie das wirklich selbst gewesen sein sollte. „Soll das etwa heißen, ich habe jetzt auch irgendwelche unheimlichen Kräfte, die mir das Leben schwer machen?" Rosies Stimme zitterte, und nicht nur die. Ihre Hände bebten und ihr ganzer Körper schien in Bewegung zu sein.

„Ja, genau das soll es heißen." Esra nickte.

„Es muss am Montag passiert sein." Daria sah Rosie bedauernd an, die mit ihrer Lage ganz und gar nicht zurechtzukommen schien. „Nachdem ich den Wunsch geäußert habe, dass niemand durch das Auto von Caspars Vater verletzt wird. Das muss es ausgelöst haben."

„Ja, so wird es sein, aber es ging ja nicht anders." Esra war zu Daria getreten. „Du musstest alle retten, wenn es in deiner Macht lag. Das hätte ich auch nicht anders gemacht."

„Das sehe ich auch so." Rosie ballte die Hände zu Fäusten, als ob sie die Kontrolle wieder übernehmen wollte. Sie sah Daria fragend an. „Wie funktioniert der ganze Mist denn nun?"

„Das weiß ich leider nicht. Bei Esra war es doch auch erst einmal ziemlich unklar." Daria sah aus dem Fenster. Wenn sich bei Rosie eine Veränderung gezeigt hatte, dann war das vielleicht auch bei jemand anderem geschehen.

„Hattest du eine Vision, Esra?"

„Nein, überhaupt gar nichts. Dabei haben wir in den letzten beiden Tagen alle denkbaren Yoga-Positionen durchgeturnt und unendlich viele Stunden meditiert. Aber es ist nichts passiert. Ich weiß immer noch nicht, wie ich die Visionen steuern soll." Esra seufzte. „Vermutlich muss ich einfach akzeptieren, dass die Visionen manchmal kommen und dann wieder nicht und ich eben doch keinen Einfluss darauf nehmen kann."

„Aber als du mich berührt hast, da hast du doch etwas gesehen." Daria runzelte die Stirn. „Das war doch kein Zufall."

„Es muss Zufall gewesen sein." Esra winkte ab. „Seitdem habe ich alle möglichen Gegenstände und Menschen berührt und es ist nichts passiert. Siehst du." Esra legte ihre Hand auf die von Daria und sah sie erwartungsvoll an. Nichts geschah. „Was habe ich dir gesagt, es passiert absolut gar nichts. Die Visionen sind im Moment nicht aktiv."

Daria wartete noch einen Moment. Doch Esra zuckte einfach nur die Schultern.

„Es passiert absolut nichts." Sie ging zu Rosie. „Siehst du." Sie legte ihre Hand auf Rosies Arm. „Ahh!" Esras plötzlicher Schrei kam aus dem Nichts.

„Esra?" Rosie fasste ihre Freundin am Arm. Esra hatte die Augen geschlossen und den Kopf in den Nacken geworfen, als ob sie einen Stromschlag bekommen hatte. Ihr Mund war weit aufgerissen, als ob sie in einem lautlosen Schrei verharrte.

Daria kam sofort angerannt. Doch bevor sie bei Esra angekommen war, entspannte sie sich schon wieder und schlug die Augen auf. Erschrocken starrte sie Daria an.

„Was ist los?" Daria rechnete mit dem Schlimmsten. Esra musste wieder eine Vision gehabt haben. Standen die Leute des Liberalis-Ordens schon vor ihrer Haustür? Was kam dieses Mal auf sie zu? Daria spürte ein Unbehagen, das ihr kalt den Hals hinaufkroch.

„Ich habe etwas gesehen." Esra schloss kurz die Augen und rieb sich über die Stirn. „Das war gerade total heftig, aber dafür war die Vision dieses Mal absolut glasklar. So habe ich das bis jetzt auch nicht erlebt. Ich glaube, nicht nur bei Rosie hat sich etwas geändert, auch diese Vision war definitiv anders."

„Geht es dir gut?" Rosie sah Esra besorgt an.

„Ja, es ist alles gut, das war kurz und heftig, aber dafür wirksam." Esra nickte. „Die Berührung scheint meine Visionen auszulösen, aber dann muss ich eben auch den Richtigen berühren."

„So sieht es im Moment aus." Daria nickte. „Was hast du gesehen?"

„Das zeige ich euch. Kommt mit!" Esra lief zur Tür. „Wir müssen uns etwas ansehen."

„Was ist denn los?" Rosie sah Daria verblüfft an.

„Ich habe keine Ahnung." Daria seufzte. Doch sie folgte Esra, auch wenn sie wusste, dass es jetzt mit Sicherheit keine gute Überraschung werden würde.

Rosie zögerte nicht lang. Sie schien froh zu sein, dass sie diesen Ort erst einmal verlassen konnte. Vorsichtig schloss sie das Zimmer voller Pflanzen und lief Daria und Esra hinterher, die mit schnellen Schritten auf den Marktplatz geeilt waren.

„Hier entlang." Esra bog ohne Zögern nach rechts in die Friedhofsgasse ein.

Daria zögerte kurz und folgte ihr dann. Wollte sie etwa zu Cedric? Hatte Esra irgendetwas gesehen, was mit ihm zu tun hatte? War er in Gefahr? Daria schluckte und lief schneller.

Doch dann bog Esra plötzlich wieder nach rechts ab und blieb vor der Tür von Herrn Drostes Antiquitätenladen stehen. Ein Geschlossen-Schild hing in der Tür. Herr Droste hatte sich immer noch in seinem Laden verkrochen. Daria hatte das akzeptiert und geduldig gewartet, bis Herr Droste bereit war, sich ihr und Cedric mitzuteilen. Was wollte Esra denn hier? Hatte sie ein Buch gesehen, das ihnen irgendwelche Erkenntnisse lieferte? Oder hatte Oma Helga vielleicht doch noch ein weiteres Tagebuch verfasst und es war bei Herrn Droste gelandet?

„Ist Herr Droste in Gefahr?" Rosie lief kurz hinter Daria.

„Ich habe keine Ahnung, was Esra gesehen hat, aber wir werden es vermutlich sehr bald erfahren." Daria sah Esra fragend an. Sie stand vor der Tür und dachte kurz nach.

„Mach die Tür auf, Daria." Esra trat zur Seite.

„Ich?" Verwundert griff Daria nach dem Türgriff. Es war abgeschlossen.

„Nun mach schon." Esra schien ungeduldig zu sein.

„Was soll ich denn machen?" Daria schaute durch die Scheibe der Tür und klopfte an. Es war dunkel und nichts regte sich.

„Ich habe gesehen, dass du die Tür öffnest, als probiere es einfach." Esra schien sich ihrer Sache absolut sicher zu sein.

„Du hast gesehen, wie ich eine verschlossene Tür öffne?" Daria runzelte die Stirn und in diesem Moment beschlichen sie ernste Zweifel, ob Esra mit einem Teil ihrer Visionen nicht vielleicht doch falsch lag.

„Bist du sicher?"

„Absolut." Esra nickte. Ihre Stimme klang fest und entschlossen und hinter ihren Brillengläsern sah sie Daria herausfordernd an. „Ich habe auch gesehen, dass du dich erst einmal weigern wirst. Du hast einen Reim dazu benutzt und die Finger so komisch gehalten." Esra verdrehte die rechte Hand.

„Du meinst so." Daria zielte mit Zeige- und Mittelfinger auf die Tür, ganz genauso wie sie es bei der Elfe gesehen hatte.

„Ja, genau." Esra klang zufrieden.

„Was habe ich gesagt?" Daria hatte Mühe, die Worte auszusprechen. Es war absurd, was sie hier tat. Doch auch Rosies Zimmer war absurd, genauso wie alle anderen Dinge, die in der letzten Zeit geschehen waren. Wohl oder übel musste sich Daria damit abfinden, dass das ihre neue Realität war.

„Des Schlosses Schlüssel, der bin ich,
dreh dich, Riegel, dreh dich für mich."

„Aha." Daria nickte. „Das wird niemals funktionieren."

„Es wird funktionieren." Esra nickte. „Und es ist kein Wunsch, es ist ein Zauber."

„Ein Zauber?" Daria spürte den Impuls, einfach davonzurennen und endlich die Stadt zu verlassen.

„Probiere es doch einfach", sagte Rosie achselzuckend.

„Das werde ich, allein schon, um euch zu beweisen, dass ich das nicht kann." Daria sah das Türschloss an und zielte mit den Fingern darauf. Dann räusperte sie sich und sprach: „Des Schlosses Schlüssel, der bin ich, dreh dich, Riegel, dreh dich für mich." Daria ließ den Finger sinken. Natürlich würde nichts geschehen. Sie sah Esra herausfordernd an.

„Sehr gut", sagte Esra zufrieden.

„Häh?" Daria runzelte die Stirn. „Es hat nicht funktioniert."

„Oh doch, das hat es." Esra trat zur Tür und drückte die Klinke hinab. Die Tür schwang auf, als ob sie die ganze Zeit offen gewesen wäre. Esra grinste und ging an Daria und Rosie vorbei hinein in den Antiquitätenladen.

„Das ist jetzt nicht wirklich passiert, oder?" Rosies Stimme kratzte.

„Ich befürchte doch", flüsterte Daria. Sie konnte es immer noch nicht glauben. „Warum kann ich das?"

„Muss wohl an der allgemeinen Magieverschmutzung in diesem Ort liegen." Rosie kicherte und ging an Daria vorbei in den Laden.

Humor war wahrscheinlich die beste Art, um damit klarzukommen. Schnell folgte Daria ihren Freundinnen und blieb überrascht stehen, nachdem sie die Tür hinter sich zugezogen hatte. Egal wie heiß es draußen war, in Herrn Drostes Laden war es immer kühl gewesen. Doch heute war das nicht so. In der Luft lag eine Hitze, die die draußen sogar noch überstieg.

„Was ist denn hier los?" Daria schnappte nach Luft. Dann lief sie in den Laden hinein. Esra und Rosie standen schon neben dem Wandbild. Das Tor hatte sich auf groteske Weise nach vorn gewölbt. Es sah aus wie der Bauch einer Schwangeren vor der Geburt. Risse überzogen die Wand und ein beachtlicher Haufen Putz und Staub lag auf dem Boden. Die Wärme, die im Raum lag, ging eindeutig von der Wand aus. Sie glühte wie ein Ofen.

„Das sieht schlimm aus." Daria blieb neben Esra stehen.

„Ja, das tut es." Sie seufzte. „Nur noch ein letzter Wunsch, Daria, dann ist es so weit und du kannst es nicht mehr rückgängig machen."

Wie zur Bestätigung ihrer Worte knirschte es in dem Mauerwerk und Staub rieselte zu Boden.

Daria machte sofort einen Schritt zurück. Sie konnte sich noch gut an den Tag erinnern, als Cedric hier beinahe ums Leben gekommen war. „Berührt die Wand auf gar keinen Fall."

„Das habe ich nicht vor." Rosie nickte.

„Wir müssen hier lang." Esra ging tiefer in den Laden hinein zu der Sitzecke, wo Herr Droste immer Pfefferminztee ausgeschenkt hatte. Doch heute standen keine Teekanne und auch keine Tassen auf dem Tisch. Stattdessen war er über und über mit Büchern, Papieren und Zetteln bedeckt. Dazwischen stand lediglich eine Wasserflasche, die leer war.

Aber von Herrn Droste war nichts zu sehen. Der Antiquitätenladen schien verlassen zu sein. Doch Esra schien das anders zu sehen. Sie lief um den Tisch herum und kniete sich auf den Boden. Erst als Daria sah, dass sie plötzlich eine Hand in den Händen hielt, wusste sie, dass Herr Droste Probleme hatte.

„Du lieber Himmel." Daria lief um den Tisch herum, und tatsächlich. Herr Droste lag der Länge nach auf dem Boden. Er atmete, aber er sah blass aus.

„Er braucht Wasser." Esra sah Rosie an. „Da hinten ist ein Badezimmer." Sie zeigte in den hinteren Teil des Ladens.

„Ich hole welches." Sie griff nach der leeren Flasche und lief los.

„Hast du gesehen, dass er Hilfe braucht?" Daria sah Esra fragend an.

Sie nickte. Da kam Rosie schon zurück und reichte Esra die Wasserflasche. Sie benetzte mit dem Wasser die Stirn und die Wangen von Herrn Droste. Dann tropfte sie es auf seine Lippen und knöpfte die Weste auf. Trotz der Hitze in diesem Raum trug er wintertaugliche Kleidung. Es dauerte nicht lang und Herr Droste regte sich. Seine Augenlider flatterten und er stöhnte leise. Langsam öffnete er die Augen und sah sich verwirrt um.

„Was ist passiert?" Er sah Esra verdutzt an.

„Sie sind umgekippt, wegen der Hitze hier." Esra half ihm, sich hinzusetzen, und reichte ihm die Wasserflasche.

Herr Droste nahm sie und trank gierig. Langsam kehrte die Farbe in sein Gesicht zurück. Vorsichtig erhob er sich und ließ sich auf seinen Sessel sinken. „Das ist mir noch nie passiert." Er schüttelte ungläubig den Kopf.

„Es war ja auch noch nie so heiß hier drinnen", sagte

Daria und erhob sich. „Haben Sie das gar nicht gemerkt?"

„Ja, schon." Er sah zu der Wand hinüber. „Aber ich war so in meine Arbeit vertieft, dass ich nicht darauf geachtet habe. Ich wollte mich gerade auf den Weg zu dir machen. Da muss ich wohl umgefallen sein."

„Sie waren nicht lange ohnmächtig", beruhigte ihn Esra. „Höchstens zehn Minuten. Ich habe es genau gesehen."

„Ah, in Ordnung." Herr Droste nickte, aber man sah ihm an, dass ihm diese Antwort ein wenig unheimlich war. „Aber wenn ihr grad da seid, dann kann ich euch ja gleich erzählen, womit ich mich in der letzten Zeit beschäftigt habe." Herr Droste zog einen Zettel aus dem Wust an Papier heraus.

„Gern." Esra setzte sich und auch Rosie ließ sich nieder.

Herr Droste nahm noch einen Schluck Wasser und räusperte sich. „Also, ich habe in den letzten Tagen eine Menge über meine Vorfahren gelernt. Mein Urgroßvater stammt aus der direkten Linie eines Druiden namens Glen ab, der den Liberalis-Orden einst gegründet hat. Damit war mein Urgroßvater automatisch dessen Großmeister, so wie sein Vater davor und so weiter. Nachdem er sich zur Ruhe gesetzt hatte, hat mein Großvater die Aufgabe übernommen und der hat sie an seinen Sohn übergeben, also an einen meiner zwei Brüder." Herr Droste holte tief Luft. „Allerding weiß ich nicht, an welchen."

„Ihre Familie gehört zum Liberalis-Orden?" Daria starrte Herrn Droste ungläubig an.

„Nicht meine ganze Familie, sondern immer nur eine direkte Linie. Mich hat das auch überrascht. Mit so etwas rechnet man ja nicht." Herr Droste seufzte. „Also werde ich mich wohl oder übel gegen einen meiner Brüder stellen müssen, denn das, was ich über deren Ziele gelesen habe, klingt nicht gut."

„Ist es etwa Cedrics Vater?" Daria hielt die Luft an.

„Nein." Herr Droste schüttelte entschlossen den Kopf. „Das hätte mir Cedric schon gesagt, ich habe heute Morgen schon mit ihm über meine Entdeckungen geredet und er wusste von nichts. Das kann ich mir auch schwer vorstellen. Er war total geschockt von der Tatsache, dass die Bösen offenbar aus unserer Familie stammen. Er muss das erst mal verdauen."

„Das glaube ich." Daria nickte. Das war bestimmt nicht leicht für Cedric. „Wissen Sie auch etwas über die Alba-Bruderschaft?"

„Ja, das weiß ich." Herr Droste nickte. „Diese Bruderschaft wurde von einem Mann namens Keenan gegründet. Er hat sein Leben dem Schutz des Nebelsteins gewidmet. Die Bruderschaft hat ihn vor den Menschen versteckt. Doch der Liberalis-Orden hat die Alba-Brüder immer wieder aufgespürt und im Jahr 1219 ist es ihnen dann gelungen, den Nebelstein in ihre Gewalt zu bringen. Seitdem versuchen sie, den Fluch zu brechen."

„Was passiert, wenn der Fluch gebrochen wird?" Daria lehnte sich zurück. „Hat Ihr Urgroßvater auch etwas darüber geschrieben?"

„Eine Menge." Herr Droste seufzte und trank noch einen Schluck Wasser. „Es gibt ausführliche Schilderungen aller möglichen Themen. Diese Chroniken sind wirklich sehr umfangreich. Er beginnt mit der Schilderung des Zaubers, den eine junge Frau namens Aileen vor einigen Tausend Jahren ausgeführt hat, um die Magie aus der Welt zu verbannen. Man braucht dazu einen mächtigen Zauber und ein paar Gegenstände, auf die ein Teil des Zaubers übergeht. Der Nebelstein war zwar der entscheidende Schlüssel, aber auch die anderen Gegenstände waren von Bedeutung."

„Was für Gegenstände sind das?" Daria sah auf. Während Herr Droste erzählt hatte, hatte sie sich in die Vision der Elfe versetzt gefühlt. Sie sah Aileen in dem Wald stehen und den Zauber sprechen. Die Gegenstände hatte sie aber nicht gesehen. Vielleicht hatten die Elfen sie dabeigehabt?

Herr Droste blätterte in seinen Zetteln. „Man braucht den Jadekelch, den Rubinspiegel und die Smaragdphiole, um diesen Zauber zu vollbringen. All diese Gegenstände müssen mit dem Nebelstein zusammengebracht werden. Mit einer Spur aus Magie werden sie verbunden und dann muss jemand den Zauber sprechen."

„Und dann wird er diesen Zauber mit seinem Leben bezahlen", fügte Daria hinzu.

Herr Droste schwieg und sah Daria nachdenklich an.

„Wirklich?" Rosie runzelte die Stirn.

Herr Droste nickte. „So ist es geschehen." Er ließ seine Zettel sinken. „Aber das muss nicht so sein, wenn man den Zauber wiederholt. Die Magie steckt schließlich noch in den Dingen. Ich will damit nur andeuten, dass es eventuell eine Lösung gibt, falls das hier doch noch schiefgeht." Herr Droste zeigte auf die Mauer.

„Wissen Sie denn, wo diese Gegenstände sind?" Esra sah Herrn Droste fragend an.

„Nein, das weiß ich nicht." Er schüttelte den Kopf. „Und darüber steht auch nichts in diesen Unterlagen. Zumindest habe ich bisher nichts gefunden. Aber dafür habe ich etwas anderes gefunden, und zwar eine Beschreibung der Ereignisse vor hundert Jahren. Damals hatte sich der Orden große Hoffnungen gemacht, dass der Fluch gebrochen wird."

„Was ist geschehen?" Daria riss gespannt die Augen auf.

„Die Figuren an dem Brunnen sind schon einmal verschwunden. Mein Urgroßvater beschreibt es ganz genau. Die Elfen hatten sich in den Wald zurückgezogen und ließen sich nur selten blicken, aber die Raben waren aggressiv und haben Pferdekutschen und Menschen angegriffen. Doch dann war der Spuk auf einmal vorbei und scheinbar über Nacht sind alle Figuren zu dem Brunnen zurückgekehrt."

„Das heißt also, man kann diesen Prozess wieder abbrechen?" Daria beugte sich nach vorn.

„Genauso ist es." Herr Droste nickte. „Aber ich weiß leider nicht, wie. Das habe ich nicht herausbekommen."

„Das ist ja sehr interessant." Daria dachte an die Tagebücher ihrer Urgroßmutter. Von diesen Ereignissen hatte sie nichts mitbekommen, aber sie war damals auch ein Kind gewesen. „Was ist, wenn es mir genauso geht und ich diesen letzten Wunsch äußere, der mir noch geblieben ist, und dann einfach alles wieder vorbei ist?"

„Das wird nicht geschehen." Esra erhob sich und warf der Wand einen besorgten Blick zu.

Herr Droste seufzte und blätterte in den Papieren. „Ich werde einfach weitersuchen, dann werde ich das fehlende Puzzlestück schon noch finden."

„Nein." Esra schüttelte den Kopf. „Sie müssen jetzt erst einmal hier raus und frische Luft schnappen. Sie brauchen dringend eine Pause, sonst kippen Sie gleich wieder um."

„Hast du das auch gesehen?" Rosie runzelte die Stirn.

„Das sagt mir mein normaler Menschenverstand." Esra grinste.

Daria erhob sich und wartete, bis Herr Droste ebenfalls sicher auf den Beinen stand. Dann gingen sie gemeinsam zur Tür. Die Luft in der Gasse tat gut. Sie war deutlich kühler als die im Antiquitätenladen.

Herr Droste ging in seine Wohnung hinauf und Daria, Esra und Rosie bogen nach links auf den Marktplatz ein. Mittlerweile war es später Nachmittag und die Hitze drückte immer noch auf der Stadt.

„Rosie." Eine helle Frauenstimme schallte quer über den Marktplatz.

Erschrocken wandte sich Daria um und sah auf die linke

Seite des Marktplatzes. Aus dem oberen Stockwerk eines Mehrfamilienhauses sah eine junge Frau mit kurzen, dunklen Haaren aus dem Fenster und winkte ihnen aufgeregt zu. Es war Lea.

„Rosie, komm sofort hoch und erkläre mir das", rief sie und hielt eine grüne Ranke hoch.

„Huch." Rosie seufzte gequält. „Ich glaube, ich muss Lea mal auf den neuesten Stand bringen."

„Tu das", sagte Esra und wandte sich schon nach rechts. „Ich brauche jetzt erst einmal einen riesengroßen Eisbecher mit einer extra Portion Sahne. Kommst du mit, Daria?"

„Und ob." Daria folgte Esra. „Bis später, Rosie."

„Bis später." Rosie eilte zu ihrer WG und Daria ging mit Esra in das Café. Sie suchten sich im Innenraum einen Platz und bestellten Kaffee und Eis, um wenigstens für ein paar Minuten das Gefühl zu haben, dass ihr Leben immer noch ziemlich normal war.

KAPITEL 21

Am Wochenende hatte sich alles wieder beruhigt. Die Polizei war mit ihren Befragungen und Beweisaufnahmen fertig und wertete die Ergebnisse jetzt intern aus. Die Tuscheleien in Fresienstein beruhigten sich langsam wieder. Das lag aber nicht an der guten Arbeit der Polizei, sondern vor allem daran, dass sich alle sicher waren, dass der Fleischermeister Hans Wolfram der Täter sein musste.

Sobald er seinen jetzt meist recht leeren Laden verließ, folgten ihm argwöhnische Blicke. Da konnte er noch so viel fluchen und schimpfen, die Einwohner von Fresienstein hatten ihr Urteil über ihn bereits gefällt und trauten ihm sogar zu, dressierte Vögel einzusetzen, um seine Ziele zu erreichen. Darias Mutter war außer sich. Sie war dagegen, jemanden vorschnell zu verurteilen, solange seine Schuld nicht zweifelsfrei bewiesen war, und Daria sah das ganz genauso.

„Jeder, der mir diesen Unsinn an den Kopf wirft, bekommt etwas von mir zu hören." Darias Mutter schwang ihr Buttermesser drohend in der Luft. Sie saßen in ihrer gemütlichen Küche und ließen sich ausgiebig Zeit, um zu frühstücken.

„Die Leute werden erst aufhören, wenn die Polizei ihnen einen Täter präsentiert hat." Daria nahm sich ein Croissant und schmierte dick Marmelade darauf. „Aber das wird nicht geschehen, denn eigentlich ist nur mein Ring daran schuld."

„Ich weiß." Darias Mutter nickte. Daria hatte ihr alles erzählt, damit sie wusste, womit sie es zu tun hatte. „Ich bin so froh, dass ab nächster Woche wieder Alltag einzieht. Wir starten am Montag einfach noch einmal von vorn und dieses Mal wird es perfekt. Das spüre ich."

„Ich freue mich auch darauf." Daria biss in ihr Croissant und hoffte, dass ihre Mutter nicht merkte, dass sie eigentlich keine Lust hatte, das Haus zu verlassen. Seit dem Tag, an dem sie ein Schloss geöffnet und Rosie ihr Zimmer in ein Biotop verwandelt hatte, war sie nur bis in den Garten gegangen. Auch eine Einladung zum Kaffeetrinken von Rosie hatte sie abgelehnt. Selbst zu Esra war sie nicht mehr gegangen. Ihre Angst, in eine Situation zu geraten, in der wieder jemand in Lebensgefahr schwebte, war einfach viel zu groß. Sie durfte sich nichts mehr wünschen. Auf keinen Fall. Vorher musste sie herausbekommen, wie sie die Sache mit der immer stärker werdenden Magie in Fresienstein umkehren konnte.

Doch sie wusste, dass sie auch nicht den Rest ihres Lebens im Haus verbringen konnte. Bei der Lösung ihres Problems war das auch nicht sehr hilfreich. Wohl oder übel musste sie am Montag wieder unter Menschen gehen. Dabei konnte sie nur hoffen, dass sich die auffallende Häufung der Unglücksfälle in Fresienstein endlich wieder beruhigte und Alltag einzog.

„Hattest du inzwischen Zeit, das Tagebuch von Oma Helga zu lesen?" Daria sah ihre Mutter fragend an.

„Nein, Süße, immer noch nicht. Die Woche war einfach total verrückt. Die Polizei hat mich ganz schön auf Trab gehalten. Ständig haben sie eine andere Liste gebraucht oder wollten die Adressdaten von jemandem haben. Dann musste ich auch noch eine Menge aufgeregter Eltern beruhigen, die sich Sorgen um die Sicherheit ihrer Sprösslinge gemacht haben. Sogar ein paar Ornithologen waren da, um mich über das seltsame Verhalten der Raben auszufragen. Aber dieses Wochenende habe ich mir freigenommen. Ich wollte mich gleich nach dem Frühstück dransetzen. Na gut, erst werde ich Mittagessen kochen. Wir haben schon ewig keine Rouladen mehr gegessen." Darias Mutter lächelte. „Aber heute Nachmittag nehme ich mir dann endlich Zeit dafür."

„Was ist mit Frau Gremmer?" Daria sah ihre Mutter fragend an. „Wie läuft es so mit ihr?" Daria hoffte, dass sie sich vielleicht auffällig verhalten hatte, und ihr Verdacht, dass sie zum Liberalis-Orden gehörte und in seinem Auftrag agierte, sich bestätigte.

„Ach, der Armen geht es langsam wieder besser." Darias Mutter legte ihr Messer auf ihrem Teller ab. „Von dem Sturz vom Podium hat sie sich eine Gehirnerschütterung zugezogen. Ihr Arzt hat ihr Bettruhe verordnet, aber sie hat mir geschrieben, dass sie hofft, dass sie sich bald wieder an die Arbeit machen kann. Sie hat einen ziemlich straffen Zeitplan, wenn sie bis Januar die Weberei in einen halbwegs guten Zustand bringen will."

„Das mit der Gehirnerschütterung wusste ich ja gar nicht." Daria nahm einen Schluck Kaffee und biss wieder in ihr Croissant.

„Sie hat es eigentlich am schlimmsten getroffen. Sonst gab es nur ein paar Schürfwunden und ein paar Prellungen." Darias Mutter erhob sich und brachte ihren Teller zur Spüle. Dann sah sie aus dem Fenster. „Diese Hitze ist wirklich fürchterlich. Für heute Nacht ist endlich ein Gewitter angekündigt. Das wird auch wirklich Zeit. Kannst du trotzdem heute Vormittag noch einmal die Blumen gießen? Sonst überstehen sie den Tag nicht."

„Na klar." Daria aß ihr Croissant auf und räumte dann den Frühstückstisch ab.

Darias Mutter machte sich auf den Weg zum Einkaufen und Daria ging in den Garten hinaus. Es war erst zehn Uhr, doch es waren jetzt schon über dreißig Grad. Der Tag würde ziemlich heiß werden. Daria stellte das Wasser an und goss die Staudenbeete. Dabei dachte sie ganz automatisch an Rosie.

Sie hätte sie gern besucht, um sich mit eigenen Augen davon zu überzeugen, dass sie mit den Pflanzen und der Kraft, die sie mit ihnen verband, inzwischen klarkam. Doch Rosie und Esra hatten Darias Entscheidung begrüßt, daheim zu bleiben, um jedem Ärger aus dem Weg zu gehen. Daher hatte es Esra übernommen, sich um Rosie zu kümmern, und Daria versprochen, sich zu melden, sobald sie nennenswerte Fortschritte erzielten. Da das bisher nicht geschehen war, waren die beiden wohl noch nicht weitergekommen.

Daria hielt den Wasserschlauch in das Rosenbett. Ein schmales Rinnsal Wasser floss an ihrem Fuß vorbei. Daria stellte sich vor, wie es ihren Fuß berührte, und in diesem Moment spülte das Wasser einen kleinen Stein weg, das Rinnsal änderte seine Richtung und floss über Darias Fuß. Erschrocken starrte Daria auf den Boden hinab. Das konnte doch nicht wahr sein. War denn jetzt alles durcheinander? Hatte sie etwa gerade unbewusst einen Wunsch geäußert?

Der Gartenschlauch fiel zu Boden und Daria starrte den Ring an. Erleichtert erkannte sie, dass er immer noch zu drei Viertel schwarz war und kein Stückchen mehr. Verdammt. Sie war viel zu angespannt. Das war nur ein dummer Zufall gewesen und dennoch raste Darias Herz wie verrückt.

Sie hob den Gartenschlauch wieder auf und goss erst die Rosen und dann das Gemüsebeet. Dann stellte sie noch kurz den Rasensprenger an, um die kleine Rasenfläche zwischen den vielen Bäumen, Büschen und Beeten zu wässern.

Als Daria fertig war und wieder ins Haus ging, blieb sie

erschrocken stehen. Ein Mann stand in der Einfahrt. Überrascht erkannte Daria, dass es Cedric war. Er sah sie mit einem liebevollen Blick an. Sie hatte gar nicht gehört, wie er näher gekommen war. Stand er schon lange da und beobachtete sie? Daria wurde sich gewahr, dass sie barfuß im Garten stand und nur ein kurzes, leichtes Kleidchen mit Spagettiträgern trug. In die Öffentlichkeit hätte sie sich niemals so gewagt.

„Hallo, meine Schöne." Cedric grinste sie an, während sein Blick ohne Umschweife über ihren Körper glitt. Er nickte anerkennend und machte keinen Hehl daraus, dass ihm gefiel, was er sah.

„Hallo, Cedric." Daria ging auf ihn zu und versuchte sich nicht anmerken zu lassen, wie nackt sie sich unter seinem Blick fühlte und wie sehr ihre Haut brannte, als ob er sie nicht nur angesehen, sondern sie tatsächlich berührt hätte. „Was führt dich her? Du hast dich lange nicht gemeldet."

„Ich weiß, es gab da einige Dinge, die ich erst mal verkraften musste." Er vergrub seine Hände in den Hosentaschen seiner leichten, dunklen Stoffhose.

„Dass es in deiner Familie eine Verbindung zum Liberalis-Orden gibt, ist wirklich ein Hammer. Das tut mir leid."

„Das muss es nicht. Lass uns über etwas anderes reden." Er sah Daria gespannt an und ein vertrautes Gefühl machte sich in ihr breit. „Ich wollte einfach mal sehen, wie es dir geht. Du bist mir die Woche nirgendwo über den Weg gelaufen."

„Ich war meistens zu Hause." Daria verschränkte die Arme vor der Brust. „Hast du Frau Gremmer getroffen?"

Cedric schüttelte den Kopf. „Sie war krank und hat keinen Besuch empfangen. Ihre Assistentin hat mir für nächste Woche einen Termin gegeben. Ich hoffe, dass ich dann endlich mit ihr reden kann. Hast du inzwischen etwas Neues erfahren?"

Daria seufzte und dachte an Rosies Zimmer und ihre neue Fähigkeit, Schlösser zu öffnen. „Eine Menge, aber ich muss meistens darüber nachdenken, dass es einen Weg geben muss, um zu verhindern, dass sich die Magie weiter ausbreiten wird."

„Komm, wir drehen eine Runde. Dann kannst du mir von allem erzählen." Cedric zeigte auf die Straße hinaus.

Daria sah einen Moment unschlüssig die Einfahrt hinab. Ein Spaziergang war wirklich eine gute Idee. Sie hatte Lust, Zeit mit Cedric zu verbringen und einfach nur seine Nähe zu genießen. Sie wollte Cedric von alldem erzählen, was geschehen war, und sie wollte wissen, was er darüber dachte. Es würde schon niemand in Not geraten.

„Ich zieh mir nur schnell was anderes an." Daria trat einen Schritt zurück.

Cedrics Blick hing an ihrem kurzen Kleid. „Von mir aus kannst du gern so bleiben." Er grinste.

Daria sah ihm in die Augen und hatte das Gefühl, dass sie plötzlich etwas magisch zu ihm zog. Cedric erwiderte ihren Blick und der Gedanke, sich an ihn zu schmiegen, während seine Hände ihren Rücken hinabfuhren, hatte eine beeindruckende Lebendigkeit.

Daria spürte beinahe seine Finger auf ihrer Haut. Sie holte Luft.

In diesem Moment drehte sich Cedric um, als ob auch er von diesem Gefühl durchdrungen war. Doch im Gegensitz zu ihr schien er mehr Selbstbeherrschung zu besitzen und wusste, dass man solchen Gedanken auf keinen Fall mehr Raum einräumen durfte, zumindest nicht in der Situation, in der sie sich befanden.

Daria ging hastig ins Haus zurück. Sie zog das Kleid aus und schlüpfte in ein T-Shirt und ein paar weite Shorts. Das war viel besser. Sie zog ihre Sandalen an und verließ dann wieder das Haus.

Cedric stand immer noch an derselben Stelle und wartete auf sie. Er hatte sein Handy aus der Tasche geholt und sah mit gerunzelter Stirn darauf. Als er hörte, wie die Tür hinter Daria ins Schloss fiel, wandte er sich sofort wieder um und ließ das Handy in seiner Hosentasche verschwinden.

„Schlechte Nachrichten?" Daria ging zu ihm.

„Ich mache mir Sorgen um meinen Onkel." Cedric seufzte. „Er hat die ganzen Unterlagen jetzt mit in seine Wohnung genommen und tut nichts anderes mehr, als darin zu lesen. Das macht mir langsam Sorgen. Ich habe Angst, dass er wieder umkippt und dass es dieses Mal niemand so schnell merkt."

„Dass Esra das gesehen hat, war wirklich großes Glück." Daria lief langsam die Einfahrt hinab.

„Ja, das ist es." Cedric bog nach links ab und sie schlenderten gemütlich die Rosenstraße entlang.

„An dem Tag sind aber noch ein paar andere seltsame Dinge passiert." Daria seufzte und dann erzählte sie Cedric, was vorgefallen war.

Cedric hörte Daria konzentriert zu und unterbrach sie kein einziges Mal. Doch Daria spürte deutlich seine Anspannung. Er ballte die Hände zu Fäusten, als Daria von Rosie erzählte, die ihr Zimmer umgestaltet hatte, und wie sie mit einem Zauber Schlösser geöffnet hatte. Er entspannte sich erst wieder, als Daria zum Ende gekommen war.

„Seitdem habe ich mich nicht mehr aus dem Haus getraut", gestand Daria. „Wenn ich nur noch einen Wunsch übrig habe, dann ist die Sache jetzt wirklich ernst."

„Wirklich? Nur noch einen Wunsch?" Cedric strich sich durch die dunkelbraunen Haare und sah Daria besorgt an. Er war einfach nur perfekt. Verständnisvoll und dann auch noch gut aussehend. Tja, so sollte sie wohl auch sein, die

320

Liebe des Lebens. Daria schluckte und sah angestrengt geradeaus. Die Sehnsucht nach Cedric, die sie wieder einmal ergriffen hatte, schnitt sich schmerzhaft in ihr Herz.

„Aber du hast nicht vor, den Rest deines Lebens in eurem Haus zu verbringen?" Cedrics Schmunzeln war zu hören. Dazu musste Daria ihn nicht ansehen. Sie waren mittlerweile an der Juulstraße angelangt und Daria genoss die kühlere Luft unter den Kastanienbäumen. Und sie genoss auch die Lockerheit, mit der Cedric mit dem Thema umging. Ja, die Lage war ernst, aber die Angst, die Esra um sich verbreitete, war kaum zu ertragen. Da waren Cedrics lockere Sprüche schon weitaus angenehmer.

„Nein, ich denke, das werde ich nicht tun." Daria spürte, wie die Entschlossenheit sie durchflutete und ihren Worten Kraft gab. „Ich hoffe einfach darauf, dass ich Glück habe und die Lage ruhiger wird. Natürlich werde ich Abstand von allen gefährlichen Situationen halten, aber ich möchte trotzdem mein Leben leben."

„Das ist eine gesunde Einstellung." Cedric nickte. „Du weißt, dass ich das ganz genauso sehe."

„Du siehst das sogar noch deutlich entspannter als ich." Daria erwischte sich dabei, wie sie grinste. Cedrics gute Laune und seine kleinen Schmeicheleien taten ihr in diesem Moment unfassbar gut. Das erste Mal seit Tagen fühlte sie sich wirklich besser und die Ereignisse der vergangenen Woche verblassten etwas.

„Du kannst gern einmal ausprobieren, wie gut es sich lebt, wenn man alles ziemlich locker sieht, meine Schöne." Cedrics Stimme war dunkel und weich geworden. Wieder einmal schmeichelte sie sich in Darias Ohr und von dort aus in ihr Herz. Es könnte alles so einfach sein. Die Dinge ergaben sich regelrecht und alles passte perfekt zusammen. Sie könnte so unfassbar glücklich sein. Der Gedanke wurde immer stärker in Darias Kopf.

Sie hatte sich Cedric zugewandt und sah ihn einfach nur an. Der weiche Blick in seinen Augen, das schelmische Lächeln auf seinen vollen Lippen und die Mischung aus Ernsthaftigkeit und Lockerheit, die er an den Tag legte, imponierten ihr. Wenn sie den perfekten Mann für sich hätte beschreiben sollen, dann wäre es genau Cedric gewesen.

Der Gedanke, dass sie Esras Visionen ernster nehmen sollte, schoss plötzlich in ihren Kopf. Daria schluckte und wandte hastig den Kopf ab, während das kalte Gefühl all die schönen, verlockenden Gedanken hinfortspülte. Daria spürte eine rebellische Stimme in sich, die ihr sagte, dass sie sich nehmen sollte, was sie so sehr wollte.

Sie sollte aufhören, immer so anständig zu sein. Gab es nicht einen Wunsch, mit dem sie alles zu einem guten Ende brachte? Sie hatte ja quasi noch einen frei. Konnte sie sich nicht wünschen, dass die Wand in Herrn Drostes Antiquitätenladen nicht mehr war als eine ganz normale Wand?

„Alles in Ordnung?" Cedric klang besorgt.

„Nein, ich überlege gerade, wie ich möglichst elegant aus dem ganzen Schlammassel herauskomme, aber eine wirkliche Lösung habe ich immer noch nicht parat." Daria seufzte. „Ich befürchte, dass der Ring mir den Wunsch nicht erfüllen wird, dass er nichts mit dem Tor in Herrn Drostes Laden zu tun hat."

„Nein, das wird er sicher nicht." Cedric schüttelte den Kopf. „Das würde mich auch ernsthaft wundern. Vielleicht hilft es dir ja erst einmal, wenn ich dich auf einen Kaffee einlade und dich ein wenig von deinen Sorgen ablenke." Cedric zeigte auf das Café auf dem Marktplatz.

Daria grinste. „Schaden kann das auf keinen Fall."

An diesem heißen Tag waren sie die Einzigen, die draußen unter den Sonnenschirmen saßen. Es war ruhig auf dem Marktplatz. Wer konnte, der hatte sich ein kühles Plätzchen gesucht. Doch mit Cedric an ihrer Seite störte

Daria die Wärme gar nicht mehr.

„Irgendwie fühle ich mich immer gut, wenn du in meiner Nähe bist." Cedric lächelte sie an, nachdem sie ihren Kaffee bestellt hatten.

„Das geht mir auch so", gestand Daria.

„Dann sollten wir mehr Zeit miteinander verbringen." Cedric sah sie fragend an. „Ich meine natürlich als Freunde."

„Ja, genauso habe ich es auch gemeint." Daria legte den Kopf schief und die rebellische Stimme in ihr meldete sich wieder zu Wort. „Obwohl, ehrlich gesagt habe ich das nicht gemeint. Ich möchte, dass du mehr für mich bist als nur ein Freund."

Cedrics Blick wurde ernst. Er sah Daria fest in die Augen. Die Kellnerin kam und brachte ihren Kaffee, aber Cedric schien es gar nicht zu bemerken. Er beugte sich nach vorn und griff nach Darias Hand.

Als er sie berührte, schien ein Stromschlag durch Darias ganzen Körper zu gehen. Alles in ihr vibrierte auf eine lebendige und verlockende Weise. Sie zog ihre Hand nicht zurück, sondern erwiderte Cedrics Berührung. Das war das erste Mal in all den Wochen, seitdem sie ihn kannte, und es fühlte sich einfach nur perfekt an. Der Gedanke, dass sie zueinandergehörten, durchströmte sie mit einer Gewissheit, gegen die sie sich einfach nicht wehren konnte.

„Daria, wie kannst du nur?" Eine vorwurfsvolle Stimme riss Daria und Cedric aus diesem innigen Moment.

Daria zog erschrocken ihre Hand zurück und sah sich um. Esra kam quer über den Marktplatz gelaufen und funkelte Daria vorwurfsvoll an. Rosie folgte ihr. Die beiden mussten oben in der WG gewesen sein und hatten Daria in flagranti beim Händchenhalten mit Cedric erwischt.

„Wir haben doch besprochen, in welcher Gefahr er schwebt." Esra blieb neben dem Tisch stehen.

„Es ist meine Schuld, ich habe sie dazu verführt." Cedric sah nicht aus, als ob es ihm leid tat. Man sah ihm eher an, dass er von Esras Auftritt ziemlich genervt war und Daria vor Esras Wut beschützen wollte. Er trank einen Schluck Kaffee und musterte Esra, als ob er darauf wartete, dass sie ihre Standpauke noch fortsetzen würde. Doch Esra sah ihn nur nachdenklich an.

„Schau mal." Rosie trat näher und lächelte Daria vergnügt an. Dann öffnete sie die Handfläche, betrachtete sie konzentriert und plötzlich wuchs eine Knospe in ihrer Hand und erblühte schließlich zu einer wunderschönen Rose.

Daria riss erstaunt die Augen auf. „Wow, das ist ja der Wahnsinn."

„Das ist es." Rosie nickte eifrig und grinste zufrieden.

„Rosie, du kannst das doch nicht in der Öffentlichkeit machen." Jetzt sah Esra Rosie mit demselben Blick an, mit dem sie gerade noch Daria und Cedric bedacht hatte.

„Jaja, schon gut", maulte Rosie und ließ die Rose wieder in ihrer Handfläche verschwinden. „Jetzt mach dich mal ein bisschen locker. Es ist nicht alles schlecht."

Cedric grinste und auch Daria konnte sich das Lachen nicht verkneifen.

„Na schön, dann macht halt, was ihr wollt. Aber sagt nicht, dass ich euch nicht gewarnt hätte." Esra wandte sich ab und lief davon.

„Jetzt warte, so habe ich es nicht gemeint." Rosie folgte ihr.

„Sie meint es wirklich nur gut." Daria seufzte und trank ihren Kaffee.

„Ich weiß." Cedric nickte. „Aber wenn ich Rosie so sehe, dann hat sie nicht ganz unrecht. Es ist doch etwas Schönes passiert. Oder sehe ich das falsch?"

Daria nickte. Bis jetzt war wirklich nur Gutes geschehen,

wenn sie ehrlich zu sich war. Ihre Freundinnen hatten außergewöhnliche Gaben bekommen und Daria hatte in der letzten Zeit eine Menge Menschenleben gerettet. Kam da wirklich etwas Schlechtes auf sie zu? Das erste Mal zweifelte Daria daran.

„Lass uns gehen." Cedric erhob sich. „Wir sollten Esra nicht noch mehr verärgern."

Daria trank ihren letzten Schluck Kaffee aus und stand ebenfalls auf. Während Cedric bezahlte, ließ Daria ihren Blick über den Marktplatz schweifen. Am besten, sie ging jetzt gleich noch mal in die WG, um mit Esra zu reden. Es gefiel ihr nicht, wenn zwischen ihnen so eine Missstimmung herrschte.

KAPITEL 22

Daria hatte den Rest des Tages mit Esra, Rosie und Lea in ihrer WG verbracht. Anfangs hatten sie noch über die Elfen, Raben, Zaubereien und Rosies neue Fähigkeiten geredet, doch nach und nach hatten sich ihre Gespräche wieder ganz alltäglichen Themen zugewandt. Sie hatten über die Akademie gesprochen und wie es war, mit seinem Freund in einer WG zusammenzuwohnen. Daria hatte den Nachmittag genossen. Sie hatten viel gelacht und gemeinsam Nudeln gekocht. Daria war erst spät zu Hause gewesen. Das Gefühl, dass vielleicht doch alles nicht so schlimm war, wie sie manchmal gedacht hatte, begleitete sie immer noch wie ein warmer Umhang, während sie mit ihrer Mutter in der Küche saß und Karten spielte. Die Dunkelheit war schon hereingebrochen, als es an der Tür klingelte.

„Erwartest du noch Besuch?" Darias Mutter ließ die Karten sinken und sah ihre Tochter fragend an.

„Nein, eigentlich nicht." Daria stand auf. „Ich sehe mal nach, wer das ist." Sie ging in den Flur und ein ungutes Gefühl überkam sie. Der ganze Tag war schön gewesen, viel zu schön. Klopfte jetzt jemand vom Liberalis-Orden an die Tür?

Daria holte tief Luft und öffnete die Tür. Sie erstarrte, denn vor der Tür stand niemand, der ihr Böses wollte, sondern Cedric.

„Guten Abend, meine Schöne." Er grinste sie an. Dann griff er einfach nach ihrer Hand und zog sie auf sich zu.

Daria wehrte sich nicht, als er sie in seine Arme zog und sie zur Begrüßung an sich drückte. Sie war überrascht von seinem Auftauchen, aber sie wollte sich auch nicht mehr gegen das drängende Gefühl wehren, das sie immer heftiger zu ihm zog. Es war viel zu schön. Sie schlang ihre Arme um seine Mitte und verharrte kurz in dem wohligen Moment. Cedrics Körper war warm und stark. Er trug ein leichtes Hemd und roch nach dem teuren Parfüm, das Daria unter Tausenden wiedererkennen würde.

Er drückte ihr einen leichten Kuss auf ihr Haar und Daria erschauerte. Der Gedanke daran, wie sich seine Lippen auf ihren anfühlen würden, überrollte sie mit einer Macht, gegen die sie sich kaum noch wehren konnte. Nur mit Mühe schaffte sie es, einen Schritt zurückzutreten und sich aus Cedrics Umarmung zu winden.

„Hattest du Sehnsucht nach mir?" Sie konnte gar nicht anders, als ihn anzulächeln, so viel Wärme lag in seinem Blick. „Oder gibt es einen anderen Grund für deinen Besuch?"

„Wenn ich ehrlich sein soll, dann hatte ich Sehnsucht nach dir. Es gefällt mir nicht, wie Esra mir ständig verbieten will, Zeit mit dir zu verbringen." Er wurde ernst.

Daria presste die Lippen aufeinander. „Sie meint es nur gut. Sie macht sich eben Sorgen."

„Also siehst du das auch so wie Esra und ich sollte besser gehen?" Er senkte den Kopf.

„Nein, ich bin froh, dass du gekommen bist." Sie lächelte ihn an und fühlte sich gleich ein Stückchen freier. „Ich fand das heute Nachmittag auch ein bisschen abrupt."

„Hast du Lust auf einen Spaziergang? Wenn wir in Bewegung bleiben, dann sieht uns Esra vielleicht nicht." Er grinste.

„Gern." Daria nickte.

„Dann komm." Er streckte seine Hand aus und Daria

griff einfach zu. Sie rief ihrer Mutter zu, dass sie noch eine Runde drehen wollte, und ging einfach los. Entgegen jeder Vernunft ließ sie sich auf ihn ein, drängte die mahnende Stimme in ihrem Kopf einfach fort. Es würde schon nichts passieren. Sie musste das alles einfach etwas lockerer sehen, sonst würde sie noch verrückt werden. Das süße Gefühl in ihrem Bauch, das sie zu Cedric zog, war einfach viel zu stark.

Die Tür fiel hinter Daria ins Schloss und es war ihr egal, dass sie keinen Schlüssel und kein Handy dabeihatte. Alles war egal. Nur Cedric zählte in diesem Moment.

Sie dachte an den schönen Garten hinter seinem Haus. Dort könnten sie einfach nur sitzen, in den Himmel hinaufsehen und Zeit miteinander verbringen.

Cedric schloss seine Hand fester um die von Daria und sie lächelte ihn glücklich an. In der Ferne hörte Daria ein Donnergrollen. Das war das Gewitter, das für heute Nacht angekündigt worden war, und Daria spürte die Spannung, die in der Luft lag.

Cedric bog nach links ab und sie liefen die Straße entlang Richtung Stadt. Von Weitem konnte Daria lautes Bellen hören, als sie in die Juulstraße einbogen. Die Dackel von Herrn Grauland jagten sich über den Bürgersteig. Daria musste zweimal hinsehen. Irgendwie waren die Tiere größer geworden und bedrohlicher.

Herr Grauland lief ihnen entgegen. Er hatte einen lockeren Schritt und folgte problemlos seinen Dackeln.

„Die sind aber kräftig geworden." Daria nickte anerkennend, als sie an Herrn Grauland vorbeiliefen.

„Nicht nur sie." Herrn Graulands Stimme war tiefer, als Daria sie in Erinnerung hatte. Er nickte Daria und Cedric zu und lief dann zügig weiter.

„Was ist denn mit den Hunden los?" Daria sah ihnen nach. „Ares und Hades waren noch nie so groß."

„Keine Ahnung, wie groß ein Dackel werden kann." Cedric zuckte mit den Schultern. „Ich kenne mich mit Hunden ziemlich schlecht aus. Man kann eben nicht in allem gut sein." Cedric grinste.

„Dafür bist du unglaublich bescheiden." Daria lachte und der Klang ihres eigenen Lachens kam ihr fremd vor. Ihr war schon lange nicht mehr nach Lachen zumute gewesen. Sie verstärkte ihren Griff um Cedrics Hand und lehnte sich im Gehen immer wieder leicht an ihn.

„Ich habe einen Entschluss gefasst." Cedrics Stimme wurde feierlich.

„Jetzt bin ich aber gespannt."

„Ich habe lange überlegt, was ich in Zukunft so mit meinem Leben anstellen werde, und ich habe beschlossen, dass ich erst einmal in Fresienstein bleiben möchte."

Darias Herz machte einen Sprung und das Glück schien in ihrem Bauch zu explodieren, so sehr freuten sie seine Worte.

„Es ist ein netter, friedlicher Ort mit einer Menge Energie." Er zwinkerte Daria verschwörerisch zu.

„Die hat er tatsächlich", murmelte Daria und musste ganz unwillkürlich an die Wand in Herrn Drostes Antiquitätenladen denken.

„Aber hauptsächlich will ich wegen der netten Leuten bleiben, die ich hier kennengelernt habe." Cedric blieb stehen. Sie waren mitten auf dem Marktplatz angelangt. Über ihnen donnerte es und ein Blitz zerriss die Nacht. Das Gewitter war schneller näher gekommen als gedacht. „Eigentlich bleibe ich nur wegen dir." Cedric stellte sich vor Daria und umfasste ihre Hände. „Ich habe vom ersten Moment an gewusst, dass wir zusammengehören, und ich habe keine Lust mehr, mich immer nur zurückzuhalten und vorsichtig zu sein."

Ein warmer Wind fuhr über den Marktplatz und ließ

seine Haare durcheinanderwirbeln. In Cedrics Augen sah Daria einen Ernst, der ihr Herz schneller schlagen ließ. Sie wollte und musste endlich offen zu ihm sein.

„Wir gehören tatsächlich zusammen", murmelte Daria und sah zu Cedric auf. Sie konnte ihn stundenlang ansehen, ohne dass ihr dabei langweilig wurde.

„Es tut gut, zu hören, dass du dir da genauso sicher bist wie ich." Um Cedrics Augen spielte ein ernster Zug.

„Ich weiß es sogar", sagte Daria. „Meine Mutter hat sich gewünscht, dass ich die Liebe meines Lebens treffe und glücklich werde. Bis jetzt sind ihre Wünsche alle in Erfüllung gegangen und so ist es auch mit diesem. Denn ich stehe jetzt hier mit dir und ich bin unfassbar glücklich." Daria hatte Mühe, ihre Stimme unter Kontrolle zu halten. Es tat so gut, Cedric gegenüber endlich offen zu sein. Die Worte hatten ihr schon lange auf den Lippen gelegen. „Du bist die Liebe meines Lebens."

„Bin ich das?" Cedric sah Daria überrascht an.

„Ich hoffe, das ändert nichts zwischen uns." Die Sorge überkam sie, dass Cedric vielleicht nicht wollte, dass seine Gefühle mit einem Wunsch manipuliert worden waren.

„Das erklärt, warum ich mir von Anfang an absolut sicher gewesen bin, dass du die richtige Frau in meinem Leben bist." Er trat ein wenig näher auf Daria zu.

Der Wind war stärker geworden und blies in sein helles Hemd hinein. Sein Blick wanderte kurz zu ihren Lippen. Ein Blitz zerriss die Dunkelheit und das Donnern, das kurz darauf folgte, war so heftig, dass Daria die Vibration in ihrem ganzen Körper spüren konnte. Dann traf sie der erste Regentropfen und innerhalb von Sekunden war der Regen so stark, dass Daria sich vorkam, als ob sie unter der Dusche stand.

Cedric sah zum Himmel empor und lachte. Nach der Hitze der vergangenen Zeit war der Regen eine pure Erholung. Er war warm und floss in unzähligen Bächen an Darias Körper hinab. Sie lachte, weil sie so glücklich war in diesem Moment. Sie gehörten zusammen und jetzt war es irgendwie offiziell.

Cedric schlang seine Arme um Darias Mitte und drückte sie an sich. Sie spürte seinen Körper warm, nass und lebendig an ihrem. Einen Moment lang war da ein ungutes Gefühl.

„Wir sollten das nicht tun. Ich will dich nicht verlieren."

„Ich habe keine Angst vor dem Tod." Cedric lächelte sanft. „Wenn ich dich geküsst habe, dann kann ich glücklich sterben."

„Mach keine Witze darüber."

„Das ist kein Witz, Daria." Cedrics Stimme war ernst und rau. „Ich sehne mich so sehr nach dir. In meinen Träumen habe ich dich schon tausendmal geküsst und jetzt kann ich einfach nicht länger warten."

Er zog sie an sich und dann lagen seine Lippen auf ihren. Daria hatte sich diesen Kuss schon so oft vorgestellt. Doch jede Vorstellung war weit weg von dem prickelnden Gefühl, das sie verspürte, als es tatsächlich geschah. Cedrics Lippen waren weich und fordernd. Daria spürte die Leidenschaft, mit der er sie küsste. Ihr Körper schien nur noch aus gleißendem Licht zu bestehen. Sie fühlte sich mit Cedric auf eine Weise verbunden, die sie nie für möglich gehalten hatte. Ihr ganzer Körper schien unter Strom zu stehen und Daria wischte alle Bedenken fort. Jede Zelle ihres Körpers sehnte sich nach mehr. Sie schlang ihre Arme um Cedrics Schultern und erwiderte seinen Kuss voller Hunger und Zärtlichkeit.

Dieser Moment durfte niemals enden, denn er war zu perfekt, um wahr zu sein.

Ein weiterer Blitz explodierte über ihren Köpfen und der Donner, der ihm folgte, ließ den ganzen Marktplatz erbeben.

Cedrics Lippen lösten sich von Darias und er lächelte sie sanft an. „Siehst du, es ist nichts passiert.“

Darias sah sich um. Richtig, es war nichts passiert. Daria lächelte, während sie ihren Blick schweifen ließ. Hier war niemand, der Cedrics Leben bedrohte. Sie waren ganz allein auf dem Marktplatz.

Der Regen prasselte auf ihre Köpfe. Die Szene erinnerte Daria mit aller Gewalt an die Vision, von der Esra ihr erzählt hatte. Aber sie hatte nicht recht behalten. Cedric ging es gut. Er hatte seine Arme immer noch um Daria geschlungen.

In diesem Moment zerriss Scheinwerferlicht die Nacht. Ein Auto kam angerollt und ihm folgten weitere. Es waren allesamt große, teure Limousinen. Daria löste sich aus Cedrics Umarmung und trat zur Seite, damit sie niemand in der Dunkelheit übersehen konnte. Die Autos fuhren direkt auf sie zu.

Daria verfolgte den ersten Wagen mit ihrem Blick und registrierte dann verwundert, wie das Auto neben Cedric stehen blieb. Ein älterer Mann mit den Gesichtszügen eines Adlers und kurzem, weißem Haar saß am Steuer und sah Cedric ehrerbietend an.

Er ließ die Scheibe herunterfahren. „Guten Abend, Herr Carter, der Großmeister ist auf dem Weg.“

„Guten Abend, Großmarschall, da entlang.“ Cedric zeigte auf die Friedhofsgasse. Seine Stimme war nur noch ein kalter Befehlston, eisig und gefühlskalt. Daria konnte kaum glauben, dass derselbe Mann ihr gerade noch zärtlich seine Gefühle gestanden hatte. War das derselbe Cedric Carter?

Der Großmarshall nickte. Der Ton, in dem Cedric mit ihm sprach, schien ihn nicht zu verwundern. Also war das nicht ungewöhnlich. Er ließ die Scheibe wieder nach oben fahren. Dann steuerte er seinen schwarzen Wagen durch die

Friedhofsgasse hindurch und die anderen Autos folgten ihm.

Daria sah ihnen fassungslos hinterher. Das kalte Gefühl stieg in ihr auf, dass sie sich entweder verhört haben musste oder dass etwas ganz und gar nicht in Ordnung war.

„Großmeister?" Sie sah Cedric fragend an. Ihre Stimme war eiskalt. „Was soll das bedeuten?"

„Kannst du dir das nicht denken, meine Schöne?" Cedric legte den Kopf schief und sah Daria mit einem liebevollen Blick an. Jetzt war er wieder ganz sanft.

Daria machte ganz automatisch einen Schritt zurück, als sie ein Verdacht befiel, der so unfassbar war, dass er einfach nicht sein konnte. Die Zeit schien stehen zu bleiben. Daria spürte nicht, wie der Regen über ihr Gesicht lief und sich mit ihren aufsteigenden Tränen mischte. Sie fühlte nicht einmal mehr ihre brennenden Lippen, die von Cedrics Kuss noch immer empfindlich waren. Sie spürte nur noch den Verrat, der sich tief und kalt in ihr Herz bohrte. Sie war so dumm gewesen. Cedric war zu perfekt, um wahr zu sein.

„Du gehörst zum Liberalis-Orden?" Mühsam brachte sie die Worte hervor, auch wenn sie absolut absurd klangen. „Es ist dein Vater, der das Amt geerbt hat."

„So ist es." Cedric nickte. „Mein Vater ist der Großmeister des Ordens." Er deutete eine Verbeugung an, als ob er sich ihr noch einmal ganz offiziell vorstellen wollte.

„Du hast mich die ganze Zeit hinters Licht geführt." Darias Stimme wurde kalt.

„Nein, das habe ich nicht." Cedric schüttelte energisch den Kopf. „Ich habe dir vielleicht nicht alles über mich erzählt, aber du hast mich auch nicht danach gefragt. Das ist kein Vorwurf. Du hattest in der letzten Zeit eine Menge um die Ohren. Da ist es nur verständlich, dass deine Gedanken um deine Probleme kreisen."

„Warum hast du das getan?" Daria versuchte sich zusammenzureißen und zu verstehen, was hier gerade passierte. „Warum hast du das getan?"

„Ich bin wegen dem Nebelstein gekommen, den wir noch hier vermutet haben, und ich bin wegen dir geblieben, Daria." Seine Stimme wurde wieder weich und hatte nichts von ihrem Gefühl verloren.

Meinte er das ernst oder versuchte er sie einzuwickeln und hinters Licht zu führen? Daria wusste nicht mehr, was sie noch glauben konnte. Sie hatte das Gefühl, dass ihre Welt plötzlich Kopf stand.

„Lass mich dir ein paar Dinge erklären." Cedrics bittender Blick ließ Daria innehalten.

„Was willst du mir denn erklären?"

„Ich weiß ein paar Dinge mehr über den Nebelstein. Vielleicht interessieren sie dich." Er warf dem Ring an ihrer Hand einen nachdenklichen Blick zu.

Daria wusste, dass sie gehen sollte. Sie sollte einfach davonrennen und sofort die Stadt verlassen. Doch sie konnte nicht einen Fuß vor den anderen setzen. Ihr Herz brannte und es fühlte sich an, als ob Cedric mit einem Hammer daraufgeschlagen hatte. Aber gleichzeitig war da noch das irrige Gefühl, dass er sie trotz allem von ganzem Herzen liebte und wollte, dass sie ihm die kleine Schummelei verzieh. Entgegen jeder Vernunft verschränkte Daria die Arme vor der Brust und sah Cedric herausfordernd an.

„Jetzt bin ich aber mal gespannt, was du mehr weißt als ich." Sie versuchte sich nicht von seinem weichen Blick und dem versöhnlichen Lächeln einwickeln zu lassen.

„Also gut." Cedric nickte, zufrieden mit der Tatsache, dass sie ihm eine winzige Chance gab. „Du weißt ja schon, dass die Magie vor langer Zeit aus dieser Welt verschwand." Cedric sah Daria durchdringend an. Er richtete sich auf und wirkte plötzlich größer und mächtiger, als sie es jemals wahrgenommen hatte. War er nur zu ihr so nett gewesen und gegenüber allen anderen benahm er sich wie ein herrischer Despot?

„Ja, das weiß ich schon." Daria schaffte es, eine vernünftige Antwort zu formulieren, obwohl ihr eher danach war, schreiend davonzulaufen. Ihr Herz raste und Cedrics einschüchternde Art ließ ihr einen kalten Schauer über den Rücken rieseln. Angst stieg in ihr auf, und gleichzeitig faszinierte sie jedes Wort, das er sagte.

Cedric legte den Kopf schief. „Sie verschwand, weil Aileen ihre Macht und ihr Leben opferte, um die Magie zu verbannen."

„Auch das weiß ich bereits. Die Elfen waren so nett, mir das zu zeigen."

„Ja, sie stehen auf deiner Seite. Sie gehören zu den Guten, wenn du es so nennen willst. Sie sind deine kleinen Helfer."

„Und du gehörst nicht zu den Guten?" Darias Stimme zitterte.

Cedric grinste. „Das kommt ganz auf den Blickwinkel an. Du musst wissen, dass Glen nicht sehr glücklich darüber war, dass die Magie verschwunden war. Er und seine Anhänger waren wütend, weil sie ihrer Macht beraubt waren und sie nun als einfache Menschen durch die Welt gehen mussten, sterblich und verletzbar, nur noch ein Schatten ihrer selbst. Seine Wut ist verständlich. Er gründete den Orden, um die Alba-Bruderschaft zu jagen und den Nebelstein in seine Gewalt zu bringen, den die Brüder in ihre Obhut genommen hatten. Dabei sind viele Alba-Brüder gestorben."

„Aber es gibt sie noch?" Daria sah Cedric fragend an und hob die Hand mit dem Ring an ihrem Finger.

Wieder nickte Cedric mit einer so knappen Geste, dass seine Bewegung kaum wahrzunehmen war. „Obwohl der Liberalis-Orden die Bruderschaft ausrotten wollte, nachdem sie den Nebelstein endlich hatten, schafften es die Alba-

Brüder, sich zu verstecken. Aber mehr auch nicht. Sie haben den Nebelstein nie zurückbekommen und sein Geheimnis konnten sie auch nicht wahren."

„Was für ein Geheimnis ist das denn?" Daria betrachtete den Ring an ihrer Hand.

Cedric streckte den Arm aus und seine Hand schwebte über Darias. Daria hielt die Luft an. Sie spürte ein Kribbeln in ihrer Hand. Dann berührte Cedric mit einer federleichten Geste den Nebelstein.

„Dieser Stein hat viele Geheimnisse. Er ist verflucht. In ihm steckt die letzte Magie auf dieser Welt. Es ist nur ein winziges Quäntchen, aber es reicht, um das Tor wieder zu öffnen." Cedric zog den Arm zurück und Daria holte Luft.

„Das Tor im Antiquitätenladen deines Onkels?" Ihre Stimme klang erstaunlich fest, obwohl ihre Hand glühte, als ob Cedric sie tatsächlich berührt hatte.

„Aileen hat die Magie in eine andere Dimension verbannt. Der Nebelsteinring ist der Schlüssel und das Tor hast du ja bereits gesehen. Dieser Stein ist die einzige Möglichkeit, das Tor wieder zu öffnen." Cedric sah den Nebelsteinring versonnen an. „Das Tor entsteht dort, wo man es heraufbeschwört, aber dazu ist die Nähe des Nebelsteins notwendig. Er liefert die nötige Energie dafür."

„Und was passiert, wenn sich das Tor wieder öffnet? Hat Esra mit ihren Visionen recht?"

„Das hat sie." Ein winziges Lächeln huschte über Cedrics Gesicht. „Die Magie wird sich wieder auf alle Menschen unseres Volkes verteilen."

„Unseres Volkes? Wen meinst du damit?"

„Auf die Nachfahren der Menschen, die damals vor einigen Jahrtausenden zwischen Elbe und Oder gelebt haben und sich gegen die einmarschierenden Römer gewehrt haben. Hätte man Glen nicht seiner Macht beraubt, sähe die Welt heute mit Sicherheit anders aus. Es war nur ein kleines

Volk, das diese Magie in ihrem Blut hatte, aber sie haben überlebt, und die, in dessen Adern noch immer dieses Blut fließt, werden wieder Macht bekommen." Cedrics Blick wurde scharf. „Du hast ja gesehen, was alles möglich ist."

„Du meinst Rosie?"

Cedric nickte. „Ihre neuen Kräfte kommen aus einer anderen Welt und auch Herr Grauland und seine Dackel sind nur so fit, weil ihnen eine Energie aus einer ganz neuen Quelle zur Verfügung steht."

„Das ist es also, was du willst? Du willst Macht? Du willst die sieben Todsünden zur neuen Weltreligion erheben?"

„Nein, darum geht es mir nicht." Cedric sah Daria ernst an. Eine Spur Zorn schwang in seiner Stimme mit, auch wenn sie in seinem Gesicht nicht zu sehen war. „Das mit den Todsünden hat sich nur ein Geistlicher im Mittelalter ausgedacht, um die Geschichte ein bisschen salonfähiger zu machen. Dass ich die Dinge alle etwas lockerer sehe, ist allein meine Entscheidung."

„Worum geht es dir dann?"

„Um Gerechtigkeit. Aileen hat beschlossen, die Welt zu verändern. Dabei war sie einmal im Gleichgewicht. Sie hatte nicht das Recht dazu, so eine Entscheidung zu treffen."

„Aber du weißt, was richtig und was falsch ist? Vielleicht hat sie damals die richtige Entscheidung getroffen und hat die Welt vor einer Menge Unheil bewahrt."

Cedric schmunzelte. „Nein, mein kleiner Sturkopf." Er legte den Kopf schief und musterte Daria mit einer nachsichtigen Miene, die sie ganz nervös machte. „Ich korrigiere einen Fehler, denn das ist die Aufgabe, die mir übertragen wurde. Die Magie wird die Welt zu einem besseren Ort machen."

„Aber es wird keine Gleichheit mehr geben. Es wird Menschen mit Macht geben und Menschen ohne Macht."

„Das ist doch jetzt schon so." Cedric zuckte mit den Schultern. „Du weißt, was die Menschheit für Kriege geführt hat. Du kennst die Wahrheit. Die Welt ist kein schöner Ort, und ein gerechter schon gleich gar nicht."

Daria zögerte. „Und was soll die Magie daran ändern?"

„Alles." Cedric lächelte. „Ich will die Macht dazu nutzen, die Welt zu einem besseren Ort zu machen."

„Das willst du also?" Daria sah Cedric fragend an. „Und du weißt sicher, was passiert, wenn sich das Tor öffnet?"

„Ja, Daria, das weiß ich." Cedrics Stimme war warm. „Ich werde endlich der sein, zu dem ich geboren wurde. Ich spüre schon die Macht in mir aufsteigen und auch du hast es schon gefühlt. Du kannst Magie bewirken, auch ohne den Ring."

Daria musste schlucken. Sie dachte an das Wasser zu ihren Füßen und an das Schloss zu Herrn Drostes Laden, das sie ohne Mühe hatte öffnen können.

Der Blick aus Cedrics Augen wurde noch wärmer und bannte Daria auf eine unerklärliche Weise.

„Was hat das alles mit mir zu tun?" Daria sah zu dem Nebelsteinring hinab, der fest an ihrem Finger steckte.

„Du bist etwas Besonderes, auch wenn du dir dieser Tatsache nicht bewusst bist."

„Ich bin nichts Besonderes. Im Gegenteil. Ich bin sogar ziemlicher Durchschnitt. Also, warum ist der Nebelstein bei mir gelandet? Warum wollte er unbedingt nach Fresienstein zurück?"

„Weil er hier an der richtigen Stelle ist. Der Orden hat deiner Urgroßmutter den Ring aus einem bestimmten Grund gegeben. Ihr seid direkte Nachfahren von Aileen." Cedric lächelte Daria vielversprechend an. „Es hat sehr lange gedauert, bis der Orden deine Urgroßmutter ausfindig machen konnte. Mein Orden hat so viele Jahrhunderte lang den Nebelstein an vielversprechende junge Männer und

Frauen gegeben. Doch keiner von ihnen hat es geschafft, den Fluch zu brechen. Nachdem er bei deiner Urgroßmutter nichts bewirkt hat, waren wir uns eigentlich sicher, dass deine Familie nicht die richtige ist, beziehungsweise dass das Blut deiner Vorfahren schon zu verwässert durch eure Adern fließt. Wir hatten uns anderen Familien zugewandt. Dummerweise hatte deine Uroma Helga den Stein verschwinden lassen. Deine Urgroßmutter hatte ganze Arbeit geleistet, als sie das Amulett verändern und den Ring nach Ägypten bringen ließ. Davon wusste niemand etwas. Doch dann tauchte der Ring mit dem Nebelstein plötzlich hier auf und dann auch noch an deiner Hand. Das konnte kein Zufall sein. Dessen war ich mir ziemlich sicher und mein erster Verdacht hat sich schnell bestätigt."

„Wie soll der Fluch denn nun gebrochen werden?" Daria versuchte sich Zeit zu verschaffen, um ein paar Momente zu haben und ihre Gedanken ordnen zu können. War Cedric jetzt der Böse oder der Gute? Was er sagte, klang so nachvollziehbar, aber warum hatte er sie dann die ganze Zeit belogen?

„Es ist eigentlich gar nicht schwer, den Fluch zu brechen, aber dennoch scheint es fast unmöglich zu sein. Es braucht jemanden, der durch und durch anständig ist, denn man darf nur selbstlose Wünsche äußern und Gutes für andere tun. Man muss all die Tugenden an den Tag legen, die Aileen einst gehabt haben soll. Man muss bescheiden sein, darf nicht eitel werden und man muss das Gebot der Nächstenliebe beachten. Man muss das Wohl der anderen immer über das eigene stellen. Du siehst, das ist wirklich schwer. Keiner hat es in den vielen Jahrhunderten geschafft, den Fluch zu brechen. Ein einziger selbstsüchtiger Wunsch reicht schon aus, und der Fluch kann nicht gebrochen werden und dann müssen wir wieder hundert Jahre auf die nächste Chance warten."

„Und bis jetzt ist das wirklich noch niemandem gelungen?" Daria konnte kaum glauben, dass sie die Erste sein sollte.

Cedric nickte. „Es gab so viele missglückte Versuche. Manche sind erst im letzten Moment gescheitert, andere schon am Anfang. Einigen der Auserwählten hat man gesagt, was der Nebelstein bewirkt, und manchen nicht. Die kamen selbst darauf. Anfangs lief es oft gut, doch dann irgendwann wurden ihre Wünsche selbstsüchtig und maßlos. Der Neid trieb sie an oder die Gier. Da war immer etwas Selbstsüchtiges in ihnen, das sich schließlich seinen Weg gebrochen hat. Der Stein hat garantiert einen großen Anteil daran gehabt, die Menschen in Versuchung zu führen. Aber du hast dem widerstanden."

„So ist das also. Meine Großmutter hat die falschen Wünsche ausgesprochen." Daria fiel es immer noch schwer, das zu glauben. Doch das war genau das Puzzlesteinchen, das ihr gefehlt hatte, um zu begreifen, was jetzt anders war. Sie erinnerte sich an die Liste der Wünsche ihrer Urgroßmutter. Sie hatte sich einige Dinge nur für sich selbst gewünscht und genau das hatte den Unterschied gemacht.

„So ist es und wer sollte sonst so rein in seinem Wesen sein wie ein Kind? Es hat alle verwundert, dass deine Urgroßmutter nicht die Richtige war. Niemand hätte auf dich gesetzt, aber sie haben sich alle geirrt. Es liegt dir im Blut, gut zu sein, und jetzt ist genau das geschehen, was wir uns erhofft haben." Cedric lächelte.

„Und warum erzählst du mir das überhaupt?" Daria sah Cedric fragend an. „Dir ist schon klar, dass ich mir jetzt einfach etwas total Egoistisches wünschen werde, und dann war es das mit deinem Tor. Dann muss dein Orden eben wieder hundert Jahre warten, bevor er sein Glück noch einmal versuchen kann."

„Ich erzähle dir das, weil wir am Ziel sind, Daria." Cedrics Stimme wurde weich. „Es fehlt nur noch ein letzter Wunsch. Sieh dir den Nebelstein an. Er ist beinahe schwarz."

Daria konnte nicht anders, als die Hand zu heben und den Stein anzustarren. Cedric hatte recht. Drei Viertel des Steins hatten ihre Helligkeit verloren.

„Ich werde das nicht zulassen." Darias Stimme bebte.

„Wir können die Welt regieren, Daria." Cedrics Blick gewann an Tiefe. Er verband sich mit ihrem und Daria hatte plötzlich das Gefühl, dass er ihr tief in ihre Seele schauen konnte. „Ich liebe dich von ganzem Herzen. Was das angeht, war ich von Anfang an ehrlich zu dir. Du weißt, dass meine Gefühle nicht gespielt sind. Ich weiß, dass du das spürst. Ich möchte dieses neue Zeitalter mit dir an meiner Seite erleben. Mein Vater wird uns alle Freiheiten lassen."

„Niemals." Daria trat einen Schritt zurück.

Cedric ließ sich von Darias Zurückweichen nicht beeindrucken. Das hatte er ja noch nie getan. „Überlege dir, was du alles bewirken kannst. Du hättest Kräfte, mit denen du allen Menschen helfen könntest."

„Und was willst du?" Daria kam es seltsam vor, dass Cedric plötzlich an das Wohl der vielen Menschen denken sollte, denen Daria helfen könnte.

„Ich will einfach nur diese neue Welt erleben und sie gestalten." Cedric grinste und trat einen Schritt auf Daria zu. Er stand ganz nah vor ihr. „Spürst du nicht, wie stark die Anziehungskraft zwischen uns ist? Wir gehören zusammen." Cedric strich mit einer leichten Bewegung über Darias Wange. „Und dass es mit einem Wunsch besiegelt wurde, macht die Sache für mich noch klarer. Ich liebe dich."

Sofort schoss Daria die Hitze in den Kopf. Ihr Atem stockte und dann keuchte sie.

„Das geht nicht." Sie wollte einen Schritt von Cedric wegmachen. Doch es kam ihr vor, als ob sie die Gewalt über ihren Körper verloren hatte. Etwas zog sie zu ihm und sie musste alle Kraft aufwenden, um sich gegen seine Anziehung zu wehren.

„Und ob das geht." Cedric schlang seinen Arm um Darias Mitte und zog sie an sich. Dann senkte er den Kopf und küsste sie erneut.

Daria stemmte sich gegen ihn. Doch sie tat es nur mit halber Kraft. Ihr Körper sprach eine eindeutige Sprache und Cedric verstand es genau, sie zu lesen. Ihr erster Kuss war zärtlich und zurückhaltend gewesen. Doch dieser war es nicht.

Cedrics Kuss war hart und leidenschaftlich. Ihr ganzer Körper schien mit einem Mal in Flammen zu stehen, während sie die Augen schloss und ihre Arme um seine Schultern schlang. Warum fühlte es sich nur so verdammt gut an, ihn zu küssen?

Daria vergaß alles, was sie sagen und tun wollte. Es zählte jetzt nur noch das warme, pochende Gefühl in ihrer Mitte, das sich in ihrem ganzen Körper auszubreiten begann. Daria spürte die Lust, die sie lockte, und sie spürte auch, dass Cedric immer fordernder wurde. Sein Kuss wurde noch stürmischer und Darias Lippen brannten. Seine Hände erkundeten ihren Rücken und wanderten immer weiter nach unten. Nur ihre eigenen Bedenken sorgten dafür, dass sie nicht alles um sich herum vergaß.

Es gab keinen Grund, warum sie länger stillstand und ihn weiter küsste.

Doch da war eine Stimme in Darias Kopf, die sie fragte, wie es wäre, wenn sie all das zuließ, was er ihr gerade versprochen hatte. Wenn sie an seiner Seite eine neue Welt gestaltete? Der Gedanke lockte sie. Doch sie konnte sich ihm nicht hingeben.

Es hatte doch einen guten Grund für Aileens Entscheidung gegeben. Sie hatte die dunkle Magie gefürchtet, die dieser Glen praktiziert hatte. Was wollte Cedric wirklich? Konnte sie ihm vertrauen, nachdem er ihr eine ganze Menge Dinge verschwiegen hatte? Seine Hände brannten heiß auf ihrer Haut. Daria spürte den Widerhall seiner Berührung als unerträglich süßes Brennen in ihrer Mitte. Sie wollte Cedric. Sie begehrte ihn, wie sie noch nie jemanden begehrt hatte, und dass er ihr gestanden hatte, dass er sie liebte, machte es noch viel schwerer, ihm zu widerstehen.

Cedrics Zunge drang forsch in ihren Mund ein und Daria hatte das Gefühl, vor Hunger zu vergehen. Sie schob ihre Hände unter sein T-Shirt und spürte den starken Muskeln nach, die sich unter seiner warmen Haut verbargen.

Nein, das war nicht richtig.

Ach was! Eine Stimme in ihr schlug vor, endlich all den Anstand über Bord zu werfen und sich einfach nur diesem betörenden Gefühl hinzugeben. Sie wehrte sich schon so lange gegen seine Anziehungskraft und sie hatte genug davon. Ein Hunger war in Daria erwacht, den sie nicht kannte. Sie wollte mehr, viel mehr. Was war schon dabei?

„Bald gehörst du mir." Cedric flüsterte die Worte so leise, dass Daria sie erst mit einiger Verspätung verstand. „Wir werden die Welt regieren mit unserer neuen Macht."

Doch dafür begriff sie sie umso heftiger. Sie nahm all ihre Kraft zusammen und löste ihre Hände von Cedrics Haut. Es bereitete ihr beinahe körperliche Schmerzen, sich zurückzuziehen. Doch endlich gelang es ihr, ihn von sich zu schieben.

„Niemals." Daria keuchte. Sie funkelte Cedric so wütend an, wie sie konnte. „Ich werde nicht mit dir die Welt regieren. So ein Unsinn."

Doch er grinste lediglich. In seinen Augen lag ein schwärmerischer Glanz, seine Haare waren durcheinander und Daria spürte das sehnsuchtsvolle Brennen sofort wieder in sich, als sie ihn ansah.

„Überlege es dir noch einmal, meine Schöne." Cedric wollte wieder auf Daria zugehen.

Doch sie wich weiter zurück. Glücklicherweise war es bereits dunkel und auf dem Marktplatz war niemand mehr unterwegs. Der Regen prasselte immer noch unaufhörlich vom Himmel.

„Lass mich einfach nur in Ruhe." Daria brachte noch etwas mehr Sicherheitsabstand zwischen sich und Cedric.

„Du kannst es nicht mehr aufhalten." Ein Donnergrollen unterstrich Cedrics Worte.

„Doch, das kann ich." Daria hob die Hand, als ob der Ring an ihrem Finger eine Waffe wäre. „Ich werde das alles beenden, bevor es überhaupt begonnen hat. Ich werde mir einfach ein Auto wünschen oder ein Pony." Sie sah Cedric herausfordernd an.

Cedrics Gesichtsausdruck veränderte sich. Das Leichte und Lustige verschwand und er sah Daria ernst an. Vermutlich merkte er, dass sie keine Scherze machte.

„Daria, bitte." Es war mehr ein Flehen als ein Bitten.

Daria nahm es überrascht zur Kenntnis. Es kam ihr vor, als ob sich Cedric wirklich wünschte, dass sie nachgab. Warum war er sich nur so sicher, dass sie das tun würde? Warum hatte er ihr das alles erzählt? Hatte er wirklich gehofft, dass sie ihn bei seinem Plan unterstützen wollte?

Doch das kam gar nicht infrage. Daria konnte nicht zulassen, dass sich eine Macht in der Welt ausbreitete, von der sie kaum eine Ahnung hatte. Plötzlich ging alles ganz schnell.

Daria sah Cedric fest in die Augen. „Nein. Ich kann das nicht tun. Ich werde einen Schlussstrich setzen. Ich wünsche mir, dass ..."

Daria kam nicht weiter, denn in diesem Moment hob Cedric die Hand und gleichzeitig ertönte ein lauter Knall.

Daria zuckte zusammen und sah sich erschrocken um.

„Es tut mir leid." Cedric sah sie mit ernstem Bedauern an. „Ich hatte gehofft, dass es nicht so weit kommen muss, aber du hast anders entschieden."

Darias Blick huschte erschrocken über den Marktplatz. Dorthin, wo der Knall hergekommen war. Irgendwo hinter einer Hausecke hörte Daria das Geräusch davoneilender Schritte.

Es war ein Schuss gewesen. Das wurde ihr in diesem Moment bewusst, aber nicht nur das. Daria sah Cedric an. Das sanfte Lächeln lag immer noch auf seinen Lippen. Doch sein Gesichtsausdruck war erstarrt.

Daria sah hinab und erkannte einen dunklen Fleck auf seiner Brust, der sich in rasanter Geschwindigkeit ausbreitete. Cedric war von einer Kugel getroffen worden. Esras Vision war zur Wahrheit geworden. Aber nicht so, wie Esra es vorhergesehen hatte.

Darias Blut gefror ihr in den Adern. Das war kein Zufall und es waren auch keine Feinde von Cedric, die seinen Tod gewollt hatten. Er hatte das alles selbst geplant. Sie konnte nicht glauben, dass er das wirklich getan hatte. Daria starrte Cedric an. Ungläubig sah sie, wie das Leben aus seinen Augen wich. Das Lächeln lag immer noch weich auf seinen Lippen, als ob er die Erinnerung an ihren stürmischen Kuss mit in den Tod nehmen wollte.

Cedric taumelte und jetzt verließen ihn seine Kräfte. Er sank zu Boden. Daria starrte ihn an. Sie brauchte keinen Arzt mehr rufen. Dafür war keine Zeit mehr. Sein Leben hing an einem seidenen Faden. Er würde sterben, wenn Daria nichts dagegen unternahm. Sie war die Einzige, die sein Leben jetzt noch retten konnte, und sie musste sich schnell entscheiden.

In all das Durcheinander in ihrem Kopf mischte sich ein giftiger Gedanke. Was war, wenn er nicht nur diesen letzten Schritt geplant hatte, sondern wenn er die ganze Zeit schon auf diesen Moment hingearbeitet hatte? Was war, wenn er hinter all den Gefahren steckte, die Daria ein um das andere Mal einen ihrer kostbaren Wünsche entlockt hatten?

Was war, wenn er sie von Anfang an in diese Richtung gesteuert hatte? Hatte er den Unfall von Caspar auf dem Marktplatz provoziert? Hatte er die Raben auf das Auto von Caspars Vater gehetzt, sodass es in die Menschenmenge gerast war? Und hatte er das Tor mit Absicht angefasst, weil er wusste, dass es ihn schwer verletzen würde?

Ein kalter Schauer nach dem anderen rieselte Daria über den Rücken, als sie begriff, dass es genauso gewesen sein musste. Daria hasste sich für ihre Dummheit. Wie hatte sie das nicht bemerken können?

Was war, wenn alles eine Lüge war und er sie nur umgarnt hatte, um sie jetzt an diesen Punkt zu bringen und sie zu zwingen, ihren letzten Wunsch für ihn zu geben? Das Leben eines Menschen zu retten, war vermutlich die selbstloseste Sache, die man tun konnte. Waren seine Gefühle nur Teil einer riesigen Lüge?

Daria sah Cedric an. War er dazu fähig? Trotz der Schmerzen, die er haben musste, blieb er ganz ruhig und ließ sie nicht aus den Augen.

„Daria, bitte, rette mich." Die Worte aus seinem Mund waren kaum zu hören, aber dennoch gingen sie wie ein Stromschlag durch Darias Körper. Ihre Hände zitterten und sie spürte ihre Beine kaum noch.

Gleichzeitig rasten ihre Gedanken. Was sollte sie jetzt tun? Wenn sie nicht das Opfer seiner Intrigen gewesen wäre, hätte Daria Cedric für die Genialität seines Planes beglückwünschen müssen. Er hatte alles genau bedacht.

Darias Herz brannte vor Schmerz. Es schien sich in ihrer Brust zu winden, als ob es ihr aus dem Körper springen wollte. Wie hatte sie nur so dumm sein können? Daria ließ sich zu Boden sinken. Alles war jetzt egal, denn ihre Gefühle für Cedric konnte sie nicht einfach so abschalten. Ja, verdammt, auch sie fühlte so unglaublich viel für ihn und dass er jetzt hier vor ihr im Sterben lag, zerriss ihr das Herz.

Sie musste sich entscheiden, und egal wie sie sich entschied, es würde alles ändern. Entweder war sie verantwortlich für Cedrics Tod oder dafür, dass er Unheil über die Welt bringen würde.

Im trüben Schein der Laternen wirkten Cedrics Gesichtszüge weich und warm. Doch er lag leblos auf dem Boden. Er nahm ihre Hand und drückte sie ganz sanft. Ein Lächeln huschte über sein Gesicht, als ob es ihm reichte, sie einfach nur anzusehen, um glücklich zu sein. Seine Augen fielen ganz langsam zu und dann verlor er das Bewusstsein.

Darias Herz schien stehen zu bleiben. Sie schluchzte und drückte seine Hand, als ob das reichen würde, um ihn zurückzuholen, und da wurde ihr klar: Nein, sie würde es nicht ertragen können, wenn er starb. Sie konnte ihn nicht verlieren, selbst wenn sie ihn dann auch nicht mehr lieben konnte.

Hastig sah sie hinab. Sein Atem ging flach und es würde eine Sache von Sekunden sein, bis er starb. Kein Rettungswagen konnte schnell genug hier sein, um sein Leben noch zu retten. Sie war die Einzige, die das noch vermochte. Tränen liefen ihr über die Wangen und ein heftiges Schluchzen ließ ihren Körper erbeben.

Es gab nur noch einen Weg.

Daria spürte, wie sich die Vernunft in ihr dagegen auflehnte, ihm zu helfen. Er hatte das alles vorbereitet und sie war blind und taub in seine Falle getappt. Die Wut, die Daria spürte, richtete sich nun gegen sie selbst.

Einen Moment lang waren da noch die Bedenken, dass sie mit diesem Wunsch das Schicksal der Welt besiegelte. Sie wusste nicht, was sie anrichten würde, wenn sie diesen letzten Wunsch äußerte.

Sie wusste es wirklich nicht, sie wusste nur, dass sie neben einem Menschen saß, der ihr unfassbar viel bedeutete und der im Sterben lag, und dass sie sein Leben retten konnte. Sie nahm Cedrics Hand in die ihre. Noch war sie warm. Es gab nur eine Entscheidung, die sie treffen konnte, und Cedric hatte es von Anfang an gewusst.

„Ich wünsche mir, dass Cedric unverletzt ist." Daria hatte die Worte klar und deutlich gesprochen. Dann schloss sie die Augen und betete still, dass sich auch dieser Wunsch erfüllen würde, so wie es die vergangenen getan hatten.

Ein Schauer wanderte über Darias Kopf und kroch ihren Nacken hinab.

Langsam öffnete sie die Augen und legte Cedrics leblose Hand auf seine Brust.

Wie hatte sie sich nur in all das hineinziehen lassen können?

Sie würde Cedric nicht verzeihen, was er getan hatte. Doch wenn er starb, dann konnte sie sich selbst nicht verzeihen, dass sie zu lange gezögert hatte. Cedrics Hand blieb leblos auf seiner Brust liegen und ein mörderischer Schmerz schnürte Daria die Kehle zu. Der Nebelsteinring war nicht allmächtig. Daria hatte die Grenzen seines Könnens schon ausgelotet. Er konnte keine Toten wieder zum Leben erwecken und vielleicht war Cedric schon einen Schritt von der Welt der Lebenden zu weit entfernt gewesen.

Daria erhob sich. „Wie konntest du das nur tun?" Ihre Stimme kratzte, während sie Cedrics toten Körper anschrie. „Du hast dich selbst umgebracht, um dein glorreiches Werk zu vollenden." Die Worte klangen laut und kalt über den Marktplatz. „Es war der größte Fehler meines Lebens, dass ich dir vertraut habe." Daria schrie ihm die Worte entgegen. Es war leichter, wütend zu sein, als den Schmerz zuzulassen, der in ihrem Herzen brannte. Sie wusste, dass sie das nicht ertragen konnte. Aber das musste sie wohl.

Sie schwieg augenblicklich und eine gespenstische Ruhe breitete sich um sie herum aus, die nur vom leisen Rauschen des Regens unterbrochen wurde. Sie wusste nicht, wie lange sie da gestanden hatte, sie wusste nur, dass sie sich von ihm verabschieden musste. Ein allerletztes Mal. Ein heftiges Schluchzen nach dem anderen ließ ihren Körper erbeben. Sie kniete sich neben ihn und zog Cedric in ihre Arme. Sie wiegte ihn still, während in ihr alles zerriss. Der Regen prasselte auf sie hinab und ihre Tränen mischten sich mit den Regentropfen.

Und da hörte es Daria. Cedric holte tief Luft, erst einmal, dann noch einmal. Es dauerte nur einen kurzen Moment, dann richtete er sich ganz langsam auf.

Daria sah Cedric einfach nur an. Das konnte nicht sein. Ein siegessicheres Lächeln lag auf seinen Lippen. Er sah zu seiner Brust hinab und registrierte zufrieden, dass seine Schussverletzung verschwunden war. Dann sah er ihr in die Augen, das Grau seiner Iris wirkte dunkel. Er grinste Daria an. Dann stand er auf und streckte sich, als ob er nur kurz geschlafen hätte.

Hastig sprang Daria auf und stolperte von ihm fort.

Cedric folgte ihr. „Danke. Ich wusste, dass du dasselbe für mich fühlst wie ich für dich." Ein weicher Blick lag in seinen Augen. „Unsere Liebe wird das alles überstehen. Es tut mir leid, dass ich diesen Weg wählen musste, aber ich hatte keine andere Wahl."

Daria bekam kein Wort heraus. Alles in ihr war erstarrt. Sie war erleichtert, dass Cedric nicht tot war, gleichzeitig war sie entsetzt über das, was sie getan hatte. Der letzte Wunsch war verbraucht und Daria hatte keine Ahnung, was nun geschehen würde. Doch am allermeisten verletzte es sie, dass Cedric sie hereingelegt hatte.

„Wie konntest du mir das nur antun?" Daria hatte es endlich geschafft, ihre Wut in Worte zu fassen.

„Ich habe es getan, weil ich dich liebe und weil das der richtige Weg ist. Komm mit mir." Er hielt ihr seine Hand entgegen.

Daria starrte sie an. Es wäre so einfach, jetzt mit ihm zu gehen. Etwas in ihr schrie danach, es einfach zu tun. Aber es war nicht richtig.

„Niemals, Cedric." Sie schüttelte den Kopf. „Verschwinde! Geh mir aus den Augen!"

„Wie du willst." Cedric zuckte mit den Schultern. „Ich warte auf dich. Du weißt, wo du mich finden kannst. Du wirst schon noch einsehen, dass dein Platz an meiner Seite ist." Cedric zwinkerte Daria zu. Dann ging er auf den Durchgang zu und verschwand schon bald in der Dunkelheit.

KAPITEL 23

Daria stand eine Ewigkeit im strömenden Regen. Heftiges Schluchzen ließ ihren Körper immer wieder erbeben und Angst breitete sich in ihr aus. Was hatte sie nur getan? Warum hatte sie das nicht verhindern können? Doch gleichzeitig war da auch Erleichterung. Cedric lebte.

Nur langsam beruhigte sich Daria wieder und konnte ihre Gedanken einigermaßen sammeln. Um sie herum war alles ruhig. Der Regen ließ langsam nach und bis jetzt war keine Katastrophe geschehen.

Daria brauchte Hilfe. Sie musste zu Esra. Endlich schaffte sie es, sich von der Stelle zu bewegen. Hastig rannte sie los. Sie verließ den Marktplatz und lief die Juulstraße entlang. Keuchend kam sie bei Esras Haus an. Sie klingelte stürmisch an der Tür.

Daria hatte damit gerechnet, dass sie Esra aus dem Bett holen würde. Doch zu ihrer Überraschung stand Esra putzmunter an der Tür und sah Daria überrascht an.

„Was ist denn los?" Esra runzelte die Stirn. „Warum bist du denn so pitschnass und warum schaust du aus der Wäsche wie ein Geist? Komm erst mal rein." Esra zog Daria ins Haus.

Daria folgte ihr mit steifen Gliedern. Dann holte Daria tief Luft. Sie musste jetzt endlich sagen, was gerade geschehen war.

„Es ist passiert", sagte sie mit stockender Stimme, als sie im Flur standen. Ihre Worte klangen fremd.

351

„Was meinst du?" Esra sah Daria an. Sie war blass geworden.

„Ich war mit Cedric unterwegs", gab Daria schließlich zitternd von sich.

Esra schien endlich zu verstehen, wie ernst die Lage war. Sie schob Daria in die Küche und bot ihr einen Stuhl an. „Was ist passiert? Erzähl mir alles."

„Cedric ist an allem schuld." Daria holte tief Luft, nachdem sie sich gesetzt hatte. „Ich glaube, dass er die ganzen zufälligen Unfälle verursacht hat, damit ich mir etwas Gutes wünsche."

„Du hast schon wieder einen Wunsch verbraucht?" Esra wurde nervös.

Daria sah Esra lange an. Dann nickte sie. „Ich habe den letzten Wunsch verbraucht. Es war wie in der Vision, aber ich habe es nicht rechtzeitig gemerkt."

„Der Kuss ist passiert?" Esra riss die Augen auf.

„Und der Schuss auch." Daria nickte.

„Wie?"

„Cedric hat sich von jemandem erschießen lassen und mich damit gezwungen, ihn zu retten. Ich konnte ihn nicht sterben lassen. Ich habe es einfach nicht über mich gebracht." Daria hob das erste Mal ihre Hand und sah auf den Ring hinab. Er war komplett schwarz. „Es ist vorbei", murmelte Daria. „Das Tor öffnet sich gerade und ich weiß nicht, was jetzt passieren wird."

Esra sagte gar nichts. Stattdessen starrte sie den Ring an Darias Hand einfach nur an und ließ sich dann kraftlos auf einen Stuhl sinken.

„Es ist vorbei", murmelte sie. Jegliche Kraft hatte sie verlassen.

„Es tut mir so leid", flüsterte Daria.

„Ich weiß", erwiderte Esra. „Aber das rettet uns jetzt auch nicht mehr."

KAPITEL 24

Als Daria die Augen aufschlug, schien die Sonne in ihr Zimmer. Einen Moment lang schwebte sie in einem angenehmen Zustand zwischen Schlafen und Wachen, in dem sie noch halb in einem Traum gefangen war. Die Sonne zeichnete helle Kringel an die Wand und durch das geöffnete Fenster drang kühle Morgenluft herein.

Daria sog tief die Luft ein. Warum kam ihr der Moment nur so unendlich friedlich vor? In dieser Sekunde fiel ihr alles wieder ein. Der Kuss, der Schuss, ihre Angst um Cedric, der letzte Wunsch, die Magie. Cedrics Lügen und die Furcht vor dem, was jetzt kommen würde.

Hastig fuhr Daria hoch. Sie hatte gestern Abend noch lange mit Esra geredet, aber schließlich waren sie ins Bett gegangen, weil sie todmüde waren und weil sie einfach nicht weitergewusst hatten. Worüber reden, wenn man nicht wusste, wie man die Lage jetzt noch ändern sollte?

Daria stand auf und zog sich schnell ein paar frische Shorts und ein T-Shirt über. Dann ging sie hinab in die Küche.

Alles war ganz normal. Ihre Mutter saß mit einer Tasse Kaffee in der Küche und las im Fresiensteiner Wochenblatt.

Als sie Daria hereinkommen hörte, sah sie auf. „Guten Morgen, Schatz. Bist du bereit für deinen ersten Tag an der Akademie?"

„Ja, das bin ich." Daria nahm sich eine Tasse Kaffee und setzte sich zu ihrer Mutter. Ein Gedanke ging ihr durch den

Kopf, der voller Hoffnung war. Vielleicht hatte sich Cedric geirrt und alles war wieder ganz normal. Vielleicht hatte der Wunsch nicht gewirkt und vielleicht war die Magie wieder völlig verschwunden.

„Sehr gut, hier habe ich deinen Stundenplan." Darias Mutter schob ihr einen Briefumschlag zu und lächelte Daria an. „Du glaubst gar nicht, wie sehr ich mich auf den heutigen Tag freue. Endlich geht es los und heute wird nichts dazwischenkommen." Darias Mutter stand auf. „Ich muss schon los. Wir haben noch ein paar neue Lehrkräfte bekommen, denen schulde ich eine Führung durch die Akademie, damit sie sich an ihrem ersten Tag zurechtfinden. Bis später." Darias Mutter schnappte sich ihre Tasche und verließ das Haus.

„Bis später", murmelte Daria abgelenkt, denn sie hatte mittlerweile den Briefumschlag geöffnet. Sie starrte den Stundenplan an, und was sie da las, war so seltsam, dass sie noch einmal hinsehen musste.

In der ersten Stunde hatte Daria ein Fach, das Grundlagen der Reimzauberei hieß. Dann folgte eine Vorlesung zu Kräuterkunde und ihrer Anwendung für Visionen jeder Art. Die Buchstaben verschwammen vor Darias Augen. Was war denn hier los?

Hastig stand sie auf und ging mit ihrer Kaffeetasse ans Fenster. Sie sah in den Garten hinaus und trank einen Schluck Kaffee. Sie hatte sich bestimmt nur verlesen. Das musste es sein. Sie brauchte nur kurz einen Moment, dann ging es gleich wieder. Die Ereignisse der letzten Nacht waren einfach zu viel für sie gewesen. Daria konzentrierte sich auf die Welt hinter der Fensterscheibe. Der gestrige Regen hatte dem Garten gutgetan. Die Erde war feucht und die Pflanzen hatten sich von der Hitze erholt. Was war denn das? Daria blinzelte. Da war etwas bei den Farnen. Saß da unter dem großen Farnblatt wirklich eine Elfe und sah Daria aus großen Augen an?

Daria verschluckte sich und begann zu husten. In was für einer Welt war sie aufgewacht? Sie stellte ihre Kaffeetasse weg und schnappte sich ihre Tasche. Sie musste zu Esra, und zwar schnell. Daria verließ das Haus im Stechschritt. Dann bog sie auf den Gehweg ein und lief zu Esra hinüber.

Die Welt hier draußen schien normal zu sein. Ein paar Autos fuhren an ihr vorbei. Es war Montag und viele Leute mussten zur Arbeit. Doch als Daria Esra vor dem Haus stehen sah und diesen nervösen Blick in ihren Augen erkannte, wusste sie, dass nichts mehr normal war.

„Hast du den Stundenplan gesehen?", begrüßte Esra ihre Freundin.

Daria nickte. Also hatte sie sich nicht verlesen.

„Wir haben lauter komische Fächer, von denen ich noch nie etwas gehört habe." Esra schüttelte den Kopf und atmete viel zu schnell. „Ich weiß nicht, ob ich damit klarkomme."

„Hast du gewusst, dass es so werden würde?" Daria sah Esra fragend an, während sie die Straße Richtung Marktplatz entlangliefen. Esra schien völlig neben sich zu stehen und Daria riss sich zusammen, damit sie nicht auch noch die Nerven verlor. Einer von ihnen musste jetzt ruhig bleiben. „War es das, was du gesehen hast?"

„Nein, das wusste ich nicht." Esra schüttelte den Kopf. „Ich habe nichts von diesen seltsamen Fächern gesehen. Wirklich nicht. Ich weiß nicht einmal, warum die Akademie deiner Mutter etwas damit zu tun haben sollte. Ich begreife es einfach nicht."

Nachdenklich liefen sie weiter. Was würde es noch für Veränderungen geben? Daria betrachtete ihre Umgebung. Die Bibliothek war noch geschlossen und auch sonst wirkte alles ganz unauffällig. In der Apotheke standen zwei ältere Frauen am Tresen und unterhielten sich mit der Apothekerin. Es war alles so wie immer.

Erst als Daria und Esra auf dem Marktplatz ankamen, wussten sie, dass es ein paar Veränderungen in Fresienstein gegeben hatte. Über den ganzen Marktplatz verteilt hingen Wahlplakate für die Bürgermeisterwahl und auf jedem Plakat strahlte sie ein älterer Herr an, der Cedric ziemlich ähnlich sah. Der Name Henry Carter prangte quer auf dem Plakat.

„Cedrics Vater will Bürgermeister werden?" Esra runzelte die Stirn.

„Nach dem, was er mir gestern alles erzählt hat, ist das ja ein wirklich bescheidener Wunsch. Eigentlich wollte er die Weltherrschaft an sich reißen." Daria sah sich um. Rosie und Lea waren noch nicht da. Sie hatten einen Moment Zeit.

Da bemerkte Daria, dass in dem Nachbarhaus ein neues Geschäft eingezogen war. Vor langer Zeit hatte es dort eine Reinigung gegeben, aber sie war schon seit zehn Jahren geschlossen und das Geschäft hatte wie einige andere auch seitdem leer gestanden. Doch nun waren die Scheiben geputzt und die Eingangstür stand einladend offen.

Esra hatte als Erste die altmodische Schrift am Schaufenster entziffert. „Ein neuer Bücherladen." Sie hatte die Augen weit aufgerissen und schien nun eher neugierig als panisch zu sein. „Da steht: Antiquariat und Fachgeschäft für magischen Bedarf. Das muss ich mir genauer ansehen." Esra schlenderte zu dem Laden hinüber und war darin verschwunden.

Auch wenn Daria sonst wenig Begeisterung für das Einkaufen übrig hatte, folgte sie Esra mit schnellen Schritten. Der Laden war dunkel, es lag ein staubiger Geruch darin. Auf alten, dunklen Regalen standen unzählige Gläser voller Blätter, Zweigen und Pulvern und dann wieder stapelten sich Bücher in allen möglichen Formen und Farben neben-

und übereinander.

Esra stand staunend davor und las voller Neugier die Buchrücken und jeder ließ sie in neuem Entzücken lächeln. Falls Esra bisher ängstlich gewesen war, was diese neue Zeit anging, die seit gestern angebrochen war, so hatte sich ihre Meinung vermutlich gerade geändert.

„Darf ich behilflich sein?" Eine ältere Dame kam auf Esra zu und lächelte sie freundlich an.

„Ich wollte mich nur einmal umsehen, vielen Dank." Esra nickte ihr zu.

„Wir müssen in die Akademie." Daria war zu Esra getreten, die ein Buch anstarrte, das einen weichen Umschlag aus rotem Samt hatte und eine Sammlung von machtvollen Reimen für die Hausfrau von heute versprach.

„Ja, ich komme schon." Esras Stimme klang hölzern und Daria wusste, dass sie viel lieber hierbleiben würde, um tiefer in diese neue Welt der Bücher einzutauchen.

„Na los." Daria zog ihre Freundin aus dem Laden.

„Okay, ich gebe zu, dass ich das wirklich nicht geahnt habe. Vielleicht habe ich ja doch falsch gelegen und das ist alles gar nicht so schlimm." Esra lief zum Brunnen hinüber. Sie setzten sich an den Rand.

„Ich weiß auch nicht, was davon gut ist und was schlecht." Daria zuckte mit den Schultern. In diesem Moment kamen Rosie und Lea aus der Tür ihres Hauses. Lea sah nicht gut aus. Sie wirkte geknickt, während Rosie unablässig auf sie einredete. Sie erkannten Daria und Esra und kamen zu ihnen hinüber. Esra hatte ihnen gestern Abend schon am Telefon erklärt, was geschehen war. Vielleicht hatte ihnen das mehr zugesetzt als gedacht.

„Alles in Ordnung?", fragte Daria besorgt.

„Es ist gar nichts in Ordnung", sagte Lea und fuhr sich hastig durch die kurzen, schwarzen Haare. „Rosie hat einen ganz anderen Stundenplan als ich. Sie hat voll die schrägen

Fächer und ich muss zu Grundlagen der Finanzmathematik gehen. Ich kapiere das einfach nicht. Ich dachte, jetzt wird es voll magisch hier in Fresienstein, und zwar für alle."

„Ich weiß auch nicht, warum das so ist." Rosie zuckte mit den Schultern. „Es tut mir echt leid."

Daria überkam ein ungutes Gefühl. Sie dachte ganz automatisch an Cedrics Worte. Der Liberalis-Orden wollte die Welt beherrschen und Cedric wusste, dass nur die Nachfahren des kleinen Volkes, das damals gelebt hatte, magische Kräfte besitzen würden. Rosie, Esra und Daria schienen auf jeden Fall dazuzugehören, aber bei Lea lagen die Dinge wohl ganz anders.

„Das wird eine Menge Probleme geben", murmelte Daria erschrocken und sah Lea an. Sie kam sich ausgeschlossen vor, und das war mehr als verständlich.

Auch Esra war blass geworden. Sie hatte dasselbe gedacht. „Du gehörst trotzdem zu uns", beeilte sich Esra zu sagen.

„Das ist ja wohl selbstverständlich." Rosie nickte entschlossen. „Es hat sich zwischen uns nichts verändert."

„Das wird es aber", sagte Lea und sah bedauernd hinab zu ihrer Hand, in der sie den zerknitterten Stundenplan hielt. „Was hat überhaupt deine Mutter und die Akademie mit der Magie zu tun? Warum gibt es da plötzlich eine magische Ausbildung?"

„Ich weiß es nicht", sagte Daria achselzuckend und wünschte sich, sie könnte Lea eine andere Antwort geben. „Und ich glaube, meine Mutter weiß auch nichts davon, sonst wäre sie heute morgen nicht so entspannt losgegangen."

„Dann müssen wir dahin und es herausfinden", sagte Lea entschlossen. „Vielleicht ist das nur ein Irrtum und man hat mich verwechselt."

„Das ist es bestimmt." Rosie nickte. „Dann lasst uns gehen. Ich bin auch schon neugierig, was uns in der Akademie erwartet."

Daria nickte und folgte den anderen, die Richtung Akademie aufgebrochen waren. Ihr Blick glitt über den nackten Brunnen und die Ereignisse des gestrigen Abends stiegen wieder in ihr auf. Ein schmerzhaftes Gefühl der Zerrissenheit erfüllte Daria. Sie sah Cedric wieder vor sich, sah seinen triumphierenden Blick und wie sie begriff, dass er sie verraten hatte. Doch gleichzeitig erinnerte sie sich daran, wie er sie voller Liebe angesehen hatte und wie er sie gebeten hatte, mit ihm zu kommen.

Sie ging hastig weiter, konnte aber nicht verhindern, dass ihr Blick für einen kurzen Moment in die Friedhofsgasse fiel. Sie hatte es gar nicht gewollt, eigentlich wollte sie Cedric für immer aus ihrem Gedächtnis streichen, doch was sie sah, ließ sie kurz innehalten. Die Tür von Herrn Drostes Antiquitätenladen stand weit offen.

„Wartet mal", sagte Daria und blieb stehen.

„Was ist los?" Rosie war sofort bei Daria.

„Da stimmt etwas nicht bei Herrn Droste. Er würde doch nie die Tür zu seinem Laden offen stehen lassen." Daria ging einen Schritt auf die Friedhofsgasse zu.

„Was ist mit der Akademie?" Lea sah Daria fragend an.

„Wir haben noch etwas Zeit, bis die erste Vorlesung anfängt", erwiderte sie. „Ich will nur kurz nachsehen, ob es ihm gut geht. Vielleicht ist etwas mit der Wand nicht in Ordnung." Daria steuerte auf die Friedhofsgasse zu. Der Gedanke kam ihr in den Sinn, dass die Magie vielleicht doch nicht vollständig entwichen war. Vielleicht war das der Grund für Leas abweichenden Stundenplan. Die anderen folgten ihr.

Die Tür stand tatsächlich sperrangelweit offen. Es war so kühl wie immer, als sie den Antiquitätenladen betraten. Daria eilte sofort zu der Wand, wo das Tor gewesen war.

Doch da stand ein Bücherregal, als wäre nichts geschehen. Daria riss erstaunt die Augen auf und sah hinauf zur Decke. Das Gemälde war verschwunden. Die Wand war weiß. Aber wo war Herr Droste? Ein zarter Duft von Pfefferminze lag in der Luft. Daria sah sich um.

Es dauerte einen Moment, bis sie ihn erkannte. Er saß auf dem großen Sofa, vor ihm eine Kanne voller Tee. Er hatte die Augen geschlossen und schien zu dösen. Doch das war nicht das, was Daria seltsam vorkam. Herr Droste war blass und schien regelrecht in sich eingesunken zu sein.

Daria lief sofort zu ihm. „Du lieber Himmel, was ist los?"

Ihre schnellen Schritte weckten Herrn Droste auf. Er öffnete die Augen und sah Daria müde an.

„Guten Morgen, Daria." Er lächelte, als er sie erkannte, was seine blassen Züge noch kränker wirken ließ.

„Was ist passiert?" Daria setzte sich neben ihn und da sah sie die dicken, weißen Verbände an seinen Armen. „Was ist denn das?"

„Hatten Sie einen Unfall?" Rosie kam näher und setzte sich vorsichtig auf den Sessel gegenüber von Herrn Droste.

„Es geht mir gut", sagte Herr Droste matt.

„So sieht es aber nicht aus. Was ist denn passiert?" Daria betrachtete skeptisch die Verbände.

„Gestern Abend ist etwas geschehen", seufzte Herr Droste.

„Ich weiß." Daria nickte. „Es ist meine Schuld. Ich habe meinen letzten Wunsch geäußert." Sie sah zu Boden. „Die Magie ist aus Ihrer Wand entwichen. Sind Sie dabei verletzt worden?"

„Nein, so war es nicht." Herr Droste zögerte.

Darias ungutes Gefühl verstärkte sich. Sie wusste ganz automatisch, dass etwas Schlimmes passiert sein musste. „Sagen Sie es bitte." Sie sah Herrn Droste bittend an. „Eher werde ich diesen Laden nicht verlassen."

„Also gut." Herr Droste blickte Daria eine Weile an, dann nickte er langsam. „Ich weiß genau, was gestern geschehen ist mit Cedric. Du darfst dir aber dafür nicht die Schuld geben. Du hattest keine Wahl. Cedric wusste, dass du ihn nicht sterben lassen würdest, und das hat er ausgenutzt." Herr Droste seufzte, als ob ihm das Sprechen schwerfiel. „Dein letzter Wunsch hat das Tor weiter geöffnet. Die Wand ist geplatzt. Aber eben nicht ganz. Vielleicht war das Gemälde nicht gut genug gezeichnet oder die Farbe zu alt. Die Leute vom Orden schienen auch nicht zu wissen, woran es lag. Es sah aus, als ob noch ein Quäntchen fehlt, um den Ausbruch der Magie zu Ende zu bringen. Cedric ist hergekommen und noch ein paar andere Leute aus dem Orden. Dann kam sogar mein Bruder." Herr Droste setzte sich aufrechter hin, was ihm sichtliche Schmerzen bereitete. „Sie haben lange miteinander diskutiert."

Daria sah, dass es Herrn Droste nicht gut ging, aber sie wagte es nicht, ihn zu unterbrechen. Sie musste wissen, was gestern hier im Laden geschehen war.

„Henry hat sich die Wand angesehen und gesagt, dass das noch ewig dauern kann, bis die Magie wirklich daraus hervorbricht."

„Aber dann hätte ich es vielleicht doch noch abwenden können." Daria spürte, wie die Aufregung in ihr pulsierte.

Herr Droste schüttelte sacht den Kopf. „Nein, deine Wünsche waren verbraucht und die Leute vom Orden hätten dich nicht einmal hier zur Tür hereingelassen. Du konntest es nicht mehr aufhalten."

„Was hat Ihr Bruder getan?" Daria sah Herrn Droste eindringlich an. Selbst Rosie, Lea und Esra waren gespannt und sagten kein Wort.

„Henry hat einen Blutzauber angewandt." Herr Droste sah zu Boden.

„Einen Blutzauber?" Daria wich die Farbe aus dem Gesicht. „Was ist ein Blutzauber?"

„Das sind einige ganz bestimmte Zauber, deren Wirkung durch Blut vervielfacht werden kann", sagte Herr Droste. „Es gibt eine Liste von diesen besonderen Zauberformeln. Man bezeichnet sie auch als dunkle Magie, denn sie erfordern ein Opfer, im besten Fall nur Blut, aber für einen starken Zauber erfordert es sogar ein Leben."

„Was genau hat Henry Carter getan?" Esras Stimme war eisig. „Was für einen Zauber hat er angewandt?"

„Es war ein Zauber, um die Kraft von einer Person auf einen Gegenstand zu übertragen. Er wollte das Tor stärken, damit es seine Aufgabe erfüllt. Es ging ganz schnell, er hat den Zauber gesprochen und dann …" Herr Droste zögerte und schloss dann die Augen, als ob er nicht einmal aussprechen konnte, was geschehen war.

„… und dann hat er Ihr Blut vergossen, um den Zauber zu verstärken", vollendete Esra seinen Satz und starrte die dicken Verbände an seinen Armen an.

Herr Droste nickte schwerfällig. „Er wollte sogar mein Leben nehmen, aber davon konnte ihn Cedric im letzten Moment abbringen."

„Cedric?" Daria schluckte.

„Ja, er konnte seinen Vater davon überzeugen, dass es nicht nötig sein würde, mein Leben vollends zu opfern. Er hat ein paar Raben herbeigerufen und ihrem Leben ein Ende bereitet. Dadurch hat er das meine gerettet." Herr Droste sah Daria ernst an. „Die Opfer haben den Zauber verstärkt und dann ist das Tor regelrecht auseinandergebrochen. Es sah aus, als ob die Wand explodiert."

„Und dann?" Lea hatte die Augen weit aufgerissen.

„Dann haben die Leute vom Orden den Laden wieder in Ordnung gebracht. Schnell sind sie ja, das muss man ihnen lassen." Er seufzte und sah zu der Wand hinüber, die aussah, als wäre nichts geschehen.

„Und sie haben Macht", sagte Daria besorgt. „Was haben sie noch vor? Haben sie irgendetwas gesagt?"

„Sie haben einiges gesagt." Herr Droste nickte bedächtig. „Der Zauber breitet sich nur ganz langsam aus. Hier im Laden war sein Ursprung, aber sein Machtbereich ist im Moment noch nicht einmal an der Stadtgrenze von Fresienstein. Das heißt, dass außerhalb von diesem Bereich auch keine Magie funktioniert. Interessant, nicht wahr?"

„Und ob das interessant ist." Daria nickte und auch Esra, Rosie und Lea hatten sich vorgebeugt.

„Meinem Bruder geht das viel zu langsam. Er war schon immer sehr ungeduldig. Ich befürchte, dass er weitere Blutzauber einsetzen wird, um die Sache zu beschleunigen." Herr Droste hatte geflüstert und immer wieder nach draußen gesehen, als ob er befürchtete, dass jeden Moment einer der Ordensleute hereinkommen und ihn holen würde. „Cedric hat meine Wunden versorgt. Dann haben sie meine ganzen Unterlagen mitgenommen, damit ich keinen Schaden mehr anrichten kann, wie es Henry genannt hat. Er hat mir gesagt, dass ich mich ruhig verhalten soll, sonst würde ich beim nächsten Zauber der Erste sein, der sein Leben lassen muss."

„Oh, nein." Daria holte hastig Luft. „Hat er das wirklich gesagt?"

Herr Droste nickte. „Aber das kann ich nicht. Ich kann mich nicht einfach verstecken und so tun, als ob alles in Ordnung wäre, denn das ist es nicht. Der Liberalis-Orden will seinen Machtbereich vergrößern, und zwar so schnell es geht. Henry will Bürgermeister werden. Damit will er testen, ob die Zauber, mit denen man Macht beschwört, schon funktionieren."

„Das sind vermutlich keine guten Zauber." Rosie war blass geworden.

„Nein, das sind sie alle nicht." Herr Droste schüttelte den Kopf. „Es ist dunkle Magie und für die braucht er weitere Opfer. Er wird sich mit dem Posten als Bürgermeister auch nicht lange zufriedengeben. Sobald sein Machtbereich wächst, strebt er den nächsten Posten an und dann den nächsten. Bis die Welt ihm zu Füßen liegt, egal wie viel Blut er auf diesem Weg vergießen muss." Herr Droste ließ sich wieder erschöpft auf sein Sofa sinken.

„Warum will er das überhaupt?" Daria schüttelte ungläubig den Kopf, als sie daran dachte, wie viele Opfer es kosten würde, um diesen Plan in die Tat umzusetzen.

„Offenbar wurde ihm von meinem Großvater von Kindesbeinen an eingetrichtert, dass ihm die Herrschaft über die Welt zustünde und dass der Liberalis-Orden von ihm erwartet, dass er die lang gehegten Pläne seiner Vorfahren in die Tat umsetzt."

„Und das mit allen Mittel." Rosie erhob sich. „Das können wir nicht zulassen."

„Auf keinen Fall." Auch Daria war aufgestanden. „Wir müssen sie aufhalten. Sie haben doch diese Gegenstände erwähnt, mit denen Aileen den Zauber vollbracht hat. Was waren das noch einmal für Dinge?"

„Ja, die drei Artefakte habe ich erwähnt." Herr Droste nickte. „Man braucht den Jadekelch, den Rubinspiegel und die Smaragdphiole, um den Zauber noch einmal zu vollbringen und die Magie wieder zu verbannen. So könnte man das Ganze wieder rückgängig machen. Aber ich habe keine Ahnung, wo diese Dinge sind, und ohne meine Unterlagen kann ich auch nicht weiter danach suchen. Ich wüsste gar nicht, wo. Außerdem ist Henry gefährlich. Ihr solltet euch von ihm fernhalten. Er scheint eine ganze Menge Zauber zu kennen und er schreckt vor nichts zurück. Selbst das Leben seines eigenen Bruders ist ihm nichts wert."

„Ich kann mich nicht von ihm fernhalten", sagte Daria entschlossen. „So wie es aussieht, ist es nur eine Frage der Zeit, bis Henry das erste Menschenleben opfern wird, um seine Ziele zu erreichen. Wir müssen ihn stoppen, und zwar bevor es so weit kommt."

„Ich bin dabei", sagte Lea entschlossen.

„Ich auch", entgegnete Rosie.

„Und ich erst recht." Esra nickte.

Daria sah ihre Freunde an. Das erste Mal seit dem gestrigen Abend ließ das Gefühl der Panik etwas nach. Sie hatte gestern einen riesigen Fehler begangen. Sie hatte sich von Cedric in eine Falle locken lassen und sich von ihm zu einer Entscheidung zwingen lassen, die sie nie hatte treffen wollen. Sie musste ihren Fehler wieder rückgängig machen, und zwar so schnell wie möglich.

„Also gut, ich werde euch so gut unterstützen, wie ich kann." Herr Droste setzte eine ernste Miene auf. „Wir müssen diese Verbrecher stoppen. Es gibt keine andere Wahl, als meinen Bruder aufzuhalten, aber glaubt mir, das wird kein leichter Weg sein. Er wird die Macht nicht freiwillig wieder aus den Händen geben."

„Gemeinsam schaffen wir das." Rosie erhob sich ernst und jeder in diesem Raum wusste, dass Aufgeben keine Option war.

Gemeinsam würden sie sich den Herausforderungen stellen, die vor ihnen lagen, und sie würden ihr Bestes geben, um die Magie wieder aus der Welt zu verbannen. Es war schon einmal gelungen und es würde auch wieder gelingen.

Dessen war sich Daria in diesem Moment absolut sicher. Sie mussten Henry Carter und den Liberalis-Orden aufhalten, auch wenn das bedeutete, dass sie sich nun gegen Cedric stellen musste. Darias Herz zog sich schmerzhaft zusammen, aber sie wusste, dass sie keine andere Wahl hatte.

Er mochte vielleicht die Liebe ihres Lebens gewesen sein, aber die wenigen glücklichen Momente waren endgültig vorbei. Die Menschen in dieser Stadt brauchten Hilfe und Daria würde für sie da sein, koste es, was es wolle.

Ende Band 1

WIE GEHT ES WEITER?

Die Nebelstein-Chroniken sind eine vierteilige Fantasy-Reihe. Die Veröffentlichung der Fortsetzungen sind für folgende Termine geplant:

Band 2: März 2020
Band 3: Mai 2020
Band 4: Juli 2020

Die Königsblut-Saga ist die fünfteilige und mittlerweile abgeschlossene Fantasy-Saga rund um Selma und ihre magische Liebesgeschichte. Alle Bücher sind bei Amazon als E-Book und als Taschenbuch erhältlich.

Königsblut 1 – Die Akasha-Chronik
Königsblut 2 – Land aus Eis
Königsblut 3 – Lied der Wüste
Königsblut 4 – Siegel des Thor
Königsblut 5 – Stern von Komo

Die Bernstein-Chroniken sind eine dreiteilige Fantasy-Saga rund um Lizz und ihre Abenteuer in Ardanien. Alle Bücher sind bei Amazon als E-Book und als Taschenbuch erhältlich.

Der Bernstein-Thron
Die Bernstein-Krone
Das Bernstein-Schwert

Die Krähengold-Saga ist eine dreiteilige, abgeschlossene Fantasy-Saga rund um Ariane und ihre Zeitreise-Abenteuer. Alle Bücher sind bei Amazon als E-Book und als Taschenbuch erhältlich.

Krähengold – Die grünen Lande
Krähengold – Reich aus Kristall
Krähengold – Herr der Dunkelwelt

IMPRESSUM

Copyright © 2020 Karola Löwenstein
karola.loewenstein@gmail.com
Lektorat: TextCare (www.textcare.de)
Umschlaggestaltung: www.katharina-netolitzky.com unter Verwendung von Grafiken von Shutterstock
Alle Rechte vorbehalten.
Die Handlung und die handelnden Personen dieses Romans sind frei erfunden. Jede Ähnlichkeit mit toten oder lebenden Personen ist nicht beabsichtigt und wäre rein zufällig.
Hrsg.: Kerstin Schubert
Autorencentrum.de
Ein Projekt der BlueCat Publishing GbR
Gneisenaustr. 64
10961 Berlin
E-Mail: bluecatmedia@web.de
Tel.: 030 / 61671496
Pakete werden nicht angenommen.

Printed in Poland
by Amazon Fulfillment
Poland Sp. z o.o., Wrocław